흔해빠진 직업으로 세계최강

ARIFURETA SHOKUGYOU DE SEKAISAIKYOU

시라코메 료
shirakome ryo

illust. 타카야Ki
takayaki

흔해빠진 직업으로

ARIFURETA SHOKUGYOU DE SEKAISAIKYOU

세계최강

#3

시라코메 료 지음
타카야Ki 일러스트
김덕진 옮김

하타야마 아이코, 25세. 고등학교 교사.

그녀에게 교사란 전문적인 지식을 학생들에게 가르쳐주어 학업 성적이 오르도록 하고, 모범적인 생활을 보내도록 지도하는 것뿐인 존재가 아니다. 물론 그것도 중요한 일이지만 그것보다도『같은 편』이 되어주는 것, 그것이 가장 중요하다고 생각했다. 구체적으로 말하자면 아이들이 기댈 수 있는 가족이 아닌 어른으로 있고 싶었다.

그것은 그녀의 학창 시절 경험이 큰 영향을 주었기 때문이지만 여기선 생략하자. 어쨌든 집 밖으로 나온 아이들과 같은 편이라는 것이 아이코가 가진 교사로서의 신조이자 긍지이며, 자신이 교사임을 밝히기 위한 버팀목이기도 했다.

그래서 아이코는 지금 상황이 극도로 불만이었다. 갑자기 이세계로 소환된다는 알 수 없고 비상식적인 사태에 말려들어 정신이 없을 때, 반에서 가장 카리스마 있는 학생이 나서 이야기를 정리했고 깨닫고 보니 소중한 학생들이 전쟁 준비를 시작했다.

몇 번이고 설득했지만 이미 정해진『흐름』은 아이코의 의견을 간단히 휩쓸어 버려 학생들의 걸음을 멈추게 할 수 없었다.

그렇다면 곁에서 학생들을 지키겠다고 결심했음에도 불구하고 보유한 능력의 희소성, 유용함으로 전투와는 관계없는 임무(각지의 농지 개선 및 새로운 농지의 개척)를 맡게 됐다. 필사적으로 저항했지만 학생들까지 그녀를 설득했고, 아이코 자신이 적재적소라는 관점에서 더는 반론하지 못하고 받아들이게 됐다.

매일 멀리서 싸우고 있을 학생들을 떠올리며 안절부절못하는 매일을 보냈다. 성교 교회의 신전 기사나 하일리히 왕국 근위 기사들의 호위를 받으며 각지의 농촌과 미개척지를 돌아다니다가, 간신히 일단락되어 왕궁으로 돌아와 보니 기다리고 있던 건 한 학생의 부고였다.

그때 아이코는 어째서 억지로라도 따라가지 않았느냐며 자신을 탓했고 또 탓했다. 결국 이상적인 교사가 되고자 해 놓고 자신은 휩쓸릴 뿐이지 않은가 하고……

물론 아이코가 있다고 무언가가 달라졌을까 라고 묻는다면 대답하기 곤란할 것이다. 하지만 이 일이 교사인 하타야마 아이코에게 큰 충격을 주고 어떤 의미로 눈을 뜨게 한 것은 분명했다.

『죽음』이라는 압도적인 공포를 가까이서 느껴 일어설 수 없게 된 학생들, 그런 그들에게 전투를 바라는 교회와 왕도 관계자.

아이코는 「두 번 다시 휩쓸리지 않겠어!」라며 교회 간부, 왕국 귀족들과 정면에서 맞섰다. 자신의 입장과 능력을 무기와 방패로 삼아 자신의 학생들에게 다가오지 말라고, 더는 몰아세우지 말라고 큰 목소리로 외쳤다.

그 결과 어떻게든 승리를 얻는 것에 성공했다. 전투 행위를 거부하는 학생들에게 눈치를 주는 건 사라졌다.

하지만 그런 아이코의 노력에 감동해서 그렇지 않아도 높았던 인기가 더욱 높아져 용사 일행처럼 다시 【오르크스 대미궁】으로 들어가거나, 전쟁은 할 수 없어도 임무로 이곳저곳을 분주하게 돌아다니는 아이코를 호위하고 싶다는 학생들이 나타난 것은 얄궂은 결과였다.

물론 『아이코를 위해』라는 이유만 있는 건 아니다. 학생들은 나락으로 사라진 반 아이의 일과 지금 이 순간에도 【오르크스 대미궁】에서 필사적으로 싸우고 있을 아이들을 떠올리며, 자신들만 안전한 곳에 있다는 떳떳하지 못한 마음과 초조함을 떨쳐 내고 싶었다. 물론 그날 심어진 죽음의 공포라는 이름의 트라우마에서 벗어나고 싶다는 마음도 분명히 있었다. 아니, 오히려 그 마음 때문에 다시 일어섰다고 할 수 있으리라. 그러니 아이코의 행동만이 학생들을 일으킨 이유는 아니었다.

아이코도 그런 그들의 마음을 모르는 게 아니기에 어두운 표정으로, 혹은 필사적으로 현실에서 눈을 돌리면서도 왕궁에 머물던 그들이 스스로의 의지로 일어선 것이 기뻤다.

하지만 역시 자신의 원정에 동행해 위험에 처하게 한다는 것에는 저항감이 있었다. 「싸울 필요 없다」, 「파견된 기사들이 호위해주기 때문에 괜찮다」라고 설득하려 했다.

하지만 학생들은 그 설득을 가볍게 무시하며 「아이 선생님은 우리가 지킨다!」라고 의욕을 불태웠다.

결국 그렇게 압도되어 농지 개혁과 개척 순회에 학생들이 동행하게 됐다. 그때 아이코가 「또 휩쓸렸네요. 전 한심한 선생님이에요……」라고 좌절했던 기억도 선명하다.

참고로 이때 아이코의 호위에 임명된 전속 기사들이 학생들을 설득하는 것을 도와주었지만, 어째서인지 반대로 학생들을 완강하게 만들었다는 웃지 못할 사정이 있었다. 어째서 학생들이 호위하는 사람들에게 반발했을까. 그것은 학생들의 이 말에 모든 것이 담겨 있었다.

"아이 선생님을 어디서 굴러먹었는지도 모르는 녀석에게 넘길 순 없지!"

학생들의 위기의식은 도중에 나타나는 도적이나 마물이 아니라 아이코의 전속 기사들에게 향해 있었다. 그 이유는 그들 모두가 무척이나 잘생겼기 때문이다. 이건 아이코라는 인재를 왕국과 교회에 붙들기 위한 상층부의 작전이었다. 즉, 미인계 같은 것이다. 그것을 깨달은 학생 한 명이 다른 학생들과 정보를 공유해 「아이 선생님을 미남 군대로부터 지키는 모임」을 결성했다.

하지만 여기서 학생 측에 한 가지 오산이 있었다. 그것은 호위 기사들이 이미 아이코 선생에게 빠져 있었다는 것이다. 그 증거로 학생들을 설득한 기사들의 말은 이랬다.

신전 기사 전속 호위대장 데이비드 자라.

"걱정하지 마라. 아이코는 내가 지키지. 상처 하나 입히지 않겠다. 아이코는 하늘……, 내 전부다."

신전 기사 부대장 체이스 도미노.

"그녀를 위해서라면 신앙조차 버릴 겁니다. 아이코 씨에게 모든 것을 바칠 각오가 돼 있습니다. 이래도 걱정됩니까?"

근위 기사 죠슈아 오키즈.

"아이코와 만난 건 운명이었지. 운명의 상대를 죽게 내버려둘 것 같나?"

근위 기사 제이드 해트.

"……목숨을 걸겠다고 맹세하지. 근위 기사로서가 아니다. 한 명의 남자로서야."

이때 학생들은 생각했다. 「대체 무슨 일이 있었던 거지?! 이 녀석들 모두 선생님한테 홀렸잖아!」라고…….

즉, 처음엔 아이코가 미남계에 걸리지 않을까 걱정했던 학생들은, 그 말을 들은 뒤론 「어디서 굴러먹었는지도 모르는 녀석에게 아이코 선생님을 줄 수 없어!」라는 부모 같은 마음으로 아이코의 곁을 떠나려 하지 않았다.

게다가 호위들과 아이코 사이에 무슨 일이 있었는지는…… 이야기가 길어지니 생략하겠지만, 천성의 노력에도 불구하고 헛돌고 마는 모습이 아이코의 성실함과 어우러져 귀여움을 자아내 주변을 물들었다. 덕분에 『정신 차리고 보니』 아이코의 신봉자가 됐다는 이야기였다. 처음부터 말하면 새로운 이야기가 될 정도로…… 많은 일이 있었다. 많은 일이…….

그런 일들이 지난 지금, 학생들은 【오르크스 대미궁】에서 실전 훈련을 쌓는 코우키를 포함한 용사 팀, 왕궁에 남은 팀, 왕궁에서 나온 아이코의 호위 팀으로 나뉘었다.

「아이 선생님을 미남 군단으로부터 지키는 모임」, 줄여서 「아이 호위대」에는 소노베 유카를 실질적인 리더로, 친구인 미야자키 나나, 스가와라 타에코, 그리고 타마이 아츠시, 아이카와 노보루, 니무라 아키토, 시미즈 유키토시의 남자 진영을 포함한 총 일곱 명이 각자 트라우마를 안은 채 참가했다.

하일리히 왕국에 제국의 사자로 변장했던 황제 일행이 찾아온 뒤로 2개월 하고도 조금 더 지났다.

왕도를 떠난 그들은 개선이 필요한 새로운 농지가 있는 【호반의 마을 우르】로 가는 도중이었다. 서스펜션이 탑재됐을 리 없는 마차가 덜컹덜컹 흔들리며 제법 큰 충격이 현대 지구 아이들의 엉덩이를 엄습했다.

"아이코, 피곤하지 않나? 힘들면 사양하지 말고 말해. 바로 휴식에 들어갈 테니까."

"아니요, 괜찮아요, 데이비드 씨. 그보다 쉰 지 얼마 안 됐잖아요. 그렇게까지 약하지 않아요."

넓은 대형 마차 안에서 아이코의 전속 호위대장인 데이비드가 걱정스러운 표정으로 아이코에게 말을 걸었다. 그리고 아이코의 대답에는 쓴웃음이 섞여 있었다.

"후후, 대장님은 아이코 씨가 걱정돼 죽겠는 겁니다. 얼마 전까지는 하루만 이동해도 많이 지치셨잖아요. ……사실은 저도 당신이 걱정됩니다. 정말로 사양하지 마세요."

"그땐 신세 많이 졌어요. 마차로 여행하는 건 처음이라……. 하지만 이제 제법 익숙해졌으니 정말로 괜찮아요. 걱정해주셔서 고마워요, 체이스 씨."

처음엔 마차를 타본 경험이 없어서 여러모로 추태를 보였던 아이코는 과거의 자신을 떠올리고서 얼굴을 살짝 붉히며 호위대 부대장인 체이스에게 말했다.

뺨을 붉힌 아이코를 본 체이스는 떨리는 손으로 입을 가린 뒤, 슬쩍 아이코의 손을 잡으려…… 「어흠!」 하는 헛기침과 날카로운 눈빛 탓에 그 손을 멈췄다.

헛기침을 한 건 아이코의 대각선 앞에 앉았던 소노베 유카였다.

일단은 유카 일행도 용사와 함께 이세계에서 소환된 『신의 사도』이기 때문에 학생 전용 마차도 마련됐지만, 마차라는 밀실에 미남 군단과 아이코만 남겨 뒀다간 무슨 일이 일어날지 모른다며 반쯤 억지로 올라탔다.

유카는 세미 롱 머리카락을 옅은 밤색으로 염색한 미인형 얼굴에 눈매가 조금 날카로웠다. 그녀는 예전 세계에 있었을 때도 딱히 불량한 학생은 아니었다. 굳이 말하자면 착실한 편이었다. 패션 등의 취향이 그쪽에 가깝고 시원스러운 성격 탓에 오해받기 쉬울 뿐이었다. 그런 그녀가 팔짱을 끼고 다리를 꼰 채 미간을 찌푸리며 날카롭게 노려보니…… 제법 박력이 있었다. 적어도 같이 탄 아츠시가 자신도 모르게 시선을 피할 정도로…….

참고로 이 마차에는 여덟 명이 타고 있었다. 밖에는 한 개 소대 규모의 기사들이 호위하고 있는데 대장과 부대장이 마차 안에 있어도 되는지에 대해선 이미 따진 뒤였다. 뭔가 이유를 붙이며 미남들도 마차에 들어왔다. 어지간히 아이코에게서 떨어지고 싶지 않은 모양이었다.

　"이것 참 미움을 샀군요. 그렇게 미간을 찌푸리면 모처럼 귀여운 얼굴이 아깝잖습니까."

　체이스는 그렇게 말하며 미남 특유의 미소로 말했다. 어째서인지 쓸데없이 반짝이는 느낌이었다. 일반 여성이라면 자신도 모르게 얼굴을 붉힐 정도로 매력적인 미소였다. 하지만 유카의 반응은 당장에라도 침을 뱉을 것만 같은 얼굴이었다.

　"아이 선생님 옆에서 다른 여자를 보고『귀엽다』고요? 아이 선생님. 이 사람은 분명 여자 버릇이 나쁠 거예요. 조심하세요."

　유카는 조촐한 반격을 입에 담았다. 반한 여성의 앞에서 다른 여자를 귀엽다고 말하는 녀석 중에 제대로 된 놈은 없다는 게 유카의 지론이다. 하물며 자신이 미남임을 충분히 이해하고 있는 그들이 구태여 자신의 용모를 활용한 말을 하니, 유카가 보기엔 질 나쁜 길거리 헌팅으로만 보였다.

　"소, 소노베. 그렇게 공격적으로 말하면 안 돼요. 그리고 모처럼『선생님』이라고 불러주면서『아이』라고 줄여서 부르는 건 그대로네요……. 평범하게 아이코 선생님이라고 불러주면 안 되나요?"

　"안 돼요. 아이 선생님은『아이』니까 아이 선생님이라고 불

러야 해요. 이건 우리 학생들의 뜻입니다."

"어, 어쩌지, 무슨 말인지 모르겠어. 게다가 학생들의 공통된 인식이라니. 요즘 아이들은 다들 그런가? 힘내자. 이건 위엄 있고 듬직한 교사가 되기 위한 시련이야! 어떻게든 학생들의 생각을 이해해야 해!"

혼잣말로 「힘내자!」라고 말하는 아이 선생님 덕분에 유카와 체이스 씨의 대화로 팽팽했던 분위기가 누그러졌다. 그것이 바로 아이코가 『아이』라고 친근하게 불리는 이유지만, 정작 아이코는 깨닫지 못했다. 위엄 있는 교사의 길은 멀고도 험했다.

그렇게 마차에서 흔들리며 이동하길 나흘.

미남 군단이 티 내지 않고 아이코에게 접근했지만, 그들이 유난히 자신을 배려하며 적극적으로 나오는 건 상층부에서 무슨 말을 들었기 때문임을 알아차린 아이코는 간단히 흘려넘겼다. 실은 정말로 반했다는 것을 깨닫지 못한 그녀와 그 이상 말을 걸지 말라며 날카롭게 노려보는 유카 일행 덕분에 점점 분위기가 무거워졌으나 역시 아이코의 말에 누그러지기를 되풀이했다. 그리고 마침내 일행은 【호반의 마을 우르】에 도착했다.

여관에서 피로를 풀면서 우르 부근의 농지를 조사하고 개선 방법을 고안하는 작업에 들어갔다. 그러는 사이에도 아이코를 중심으로 러브 코미디 같은 소동이 빈번히 발생했지만…… 그건 또 다른 이야기이다.

드디어 농지 개혁 작업에 시작되고 최근 항간에 소문으로 떠도는『풍작의 여신』이라는 아이코의 부끄러운 별명이【우르】에도 퍼지기 시작했을 무렵, 그 이상으로 아이코의 정신을 압박하는 사건이 발생했다. ……학생 한 명이 실종된 것이다.

아이코는 바삐 뛰어다녔다. 소중한 학생을 위해—.

그 끝에 충격적인 재회와 바라지 않는 결말이 기다리고 있다는 것도 모른 채…….

"후후, 오늘이야말로 너희의 추태를 차근차근 지켜봐 주겠어!"

상현달이 이따금 구름에 가려지면서도 꿋꿋하게 어두운 밤을 밝혔다. 지금도 바람에 휩쓸린 구름 위로 얼굴을 내밀어 빛을 뿜내고 있었고, 그 빛은 지상의 한 건물을 밝혀주었다. 더 구체적으로 말하자면 그 건물 지붕에서 밧줄을 내려, 거기에 매달린 채 어딘가의 특수 부대원처럼 화려한 하강 기술을 선보이는 소녀 한 명을 비추고 있었다.

3층 끄트머리에 있는 방의 창문까지 내려와, 몸을 돌려 거꾸로 매달린 자세로 창문 위에서 살짝 안을 들여다보고 있었다.

"오늘을 위해 크리스타벨 씨에게 배운 클라이밍 기술 등등! 설마 이런 곳에 있을 줄은 모르겠지, 크크크. 그럼 어떤 위험한 플레이를 하는지 확실히 지켜봐 주겠어!"

하아, 하아 흥분한 듯 거친 숨을 기분 나쁘게 몰아쉬며 실내를 살피는 이 소녀, 무엇을 숨기랴, 브룩 마을 『마사카 여관』의 종업원 소나 양이다. 밝고 활발하며 싹싹한 말투를 사용해 열심히 일하는 아이로, 미인은 아니지만 들에 핀 한 떨기 꽃처럼 소박한 귀여움이 있는 소녀였다. 마을에도 그녀를 노리는 남자들이 제법 있었다.

그런 그녀가 지금, 갖고 있는 모든 기술을 동원해 어떤 객실을 『엿보는』 일에 온 힘을 다하고 있었다. 그 표정은 그녀에게 반한 남자들이 본다면 순식간에 실망할 정도로…… 엉큼한 아저씨처럼 보였다.

"큭, 역시 어두워서 잘 안 보이잖아. 다른 각도에서……."

"이렇게?"

"그래, 이 방향이라면……. 그나저나 조용하네? 조금 더 신음이 들릴 거라고 생각했는데……."

"마법을 사용하면 소리 차단 정도는 가능하잖아?"

"아?! 그런 방법이 있었구나! 크으, 치사해! 하지만 난 포기하지 않을 거야! 모습만이라도 이 눈으로 확인……."

다시 말하지만 이곳은 3층 창문 밖. 소나처럼 바보 같은 짓을 하지 않는 한 가까이에서 목소리가 들릴 리 없다. 소나는 순간 폭포수처럼 땀을 흘리며 기름칠하지 않은 기계처럼 뻣뻣한 움직임으로 고개를 돌렸다. 그곳엔—

공중에 우뚝 서서 살짝 차가운 미소를 지은 하지메가 있었다.

"아, 아니에요, 손님. 이건, 그러니까, 저기, 그렇지! 여관의 정기 점검이에요!"

"흠, 이런 밤중에?"

"그, 그렇다니까요~. 그 왜, 밤에 처리하면 낮에 보수하는 모습을 보이지 않아도 되잖아요? 여관이니까 오래됐다고 생각되는 건 좀 그렇잖아요!"

"그렇군, 평판은 중요하겠지."

"그, 그래요! 평판은 중요해요!"

"그런데 아무래도 이 여관엔 엿보기 상습범이 나오는 모양이더군. 그건 어떻게 생각해?"

"그, 그건 심각한 사태네요! 여, 엿보기라니 요, 용서할 수 없어, 요?"

"그래, 네 말이 맞아. 엿보기는 용서할 수 없지."

"아, 네, 용서할 수 없고말고요……."

하지메와 소나는 얼굴을 마주 보며 「하하하」, 「후후후」 하고 웃기 시작했다. 다만 하지메의 눈은 웃고 있지 않았고, 소나는 살짝 몸을 떨며 식은땀을 뻘뻘 흘리는 점이 정말 대조적이었다.

"죽어라."

"히익, 죄송해요~."

갑자기 진지한 얼굴로 돌아온 하지메가 소나의 얼굴을 붙들었다. 하지메의 손가락이 빠드득 소리가 나며 파고들자, 공중에서 버둥대는 소나는 비명을 지르며 필사적으로 용서를 구했다.

소나는 평범한 여자아이다. 그에 반해 벌을 주는 것치고는 조금 지나친 게 아닐까 싶은 수준으로 힘을 준 하지메. 이것이 초범이라면 살짝 봐줬을 것이다. 하지만 【라이센 대미궁】에서 돌아온 다음 날, 다시 여관에 머물기 시작한 밤부터 매일같이 이런저런 방법을 동원해 가며 엿보기를 시도하니 이제는 봐주고자 하는 마음도 희미해졌다. 참고로 그런데도 이 여관을 이용하는 건 식사가 맛있기 때문이었다.

이제는 움찔움찔 떨고만 있는 소나를 본 하지메는 한숨을 쉬며 그녀를 옆구리에 끼었다. 소나는 드디어 해방됐다고 생각해 안도의 한숨을 쉬었지만 바로 아래에는…… 귀신이 있었다. 환한 미소를 짓고 있지만 하지메와 마찬가지로 눈이 웃지 않고 있는, 어머니라는 귀신이…….

"히익!"

소나가 그녀를 확인한 것을 깨달았는지 어머니는 천천히 손을 들어 이리 오라고 손짓했다. 마치 지옥으로 안내하는 것처럼…….

"이번엔 볼기짝 백 대 맞는 걸로는 끝나지 않겠는걸."

"싫어어어~!"

하지메가 슬쩍 흘린 말에 지금까지 받았던 벌을 떠올린 소나가 비명을 질렀다. 분명 내일 아침 식사 시간엔 엉덩이와 눈이 퉁퉁 부은 소나를 볼 수 있을 것이다. 하지메는 매번 있는 일에 절로 한숨이 나왔다.

소나를 그녀의 어머니에게 넘기고 방으로 돌아온 하지메는 그대로 침대에 풀썩 누웠다.

"……수고했어."

"어서 오세요."

그런 하지메에게 말을 건 것은 물론 유에와 시아였다. 창문으로 드는 달빛만이 방을 비춰 두 사람의 모습을 어렴풋이 드러냈다.

마주 놓인 침대 위에 살포시 앉은 유에, 살짝 걸터앉은 시

아. 두 사람 모두 네글리제만 입은 선정적인 모습이었다. 두 사람 모두 너무나 아름다워 한 폭의 그림으로 그린다면 설령 이류 화가라 해도 명작으로 칭송받는 그림이 탄생하리라.

"응. 그나저나 대체 뭐가 그 아이를 그렇게까지 부추긴 건지…… 지붕에서 밧줄 타고 내려오는 건 이상하잖아. 아무리 밥이 맛있다지만 다른 여관을 찾아야 할지도 모르겠어."

하지메가 황당하다는 말투로 그렇게 말하자 시아는 쿡쿡 웃으며 자리에서 일어나 하지메의 침대에 걸터앉았다. 유에도 주섬주섬 일어나 하지메의 침대로 이동해, 누운 하지메의 머리를 살짝 들어 올리고 그 아래로 자신의 다리를 넣었다. 푹신한 극상의 감촉이 하지메의 뒤통수로 전해졌다. 정말이지 훌륭하다, 무릎베개란…….

"분명 우리 관계가 소나의 순정에 불을 지폈을 거예요. 궁금해 죽겠나 보죠. 귀엽네요."

"……하지만 방식이 점점 교묘해지는 건…… 걱정돼."

"어제는 직접 만든 스노클을 쓰고 온천 바닥에 숨어들었지. ……물속에서 환하게 빛나는 눈을 봤을 땐 솔직히 깜짝 놀랐다고."

"음~, 확실히 여관집 딸로서 해서는 안 될 행동이네요. 일단 우리 이외엔 그러지 않는 모양이지만요."

소나의 기행에 대해 이야기한 시아가 살며시 하지메에게 몸을 기댔다. 자연스럽게 뻗은 손이 하지메의 손을 잡아 자신의 가슴으로 가져갔다. 시아는 붉게 물든 얼굴을 하고 앞으로 일어날 일에 대한 기대와 긴장이 여실하게 드러난 모습이었다.

하지메도 시아의 손을 잡았다. 하지메가 살짝 힘을 주니 그것만으로 시아의 몸이 반응했고 기쁜 표정으로 맞잡은 손에도 힘이 들어갔다. 하지메는 더욱 힘을 주었다.

꾹…… 움찔, 꾹…… 움찔, 꾸욱…… 움찔움찔, 빠득……부들부들.

"잠깐, 하지메 씨! 부러져요! 제 손이 부러진다고요오!"

빠드득!

"히이익~! 죄송해요, 죄송했어요~! 혼자 너무 들떴어요! 그러니까 이거 놔줘요! 망가져! 계속했다간 망가진다고요오!"

"뭘 슬쩍 좋은 분위기로 만들려는 거야? 애초에 네 방은 옆방이잖아. 왜 여기에 있어?"

시아는 하지메에게 붙들린 손을 바들바들 떨면서 어떻게든 벗어나려 했지만 엄청난 힘으로 붙들린 손은 전혀 풀릴 것 같지 않았다.

"그, 그건 단계적으로 베드 인☆ 할 수 있지 않을까~ 싶어서. 그보다 한 번은 입을 맞춘 사이잖아요. 조금은 뭐 어때서요."

"어떻긴 뭐가. 그건 응급 처치라고 했잖아."

【라이센 대미궁】을 공략한 하지메 일행은 그 주인인 밀레디 라이센에 의해 화장실의 오물처럼 지하수로 떠내려가게 됐고, 그때 기괴한 생물을 목격해서 물을 마시고만 시아에게 하지메가 인공호흡을 했었다.

그렇게 몇 번이고 반복해서 입을 맞추니, 의식을 되찾은 시아가 인간의 범주를 넘어선 신체 능력을 전부 활용해 하지메를 덮쳤었다. 그야말로 진~하디진한 키스를 나눈 것이다.

당연히 그 뒤로 하지메에게서 떨어지게 된 시아는 연못으로 내동댕이쳐졌지만…… 시아에게 있어 소중한 첫 키스의 추억이 됐다.

하지메는 불만을 호소하는 시아에게 차가운 목소리로 말했지만, 굴하지 않은 유감 토끼는 마치 범인을 추적하는 명탐정처럼 당당한 얼굴로 반론했다.

"아니요, 제 감에 따르면 하지메 씨는 이미 부끄러워하기 시작했어요! 처음에 비하면 상당히 자상해졌는걸요! 이대로 기정사실을 만들어버리면…… 크헤헤. 『으득, 빠득』 안 돼에에~! 망가져 버려어~!"

들어줄 수 없는 시아의 조악한 계획을 들은 하지메는 자신도 모르게 손에 힘이 들어갔다.

울려선 안 되는 소리가 난 자신의 손을 간신히 뺀 시아는, 바들바들 떨리는 손을 잡고 침대 끝으로 이동해 몸을 웅크리며 통증을 견뎠다. 토끼 귀가 「너무해~, 이건 너무해요~」라고 말하는 것처럼 쫑긋쫑긋 흔들흔들하고 있었다.

그런 시아를 방치한 하지메는 유에에게 시선을 돌렸다. 무릎베개를 하고 있었기 때문에 올려다보는 형태였다. 유에는 똑바로 하지메를 바라보고 있었다.

"그보다 유에. 요즘 그다지 시아를 말리지 않네? 무슨 심경의 변화야?"

하지메의 의문에 유에는 잠시 생각에 잠긴 듯 고개를 기울였다. 하지메의 말대로 유에는 【라이센 대미궁】에서 탈출한 이후 시아를 대하는 태도가 너그러워졌다.

　이전엔 하지메에게 붙으려 한다면 가차 없이 날려버렸지만, 요즘엔 약간의 스킨십이라면 딱히 참견하지 않았다. 그래도 과도한, 예를 들어 키스를 하려고 하면 기분이 나빠지는 것 같았지만…….

　"……시아는 노력했어. 앞으로도 노력할 거야. 하지메와 날 좋아하니까."

　"뭐, 그렇겠지……."

　"……나도…… 싫지 않아."

　"이러니저러니 해도 너희 사이좋구나. 보면 알지. 음."

　하지메는 유에의 짧은 말에서 그녀가 시아를 마음에 들어하는 수준을 넘어 소중히 여긴다는 것을 깨달았다.

　그것은 사실이었다.

　【라이센 대미궁】에선 협곡보다 훨씬 강력한 마법 분해 작용이 있었던 탓에 유에는 충분한 힘을 발휘할 수 없었다. 그것은 하지메도 마찬가지였던 만큼 둘뿐이었더라면 제법 고생했을 것이다. 분명 하지메는 혼자서도 공략할 수 있었겠지만, 그럴 경우엔 신수 한두 개를 사용했을 가능성이 높다. 실질적으로 거의 소모하지 않고 공략할 수 있었던 건 시아 덕분이라고 할 수 있었다.

　시아는 얼마 전까지만 해도 싸움과는 인연이 없는 존재였다. 인연이 없다기보다 거북하기까지 했다. 평화를 사랑하는 약한 종족이라는 평가에 걸맞은 토끼 소녀였다.

그런 그녀에게는 공포와 불안이 있었을 텐데 단 한 번도 우는소리를 하지 않고 하지메와 유에를 따라왔다. 대미궁이라는 지옥으로 말이다. 그리고 이를 악물고 훌쩍이면서도 좋은 결과까지 이끌어 냈다.

그건 오로지 하지메를 향한 연애 감정과 유에를 향한 우정 덕분이었다. 두 사람과 함께 있고 싶었기 때문에 시아는 자신을 바꾸고 온 힘을 다해 앞으로 나아갔다.

당연히 유에에게도 독점욕과 질투심은 있다. 그래서 하지메를 향한 시아의 마음은 인정하기 힘들었다. 그렇기 때문에 처음엔 나름대로 엄하게 대응했지만…….

아무리 험악하게 대해도 똑바로 돌진해 오는 시아에게서 몇 번이고 느낄 수 있었던 우애, 그리고 대미궁 공략이라는 형태로 그것을 증명한 그녀에게 마음이 끌렸다.

생각해보면 유에는 친구가 있었던 기억이 없다. 봉인되기 전에는 공부와 업무로 바빴고 입장으로 볼 때 대등한 친구라는 존재가 없었다. 즉, 외톨이였다.

그때 「동료예요오~!」라고 꾸밈없이 똑바로 돌진해 오는 시아의 존재는 하지메와 관련된 일을 제외하고는 싫지 않았다.

그래서 요즘 들어 하지메와 얽혀도 「뭐, 시아라면 조금은…….」이라고 받아들이기 시작한 것이다.

"……그리고."

"응?"

말을 이으려는 유에를 올려다본 하지메. 그 눈동자에는 자신감과 요염함과 각오와 성의, 그 외의 모든 것이 담긴 듯 반짝이는 유에의 미소가 들어왔다. 그것이 너무나도 사랑스럽고 매력적이라 하지메는 자신도 모르게 숨을 삼켰다. 그것 자체가 인력을 가진 것 같아서 하지메는 꼼짝없이 넋을 놓고 바라보았다. 그렇게 두 사람은 서로를 바라보았다.

"······하지메의 마음은 이미 내가 갖고 있어."

"······."

설령 누가 하지메를 좋아하든, 하지메가 누구를 마음에 들어 하든 가장 중요한 것은 특별한······.

―바로 나니까.

그건 그런 선언이었다. 유에의 선전 포고. 지금까지 만난 사람들, 그리고 앞으로 만날 사람들에게 대한 선전 포고인 것이다.

더 이상 아무 말도 하지 않던 하지메가 빨려들 듯한 유에의 반짝이는 눈동자를 바라보았고, 유에 또한 하지메의 시선을 휘감듯 받아들였다. 그 후 하지메의 손이 살며시 유에의 뺨으로 다가가니 유에가 황홀한 듯 자신의 손을 겹쳤다. 달빛이 방의 벽에 두 사람의 실루엣을 비췄고 그 그림자가 천천히 다가갔다.

그리고 지금 막 겹쳐지려는 순간······.

"훌쩍, 저기, 적어도 제 존재를 잊지는 말아주시면 안 될까요? 허무함과 쓸쓸함이 엄청나서요······ 훌쩍."

시아가 침대 모퉁이에서 무릎을 세우고 앉아 훌쩍이며 둘만의 세계를 만든 하지메와 유에를 바라보았다. 토끼 귀가 그 심정을 나타내듯 축 처져 있었다.

너무나도 불쌍한 모습에 조금 겸연쩍어진 하지메와, 난감하다는 표정으로 이리 오라며 손짓하는 유에. 시아는「유에 씨~!」라고 외치며 유에의 가슴으로 뛰어들어 코를 훌쩍였다. 괜찮다며 머리를 쓰다듬어주는 감촉이 기분 좋았는지 시아의 눈빛은 점점 흐려지더니 그대로 잠들어 버렸다.

하지메는 그런 모습을 보고선 쓴웃음을 지으며 말했다.

"친구라기보다 엄마 같은데?"

"……아이라면 하지메의 아이가 좋아."

"……."

"……시아한테도 자상하게 대해줘."

"……여러모로 노력해보지."

"응. ……좋아해."

"그래."

결국 시아가 왼쪽, 유에가 오른쪽에 누워 셋이 잠들기로 했다.

그날 이후 같은 방을 쓸 것을 허락받아 미친 듯이 기뻐한 시아가, 매일 밤 들떠서는 하지메에게 돌진하다 뼈아픈 벌을 받는 일이 되풀이됐다.

거기에 더해 손을 잡을 때의 비명으로 소나의 오해와 호기심과 망상은 더욱 깊어져, 무척이나 뛰어난 잠입 스킬을 가진 여관집 딸이 탄생했지만…… 그건 또 다른 이야기.

덜컹덜컹 소리를 내며 모험가 길드【브룩 지부】의 문이 열렸다. 들어온 것은 세 사람의 그림자. 요 며칠 사이에 완전히 유명해진 하지메, 유에, 시아였다.

길드 내부의 카페에는 평소처럼 몇몇 모험가들이 저마다 시간을 보내고 있다가 하지메 일행의 모습을 보고 한 손을 들어 인사하는 사람도 있었다. 남자들은 여전히 유에와 시아에게 도취되었고 하지메에게 선망과 질투의 시선을 보냈지만 거기에 음험한 분위기는 없었다.

브룩에 머문 일주일 동안 유에와 시아를 손에 넣기 위해 결투 소동을 일으킨 사람도 상당했다. 예전에 『가랑이 스매시』라는 무시무시한 업적을 이룬 유에 본인에게 직접 구애할 수는 없는지 하지메부터 공략하려는 사람들이 나름 있었다.

물론 하지메가 그런 귀찮은 일을 받아들일 리 없었다. 결국엔 「결투하자!」의 「결」이 나온 순간 발포. 비살상 고무탄을 머리에 맞은 도전자는 삼 회전 비틀기를 선보이며 땅바닥에 키스하는 일이 다반사였다.

그렇게 이 마을에선 『가랑이 스매시』인 유에와, 그녀가 진심으로 반한 상대이자 결투가 시작되기도 전에 상대를 처리하는 『결투 스매시』인 하지메 콤비는 건드릴 수 없는 유명한 존재가 됐다.

길드에 파티 이름을 신청하지도 않았는데 『스매시 러버즈』라는 이름으로 알려졌으며, 자신의 별명과 함께 그것을 알게 된 하지메는 한동안 멍하니 허공을 바라보았다고 한다.

참고로 자신은 별명도 없다며 시아가 울먹였던 것은 여담이다.

"응? 오늘은 셋이 같이 왔네?"

하지메 일행이 카운터로 다가가자 평소처럼 접수처의 아주머…… 캐서린이 먼저 말을 걸었다. 캐서린의 음색에 의외라는 뜻이 담긴 이유는 요 일주일 동안 길드에 찾아온 것은 대부분 하지메 혼자거나, 시아와 유에 둘뿐이었기 때문이다.

"그래. 내일은 마을을 떠날 예정이고 신세도 많이 졌으니 인사를 해 두려고. 그리고 목적지까지 가는 도중에 가능한 의뢰가 있으면 받아 둘까 싶어서."

신세를 졌다는 건 하지메가 길드의 방을 무상으로 빌렸던 것을 말한다. 모처럼 습득한 중력 마법과 생성 마법을 조합할 때 시행착오를 대비해서 넓은 방이 필요했다. 캐서린에게 물어보니 길드의 방을 써도 좋다며 조건 없이 제공해주었다.

또한 유에와 시아는 마을 밖에서 중력 마법을 단련했다.

"그래, 가는구나. 그거 쓸쓸해지겠네. 너희가 돌아온 뒤로 떠들썩해서 좋았는데."

"좀 봐줘. 여관의 변태에 옷 가게의 변태, 『언니』라며 두 사람을 스토킹하는 변태들에 결투를 신청하는 멍청이들까지……. 이 마을은 대체 어떻게 된 거야?"

하지메가 씁쓸한 표정으로 투덜거린 내용은 모두 사실이었다. 여관집 딸 소나는 말할 것도 없고, 옷 가게 주인인 크리스타벨은 만날 때마다 하지메에게 육식 짐승 같은 시선을 보내며 혀를 날름거렸기 때문에 오한을 몇 번 느꼈는지 셀 수도 없었다.

또한 브룩 마을에는 3대 파벌이 존재해 매일같이 격렬하게 맞부딪혔다. 하나는 「유에에게 짓밟히고픈 부대」, 또 하나는 「시아의 노예가 되고픈 부대」, 마지막은 「언니와 자매가 되고픈 부대」였다. 각각 이름 그대로의 바람을 품고 그것을 실현한 부대원 수로 우열을 다투고 있다고 한다.

너무나도 정신 나간 이름과 사고를 가진 집단에 하지메 일행은 질려버리고 말았다.

어른 남성이 마을 한복판에서 갑자기 무릎을 꿇고는, 유에에게 「짓밟아주세요!」라고 외치는 모습은 무섭기까지 했다.

시아에 이르러서는 어떤 생각을 거쳐 그런 결론에 도달한 건지 이해가 안 됐다. 아인족은 차별을 받는 종족이었을 텐데 너희가 노예가 되어 어쩌자는 건지 여러 가지로 따지고 싶은 건 많았지만, 깊게 생각하고 싶지 않았기 때문에 만나자마자 곧바로 처리했다.

마지막은 여성으로만 결성된 집단으로 유에와 시아를 따라다니거나 하지메를 따돌리는 행동이 주를 이뤘다. 한번은 「언니에게 기생하는 해충! 거시기를 떼어주겠어~!」라고 외치며 칼을 들고 달려든 소녀도 있었다.

마을 안에서 소녀를 살해했다간 여러모로 성가신 일이 벌어질 것이기에, 하지메는 그 소녀를 홀딱 벗겨 귀갑 묶기를 흉내 내(지식이 없었다) 가장 높은 건물에 매단 뒤 『또 그랬다간 죽입니다」라고 적힌 종이를 붙여 방치해 뒀다. 너무나도 잔인한 대우와 담담하게 적힌 내용에 소녀들의 과격한 행동이 자취를 감춘 건 다행이라 할 수 있었다.

그런 일을 떠올리며 얼굴을 찡그린 하지메를 본 캐서린은 쓴웃음을 지었다.

"그래도 활기가 있던 건 사실이니까."

"기분 나쁜 활기로군."

"그래서, 다음은 어디로 갈 거야?"

"휴렌."

그런 식으로 잡담을 나누면서도 일은 확실히 처리해준 캐서린. 재빠르게 휴렌에 관련된 의뢰가 없는지 찾기 시작했다.

【휴렌】은 중립 상업 도시다. 하지메 일행의 다음 목적지는 【그류엔 대사막】에 있는 7대 미궁 중 하나인 【그류엔 대화산】이었다. 그러기 위해선 대륙의 서쪽으로 이동해야 하는데, 그 도중에 【중립 상업 도시 휴렌】이 있어서 한 번쯤은 대륙에서 가장 유명한 상업 도시에 들러보자는 이야기가 나온 것이다. 또한 【그류엔 대화산】 다음 목적지는 대사막 너머 서쪽에 있는 바닷속 대미궁 【메르지네 해저 유적】이었다.

"음~. 아, 마침 좋은 게 있네. 상인들의 호위 의뢰야. 딱 한 자리 남았어. ……어때? 받아볼래?"

캐서린이 건넨 의뢰서를 받아 든 하지메는 그 내용을 확인했다. 확실히 의뢰 내용은 상인들의 호위인 듯했다. 중간 정도 규모의 상인 집단으로 열다섯 명가량을 호위해달라는 듯하다. 유에와 시아는 모험가 등록을 하지 않았기 때문에 하지메를 넣으면 인원이 딱 채워졌다.

"동료를 동반해도 괜찮은 거야?"

"그래, 문제없어. 사람이 너무 많으면 불만이 나오겠지만, 개인적으로 짐꾼을 고용하거나 노예를 데리고 다니는 모험가도 있으니까. 게다가 유에와 시아라면 상당한 실력자잖아. 한 사람 값으로 우수한 모험가 둘을 더 고용할 수 있으니 거절할 이유도 없지."

"그렇군. 음, 어쩔래?"

하지메는 잠시 주저하다 의견을 구하려는 듯 유에와 시아 쪽을 돌아보았다. 사실은 배달 임무 정도를 예상했었다. 게다가 하지메 일행만이라면 마력 구동 차량이 있기 때문에 마차의 몇 배는 더 빨리 휴렌에 도착할 수 있는데, 호위 임무를 맡으면 다른 사람과 속도를 맞춰야만 한다.

"……급한 여행은 아니야."

"그러게요~. 가끔은 다른 모험가분들하고 함께 떠나는 것이 좋을지도 모르겠네요. 베테랑 모험가의 노하우라는 게 있을지도 모르잖아요?"

"……그래, 서둘러 봤자 소용없으니 가끔은 괜찮겠지……."

하지메는 두 사람의 의견에 고개를 끄덕이며 캐서린에게 의뢰를 받아들일 것을 알렸다. 유에의 말대로 7대 미궁 공략에는 아직 더 많은 시간이 필요할 것이다. 서두르다 일을 그르쳤다간 말짱 도루묵인 데다. 시아의 말처럼 모험가 독자적인 노하우가 있다면 앞으로 있을 여행에서 도움이 될지도 모른다.

"그래. 그쪽에 전해 둘 테니까 내일 아침 일찍 마을 정면 입구로 가."

"알았어."

하지메가 의뢰서를 받아 드는 것을 확인한 캐서린이 하지메의 뒤에 있는 유에와 시아에게 시선을 돌렸다.

"너희도 몸조심하고 건강해라. 이 아이 때문에 눈물 흘릴 일이 생기면 언제든 우리 집으로 와. 내가 때려줄 테니까."

"……응. 신세 많이 졌어. 고마워."

"알았어요, 캐서린 씨. 친절히 대해주셔서 고마워요!"

캐서린의 인정미 넘치는 말에 유에와 시아가 미소 지었다. 시아는 특히나 기뻐했다.

이 마을에 온 뒤로 시아가 아인족이라는 것을 잊게 됐다. 물론 모두가 시아에게 우호적인 건 아니었지만, 그래도 캐서린을 대표로 소나와 크리스타벨, 조금 불편하긴 하지만 팬이라는 사람들은 시아를 아인족이라는 이유로 차별하지 않았다. 이 지역의 특색인지 아니면 그런 사람들이 자연스럽게 모인 마을인 건지는 알 수 없지만, 어쨌든 시아에겐 고향인 수해에 가까울 정도로 따듯한 곳이었다.

"너도 이렇게 착한 애들을 울리면 안 돼. 최대한 소중히 여기지 않으면 벌을 받을 거라고."

"……이것 참 별수 없군. 말하지 않아도 알아."

캐서린의 말에 쓴웃음으로 대답한 하지메. 그런 하지메에게 캐서린이 한 통의 편지를 건넸다. 하지메는 의아하다는 얼굴로 그것을 받았다.

"이건?"

"너흰 성가신 일을 잔뜩 안고 있을 것 같거든. 마을 녀석들이 폐를 끼친 것에 대한 사과야. 다른 마을에서 길드와 마찰이 생기면 그 편지를 높은 사람에게 보여줘. 조금은 도움이 될지도 모르니까."

캐서린이 환한 얼굴로 윙크한 것을 본 하지메는 자신도 모르게 경직됐다. 편지 하나로 높은 사람에게 영향을 줄 수 있는 댁은 대체 누구신지? 하고 의아하다는 표정을 하고서…….

"어이쿠, 알려고 하지 마. 좋은 여자에겐 비밀이 따르기 마련이니까."

"……하아, 알았어. 이건 고맙게 받아 두지."

"솔직해서 좋네! 앞으로도 많은 일이 있겠지만 죽지는 마라."

비밀이 많은, 작은 시골 마을의 길드 직원 캐서린. 하지메 일행은 그런 그녀의 애교 넘치는 매력적인 미소를 받으며 밖으로 나갔다.

그 뒤로 하지메 일행은 크리스타벨에게도 들렀다. 하지메는 강하게 거부했지만 유에와 시아가 반드시 가야 한다고 해서 어쩔 수 없이 따라갔다.

하지만 마을을 나간다는 이야기를 들은 순간, 마지막 기회라고 생각한 크리스타벨이 거한의 괴물로 변해 하지메를 덮쳤다. 지나친 공포로 진동 파쇄를 사용해 처리하려던 하지메를 유에와 시아가 필사적으로 말리는 충격적인 일이 있었지만…… 자세한 이야기는 생략한다.

마지막 밤이라는 말을 듣고서 결국엔 당당하게 욕실에 난입, 그리고 방까지 돌격을 감행한 소나가 잔뜩 화가 난 어머니에게 붙들려 진짜 귀갑 묶기에 당해 하룻밤 동안 여관 정면에 걸린 사건에 대해서도 생략한다. 어째서 어머니가 귀갑 묶기를 알고 있는지에 대해서도 생략하겠다.

그리고 다음 날 아침.

그런 유쾌(?)한 브룩 마을 사람들을 떠올리며 정문으로 간 하지메 일행을 맞이한 것은 상인 무리를 이끄는 인물과 호위 임무를 받은 모험가들이었다. 아무래도 하지메 일행이 마지막이었던 모양이라, 우두머리로 보이는 인물과 열네 사람의 모험가가 일행을 보고선 일제히 수군거렸다.

"이봐, 설마 나머지 호위라는 게 『스매 러브』였어?!"

"진짜?! 기쁘면서도 무서운데!"

"내 손을 보라고. 아까부터 계속 떨리고 있어."

"아니, 그건 단순히 술이 덜 깨서 그런 거잖아."

유에와 시아의 등장에 기뻐하는 자, 가랑이를 두 손으로 가리며 울상이 된 자, 떨리는 손을 하지메 일행의 탓으로 돌렸다가 동료에게 핀잔을 듣는 자 등 다양한 반응이었다. 하지메가 거북하다는 표정으로 다가가자 상인의 우두머리로 보이는 인물이 말을 걸었다.

"자네들이 마지막 호위인가?"

"그래, 이게 의뢰서야."

하지메는 품에서 꺼낸 의뢰서를 보였다. 그것을 확인한 우두머리 남자는 알겠다는 듯 고개를 끄덕이며 자기소개를 시작했다.

"난 모토 윤케르. 이 집단의 리더를 맡고 있지. 자네들의 랭크는 아직 청색이라지만, 캐서린 씨에게서 상당히 우수한 모험가라고 들었네. 활약을 기대하지."

"……못토 윤케르#1? 상인 집단 리더도 힘든 모양이군……."

일본의 영양 드링크를 떠올리게 하는 이름을 듣고 하지메의 눈에 동정심이 떠올랐다. 어째서 그런 시선을 받는지 알 리 없는 모토는 고개를 갸웃하며 「힘들어도 이미 익숙해졌지」라고 쓴웃음이 담긴 말투로 답했다.

"기대에 부응하겠어. 난 하지메. 이쪽은 유에와 시아."

"그거 듬직하군. ……그런데 그 토인족…… 팔 생각은 없나? 나름대로 가격을 쳐줄 의향이 있는데."

모토가 가격을 매기듯 시아를 보았다. 토인족에 푸르스름한 백발의 엄청난 미소녀다. 상인으로서 희귀한 상품에 참견하지 않을 수 없었을 것이다. 목줄을 보고 노예라고 판단해서 곧바로 소유인인 하지메에게 매매 교섭에 들어가는 걸 보면 분명 우수한 상인일 것이다.

#1 못토 윤케르 못토는 일본어로 「더욱」이라는 뜻이 있으며, 윤케르(yunker)는 일본의 유명한 자양 강장제의 이름.

그 시선을 받은 시아가 거북한 듯 신음하며 하지메의 등 뒤로 숨었다. 모토를 보는 유에의 눈초리가 날카로워졌다. 하지만 일반적인 상식으로서 수해 밖에 있는 아인족이란 즉 노예이며 희귀한 노예를 교섭하는 건 상인으로서 당연한 일이다. 모토가 책망받을 이유는 없다.

　"호오, 제법 잘 따르는군. ……상당히 소중히 여기는 모양이야. 그렇다면 나도 나름대로 값을 쳐주기로 하지. 어떤가?"

　"뭐, 댁은 제법 우수한 상인인 모양이니…… 대답은 알고 있겠지?"

　시아의 모습을 흥미롭게 바라본 모토가 다시 한 번 교섭하려 했지만 하지메의 반응은 단호했다. 모토도 실은 하지메가 교섭에 응하지 않을 거라는 걸 느끼고 있었으나 그래도 시아가 가져올 이익은 매력적이어서 무언가 교섭 재료가 없을지 이야기를 끌어보려 했다.

　하지만 하지메는 그 의도도 알고 있었다. 역시 간단히 거절했지만 흔들리지 않는 의지를 담아 모토에게 알렸다.

　"설령 어디 사는 신이 원한다 해도 건네줄 생각은 없어. ……알겠지?"

　"……그래, 물론이지. 어쩔 수 없군. 지금은 물러나겠소. ……하지만 그럴 맘이 든다면 꼭 우리 윤케르 상회를 찾아주시오. 그리고 이제 곧 출발할 테니 호위에 대한 내용은 이쪽 리더에게 들어주시오."

　하지메의 말은 상당히 위험한 발언이었다. 자칫하면 성교 교회에게서 이단의 낙인이 찍힐 수도 있다. 그나마 마인족은 다른 신을 믿고 있고, 역사적으로 최고신인 『에히트』 이외에도 숭배된 신은 존재했기 때문에 직접 성교 교회에 싸움을 거는 발언은 아니었다.

하지만 그렇다 하더라도 아슬아슬한 발언이라는 것은 분명했다. 그래서 모토는 하지메가 시아를 포기하지 않을 거란 사실을 확실히 깨달았다. 그럼에도 상인의 직업병인지 시아에 대한 미련을 완전히 버리지 못하고, 마지막엔 말투를 바꿔 고객을 대하는 것처럼 관계를 묶어 두려 했다.

하지메가 맥없이 다른 상인들이 있는 쪽으로 돌아가는, 너무나도 상인다운 모토를 보고 있자 다시 주위에서 수군거리는 소리가 들렸다.

"굉장하다……. 여자 하나를 위해 저렇게까지 말할 수 있다니…… 멋진데!"

"역시 결투 스매시인가. 자기 여자에게 손을 대는 녀석은 봐주지 않겠다고……. 후, 남자로군."

"좋겠다~, 나도 한 번쯤 저런 말을 들어보고 싶어."

"아니, 넌 남자잖아? 누가 그런 말을…… 미안, 사과할 테니까 그만, 아악!"

하지메는 유쾌(?)한 호위 동료의 발언에 두통이 난 듯 머리로 손을 가져갔다. 역시 브룩 마을 녀석들은 멍청이들뿐이라고 생각하며…….

그런 생각을 하고 있을 때, 등에 무언가 『말캉』 하고 부드러운 감촉이 느껴지며 뒤에서 다가온 팔이 하지메를 안았다.

하지메가 어깨 너머로 돌아보니 어깨에 턱을 올린 시아의 얼굴이 가까이서 보였다. 새빨갛게 물든 그 얼굴은 무척이나 기쁘다는 표정이었다.

"……잘 들어. 특별한 의미는 없었어. 착각하지 마."

"우후후후, 알고 있어요오~. 우후후후~."

하지메는 어디까지나 동료를 버리지 않겠다는 뜻이지, 주변에서 떠드는 것처럼 『자신의 여자』라는 의미는 아니라고 확실히 전했지만 시아에겐 전혀 전달되지 않았다. 좋아하는 남자에게서 『신이라 해도 넘기지 않겠다』라는 말을 들었으니 의미가 어떻든 기쁜 건 기쁜 법이다.

빠르게 교섭을 차단하기 위해서 했던 말이 여러모로 『지나쳤다』는 사실을 깨달은 하지메는 실수했다는 표정을 지었다. 유에는 총총 곁으로 다가와 그런 하지메의 옷자락을 슥슥 당겼다.

"응? 왜 그래?"

"응……. 멋있었으니까 괜찮아."

"……위로해줘서 고맙다."

유에가 하지메의 심정을 깨닫고 위로하자 하지메는 고맙다고 말하며 부드럽게 뺨을 쓰다듬었다. 기분 좋은 듯 슬며시 눈을 감는 유에.

이른 아침 정문 앞에서 수많은 사람이 모인 와중에, 등 뒤에는 행복해하는 토끼 귀 미소녀가 매달려 있고 오른손에는 금발에 붉은 눈의 미소녀를 끼고 있는 남자, 나구모 하지메.

상인 여성들은 미적지근한 시선으로 남성들은 썩은 동태눈으로 그 광경을 바라봤다. 하지메에게 쏟아지는 성가신 시선과 말은 자업자득일 것이다.

브룩 마을에서 【중립 상업 도시 휴렌】까지는 마차로 엿새 정도 걸리는 거리다.

해가 뜨기 전에 출발해 해가 저물기 전에 야영 준비에 들어갔다. 그것을 반복하길 사흘째. 하지메 일행은 휴렌까지 사흘 남은 위치에 도착했다. 이제 절반 정도 왔는데 여기까지 딱히 아무런 일도 없이 순조롭게 올 수 있었다. 하지메 일행은 대열의 후방을 맡았지만 정말로 한가로웠다.

이날도 딱히 아무런 일 없이 야영 준비에 들어갔다. 모험가들의 식사에 관련된 일은 직접 해결해야 한다. 모험가들은 주위를 경계하며 식사해야 하는 만큼 상인들 입장에서도 함께 식사해 봤자 마음 편히 먹기 힘들 것이다. 그래서인지 서로 떨어져서 먹는 것이 암묵적인 규칙인 듯했다.

그리고 임무 중인 모험가들의 식사는 기본적으로 휴대 식량뿐이었다. 어느 정도 제대로 된 식사를 준비하려면 그것만으로도 짐이 늘고 여차할 때 방해가 되기 때문일 것이다. 대신 마을에 도착해 보수를 받으면 곧바로 맛있는 것을 실컷 먹는 게 보통이라고 한다.

하지메 일행은 요 이틀간의 식사 시간에 그런 이야기를 다른 모험가들에게서 들을 수 있었다. 하지메 일행이 준비한 호화로운 스튜 비슷한 음식에 푹신한 빵을 담가 먹으며…….

"캬~, 맛있다! 정말 맛있네. 역시 시아라니까! 그냥 아인이든 뭐든 상관없으니까 나하고 결혼하지 않을래?"

"우물우물, 꿀꺽. 후우, 이 자식 웬 새치기야?! 시아는 나하고 결혼할 거라고!"

"헹, 너처럼 지저분한 추남은 거울이나 보고 와라. 주제를 알아야지. 그런데 시아, 마을에 도착하면 같이 식사 하는 건 어때? 물론 내가 사는 걸로."

"그, 그럼 난 유에! 유에, 나하고 식사를!"

"유에가 사용한 스푼……. 하악, 하악."

시아가 만든 스튜를 계속해서 맛있게 배 속으로 넣는 모험가들.

하지메 일행은 처음에는 그들이 말린 고기와 건빵과 같은 휴대 식량을 주섬주섬 먹는 옆에서, 태연하게 『보물 창고』에서 꺼낸 식기와 재료로 요리를 시작했었다. 맛있는 냄새를 풍기는 요리에 자연스럽게 시선이 몰렸고, 하지메 일행이 따뜻한 요리를 후후 불어 가며 먹을 무렵에는 모든 모험가들이 군침을 폭포수처럼 흘리면서 핏발 선 눈동자로 응시하는 사태가 벌어졌다. 결국 무척이나 불편해진 시아가 음식을 나눠 주자고 제안한 결과가 지금 상황으로 이어졌다.

사실 하지메는 처음부터 굶주린 짐승 같았던 그들 앞에서 태연하게 식사를 했다. 물론 나눠 줄 생각은 조금도 없었다.

하지만 야영할 때 식사를 담당하게 된 사람이 시아이기 때문에 밖에서 맛있는 음식을 먹기 위해선 시아에게 기댈 필요가 있었다. 하지메와 유에도 만들 수 없는 것은 아니지만 아무래도 고만고만한 음식만 만들 수 있었다. 하지메는 요리와 거리가 멀었고, 유에는 왕족이었기에 경험이 없었다.

그래서 맛있는 음식을 만들어주는 시아가 나눠 줄 것을 제안하자 제아무리 하지메라도 거절하기 어려웠다.

그 뒤로 식사 시간만 되면 모험가들이 하이에나처럼 몰려들었다. 처음엔 사양하던 그들도 점점 마음을 놓기 시작했고 결국엔 시아와 유에에게 가볍게 작업 멘트를 날리게 될 정도였다.

떠들썩한 모험가들에게 하지메는 말없이 『위압』을 발동. 뜨거운 스튜로 배 속까지 따뜻해졌을 텐데 순식간에 온몸이 서늘해진 모험가들은 창백해진 표정으로 덜덜 떨기 시작했다. 하지메는 입 안의 고기를 꿀꺽 삼키며 음식을 보던 시선을 천천히 들어 올리고는 속삭이듯, 하지만 유난히 잘 울리는 목소리로 불쑥 중얼거렸다.

"그래서, 배 속에 든 걸 쏟아 내고 싶은 녀석은 누구지?"

""""""건방 떨어서 죄송합니다!""""""

훌륭할 정도로 통일된 동작으로 무릎을 꿇고 사과한 모험가들. 그들 대부분은 하지메보다 나이가 많은 베테랑 모험가였지만【브룩 마을】에서 있었던 일을 알기 때문에 하지메에게 대드는 사람은 없었다.

"하지메 씨도 참. 모처럼 식사 시간이니까 조금 떠들썩한 정도가 좋잖아요. 그, 그리고 누가 뭐라 해도 저, 전 하지메 씨 것이에요."

"그건 아무래도 좋아."

"하으?!"

시아가 수줍어하며 슬쩍 하지메에게 어필하려 했지만 하지
메의 한마디로 나가떨어지고 말았다.

"……하지메."

"응? ……유에, 왜?"

나무라는 듯한 유에의 시선에 하지메가 조금 주춤했다.

유에는 검지를 들어 하지메를 가리키며 「……뗵!」라고 혼냈
다. 즉, 전에 약속했듯 조금 더 시아를 자상하게 대하라는 뜻
일 것이다. 하지메로선 아직 시아에게 연정을 품지 않았기 때
문에 동료에 대한 배려 정도로 충분할 거라고 생각했지만……
유에가 볼 땐 부족했던 듯하다.

"하지메 씨! 그런 태도로 나오시면 『잘 구워졌습니다#2』고
기 꼬치를 드리지 않을 거예요!"

"……그러니까 그런 말은 대체 어디서 배웠냐고 ……아니,
아무것도 아니야. 알았으니까 빨리 그 고기를 줘."

"후후, 먹고 싶으세요? 그, 그럼 아앙~."

"……."

시아가 뺨을 붉히며 잘 구워진 고기 꼬치를 하지메의 입가
로 가져갔다. 아무래도 먹여주고 싶은 모양이었다. 하지메가

#2 잘 구워졌습니다 일본의 인기 게임 『몬스터 헌터』 시리즈에서 고기를 구울 때 적당하게 잘
익으면 나오는 말.

슬쩍 유에를 보자 유에는 주섬주섬 고기 꼬치를 손에 들고 대기하고 있었다. 아마도 시아의 「아앙~」이 끝나면 자신도 할 생각일 것이다.

하지메는 모험가들의 시선을 느끼며 한숨을 쉬고 시아를 향해 입을 벌렸다. 시아의 표정이 환하게 빛났다.

"아앙~."

"……."

내민 고기를 덥석 문 하지메는 아무 말 없이 씹었다. 시아는 환한 표정으로 하지메를 바라보았고, 그러자 이번엔 반대쪽에서 구운 고기 꼬치가 다가왔다.

"……아앙~."

"……."

이번에도 덥석. 말없이 씹었다. 다시 반대쪽에서 시아가 「아앙~」, 덥석. 유에가 「아앙~」, 덥석.

본인의 주관은 제쳐 놓고 객관적으로 그 모습을 보는 입장인 남자들의 속마음은 정확하게 일치했다. 즉, 「부탁이니까 나가 죽어주세요!」였다. 속마음으로도 존댓말을 사용하는 게 그들과 하지메의 관계를 여실히 드러내고 있다는 것이 허무했지만……

그 뒤로 이틀. 도착까지 앞으로 하루 남았을 무렵, 드디어 느긋한 여행길을 망치는 불순한 습격자가 나타났다.

처음에 그것을 깨달은 건 시아였다. 길옆으로 보이는 숲을 향해 토끼 귀를 쫑긋거리더니 느긋했던 표정이 단번에 진지하게 바뀌며 주위에 경고했다.

"적습이에요! 수는 백 이상! 숲 속에서 와요!"

그 경고를 듣고 모험가들 사이로 단번에 긴장감이 흘렀다. 지금 지나고 있는 거리는 숲에 인접해 있어도 그렇게까지 위험한 곳은 아니었다. 무엇보다 대륙에서 제일가는 상업 도시와 연결된 루트인 만큼 나름대로 안전이 확보된 길이다. 그래서 마물과 만난다는 이야기는 자주 들려도 고작해야 스무 마리 전후, 많아도 마흔 마리 정도가 한계일 것이다.

"제길, 백 이상이라고? 요즘 습격받았다는 이야기가 들리지 않았던 건 세력을 모으고 있었기 때문인가? 젠장, 사전에 이상이 없는지 조사해 두란 말이야!"

호위대의 리더인 갈리티마는 그렇게 욕설을 뱉으며 언짢은 표정을 했다. 상인의 호위는 모두 열다섯 명. 유에와 시아를 넣어도 열일곱 명이다. 이 정도 인원으로 상인을 무사히 지키는 건 상당히 어려웠다. 단순히 물량에서 밀리기 때문이다.

참고로 온화의 대명사로 알려진 토인족인 시아를 자연스럽게 전력으로 넣은 것은, 【브룩 마을】에서 「시아의 노예가 되고픈 부대」 중 일부 과격파의 행동에 화가 난 시아가 주먹 하나로 밀려드는 변태들을 날려버린 일이 모험가들에게 알려졌기 때문이다.

갈리티마가 호위 부대로 적을 막는 사이 상인들만이라도 도망치게 할까 고민하기 시작할 무렵, 그 생각을 가로막듯 누군가가 제안하는 목소리가 들렸다.

"고민되면 우리가 처리하고 올까?"

"뭐?"

마치 잠깐 물건이라도 사 온다는 것처럼 가벼운 말투로 믿기지 않는 제안을 한 것은 다름 아닌 하지메였다. 갈리티마는 하지메의 제안을 제대로 파악하지 못해 자신도 모르게 얼빠진 목소리로 되물었다.

"그러니까 뭣하면 우리가 없애고 오겠다고."

"아, 아니, 확실히 이대로 상인들을 무사히 지키는 건 어렵겠지만…… 할 수 있겠어? 이 부근에 나타나는 마물은 그다지 강하지 않지만, 숫자가……."

"많아도 상관없어. 금방 끝낼 수 있지. 유에가."

하지메는 그렇게 말하며 자신의 곁에 선 유에의 어깨에 툭 손을 올렸다. 유에도 딱히 대수롭지 않은 모습으로, 마치 그런 일 정도야 식은 죽 먹기라는 것처럼 「응」 하고 대답했다.

갈리티마는 주저했다. 일단은 소문으로 유에가 희귀한 마법을 사용한다는 건 알고 있었다. 만약 하지메의 말대로 전멸시키지 않는다 해도 하지메 일행의 태도를 보면 상당한 수를 줄일 수 있을 것이다. 그렇다면 전력이 분산될 위험을 저지르면서까지 상인들을 먼저 도망치게 하는 것보다는 괜찮은 작전이었다.

"알았다. 처음은 그녀에게 맡기지. 설령 전멸시키지 못한다 해도 수를 많이 줄일 수 있다면 문제없어. 우리 마법으로 수를 더욱 줄인 뒤 마지막엔 직접 공격하면 돼. 다들 알겠지?!"

"""""알았어!"""""

갈리티마의 판단에 다른 모험가들이 기백을 담은 목소리로
답했다.

아무래도 유에 혼자서 전멸시킬 수 있다는 이야기는 믿을
수 없었던 모양이다. 하지메는 내심 「그런 걱정은 필요 없는
데」라고 생각하면서도, 백 마리 이상의 마물을 일격으로 섬멸
할 수 있는 마법사는 그리 많지 않다는 상식을 떠올리고 그들
의 판단도 어쩔 수 없다며 어깨를 으쓱였다.

모험가들이 상인들 앞에서 진열을 갖췄다. 긴장감이 감돌면
서도 각오를 다진 표정이었다. 식사 중에 보였던 얼빠진 분위
기는 조금도 없었다. 도중에 베테랑 모험가로서 다양한 이야기
를 들었는데 이런 모습을 보면 베테랑이라는 것도 이해가 됐
다. 상인들은 상당한 규모의 마물이 온다는 이야기를 듣고 겁
을 먹은 모습으로 마차 안에서 얼굴을 내밀어 둘러보았다.

하지메 일행은 상인들의 마차 지붕 위에 있었다.

"유에, 일단은 영창을 해 둬. 나중에 성가셔지니까."

"……영창. ……영창?"

"혹시 몰라?"

"……괜찮아, 문제없어."

"……은근히 불안해지는 말투인데."

"접근, 10초 전이에요~."

하지메는 나중에 누군가가 물어봤다간 성가시기 때문에 유
에에게 영창을 해 두라고 말했지만, 유에는 원래 영창이 필요

하지 않기 때문인지 잘 모르겠다는 표정이었다. 모르면 작은 목소리로 대충 외워도 되기 때문에 큰 문제는 없었지만 돌아온 말은 어째서인지 하지메를 무척이나 불안하게 했다.

그러는 사이에 시아에게서 보고가 들어왔다. 유에는 숲을 향해 오른손을 쓱 들고는 투명한 목소리로 영창을 시작했다.

"그자, 어둠에 붉은빛을 가져오리라. 고대의 감옥을 부수고 모든 장애를 없애리. 최강의 분신인 힘, 그자와 함께 있되 하늘조차 집어삼키는 빛이 되어라. 『뇌룡(雷龍)』."

유에의 영창이 끝나고 마법의 방아쇠가 당겨졌다. 그 순간 영창하는 도중부터 생겨난 먹구름에서 벼락으로 구성된 용이 나타났다. 그 모습은 뱀을 방불케 하는 동양의 용이었다.

"뭐, 뭐야, 저건……."

그건 누가 중얼거린 말이었을까.

눈앞에 마물 무리가 나타났음에도 불구하고 모두가 암시라도 걸린 것처럼 하늘을 올려다보며 격렬하게 방전하는 용의 위용을 응시했다. 호위대에 있던 마법에 정통한 후열 모험가들조차 듣도 보도 못한 마법에 입을 뻐끔거리며 얼이 빠져 있었다.

그리고 그건 아군만 그런 것이 아니었다.

먹잇감을 물어 죽이기 위한 살기를 담고 숲에서 나타난 마물들도, 상인들과 숲의 중간에 멈춰 신음하며 하늘에서 자신들을 노려보는 거대한 용을 보고 마치 뱀과 눈이 마주친 개구리처럼 그 자리에 얼어붙었다.

그리고 하늘에서 내리는 천벌처럼, 유에의 가늘고 아름다운 손가락에 맞춰 하늘조차 삼킬 듯 소리친 용이 마물들을 향해 그 턱을 벌리고 돌진했다.

쿠과아아아아!

"으앗?!"

"크으윽?!"

"꺄아아악!"

번개의 용이 엄청난 굉음을 울리며 커다란 입을 벌리니 그 자리에 있던 모든 마물들이 스스로 그 입을 향해 뛰어들었고 저항할 틈도 없이 사라졌다.

계속해서 유에의 지휘를 따라 용이 마물들의 주위를 감싸 포위했다.

도망치려던 마물이 갑자기 눈앞에 나타난 전기 벽에 부딪혀 먼지가 됐다. 도망칠 곳이 사라진 마물들의 머리 위로 다시 천둥소리와 함께 용이 입을 벌렸다. 그러자 마물들은 아까와 같이 죽음을 선택하듯 스스로 뛰어들어, 고통을 느낄 틈도 없이 장엄한 용의 광경을 끝으로 그 의식과 육체가 모두 먼지로 돌아갔다.

용은 모든 마물을 삼킨 뒤 마지막으로 다시 한 번 번개 같은 포효를 지르고 사라졌다.

대열을 갖추던 모험가들과 상인들은 굉음과 섬광, 그리고 흔들리는 대지에 자신도 모르게 비명을 지르며 몸을 움츠렸다.

간신히 공포에 가까운 감정과 충격이 사라져 어렴풋이 눈을 떠 전방을 살펴보니—.

그곳엔 이미 아무것도 없었다. 굳이 말하자면 움푹 파인 모양으로 불에 탄 대지만이 조금 전에 일어났던 비현실적인 광경이 현실이라는 것을 증명하고 있었다.

"……응, 지나쳤어."

"야, 저런 마법은 나도 모르는데……."

"유에 씨의 자작 마법이래요. 하지메 씨에게서 들은 용의 이야기와 마법을 조합했다고 했어요."

"내가 길드에 틀어박혀 있을 때 그런 걸 만들었어? ……그보다 아까 그 영창은……."

"응. ……우리의 만남과 미래를 읊었어."

얼굴은 무표정이어도 당당한 분위기로 하지메를 본 유에. 스스로 생각해도 잘 만들었다고 자부하는 듯했다.

하지메는 쓴웃음을 지으며 부드러운 손놀림으로 유에의 머리카락을 쓰다듬었다. 일부러 영창하게 해서 성가신 일을 피하려 했던 것 자체가 무의미해졌지만 자신만만한 유에를 보니 주의를 줄 생각도 사라졌다.

─유에의 자작 마법인, 중력과 번개 속성 복합 마법『뇌룡』.

『뇌퇴(雷槌)』라고 하는 하늘에 먹구름을 만들어 커다란 번개를 떨어뜨리는 번개 계열 상급 마법과【라이센 대미궁】공략으로 습득한 신대 마법인 중력 마법을 복합한 마법이다.

원래는 떨어지기만 하는 번개를 중력 마법을 이용해 마음대로 조종하는 마법이었으나, 구태여 번개를 용으로 만든 점에서 유에의 마법 센스를 느낄 수 있었다.

이 뇌룡은 입 부분이 중력장이라서 턱을 벌리면 대상을 빨아들일 수 있었다. 마물들이 스스로 뛰어든 것처럼 보인 것은 그 때문이다. 마력의 양은 상급 정도가 필요하지만 위력은 최상급 수준으로 유에의 표정을 보면 자신작인 모양이었다.

그렇게 하지메 일행이 이야기하고 있는 사이, 불에 탄 대지를 멍하니 바라보던 모험가들은 제정신을 차리기 시작했다. 그리고 맹렬한 기세로 몸을 돌려 하지메 일행을 응시하며 일제히 수군대기 시작했다.

"야, 야, 야, 야. 저거 뭐야? 뭐냐고, 저건!"

"이, 이상한 생물이…… 하늘, 하늘에…… 아, 꿈인가."

"헤헤, 난 마을에 도착하면 결혼할 거야."

"동요하고 있다는 건 알겠으니까 좀 침착해. 넌 연인은커녕 알고 지내는 여자도 없잖아."

"마법도 살아 있어! 이상한 생물이 있어도 이상하지 않아! 그러니 나도 이상하지 않다고!"

"아니, 마법에 생사는 관계없잖아. 분명 이상 사태라고."

"뭐야?! 이 자식, 유에가 이상하다는 거냐?! 앙?!"

"침착해! 잘 들어, 유에는 여신, 이걸로 모든 게 설명돼!"

""""그렇군!""""

유에의 마법이 지나치게 충격이라 모험가들은 살짝 맛이 간 듯했다. 그것도 어쩔 수 없으리라. 무엇보다 기존 마법엔 생물의 형태를 한 것이 존재하지 않았다. 하물며 그것을 자유롭게 다루는 건 나라에서 관리하는 마법사라 해도 불가능할 것이다. 번개를 떨어뜨리는 『뇌퇴』를 사용할 수 있는 것만으로도 초일류라고 불리기 때문이다.

맛이 간 채 「유에 님 만세!」라고 외치기 시작한 모험가들 사이에서, 유일하게 정상을 유지한 리더 갈리티마는 그런 동료들을 보고 한숨을 크게 쉰 뒤 하지메 일행에게 다가갔다.

"하아, 먼저 고맙다는 말을 해 두지. 유에 덕분에 조금도 피해를 보지 않고 끝났으니까."

"지금은 같은 일을 맡은 동료잖아. 고맙다는 말은 필요 없어. 그렇지?"

"……응. 일했을 뿐."

"하하, 그런가. ……그래서, 아까 그건 뭐였지?"

갈리티마가 당황을 감추지 않고 물었다.

"……오리지널."

"오, 오리지널? 스스로 만든 마법이라는 거야? 상급 마법, 아니, 어쩌면 최상급을?"

"……만들지 않았어. 복합 마법."

"복합 마법? 하지만 대체 뭐하고 뭘 조합해야 저런……."

"……그건 비밀."

"큭……. 그건, 뭐 그렇겠지. 비장의 수단을 간단히 밝히는 모험가가 있을 리 없으니……."

깊은 한숨과 함께 더 이상의 추궁을 포기한 갈리티마. 베테랑 모험가인 만큼 암묵적인 규칙에 민감한 듯했다. 어깨를 으쓱이고는 맛이 간 동료를 제정신으로 돌리기 위해 발걸음을 돌렸다. 이대로 가다간 『유에교』라는 신흥 종교가 생겨날 수도 있겠다고 생각한 하지메는 마치 남 일처럼 갈리티마가 열심히 해주길 기대했다.

상인들로부터 감탄의 시선을 슬쩍슬쩍 받으며 일행은 다시 이동을 시작했다.

유에가 모든 상인들과 모험가들의 간담을 서늘하게 한 이후, 딱히 아무 일도 일어나지 않고 드디어 【중립 상업 도시 휴렌】에 도착했다.

휴렌은 동서로 여섯 개의 입장 접수처가 있으며, 거기서 가지고 들어가는 물건을 점검한다고 한다. 하지메 일행도 그 안에 한 줄로 섰고 차례가 되기까지 조금 시간이 걸릴 것 같았다.

마차 지붕에서 유에의 무릎에 무릎베개를 하고 시아를 곁에 둔 하지메에게 모토가 찾아왔다. 무언가 할 이야기가 있는 듯했다. 살짝 황당하다는 모습으로 하지메를 올려다본 모토에게 하지메는 가볍게 고개를 끄덕이며 지붕에서 내려왔다.

"정말이지 대담하시군요. 주위 시선이 신경 쓰이지 않나요?"

모토가 말하는 주위 시선이란 이제는 익숙해진 하지메를 바라보는 질투와 선망의 시선, 그리고 유에와 시아에 대한 감탄과 엉큼한 시선이다. 게다가 지금은 시아에게 값을 매기려는 시선까지 늘어났다. 역시나 대도시의 입구, 다양한 사람이 모이는 곳에선 유에와 시아도 단순한 호색의 눈만이 아닌 이익이 얽힌 시선도 받고 있었다.

"뭐, 성가시긴 하지만 어쩔 수 없지. 신경 써 봤자 소용없어."

그렇게 말하며 어깨를 으쓱인 하지메를 본 모토는 씁쓸한 미소를 지었다.

"휴렌에 들어가면 더 문제가 일어날 것 같군요. 역시 그녀를 팔 생각은……."

모토는 슬쩍 시아의 매매 교섭을 꺼냈지만 그 이야기는 이미 끝났다는 듯한 하지메의 말없는 주장에 두 손을 들어 항복했다.

"그런 이야기를 하러 온 게 아니잖아. 용건이 뭐지?"

"아니, 비슷한 겁니다. 매매 교섭이지요. 당신이 가진 아티팩트. 역시 팔지 않으시겠습니까? 상회로 오신다면 공증인이 입회한 자리에서 평생 놀고먹을 수 있는 금액을 치르겠습니다. 당신의 아티팩트, 특히 『보물 창고』는 상인에겐 갖고 싶은 마음이 굴뚝같은 물건이니 말이죠."

『갖고 싶은 마음이 굴뚝같다』면서도 모토의 웃지 않는 눈을 보면 『죽여서라도 갖고 싶다』는 표현이 더 어울릴 것 같았다. 상인이라면 항상 골머리를 앓고 있는 문제로, 상품의 안전을 확보하면서 낮은 비용으로 대량 수송을 할 수 있게 해주니 무리도 아닐 것이다.

야영 중에 『보물 창고』에서 다양한 물건을 꺼내는 광경을 본 모토의 표정은 사막에서 며칠 동안 헤매다 죽기 직전에 오아시스를 발견한 조난자 같았다. 너무나도 끈질긴 교섭에 질려버린 하지메가 가볍게 살기를 보이자 상인의 감이 위험한 상대라고 경종을 울렸는지 풀이 죽어 물러났던 일이 있었다.

하지만 역시 포기할 수 없었던 듯하다. 돈나&슈라크와 함께 어떻게든 보물 창고를 거래하기 위해 다가온 모양이었다.

"몇 번이고 말하지만 무엇 하나 양보할 생각은 없어. 포기해."

"하지만 그 아티팩트는 개인이 갖기엔 지나치게 유용합니다. 그 가치를 아는 사람이 이성을 유지할 수 없을지도 모를 정도로요. 그렇게 된다면 상당히 성가신 일이 일어나겠지요. ……예를 들어 그녀들에게?!"

모토가 조금 광적인 시선으로 위협하듯 슬쩍 지붕 위에 있는 유에와 시아를 본 순간, 이마에 차갑고 딱딱한 무언가가 닿았다. 엄청난 살기와 함께…….

주위에선 아무도 깨닫지 못했다. 마차의 뒤라는 점도 있었고 하지메가 살기를 집중해서 보내고 있기 때문이었다.

"그건 선전 포고로 받아들여도 될까?"

조용하지만 얼음장처럼 차가운 목소리. 경직된 모토의 눈을 들여다보는 하지메의 한쪽 눈은 마치 깊은 어둠 같았다. 모토는 온몸에서 식은땀을 흘리며 필사적으로 목소리를 쥐어짜냈다.

"아, 아닙니다. 부디…… 난, 윽…… 당신이…… 너무나도 숨기질 않으셔서…… 그런 일도 있다……고. 그저 그걸 말하고 싶었을 뿐이지…… 윽."

모토의 말대로 하지메는 아티팩트와 실력을 진지하게 숨길 생각이 없었다. 살짝 배려해서 성가신 일을 피할 수 있다면 유에에게 영창을 시킨 것 같은 행동도 하지만, 반대로 말해 『살짝』을 넘어선 배려가 필요하다면 숨길 생각이 없었다. 하지메는 이 세계에 대해 『배려하지 않겠다』고 정했다. 적대하는 것은 전부 쓰러뜨리고 넘어갈 각오는 돼 있었다.

"그래. 그럼 그렇다고 해 두지."

그렇게 말하며 돈나를 집어넣고 살기를 푼 하지메. 모토는 그 자리에 주저앉았다. 대량의 땀을 흘리고 어깨를 들썩이며 숨을 몰아쉬었다.

"딱히 네가 무슨 짓을 하든 네 자유야. 아니면 누군가에게 말해서 그 녀석들이 어떤 행동을 해도 상관없어. 하지만 적의를 갖고 내 앞을 가로막는다면…… 살아남을 거라고 생각하지 마라. 나라든 세계든 상관없어. 모두 피바다로 만들어주지."

"……하아, 하아. 그렇군요. 타산이 맞지 않는 거래였군요."

아직 창백한 표정이긴 했지만 꿋꿋이 대답하는 걸 보면 모토는 분명 우수한 상인일 것이다. 그리고 이곳까지 오는 도중 다른 상인과 하는 대화에서도 그는 타인에게 많은 신뢰를 받는 듯했다. 원래라면 이렇게까지 강경한 자세로 나올 일이 없을지도 모른다. 하지메의 아티팩트는 그런 그를 미치게 할 만큼 매력적이었다.

"뭐, 이번은 넘어가겠어. 다음은 없다."

"……정말이지 저도 늙었나 보군요. 욕심에 눈이 멀어 용의 엉덩이를 걷어찰 줄이야……."

『용의 엉덩이를 걷어찬다』란 이 세계의 속담으로 용은 용인족을 뜻한다.

그들은 온몸을 뒤덮은 비늘 덕분에 철벽의 방어력을 자랑하지만 눈과 입 안을 제외하면 유일하게 비늘이 없는 항문 부근이 약점이다. 방어력이 높기 때문에 한번 잠들면 어지간한 일이 없는 이상 일어나지 않지만, 약점인 엉덩이를 자극하면 단번에 눈을 떠 열화 같이 분노한다고 한다.

먼 옛날 무슨 생각이었는지 그것을 실행했다가 호되게 당한 멍청이가 있었고, 그 뒤로 손대지 않으면 해가 없는 상대를 일부러 자극해서 큰일을 당한다는 의미로 전해지게 됐다고 했다.

참고로 용인족은 5백 년 이상 전에 멸망했다고 알려졌다. 이유는 알 수 없지만 그들이 『용화(龍化)』라는 고유 마법을 사용할 수 있었고 그것이 마물과 인간의 경계선을 애매하게 만들어 차별적인 배척을 당했다느니, 어중간한 나머지 신에게 도태되었다는 등 다양한 설이 존재했다.

"그러고 보니 유에 님의 그 마법도 용의 모습을 흉내 낸 것이었지요. 사과라고 하긴 뭣하지만, 그게 용이라는 건 알리지 않는 편이 좋을 겁니다. 용인족은 교회에서 좋지 않게 여겨지거든요. 하긴, 용이라기보다 뱀에 가까우니 괜찮겠지요."

어떻게든 일어날 수 있을 정도까지 회복한 모토는 흐트러진 옷매무새를 고치며 하지메에게 충고했다. 제법 대범한 인물이다. 지금 경우에 따라선 살해당했을 수도 있었는데 그 상대와 태연하게 대화할 수 있다는 건 어지간한 사람은 할 수 없는 일이다.

"그래?"

"네, 사람도 마물도 되지 못한 어중간한 자. 그런데도 무서울 정도로 강하며, 어떠한 신도 신앙하지 않는 믿음이 없는 자. 이만큼이나 이유가 있으면 교회의 권위주의자에겐 달갑지 않은 존재라는 것도 이해가 되시겠죠."

"그렇군. 그보다 상당한 말투인데. 믿음이 없는 사람이라고 여겨지면 어쩌려고?"

"내가 믿는 건 신이지 권위를 걸친 『인간』이 아닙니다. 인간은 『손님』이지요."

"……어쩐지 너에 대해서 알 것 같아. 뼛속까지 상인이로군. 이걸 보고 폭주하는 것도 이해가 돼."

그렇게 말한 하지메가 반지를 만지작거리자, 불편한 표정과 자랑스러워하는 표정이 뒤섞여 실로 복잡한 얼굴이 된 모토였다. 아까의 광적인 태도는 더는 볼 수 없었다. 하지메의 살기에 찬물을 뒤집어쓴 기분일 것이다.

"추태를 보이고 말았지만 찾으시는 물건이 있다면 부디 저희 상회를 찾아주시길. 당신은 평범한 모험가와는 다릅니다. 특이한 사람과는 인연을 맺고 싶으니 잘 대우해드리겠습니다."

"……정말이지 듬직하신 상인 정신이로군."

하지메가 어이없다는 시선을 보내자 모토는 「그럼 실례하겠습니다」라는 말을 남기고 뒤를 돌아 대열로 돌아갔다.

유에와 시아에겐 더욱 강렬한 시선이 모여들었다. 모토의 등을 따라 시선을 돌리니 이미 상인으로 보이는 남자가 유에와 시아를 가리키며 무언가 말을 걸고 있었다. 휴렌에는 가볍게 구경이나 하자는 생각으로 들렀지만 예상 이상으로 파란이 기다리고 있을 것 같았다.

【중립 상업 도시 휴렌】.

높이 20미터, 길이 200킬로미터의 외벽으로 둘러싸인 대륙 제일의 상업 도시다. 모든 업종이 이 도시에서 매일같이 경쟁하고 있으며, 꿈을 이뤄 성공한 사람도 있고 땡전 한 푼 없이 초연하게 떠난 사람도 많다. 관광으로 오는 사람이나 거래를 위해 오는 사람 등 드나드는 이가 많은 것으로도 대륙 제일이라 할 수 있을 것이다.

그 거대한 크기 때문에 휴렌은 네 개의 구역으로 나뉘어 있었다.

이 도시의 다양한 절차 관련 시설이 모인 중앙 지구, 오락 시설이 모인 관광 지구, 무기와 장비는 물론 가구류까지 생산하고 판매하는 장인 지구, 모든 업종의 가게가 늘어선 상업 지구다.

동서남북에 중앙 지구로 이어지는 메인 스트리트가 있고, 중심부에 가까워질수록 신용할 수 있는 가게가 많다는 것이

상식인 듯했다. 메인 스트리트와 중앙 지구에서 먼 곳은 질 나쁜 가게, 바꿔 말하자면 암시장에 가까운 가게가 많다. 그만큼 구하기 힘든 물건을 찾을 수 있기 때문에 모험가와 용병처럼 거친 일에 익숙한 자들이 자주 드나든다고 했다.

하지메 일행은 중앙 지구 모퉁이에 있는, 모험가 길드 휴렌 지부 안의 카페에서 간단한 식사를 하며 그런 이야기를 들었다. 이야기를 한 사람은 『안내인』이라 불리는 직업의 여성이었다. 도시가 거대하기 때문에 안내인에 대한 수요가 많아 나름대로 사회적 지위가 있는 직업이라 한다. 많은 안내인이 매일같이 고객을 획득하기 위해 서비스 향상에 진력하고 있어서 신용도도 높다.

하지메 일행은 모토가 이끄는 상인 무리와 헤어져 인증을 받은 의뢰서를 갖고 모험가 길드에 방문했다. 그리고 여관을 잡으려 해도 어디에 어떤 여관이 있는지 몰랐기 때문에 모험가 길드에서 가이드북을 받으려 하니 안내인을 소개받았다.

그리고 지금 앞에 있는 안내인 여성, 리시라는 인물에게 요금을 지급하고 함께 가벼운 식사를 하며 도시의 기본 설명을 듣고 있었다.

"그러니 여관을 잡고 싶으시다면 관광 지구에 가는 걸 추천해요. 중앙 지구에도 여관은 있지만, 중앙 지구에서 일하는 분들은 잠만 자는 경향이 강하니 서비스는 관광 지구와 비교가 안 되거든요."

"그렇군. 그럼 추천대로 관광 지구에 여관을 잡을까. 추천

하는 곳은 어디지?"

"손님이 바라시는 것에 따라 다르죠. 다양한 종류의 여관이 많이 있으니까요."

"그렇겠군. 그럼 밥이 맛있고 욕실이 있으면 좋겠어. 장소는 상관없고 책임의 소재를 명확히 해주는 곳이 좋겠지."

리시는 친절하게 하지메의 요구를 들었다. 처음 두 개는 흔한 요구였는지 「응, 응」 하고 고개를 끄덕이며 머릿속에서 추천 여관을 정리하는 듯했다. 하지만 이어진 하지메의 말에 「응?」 하고 고개를 갸웃거렸다.

"저기, 책임의 소재라뇨?"

"아, 예를 들어 어떤 다툼에 말려들었을 때, 우리가 완전히 피해자일 경우 여관의 피해에 대해 누가 책임을 지는지 말이야. 모처럼 좋은 여관에 머물고 싶은데, 그런 곳은 비품이 비싸니 나중에 배상액을 요구하면 성가시잖아."

"저기~, 그런 말썽이 쉽게 일어나진 않을 거라고 생각하는데요……."

당황한 리시에게 쓴웃음을 지은 하지메가 말했다.

"뭐, 보통은 그렇겠지만 일행이 눈에 띄니까. 관광 지구라면 도가 지나친 녀석도 많을 테고, 장사에 눈이 멀어 강행 수단에 나서는 녀석이 있을 수도 있어. 어디까지나 『가능하다면』 말이야. 어렵다면 고려하지 않아도 돼."

하지메의 말을 들은 리시는 그의 양옆에 앉아 맛있게 음식을 먹고 있는 유에와 시아를 보고 이해했다는 듯 고개를 끄덕였다. 분명 이 두 사람은 눈에 띈다. 실제로 지금도 주위의 시선이 상당히 집중되고 있었다. 특히 시아 쪽은 좀처럼 보기 힘든 토인족이다. 남의 노예에 손을 대는 건 범죄지만, 끈질기게 교섭을 하려는 상인이나 도가 지나쳐 폭주하는 녀석이 있을 수도 있었다.

"그럼 경비가 엄중한 여관이 좋지 않을까요? 그런 일에 신경을 쓰는 분도 많으니까 좋은 여관을 소개할 수 있을 거예요."

"아, 그것도 좋아. 하지만 욕망에 눈이 먼 녀석들은 이따금 말도 안 되는 짓을 하기 마련이거든. 경비가 절대적이지 않은 이상 처음부터 물리적 설득을 고려하는 편이 빠르지."

"무, 물리적 설득이요……. 그렇군요, 그래서 책임 소재를 물으신 거군요."

하지메의 의도를 완전히 파악한 리시는 어디까지나 『가능하다면』 그러는 편이 좋다는 하지메에게 안내인 근성이 생겼는지, 의욕에 찬 표정으로 「맡겨주세요」라고 말하며 받아들였다. 그리고 유에와 시아 쪽을 보더니 두 사람에게도 바라는 점이 없는지 물었다. 가능한 한 손님의 바람에 맞춰주려는 것을 보면 리시나 그녀가 소속된 곳도 좋은 곳일 것이다.

"……온천이 있으면 좋겠어. 단, 혼욕에 전세를 낼 수 있는 게 필수."

"저는 커다란 침대가 좋겠어요."

잠시 생각에 잠기며 저마다 바라는 점을 전한 유에와 시아. 대단치 않은 요구지만 유에가 덧붙인 조건과 시아의 요구를 조합하면 자연스럽게 어떤 의미가 떠올랐다.

리시도 그것을 깨달았는지, 「알겠습니다, 맡겨주세요」라고 태연하게 승낙하면서 뺨이 살짝 붉어진 모습이었다. 그리고 슬쩍슬쩍 하지메와 유에 일행을 번갈아 보더니 더욱 뺨이 붉어졌다.

참고로 바로 옆 테이블에 앉았던 남자들이 「시선만으로 사람을 죽일 수 있으면 좋으련만!」이라고 말하는 것처럼 하지메를 노려봤지만, 하지메는 완전히 익숙해졌기 때문에 간단히 무시했다.

그 뒤로 다른 지구에 대한 이야기를 듣던 일행은 문득 강한 시선을 느꼈다. 특히 시아와 유에에겐 지금까지 중에 가장 노골적이고 끈적한 시선이었다. 유에와 시아는 남의 시선을 별로 신경 쓰지 않게 됐지만 지나치게 기분 나쁜 시선이라 살짝 미간을 찌푸렸다.

하지메가 슬쩍 그 시선을 따라가 보니…… 돼지가 있었다.

체중이 가볍게 백 킬로그램은 넘을 듯 살찐 몸에 통통한 얼굴, 돼지 코와 머리에 흠뻑 붙은 금발, 복장만큼은 멀리서도 알 수 있는 좋은 옷을 입고 있었다. 그 뚱보가 유에와 시아를 욕망으로 흐려진 눈동자로 응시하고 있었다.

하지메가 「성가시군」이라고 생각한 순간, 그 뚱보가 무거운 몸을 출렁이며 하지메 일행 쪽으로 다가왔다. 아무래도 도망칠 여유도 없는 듯했다. 하지메가 도망칠 리는 없겠지만…….

리시도 불온한 분위기를 느꼈는지, 그게 아니면 돼지 사내가 눈에 띄는 건지 교만한 태도로 다가오는 뚱보를 보고서 영업용 미소도 잊고 「컥!」하고 경박한 소리를 냈다.

뚱보는 하지메 일행의 테이블 바로 옆까지 다가와 히죽이는 표정으로 유에와 시아를 뚫어지게 바라보다가, 시아의 목걸이를 보고는 불쾌한지 눈을 찡그렸다. 그리고 지금까지 한 번도 시선을 보내지 않았던 하지메에게 막 깨달았다는 듯 교만한 태도로 일방적인 요구를 했다.

"이, 이봐, 꼬맹이. 배, 백만 루타를 주지. 이 토끼를, 너, 넘겨. 그리고 그쪽 금발은 내, 내 첩으로 삼아주마. 따, 따라와."

무언가가 걸린 것처럼 더듬는 말투로 그렇게 말한 뚱보는 유에를 만지려 했다. 그의 머릿속에서 유에는 이미 자신의 것인 모양이었다. 그 순간 그 자리에 엄청난 살기가 쏟아졌다. 근처 테이블에 앉아 있던 사람들조차 창백해진 얼굴로 의자에서 일어나 뒤로 물러나며 필사적으로 하지메에게서 거리를 벌리기 시작했다.

한편 직접 그 살기를 받은 뚱보는—.

"히익?!"

한심한 비명을 지르며 엉덩방아를 찧고는 물러나지도 못한 채 그 자리에서 가랑이를 적시기 시작했다.

하지메가 진심으로 살기를 보냈더라면 아마 순식간에 의식을 잃었겠지만 그렇게 할 의미가 없어 충분히 조절해 두었다.

"유에, 시아, 가자. 장소를 옮겨야겠어."

더러운 액체가 흘러나오고 있기 때문에 하지메는 유에와 시아에게 말을 걸고 자리에서 일어났다. 사실은 그 자리에서 사살하고 싶었지만 말을 걸었을 뿐인데 죽였다간 하지메가 가해자가 된다. 살인범을 내버려 둘 정도로 도시의 경비가 허술하지도 않을 것이며, 하지메는 정당방위가 성립하지 않는 이상 도시 안에선 죽이지 말자고 생각했다.

하지메가 자리에서 일어나자 리시가 「어? 어?」라고 혼란스러운 듯 눈을 깜박였다. 리시가 하지메의 효과 범위 안에 있어도 괜찮았던 건, 단순히 리시만 『위압』의 대상에서 벗어나게 했기 때문이었다. 주변에서 깨닫지 못하도록 모토에게만 집중적으로 『위압』을 걸었던 것을 거꾸로 응용한 것으로 수련을 통해 습득했다.

리시 입장에서는 뚱보가 멋대로 말을 꺼낸 뒤 갑자기 엉덩방아를 찧고 바지까지 적셨기 때문에 혼란스러운 것도 당연했다.

참고로 주위에도 『위압』 효과를 낸 것은 고의적인 행동이었다. 주변 녀석들도 나름대로 성가신 시선을 보냈기 때문에 깨닫게 해준 것이다. 『손대지 마라』고.

주변 남자들의 창백해진 표정에서 판단할 수 있듯 무척이나 잘 전달된 모양이었다.

하지만 『위압』을 풀고 길드에서 나가려 하자, 덩치 큰 남자가 하지메 일행의 길을 가로막고 당당하게 섰다. 뚱보와는 다른 의미로 백 킬로그램은 될 법한 거구였다. 온몸이 근육질이고 허리에 긴 검을 찬 모습이 역전의 용사와도 같은 풍모였다.

그 거구가 눈에 들어온 건지 뚱보가 다시 걸걸한 목소리로 소리쳤다.

"그, 그래, 레가니드! 그 빌어먹을 꼬맹이를 죽여! 나, 날 죽이려 했다고! 잔뜩 괴롭히다 죽여버려!"

"도련님, 아무리 그래도 죽이는 건 곤란하죠. 반쯤 죽이는 걸로 합시다."

"해치워! 아, 아무래도 좋으니까 해치워! 여, 여자는 다치게 하지 마. 내 거니까!"

"알았습니다. 보수는 두둑이 챙겨줍쇼."

"어, 얼마든 주지. 빨리 해치워!"

아무래도 레가니드라 불린 거한은 뚱보에게 고용된 호위인 듯했다. 하지메에게서 눈을 돌리지 않고 뚱보와 대화하며 보수 약속까지 나눈 뒤 히죽 웃었다. 희한하게도 유에와 시아는 안중에도 없는지, 두 사람에게는 눈길도 주지 않고 받을 수 있는 보수를 떠올리며 웃은 듯했다.

"이봐, 애송이, 미안하게 됐군. 내 돈을 위해 반쯤 죽어줘야겠다. 뭐, 죽이지는 않을게. 여기 있는 아가씨들은…… 포기해라."

레가니드는 그렇게 말하며 주먹을 들었다. 장소가 장소인 만큼 장검은 사용하지 않을 생각인 것 같았다. 주위에서 레가니드의 이름을 듣고서 수군대기 시작했다.

"이, 이봐, 레가니드라면 그 『검은』 레가니드 말이야?"

"『폭풍』의 레가니드?! 어째서 저런 녀석의 호위를……."

"돈 때문이겠지? 『돈 밝힘증』 레가니드잖아?"

주위에서 수군대는 소리로 눈앞의 남자에 대해 얼추 알게 된 하지메. 천직을 가졌는지는 몰라도 모험가 랭크가 『검정』이라는 건 위에서 세 번째 랭크로 상당한 실력자라는 뜻이었다.

레가니드에게서 투기가 솟구쳤다. 하지메는 이 정도면 정당방위란 명목으로 쓰러뜨려도 문제가 없을 거라고 생각해 주먹을 들려 한 순간, 의외의 인물이 말렸다.

"……하지메, 잠깐."

"응? 유에, 무슨 일이야?"

유에는 그 의문에 답하기 전에 옆에 있는 시아를 끌어당겨 하지메와 레가니드 사이로 끼어들었다. 의아하다는 표정의 하지메와 레가니드에게 유에는 등을 돌린 채 답했다.

"……우리가 상대할래."

"어? 유에 씨, 저도요?"

시아의 질문을 깔끔하게 무시한 유에. 유에의 말에 하지메가 대답하기보다 레가니드가 실소하는 편이 빨랐다.

"카하하, 아가씨들이 상대하겠다고? 제법 웃기는 농담이로군. 뭐야? 밤 상대를 해서 봐달라는……."

"……입 다물어, 쓰레기."

천한 말을 하려는 레가니드에게 신랄한 말과 함께 신속의 바람 칼날이 날아들어 그 뺨을 베었다. 숙 하고 작은 소리를 내며 피가 주르륵 흘렀다. 상당히 깊게 베인 듯했다.

레가니드는 유에의 말대로 입을 다물었다. 유에의 마법이 너무나도 **빨라** 전혀 반응할 수 없었기 때문이다. 마음속으로는 「언제 영창했지? 마법진은 어디 있고?」 하고 식은땀을 흘리며 필사적으로 분석했다.

유에는 아무 일도 없었던 것처럼 하지메와, 아직 자신의 의도를 모르는 시아에게 말을 이었다.

"……우리가 보호받기만 하는 공주님이 아니라는 걸 알려줄 거야."

"아, 그렇구나. 우리들이 뼈아픈 보복을 할 수 있다는 걸 보여주겠다는 거군요."

"……응. 이렇게 됐으니 이걸 이용할래."

그렇게 말한 유에는 아까와 다르게 무서운 눈길을 보내는 레가니드를 가리켰다.

"하고 싶은 말은 알았어. 공주님을 손에 넣고 싶었지만 실은 맹수였다면 우습겠지. 다행히 목격자도 많으니…… 응, 좋겠네."

"……맹수는 너무해."

하지메는 유에의 말을 이해하고 재밌다는 듯 웃으며 한 발 뒤로 물러났다.

유에는 하지메가 물러난 것을 확인하고는 옆에 있는 시아에게 먼저 가라고 눈으로 신호를 보냈다. 그것을 파악한 시아는 등에 메고 있던 드뤼켄에 손을 뻗어 조금도 무게가 없는 듯 가볍게 한 바퀴 돌려 고쳐 잡았다.

"이봐, 토인족 아가씨가 뭘 할 수 있다는 거야? 고용주의 뜻도 있으니까 얌전히 있으면 좋겠는데."

레가니드는 유에에게서 눈을 떼지 않고 그렇게 시아를 향해 말했다. 하지만 시아는 레가니드의 말을 무시하듯 거꾸로 충고했다.

"허리에 찬 검을 뽑지 않아도 되겠어요? 봐주긴 하겠지만 맨손으론 위험할 텐데요."

"헹, 토끼 아가씨가 세게 나오네? 도련님! 죄송하지만 상처 한두 개는 좀 봐주셔야겠수다!"

레가니드는 시아를 크게 신경 쓰지 않고 유에에게만 주의하며 아직까지 근처에 주저앉아 있는 뚱보에게 한마디 했다. 유에를 상대로 상처 없이 무력화하는 건 어려울 거라고 판단한 모양이었다.

하지만 레가니드는 깨달았어야 했다. 상식적으로 생각해서 애완 노예라는 인식이 강한 토인족이 전투 망치를 들고 있다는 위화감……. 제법 실력이 있을 것 같은 하지메와 유에 두 사람이 선봉을 맡겼다는 의미를…….

이미 말은 없었지만 시아는 허리를 낮춰 드뤼켄을 들더니…… 단번에 돌진했다. 그리고 다음 순간에는 레가니드의 눈앞에 나타났다.

"윽?!"

"얍!"

귀여운 목소리에 반해 호쾌한 바람과 함께 휘둘러진 엄청난 중량의 망치가 경악한 표정을 한 레가니드의 가슴으로 육박했다. 충격을 받기 직전, 레가니드는 간신히 두 팔을 십자로 교차해 방어를 시도했지만—.

'너무 무겁잖아!'

조금도 버티지 못하고 서둘러 뒤로 물러나며 충격을 줄이려 했으나 휘두르는 속도가 너무 빨라 의미가 없었다.

그 결과, 쾌직! 하고 생생한 소리를 내면서 뒤로 날아간 레가니드는 길드의 벽에 충돌했다. 꿍음을 울리며 폐 안의 공기를 모조리 토해 낸 그는 흔들리는 시야 속에서 맥이 빠진 듯한 시아의 모습을 보았다. 아무래도 조금 더 저항할 거라고 생각했던 듯하다.

레가니드는 모험가 랭크 『검정』인 자신을 상대로 토인족 소녀가 봐주다 못해 어이없어했다는 사실에 웃음밖에 나오지 않았다. 통증 때문에 찡그린 것처럼 보이는 웃음을 흘린 그는, 자리에서 일어나려 손을 짚었지만 엄청난 통증과 함께 그대로 고꾸라졌다. 통증이 있는 곳으로 시선을 돌려보니 찌부러진 자신의 팔이 보였다.

다행히 찌부러진 것은 한쪽뿐이라 통증을 견디며 다른 한쪽 팔로 어떻게든 일어났다. 시야가 어질어질 흔들렸지만 어떻게든 발을 딛고 일어설 수 있었다. 거의 의미가 없었지만 서둘러 뒤로 물러나지 않았더라면 일어날 수 없었을지도 모른다.

하지만 일어난 것이 과연 좋은 일이었을까…….

레가니드는 반쯤 오기로 일어났으나 유에가 얼음장처럼 차가운 눈으로 오른손을 내민 모습을 보고 속으로 투덜거렸다.

"도련님, 이건 수지가 맞질 않는다고……."

그 직후, 레가니드는 태어나서 처음으로『공중에서 춤춘다』
는, 귀중하면서도 최악의 체험을 하게 됐다.

"흩날리는 꽃이여, 바람에 안겨 부서져라—『풍화(風花)』."

—유에 자작 마법 제2탄, 중력과 바람 속성 복합 마법『풍
폭(風爆)』.

바람의 포탄을 날리는 마법과 중력 마법의 복합 마법이다.
복수의 바람 포탄을 자유롭게 다루어, 그 포탄에 담긴 중력
장이 항상 목표 주변을 선회하며 모든 방향으로『계속해서 떨
어지게 해』공중에 묶어 둔다. 그리고 공중으로 떠오르면 끝,
그대로 공중에서 샌드백이 되게 하는 잔인한 마법이다. 참고
로 예전처럼 영창은 적당히 만든 것이다.

공중에서 일방적인 공격을 받아 춤을 추던 레가니드는 그
대로 철퍼덕 하고 기분 나쁜 소리를 내며 바닥으로 떨어져 꼼
짝도 하지 않았다.

사실은 처음 몇 번의 공격으로 이미 의식을 잃었지만 아는
지 모르는지 유에는 그 뒤에도 봐주지 않고 연속으로 공격을
날렸다. 특히 가랑이를 집중적으로 공격하는 걸 본 주변 남
자들은 자신도 모르게 움츠러들고 말았다. 사납고도 흉악한
공격을 뒤에서 지켜보던 하지메도「으」하고 비통한 목소리를
낼 정도였다.

두 번이나 벌어진 있을 수 없는 광경과 가차 없는 공격으로
인해 길드 안에는 정적이 감돌았다. 아무도 움직이지 못한 채
하지메 일행을 응시했다. 자세히 보니 길드 직원으로 보이는

사람들이 싸움을 말리려 했지만, 카페에 오는 도중에 하지메 일행 쪽으로 손을 뻗은 채 굳어 있었다. 다양한 모험가들을 봐 온 그들도 무척이나 충격적인 광경인 듯했다.

그렇게 모두가 굳어 있을 때 갑자기 정적이 깨졌다. 하지메가 성큼성큼 걷기 시작한 것이다. 길드 안에 있는 전원의 시선이 하지메에게 집중됐다. 하지메가 향한 곳은…… 뚱보가 있는 곳이었다.

"히익! 오, 오지 마! 내, 내가 누구인 줄 알아?! 푸무 민[#3]이다! 민 남작가를 거스를 생각이냐?!"

"……지구의 모든 캐릭터 팬에게 사과해라, 돼지가."

하지메가 뚱보의 이름에서 지구의 대표적인 캐릭터를 떠올리며 얼굴을 잔뜩 찡그리더니 엉덩방아를 찧었던 뚱보의 얼굴을 강하게 짓밟았다.

"꾸힉?!"

말 그대로 돼지 같은 비명을 지르며 얼굴이 구두 바닥과 지면 사이에 낀 푸무는, 으직으직 불길한 소리를 내는 자신의 두개골에 공포를 느껴 비명을 질렀다.

그러자 그 목소리가 시끄럽다는 듯 비명을 지르면 지를수록 압력을 더했다. 얼굴이 흉하게 짓눌리고 눈과 코가 볼살로 가려졌다. 결국 목소리를 내면 낼수록 더 아파진다는 것을 깨달은 푸무가 얌전해지기 시작했다. 아니, 단순히 체력이 다한 건지도 모른다.

#3 푸무 민 유명 캐릭터인 푸와 무민의 패러디.

"야, 돼지. 두 번 다시 내 눈에 들어오지 마라. 직접적이든 간접적이든 상관하지 마. ……다음엔 봐주지 않는다."

푸무는 하지메의 구두 바닥에 짓눌리면서도 필사적으로 고개를 끄덕이려는 건지 바들바들 떨었다. 이미 완전히 마음이 꺾여서 허세를 부릴 힘도 남지 않은 것 같았다.

하지만 하지메는 이렇게 용서할 정도로 자상하지 않았다. 자고로 인간이란 고통을 맛봐도 얼마 지나면 잊어버리는 법. 일시적인 공포만으론 한참 부족하다. 죽이는 게 능사가 아닌 이상, 대신 잊지 못할 공포를 새겨줘야 한다.

그래서 다리를 살짝 든 하지메는 연성으로 구두 바닥에 스파이크를 만들어 강하게 짓밟았다.

"끄아아아아아아아!"

스파이크가 푸무의 얼굴에 박혀 수많은 구멍을 냈다. 푸무는 비명을 지르다 이내 통증으로 정신을 잃었다. 하지메가 발을 치우니 무참한…… 원래부터 무참한 얼굴이었기 때문에 그다지 달라지지 않았지만, 어쨌든 피로 얼룩진 푸무의 얼굴이 드러났다.

하지메는 어딘가 산뜻해진 얼굴로 유에와 시아가 있는 곳까지 걸어갔다. 유에와 시아도 미소를 지으며 하지메를 맞이했다. 엄청난 참상의 현장에 어울리지 않는, 실로 산뜻한 분위기였다. 하지메는 바로 옆에서 멍하니 서 있는 안내인 리시에게도 미소 지었다.

"그럼 안내인 씨. 장소를 바꿔서 계속 부탁할게."

"네?! 아, 아니, 저기, 전, 뭐랄까……."

리시는 하지메의 미소를 보고 무서웠는지 우물쭈물했다. 그 표정은 분명히 엮이고 싶지 않다고 이야기하고 있었다. 그 정도로 하지메 일행의 분위기가 피로 얼룩진 똥보와 엉망이 된 거한과 대비되어 더욱 이상하게 느껴졌다.

하지메는 리시의 심정을 이해했지만 이런 소동이 있고 난 뒤에 새로운 안내인을 찾는 건 귀찮으므로 그녀를 놓아줄 생각은 없었다. 하지메의 의도를 깨달은 유에와 시아가 리시의 양쪽에서 그녀를 단단히 붙들었다.

하지메 일행이 놓아줄 생각이 없다는 걸 깨달은 리시는 「히잉!」 하고 한심한 비명을 질렀다.

그러자 마침 그녀의 구세주, 길드 직원이 뒤늦게 찾아왔다.

"저기, 죄송하지만 저쪽에서 사정 청취에 협력해주세요."

그렇게 하지메에게 말한 남성 직원 외에도 세 사람의 직원이 하지메 일행을 둘러싸듯 다가왔다. 그들 모두가 내키지 않는 듯했지만 몇 명인가는 푸무와 레가니드의 상태를 확인하고 있었다.

"이건 내 동료를 빼앗으려 한 돼지가, 그걸 거절당하고서는 화내며 공격한 걸 물리쳤을 뿐이야. 그 이상 설명할 게 없어. 여기 있는 안내인이라든가 근처 남자들도 증인이지. 특히 근처 테이블에 앉았던 녀석들은 상당히 열심히 듣고 있던데."

하지메가 그렇게 말하며 주위 남자들을 흘겨보자 눈이 마주친 그들은 목이 떨어져 나갈 듯 격렬하게 몇 번이고 끄덕였다.

"그건 알고 있지만 길드 안에서 일어난 문제는 양쪽 당사자의 이야기를 들어 공정하게 판단해야 해서…… 규칙이니 모험가라면 따라주시지 않으면……."

"양쪽 당사자라……."

하지메가 푸무와 레가니드 두 사람을 슬쩍 보니 당분간은 눈을 뜰 것 같지 않았다. 길드 직원이 치유술사를 부른 모양이지만 아마도 2, 3일은 눈을 뜨지 않을 것이다.

"녀석이 눈을 뜰 때까지 계속 기다리라고? 피해자인 우리가? 성가시군. 차라리 도시 밖으로 납치해 죽여버릴까?"

하지메가 비난하는 시선으로 길드 직원을 보았다. 전형적인 클레임 같은 말투에 길드 직원 남성이 「그렇게 노려보자 마, 일이니까 어쩔 수 없잖아」라는 자포자기한 얼굴이 됐다. 그러다 불쑥 중얼거린 하지메의 마지막 말이 귀에 들어왔는지 다급히 말렸다.

하지메가 어쩔 수 없이 푸무와 레가니드에게 고통을 주어 억지로 깨우기 위해 다가가니 직원이 서둘러 말리는 입씨름이 시작됐다. 그때 갑자기 맑은 목소리가 들렸다.

"뭐하고 있죠? 이게 대체 무슨 일입니까?"

그쪽을 보니 안경을 낀 지적인 분위기가 감도는 마른 남성이 엄중한 눈으로 하지메 일행을 보고 있었다.

"도트 비서장님! 마침 잘 오셨습니다! 이건……."

직원들이 잘됐다며 도트 비서장이라 불린 남자에게 몰려들었다. 도트는 직원들의 이야기를 듣고는 하지메 일행에게 날카로운 시선을 보냈다.

아무래도 빨리 풀려나지 못할 것 같다고 생각한 하지메 일행은 내심 한숨을 쉬었다.

그런 일행에게 도트 비서장이라 불린 남자가 한 손 중지로 안경을 쓱 올리고 침착한 목소리로 말을 걸었다.

"이야기는 대략 들었습니다. 증인도 많이 있으니 거짓은 아니겠지요. 지나친 감도 있습니다만…… 뭐, 죽이지 않았으니 허용 범위라고 해 두죠. 우선 그들이 눈을 뜨고 이야기를 들을 때까지는 휴렌에 머물러주시고, 신원 증명과 연락처를 확인하고 싶습니다만……. 그것까지 거부하시진 않겠죠?"

말 속에 「이 이상 양보할 수 없습니다」라는 뜻을 전한 도트 비서장에게 하지메가 어깨를 으쓱이며 답했다.

"그래, 상관없어. 저기 돼지가 계속 불만을 호소한다면 오히려 연락을 받고 싶을 정도야. 이번엔 더 정중한 설득을 명심하지."

하지메는 그렇게 말하며 어이없어하는 도트에게 스테이터스 플레이트를 건넸다.

"연락처는 아직 머물 곳이 정해지지 않았으니…… 저기 안내인에게 물어봐줘. 그녀가 추천하는 여관에 머물 테니까."

하지메의 시선을 받은 리시는 움찔 몸을 떨고선 「역시 내가 안내해야 하는군요……」라며 포기한 표정으로 어깨를 늘어뜨렸다.

"흠, 좋습니다. ……『파랑』이군요. 저기 뻗은 남자는『검정』입니다만……. 이쪽 분들의 스테이터스 플레이트는 어떤가요?"

하지메의 스테이터스 플레이트에 표시된 모험가 랭크가 가장 낮은 『파랑』이라는 것을 본 도트는 다소 놀란 표정을 했다. 하지만 두 여성이 레가니드를 쓰러뜨렸다고 들었기 때문에 그녀들이 더 강한 건 싶어 유에와 시아의 스테이터스 플레이트를 제출하길 요청했다.

"아니, 유에하고 시아는…… 이쪽 여성들은 스테이터스 플레이트를 잃어버려서 아직 재발행하지 못했어. 그거 비싸잖아."

하지메는 슬쩍 거짓말을 했다. 두 사람이 이상할 정도로 뛰어난 실력을 보인 뒤엔 의미가 없을지도 모르지만 그렇다 하더라도 상세한 내용을 밝히는 건 피하고 싶었다.

"하지만 신원은 명확하게 해주셔야 합니다. 기록해 뒀다가 당신들이 빈번히 길드 안에서 문제를 일으킨다면 가해자, 피해자에 상관없이 블랙리스트에 오르게 되죠. 괜찮으시다면 길드에서 만들어드릴까요?"

도트의 말투를 보아 아무래도 신원 증명이 필요한 듯했다.

하지만 스테이터스 플레이트를 만든다면 은폐하기 전인 기능 항목에 두 사람의 고유 마법이 확실히 표시될 것이다. 물론 신대 마법까지도. 그렇게 된다면 소동이 벌어질 게 분명하다. 그 소동으로 하지메 일행을 해하려 한다면 전부 쓸어버릴 수 있지만 그래서는 편히 머무를 수 없을 것이다.

머리 한구석에서 그런 생각을 하며 귀찮아진 하지메. 그 생각을 읽었는지 유에가 하지메에게 말을 걸었다.

"……하지메, 편지."

"응? 아, 그 편지……."

유에의 말에 하지메는 브룩 마을을 나올 때 캐서린에게서 편지를 받은 것을 떠올렸다. 길드 관련으로 문제가 생겼을 때 높은 사람에게 보이면 도움이 될지 모른다는 말과 함께 받은 정체불명의 편지다.

경우에 따라선 도시에서 나가면 그만이라고 생각한 하지메는 품에서 편지를 꺼내 도트에게 넘겼다. 캐서린의 말은 반쯤 듣지 않았기 때문에 내용은 모른다. 하지메는 이렇게 될 줄 알았더라면 내용을 봐 둘 걸 그랬다고 약간 후회했다.

"신원 증명을 대신할 수 있을지 모르겠지만, 아는 길드 직원이 곤란할 때 길드의 높은 사람에게 넘기라는 말을 했어."

"응? 길드 직원 중에 아는 사람이 있습니까? ……잠시 보겠습니다."

하지메 일행의 옷을 보고 돈이 부족하지는 않을 거라고 생각했기 때문에, 스테이터스 플레이트의 재발행을 거절한 것에 의문을 품었던 도트는 건네받은 편지를 펼쳐 내용을 확인하고 깜짝 놀란 표정을 했다.

그리고 하지메 일행의 얼굴과 편지를 몇 번인가 번갈아 가며 확인한 뒤 편지 내용을 다시 확인했다. 눈을 동그랗게 뜨고 읽는 모습을 보면 아무래도 편지의 진위를 확인하려는 것 같았다.

이윽고 도트는 편지를 접어 정중하게 봉투에 다시 넣고는 하지메 일행에게 시선을 돌렸다.

"이 편지가 사실이라면 확실한 신원 증명이 됩니다만……
저 혼자선 이 편지를 보낸 사람이 본인인지 판단하기 조금 어
렵습니다. 지부장님께 확인을 받을 테니 잠시 별실에서 기다
려주시겠습니까? 그리 오래 걸리지 않을 겁니다. 10분, 15분
정도면 끝납니다."

도트가 보인 예상 밖의 반응에 정말로 캐서린이 뭐 하는 사
람인지 궁금해진 하지메 일행.

"뭐, 그 정도야 상관없지. 알았어. 기다리지."

"직원이 안내해드릴 겁니다. 그럼 나중에 뵙겠습니다."

도트는 옆의 직원을 불러 별실까지 안내를 부탁한 뒤, 편지
를 들고서 산뜻하게 길드 안쪽으로 사라졌다. 지명된 직원이
하지메 일행을 안내했다. 하지메 일행이 그를 따라 이동하려
할 때 당황스러워하면서도 어딘가 기대에 찬 목소리가 들렸다.

"저기~, 전 어떻게 하면 될까요?"

리시였다. 그 눈동자에는 길드에서 할 이야기가 있다면 자
신은 이만 가 보고 싶다는 의지가 담겨 있었다. 확연하게 말
썽의 씨앗인 하지메 일행과 조금이라도 빨리 이별하고 싶은
모양이었다.

하지메는 당연하다는 표정으로 고개를 끄덕이며 확실히 말
했다.

"기다려줘. ……도망치지 말고. 프로잖아?"

"……네."

풀썩 어깨를 늘어뜨리곤 카페 안쪽에 있는 좌석으로 발길을 옮긴 리시. 그 등에선 싫은 일이라도 받아야 하는 사회인의 애환이 느껴졌다.

하지메 일행이 응접실로 안내된 후 정확히 10분 뒤. 드디어 누군가가 문을 노크했다. 하지메가 대답하고 한 박자 쉬고서 문이 열렸다. 그곳에 나타난 것은 금발을 뒤로 넘기고 날카로운 눈매를 가진, 30대 후반 정도의 남성과 도트였다.

"안녕하신가. 모험가 길드 휘렌 지부장 이루와 창이다. 하지메 군, 유에 군, 시아 군……이라고 부르면 되겠나?

간결한 자기소개 뒤에 하지메 일행의 이름을 확인한 뒤 악수를 청한 지부장 이루와. 하지메도 악수에 응하며 대답했다.

"그래, 상관없어. 이름은 편지에 적혀 있었나?"

"그래. 선생님의 편지에 적혀 있었지. 상당히 마음에 들어하시더군. ……아니, 주목하셨다고 해야 할까. 장래가 유망하지만 말썽에 말려들기 쉬우니 될 수 있으면 눈을 감아달라는 내용이었지."

"말썽에 말려들기 쉽다고……. 하긴, 브룩에선 항상 말썽에 휘말렸지. 뭐, 그건 됐어. 중요한 신분 증명은 어떻게 됐지? 그거면 되나?"

"그래, 선생님이 문제 있는 인물이 아니라고 적으셨거든. 그 사람은 사람을 보는 눈이 정확해. 일부러 편지를 보낼 정도니 이 편지로 자네들의 신분을 확인한 셈 치지."

아무래도 캐서린의 편지는 길드의 높은 사람을 상대로 도움이 된 모양이다. 게다가 상당한 신용을 받고 있었다. 캐서린을 『선생님』이라고 부른 걸 보면 제법 잘 알고 있는 것 같았다. 하지메의 옆에 앉은 시아는 캐서린을 특히나 잘 따랐기 때문에 이야기가 신경 쓰이는지 조심조심 이루와에게 물었다.

"저기~, 캐서린 씨는 뭐 하시는 분인가요?"

"응? 본인에게서 듣지 못했나? 그녀는 왕도 길드 본부에서 길드 마스터의 비서장이었다. 그 후 길드 운영에 대한 교육 담당을 맡았지. 지금 각 마을에 파견된 지부장의 50에서 60퍼센트는 선생님의 제자다."

예상하지 못했던 캐서린의 정체에 하지메 일행은 깜짝 놀란 표정을 했다. 그것을 본 이루와는 쓴웃음을 지으며 말을 이었다.

"나도 그중 한 사람으로 그 사람에겐 고개를 들 수 없어. 그 아름다움과 인품으로 당시엔 우리의 우상과도 같은 존재, 혹은 동경하는 누나 같은 존재였다. 그 후에 결혼해서 브룩 마을의 길드 지부로 전근했지. 아이를 키우기엔 시골이 좋다면서……. 그녀의 결혼 발표는 청천벽력 같았지. 길드는 물론 왕도 전체가."

"흠, 그렇게 굉장한 사람이었군요."

"……응. 캐서린 대단해."

"범상치 않다고 생각했지만…… 높은 자리에 앉았던 인간이었을 줄은. 그보다 그렇게 인기가 있었는데…… 지금은……

아니, 그만두자."

캐서린의 정체를 알게 되어 반쯤 감탄한 유에와 시아. 하지만 하지메만큼은 살짝 시간의 잔혹함을 느끼게 되어 먼 곳을 바라보고 말았다.

"뭐, 그건 그렇고 문제가 없다면 이만 가도 되겠지?"

원래 신원 증명을 위해 기다리고 있었으니 볼일이 끝난 이상 오래 있을 필요가 없다고 생각한 하지메가 이루와에게 확인했다. 하지만 이루와는 눈동자 안쪽을 빛내며 「잠시 기다려 주겠나?」라고 하지메 일행을 붙들었다. 어쩐지 하지메의 가슴 속에서 불길한 예감이 들었다.

이루와는 옆에 서 있던 도트를 재촉해 의뢰서 한 장을 꺼내 하지메 일행 앞으로 내밀었다.

"실은 자네들의 실력을 믿고 의뢰 하나를 부탁하고 싶다."

"거절하지."

이루와가 의뢰를 제안한 순간 하지메는 말을 끊듯 거절하며 자리에서 일어나려 했다. 유에와 시아도 뒤를 따랐지만 뒤이은 이루와의 말에 자신도 모르게 발을 멈췄다.

"흠, 우선 이야기만 들어주지 않겠나? 들어준다면 이번 일은 불문에 부치기로 하지……."

"……."

그 말은 「이야기를 들어주지 않으면 이번 일에 대해 여러모로 귀찮은 책임을 물겠다」는 거나 마찬가지였다.

주위 사람들의 증언으로 하지메 일행이 푸무에게 한 일은 죄가 되지 않겠지만 다소 지나친 경향이 있었으니, 정규 절차에 따라 당사자 쌍방의 말을 듣고 길드가 공정한 판단을 내리는 절차를 밟으면 상당한 시간이 소비될 것이다.

결국 하지메 일행에게 잘못이 없다는 결과가 나오겠지만, 거꾸로 말하자면 결과를 알고 있는 절차를 말도 안 되는 시간을 들여 처리해야 한다는 것이다. 게다가 여기서 도망쳤다간 경사스럽게도 블랙리스트에 오르게 될 것이다. 그렇게 된다면 앞으로 마을에서 길드를 이용하는 게 무척이나 성가셔질 건 불 보듯 뻔했다.

하지메는 잠시 이루와를 노려봤지만 이루와는 『의뢰를 받아들인다면』이 아니라 『이야기를 들어준다면』이라고 했기 때문에, 이야기를 듣는 정도로 귀찮은 일을 피할 수 있다면 다행이라고 생각을 고치며 다시 자리에 앉았다.

"들어줄 모양이군. 고맙네."

"······역시 대도시의 길드 지부장이야. 성격 한번 좋으시군."

"자네도 만만치 않다고 생각하는데 말이지. 그럼 이번 의뢰 내용 말인데, 여기에 적힌 대로 행방불명된 사람을 찾는 일이다. 【북쪽 산맥 지대】의 조사 의뢰를 받은 모험가 일행이 예정 날짜가 지나도 돌아오지 않아, 그중 한 사람의 친가에서 수색 의뢰를 낸 거지."

이루와의 이야기를 요약하면 이렇다.

최근 【북쪽 산맥 지대】에서 마물 무리를 봤다는 목격 사례가 들어왔고 길드에서 조사 의뢰를 했다고 한다.

【북쪽 산맥 지대】는 산 하나를 넘으면 거의 미개척 지역이기 때문에 대미궁의 마물 정도까진 아니더라도 나름대로 강력한 마물이 출몰한다. 그래서 높은 랭크의 모험가가 이것을 받아들였다. 하지만 이 모험가 파티에서 본래 멤버 외의 인물이 억지로 동행을 요청해 우여곡절 끝에 임시 파티를 맺게 됐다고 했다.

이 즉석 참가자가 쿠데타 백작가의 삼남인 윌 쿠데타라는 인물이라고 한다. 쿠데타 백작은 가출이나 마찬가지인 형태로 모험가가 되어 뛰쳐나간 아들의 동향을 남몰래 살피고 있었지만, 이번 조사에 나선 뒤로 아들에게 붙여 두었던 연락원도 소식이 끊겨 보통 일이 아닐 거라고 생각해 다급히 수색 요청을 냈다고 한다.

"백작은 가문의 힘으로 독자적인 수색대도 보냈다고 하지만, 수가 많은 편이 좋다며 길드에도 수색 요청을 했지. 바로 어제 말이야. 처음에 조사 의뢰를 받은 파티는 상당한 숙련자라, 그들이 대응할 수 없다고 한다면 평범한 모험가로는 2차 피해가 발생할 뿐이야. 그에 어울리는 실력자가 받아줘야 하지. 하지만 안타깝게도 이 의뢰를 맡길 수 있는 모험가는 지금 없어. 헌데 때마침 자네들이 왔으니 이렇게 의뢰하는 거다."

"우선 우리에게 그에 어울리는 실력이 없으면 안 되잖아? 아쉽게도 우리 랭크는 『파랑』이라고."

하지메는 뜻밖에도 그 정도까지의 실력은 없다고 전했지만 이루와는 전혀 받아들이지 않았다.

"아까 『검은』 레가니드를 순식간에 해치웠다지? 그리고……【라이센 대협곡】을 여유롭게 탐색할 수 있는 자를 어울리지 않는다고 할 순 없지."

"뭐! 어떻게 그걸…… 편지인가? 하지만 그녀에게 그런 이야기는……."

하지메 일행이 【라이센 대협곡】을 탐색했다는 이야기는 아무에게도 하지 않았다. 이루와가 그것을 알고 있는 건 편지에 적힌 것 이외에는 있을 수 없는 일이다. 만약 그렇다면 어떻게 캐서린이 그것을 알고 있는지가 의문이었다. 하지메가 곰곰이 생각하고 있을 때 시아가 조심스럽게 손을 들었다.

하지메가 시아에게 의아하다는 눈빛을 보냈다.

"시아, 무슨 일이야?"

"저기~, 제가 그만 실수로…… 에헷."

"……나중에 벌을 주지."

"윽?! 유, 유에 씨도 있었어요!"

"……시아, 배신자."

"둘 다 벌이야."

아무래도 원인은 유에와 시아인 모양이었다. 하지메의 체벌 선언에 두 사람 모두 평정을 가장하면서도 식은땀을 흘리고 있었다. 그런 모습을 보고서 쓴웃음을 지은 이루와는 이야기를 이었다.

"생존은 절망적이지만 가능성은 제로가 아니야. 백작은 개인적인 친구이기 때문에 가능한 빨리 탐색하고 싶어. 어떤가?

지금은 자네들밖에 없어. 받아줄 수 없겠나?"

호소하는 듯한 이루와의 태도를 보면 단순히 길드가 받아들인 의뢰 이상의 감정이 담긴 듯했다. 백작과 친구라는 것은 그 행방불명된 윌이라는 사람과도 면식이 있는지도 모른다. 개인적으로 안부가 걱정될 것이다.

"말은 그렇지만 우리도 목적지가 있어. 여긴 지나가는 길에 들렀을 뿐이야. 【북쪽 산맥 지대】는 갈 수 없어. 미안하지만 사양하지."

하지메로선 귀족의 삼남의 생사는 아무래도 상관없었기 때문에 주저하지 않고 거절했다. 하지만 그것을 예상했는지 하지메가 자리에서 일어나는 것보다 빠르게 이루와가 보수를 제안했다.

"보수는 제법 챙겨주겠네. 의뢰서의 금액은 물론 내가 보너스를 얹어주지. 길드 랭크도 승격시켜주겠네. 자네들 실력이라면 단번에 『검정』으로 올려줄 수도 있어."

"아니, 돈은 최저한으로 충분해. 랭크도 상관없고……."

"그렇다면 앞으로 길드 관련으로 말썽이 일어났을 때 내가 직접 자네들을 지켜준다는 건 어떤가? 휴렌의 길드 지부장의 후원이다. 길드 안에서도 상당한 영향력이 있다고 자부하고 있지. 자네들은 말썽과 가까운 것 같으니 말이야. 나쁘지 않은 보수 아닌가?"

"크게 나오시는군. 친구 아들이라고는 하지만 지나치게 힘을 주는 거 아닌가?"

하지메의 말에 이루와가 처음으로 표정을 무너뜨렸다. 후회가 가득한 표정이었다.

"그에게…… 윌에게 그 의뢰를 추천한 건 나다. 조사 의뢰를 받은 파티에게도 내가 이야기를 해 뒀지. 이번 조사도 확실한 실력이 있는 파티가 함께라면 문제없을 거라고 생각했어. 아직 실질적인 피해도 없었으니 말이야. 윌은 귀족이 어울리지 않는다며 예전부터 모험가를 동경했었지. 하지만 자질은 없었어. 강력한 모험가들을 따라 그럭저럭 위험한 곳으로 가서 모험가는 무리라는 걸 깨달았으면 했지. 예전부터 날 잘 따랐거든……. 그래서 이번 의뢰로 포기하게 만들고 싶었는데……."

하지메는 이루와의 독백을 들으며 잠시 생각에 잠겼다. 하지메가 생각하던 것 이상으로 이루와와 윌의 관계는 깊은 듯했다. 선선한 얼굴로 이야기했지만 이루와의 속마음은 말 그대로 지푸라기라도 잡고 싶은 심정인 것 같았다. 시간이 지나면 지날수록 생존 가능성은 제로에 가까워지기 때문에 무모한 보수를 제안한 것도 이루와가 상당히 초조해한다는 증거였다.

하지메는 마을에 들를 때마다 유에와 시아의 신분 증명에 대해 변명하기도 슬슬 귀찮아졌고, 높은 사람과 연줄을 만들어 두는 건 앞으로 마을 시설을 이용할 때 편리할 것이라 생각했다.

무엇보다 성교 교회와 왕국을 따를 생각이 전혀 없는 이상, 언젠가 이단이라며 비난을 받을지도 모른다. 그럴 경우 마을에서 지내긴 무척이나 힘들어질 것이고 개인적인 인연으로 그런 문제를 해결할 수 있다면 좋은 일이었다.

그래서 하지메는 대도시의 길드 지부장이 도움을 준다면, 자신들의 사정을 알려주고 입을 막으면서 안 좋은 일이 생겼을 때 이용하자고 마음을 굳혔다. 윌 아무개와는 상당히 친한 모양이니 산 채로 데리고 돌아온다면 의리 없이 행동하진 못할 것이다.

"그렇게까지 말한다면 생각해보겠지만…… 조건이 두 가지 있어."

"조건?"

"그래, 그리 어려운 일은 아니야. 유에와 시아에게 스테이터스 플레이트를 만들어줬으면 해. 그리고 거기에 표기된 내용에 대해선 발설하지 않을 것을 약속할 것. 그리고 길드 관련뿐만 아니라 댁이 가진 연줄 전부를 사용해서 우리의 편의를 봐줄 것. 이 두 가지야."

"그건 지나치게……."

"할 수 없다면 이 이야기는 없던 걸로 하지. 이만 가보겠어."

하지메가 자리를 일어나려 하자 이루와와 도트가 초조함과 고민으로 표정을 찡그렸다. 첫 번째 조건은 딱히 문제가 안 되지만, 두 번째는 실질적으로 휴렌 길드 지부장이 모험가 한 명의 수족이 된다는 것과 마찬가지였다. 책임이 있는 입장으로서 그리 쉽게 허용할 수는 없었다.

"뭘 요구할 생각이지?"

"그렇게 부담 갖지 마. 말도 안 되는 요구를 할 생각은 없어. 하지만 우리는 조금 특이한 존재라 교회 눈에 들면…… 아니, 앞으로 거의 확실하게 눈에 들게 될 텐데, 그때 연줄이 있는 편이 편리하다고 생각했을 뿐이야. 성가신 일이 일어났을 때 편을 들어주면 돼. 그 왜, 지명 수배를 당하더라도 시설을 이용하는 걸 거절하지 않는다든가."

"지명 수배를 당하는 건 확정인 건가? 흠, 개인적으로도 자네들의 비밀이 신경 쓰이는군. 캐서린 선생님이 마음에 들어 하실 정도니 나쁜 사람은 아니라고 생각하지만……. 그리고 보니 그쪽의 시아 군은 괴력에, 유에 군은 본 적도 없는 마법을 사용한다는 보고가 있더군. ……그게 자네들의 비밀인가. ……그리고 그게 언젠가 교회의 눈길을 끌 만한 것이라 이거군. 크게 숨기려 하지 않는 걸 보면 처음부터 문제가 생기는 건 각오했나 보군. 그렇게 된다면 확실히 어느 마을에서도 움직이기 힘들겠지. ……그래서 사정을 봐달라 이거지……."

역시 대도시의 길드 지부장을 맡은 만큼 두뇌 회전이 빨랐다. 이루와는 잠시 생각에 잠긴 뒤 결심한 듯 하지메에게 시선을 보냈다.

"범죄에 가담하는 등의 윤리에 어긋나는 행위, 요구에는 절대로 따를 수 없어. 자네들이 요구를 전할 때마다 상세한 내용을 듣고 내 자신이 판단하겠네. 하지만 가능한 한 자네들을 도와줄 것을 약속하지. ……이 이상은 양보할 수 없다. 어떤가?"

"뭐, 그 정도겠지……. 그거면 됐어. 그리고 보수는 의뢰를 달성한 후에 주면 돼. 도련님 자신이나 유품을 가져오면 되는 거지?"

하지메는 유에와 시아의 스테이터스 플레이트를 손에 넣는 게 가장 큰 목적이었다. 이 세계에선 무슨 일이 있을 때마다 제시해야 하는 스테이터스 플레이트는, 갖고 있지 않은 편이 이상하기 때문에 앞으로 마을에 들를 때마다 변명하는 건 무척이나 성가시리라.

문제는 처음에 스테이터스 플레이트를 제작한 사람이 소란을 피우지 않도록 해야 하는 것이었지만…… 이루와의 존재가 그 문제를 해결해주었다.

하지만 구두로 약속해도 밀고의 우려는 있다. 하지메 일행의 특이성은 언젠가 들키겠지만 적극적으로 참견하는 건 원치 않는다. 그래서 하지메는 스테이터스 플레이트를 제작하는 걸 의뢰가 끝난 뒤로 미뤘다. 마음에 무거운 짐을 지고 있던 이루와는 과정이 어떻든 답을 찾아준 하지메를 나쁘게 대하진 않을 거라는 타산이다.

이루와도 하지메의 의도를 알고 있을 것이다. 쓴웃음을 지으면서 수색 의뢰를 받아줄 사람을 찾은 것에 안도한 듯했다.

"정말로 자네들의 비밀이 궁금해지기 시작했지만…… 그 즐거움은 의뢰를 달성한 뒤로 미뤄 두지. 하지메 군의 말대로 어떠한 형태든 윌 일행의 흔적을 찾아줬으면 한다. ……하지메 군, 유에 군, 시아 군. 잘 부탁하네."

이루와는 마지막에 진지한 눈빛으로 하지메 일행을 바라본 뒤 천천히 고개를 숙였다. 대도시의 길드 지부장이 일개 모험가에게 고개를 숙이는 건 그리 쉽게 할 수 있는 일이 아니었다. 캐서린의 제자인 만큼 좋은 인성을 엿볼 수 있었다.

그런 이루와의 모습을 본 하지메 일행은 자리에서 일어나 부담 없이 실로 가벼운 태도로 답했다.

"그래."

"……응."

"네."

그 후 준비금과【북쪽 산맥 지대】의 산기슭에 있는 호숫가의 마을에 보여줄 소개서, 문제의 모험가들이 받은 조사 의뢰 자료를 받고 일행은 방에서 나왔다.

덜컹 소리가 나며 문이 닫혔다. 그 문을 한동안 바라보던 이루와는「후우」하고 크게 한숨을 쉬었다. 방에 있는 사이 한마디도 하지 않았던 도트가 걱정스러운 듯 이루와에게 말을 걸었다.

"지부장님……. 괜찮으시겠습니까? 그렇게 큰 보수를……."

"……월의 목숨이 달렸다. 그들 이외에 부탁할 사람은 없었어. 어쩔 수 없지. 그리고 그들에게 힘을 빌리든 아니든, 내가 좋다고 판단했고 그들도 승낙했으니 문제없어. 그보다 그들의 비밀이라는 게……."

"스테이터스 플레이트에 표시되는『이상한 것』말인가요……."

"흠. ……도트 군, 알고 있나? 하일리히 왕국 용사 일행의 스테이터스는 다들 말도 안 되는 수준이라더군."

도트는 이루와의 갑작스러운 이야기에 가느다란 눈을 크게 떴다.

"아! 지부장님은 그가 소환된 자……『신의 사도』중 한 사람이라고 보시는 겁니까? 하지만 그는 마치 교회와 적대하고 있다는 말투였고, 용사 일행은 성교 교회가 관리하고 있을 겁니다."

"그래, 그 말이 맞아. 하지만…… 대략 4개월 전, 그중 한 사람이 오르크스에서 사망했다고 하더군. 나락 밑바닥으로 마물과 함께 떨어졌다지."

"……설마 그 사람이 살아 있다는 겁니까? 4개월 전이라면 용사 일행도 아직은 미숙했을 텐데요. 오르크스의 바닥이 어떤지는 모르지만, 도저히 살아남을 것 같지는……."

도트는 믿을 수 없다는 듯 고개를 저으며 이루와의 추측을 부정했다. 하지만 이루와는 어딘가 재미있다는 표정으로 다시 하지메 일행이 떠난 문을 바라보았다.

"그래. 하지만 만약 그렇다 한다면…… 어째서 그는 동료와 합류하지 않고 여행을 하고 있을까? 그는 대체 어둠 밑바닥에서 무엇을 보고 무엇을 얻었을까?"

"무엇을…… 말입니까……."

"그래. 그게 무엇이든, 분명 교회와 적대하겠다고 결심하게 할 만한 것이었겠지. 그건 세계와 적대할 각오가 되어있다는 거다."

"세계와……."

"나도 그런 특이한 인간과는 꼭 연줄을 맺어 두고 싶어. 설령 그가 교회와 왕국에서 쫓겨난 몸이라 해도 말이야. 어쩌면 선생님도 그걸 깨닫고 일부러 편지를 보낸 건지도 모르지."

"지부장님……. 부디 물러설 때를 신중하게 판단해주십시오."

"물론이지."

도트는 지나치게 규모가 큰 이야기에 현기증이 날 것 같으면서도 이루와의 비서장으로서 충고를 잊지 않았다. 하지만 이루와는 깊게 생각에 잠겨 도트의 충고도 반쯤 흘려들었다.

광대한 평원 한복판에는 북쪽을 향해 똑바로 뻗은 길이 있었다.

길이라 해도 몇 번이고 발길이 오가며 자연스럽게 잡초가 사라져 길이 됐을 뿐이었다. 이쪽 세계의 마차는 충격 흡수재가 없어서, 마차를 타고 이 길을 지나는 사람은 분명 목적지에 도착한 순간 자신의 엉덩이를 달래주게 될 것이다.

그렇게 정돈되지 않은 길을 말도 안 되는 속도로 폭주하는 그림자가 있었다. 검은 차체에 두 개의 바퀴로 울퉁불퉁한 길을 아무렇지도 않게 돌진하는 그것 위에는 세 사람의 그림자가 있었다.

하지메, 유에, 시아였다. 과거 【라이센 대협곡】의 계곡 바닥에서 달렸을 때와는 비교할 수 없는 속도로 질주하고 있었다. 아마 시속 80킬로미터는 나올 것이다. 마력을 저해하는 것이 없기 때문에 마력 구동 이륜『슈타입』도 본래의 성능을 충분히 발휘하고 있었다.

앉은 순서는 평소와 마찬가지로 하지메의 팔 안에 유에, 등 뒤에 시아가 탄 형태였다. 바람에 날리는 시아의 토끼 귀가 펄럭펄럭 기분 좋게 나부끼고 있었다.

쾌청한 날씨에 따뜻한 햇볕이 내리쬐고 유에의 마법으로 풍압을 조절했기 때문에 여행하기에는 최고의 날씨였다. 실제로 유에와 시아도 따뜻한 햇볕과 기분 좋은 바람을 온몸으로 느끼며 정말 기분 좋은 듯 밝은 모습이었다.

"하~, 기분 좋아요~. 유에 씨이~. 돌아갈 땐 자리를 바꾸지 않으실래요~?"

"……안 돼. 여긴 내 전용석."

"에이~ 그러지 말고 바꿔 봐요~. 뒷자리도 기분 좋아요~."

시아가 느긋한 말투로 유에에게 자리를 바꾸자고 졸랐다. 하지메는 어깨 너머로 시아의 얼굴을 돌아보며 싫다는 표정을 하고 유에 대신 답했다.

"이봐, 넌 앞에 앉을 수 없잖아. 방해된다고. 특히 그 토끼 귀. 바람에 펄럭여서 내 눈을 찌를 거 아냐."

"아~, 그러네요~."

"……안 돼, 거의 잠들었어."

아무래도 너무나도 편안해진 시아는 반쯤 꿈나라로 떠난

듯했다. 하지메의 어깨에 머리를 기대고 모든 체중을 실어 몸을 기댔다. 유에게 말을 건 것도 반쯤 잠꼬대였으리라.

"이 속도라면 반나절은 걸리겠군. 멈추지 않고 갈 테니 쉴 수 있을 때 쉬어 두자."

하지메의 말대로 월 일행이 받아들인 의뢰의 조사 범위인, 【북쪽 산맥 지대】에 가장 가까운 마을까지 앞으로 반나절 걸리는 곳까지 왔다. 이대로 휴식하지 않고 계속 달리면 아마도 날이 저물 무렵에 도착할 테니, 마을에서 하룻밤 쉬고 내일 아침부터 탐색을 시작할 생각이었다.

서둘러야 하는 이유는 시간이 흐르면 흐를수록 월 일행의 생존율이 낮아지기 때문이다. 하지만 평소와 다르게 타인을 위해 적극적인 하지메를 본 유에가 올려다보며 의아하다는 얼굴을 했다.

하지메는 팔 안에서 고개를 들어 자신을 올려다보는 귀여운 유에를 보고 쓴웃음을 지었다.

"……적극적?"

"그래, 살아 있는 게 최고잖아. 그러는 편이 고마움도 더 크게 느끼겠지. 앞으로 나라와 교회와의 성가신 일은 짜증 날 정도로 일어날 것 같으니 방패는 많을수록 좋잖아? 일일이 진지하게 상대하고 싶지도 않고."

"……그렇구나."

실제로 이루와라는 방패가 어느 정도 기능할지 알 수 없는 데다, 굳이 말하자면 도움이 되지 않을 가능성이 컸다. 하지만 보험은 많이 들어 두는 편이 좋다. 하물며 약간의 노력으로 얻을 수 있다면 그 노력은 아끼지 않는 것이 좋다.

"그리고 이야길 들어보니 앞으로 갈 마을은 호숫가의 마을이라 수자원이 풍부하다더군. 그래서 마을 부근은 대륙에서 제일가는 벼농사 지대라고 해."

"……벼?"

"그래, 쌀 말이야, 쌀. 내 고향인 일본의 주식이거든. 이쪽에 온 뒤로 한 번도 먹은 적이 없었어. 같은 건지는 모르겠지만 빨리 가서 먹어보고 싶어."

"……응. 나도 먹고 싶어……. 마을 이름은?"

먼 곳을 바라보며 밥을 떠올린 하지메에게 흐뭇한 눈빛을 보낸 유에는, 그러고 보니 마을 이름을 듣지 못했다며 하지메에게 물었다. 깜짝 놀란 하지메는 유에의 눈빛을 깨닫고 조금 멋쩍었는지 얼버무리듯이 약간 큰 목소리로 답했다.

"호반의 마을 우르야."

"하아, 오늘도 단서가 없어. 시미즈는 대체 어디로 간 거죠……."

맥없이 어깨를 떨구며 【우르 마을】의 큰길을 터벅터벅 걷는 건 소환된 한 사람이자 교사인 하타야마 아이코였다. 평소의 쾌활한 모습은 온데간데없고 지금은 불안과 걱정에 찬 우울한 분위기가 감돌고 있었다. 기분 탓인지 거리를 수놓은 가로등의 불빛조차 평소보다 어둑한 것 같았다.

"아이 선생님, 너무 걱정하지 마세요. 아직 아무것도 모르잖아요? 방도 어질러지지 않았으니까 스스로 어딘가에 갔을 가능성이 높아요. 그러니까 너무 걱정하지 마세요."

"그래, 아이코. 이럴 때야말로 나쁜 쪽으로 생각해선 안 돼. 깨닫지 못한 것이나 해야 할 것을 놓칠 수도 있으니까. 그리고 유키토시는 우수한 술사야. 설령 뭔가 예기치 못한 사태가 일어났다 해도 그리 간단히 당하지는 않겠지. 그의 선생님인 아이코가 학생을 믿어 줘야지."

기운이 없는 아이코에게 그렇게 말을 건 것은 유카와 데이비드였다. 주변에는 그 외에도 자주 모습을 보이는 기사들과 아츠시를 비롯한 학생들도 있었다. 그들도 저마다 아이코를 배려해 말을 걸었다.

아이 호위대의 한 사람, 시미즈 유키토시가 실종되고서 이미 2주 하고도 며칠이 지났다. 아이코 일행은 온갖 방법을 동원해 시미즈를 찾았지만 그 행방을 알 수 없었다. 마을에도 목격 정보가 없었고, 근처 도시에도 사람을 보내 목격 정보를 모았지만 아무런 소식도 얻을 수 없었다.

처음엔 사건에 말려든 게 아닌가 소동이 일었지만 시미즈의 방이 어질러지지 않았던 점, 시미즈 자신이 『암술사』라는 어둠 계열 마법에 특별한 재능을 가진 천직을 갖고 있으며 다른 계열 마법에 대해서도 높은 적성을 가졌던 점, 그러므로 이 부근의 불한당에게 당하진 않을 거라는 점, 그리고 행방불명이 되기 전부터 이따금 호위대에서 벗어나 혼자 모습을 감췄

던 점으로 미루어 자발적인 실종이 아닐까 생각하는 사람이
많았다.

원래 시미즈는 어른스러운 인도어 타입의 인간으로 사교성
도 그다지 높지 않았다. 같은 반 아이들 중에서도 특별히 친
한 친구가 없어서 아이 호위대에 참가했던 것이 놀라웠을 정
도였다.

그래서 아이코 이외의 사람은 시미즈의 안부보다는 그것을
걱정하며 나날이 기운이 없어져 가는 아이코가 더 걱정이었다.

참고로 왕국과 교회에는 이미 보고를 했으며 수색대를 편성
해 도와주러 오고 있다고 한다. 시미즈는 마법 재능 덕분에 무
척이나 우수한 인재라서 상층부는 하지메 때처럼 낙관적으로
보지 않았다. 앞으로 2, 3일이면 수색대가 도착한다고 한다.

계속해서 자신을 걱정해주는 말에 아이코는 내심 자신을
채찍질했다. 사건에 휘말렸든 자발적인 실종이든 걱정이 되는
건 똑같았다.

하지만 그것을 겉으로 드러내 지금 곁에 있는 학생들을 불
안하게 하고, 자신을 걱정하게 하면 어떡하느냐고 생각했다.
그러고도 자신이 이 아이들의 교사인가 라며……. 아이코는
한 번 심호흡을 한 뒤 두 손으로 찰싹 뺨을 때려 마음을 다
잡았다.

"여러분, 걱정 끼쳐 죄송해요. 그래요. 고민만 하고 있으면
아무것도 해결되지 않아요. 시미즈는 우수한 마법사니 분명
괜찮을 거예요. 지금은 무사하길 믿으며 할 수 있는 걸 해요.

우선 오늘은 밥부터 먹죠! 배불리 먹고 내일을 대비해요!"

　무리하고 있다는 건 훤히 알 수 있었지만, 그녀의 기운찬 목소리에 유카 일행도 「네~」라고 답변했다. 데이비드 일행은 그 모습을 흐뭇하게 바라보았다.

　덜컹덜컹 소리를 내며 아이코 일행은 자신들이 머무는 여관 문을 열었다. 【우르 마을】에서 제일가는 고급 여관으로, 『물 요정 여관』이라는 이름이었다. 예전에 【우르디아 호수】에서 나타난 요정을 어떤 부부가 재워준 것이 유래라고 한다.

　또한 【우르디아 호수】는 【우르 마을】 부근에 있는 대륙에서 제일 큰 호수로, 그 크기는 비와 호#4의 네 배 정도다.

　『물 요정 여관』 1층은 레스토랑이며 【우르 마을】의 명물인 쌀 요리를 많이 갖추고 있었다. 인테리어는 침착한 분위기로 눈에 띄지 않지만 세세한 부분까지 공을 들여 장식했고 중후한 테이블과 바가 있었다. 또한 천장에는 화려하지 않은 샹들리에가 있어 침착한 분위기에 꽃을 곁들여주었다.

　『대대로 물려 내려오는 여관』. 그런 말이 자연스럽게 떠오르는 역사가 느껴지는 여관이었다.

　처음에 아이코는 지나치게 고급스러우면 진정이 안 되기 때문에 다른 여관을 희망했다. 하지만 『신의 사도』, 혹은 『풍작의 여신』으로 불리기 시작한 아이코와 그 학생들을 평범한 여관에 머물게 했다간 체면이 말이 아니라고 데이비드 일행이

#4 비와 호　비와 호(琵琶湖). 일본 시가 현에 있는 호수로 면적이 670제곱킬로미터 가량인 일본에서 가장 큰 호수.

설득한 끝에 【우르 마을】에서 머물 곳으로 선택했다.

원래 왕궁의 방에서 지냈던 적도 있었던 만큼, 아이코와 학생들도 점점 여관 분위기에 익숙해져 지금은 무척이나 편히 쉴 수 있는 곳이 됐다. 농지 개선과 맑은 물을 찾는 일에 동분서주하고 지친 몸으로 돌아온 아이코 일행에게, 이 여관에서 먹을 수 있는 쌀 요리는 하루하루를 기대하게 해주었다.

지금도 가장 안쪽의 전용이 되어 가는 VIP석에 앉아 모두들 맛있게 저녁을 먹고 있었다.

"여전히 맛있다니까~. 이세계에 와서 카레를 먹을 수 있을 거라고는 생각 못했어."

"보기엔 스튜처럼 생겼지만……. 아니, 화이트 카레라는 게 있었던가?"

유카가 진심에서 우러난 목소리로 여관 요리를 칭찬하자 마찬가지로 이세계판 카레를 주문한 아츠시가 기억을 더듬으며 동의했다. 그에 대해 노보루는 따뜻한 밥 위에 얹은, 황금색 바삭한 옷을 입은 각종 튀김과 향긋한 국물로 이루어진 자신의 요리를 버릇없게도 젓가락으로 가리키며 감상을 늘어놓았다.

"아니, 그것보다 이 튀김 덮밥이지. 이 국물은 예술이라니까. 우리나라 것보다 나은 것 같은데?"

"그건 아이카와가 제대로 된 튀김 덮밥을 먹은 적이 없으니까 그래. 제대로 만드는 곳과 비교할 순 없지."

"난 볶음밥 같은 걸로만 골랐어. 이만한 게 없다니까."

"만두 같은 거하고 세트로 나오는 게 좋지. 이 가게를 연 사람 혹시 우리나라 사람 아니야?"

노보루의 감상에 쓴웃음을 지은 타에코가 반론하고 아키토가 볶음밥 비슷한 음식을 입 안에 한가득 넣고 말하자, 그 옆에서 만두로 보이는 음식을 먹던 나나가 의아하다는 시선으로 가게 안쪽을 보았다.

지구의 요리와 무척이나 비슷한 요리에 아이들의 기분은 매일같이 좋아졌다.

생김새와 맛이 미묘하게 다르긴 해도 요리의 발상 자체는 무척이나 닮아 있었다. 소재가 풍부한 것도 【우르 마을】 요리의 질을 올리는 이유 중 하나일 것이다. 쌀은 말할 것도 없고 【우르디아 호수】에서 잡은 물고기, 【북쪽 산맥 지대】의 산나물과 향신료 등도 그것을 거들었다.

그렇게 맛있는 음식으로 잠시 즐거움을 맛본 아이코 일행에게 60대가량의 콧수염이 멋진 남성이 조심스럽게 다가왔다.

"여러분, 오늘 식사는 어떠셨나요? 필요한 것이 있으면 사양하지 마시고 말씀해주세요."

"아, 주인아저씨."

일행에게 말을 건 것은 이 『물 요정 여관』의 주인인 포스 세르오다. 훤칠하게 뻗은 키에 부드럽고 가는 눈, 희끗희끗한 머리를 뒤로 넘겨 여관의 침착한 분위기에 잘 어울리는 남자였다.

"아니요, 오늘도 무척 맛있었어요. 덕분에 매일 편안해요."

아이코가 대표로 생긋 웃으며 답하자 포스도 기쁜 듯 「그거 다행이군요」라고 미소 지었다.

하지만 다음 순간에는 그 표정이 무척이나 미안한 듯 어두워졌다. 항상 온화하게 미소 짓는 포스에겐 어울리지 않는 표정이다. 무슨 일인가 싶은 일행은 식사를 멈추고 포스에게 주목했다.

"실은 상당히 죄송하지만…… 향신료를 사용한 요리는 오늘로 마지막입니다."

"네?! 그 말은 이제 이 니르싯시르(이세계판 카레)를 먹을 수 없다는 뜻인가요?"

카레를 너무나도 좋아하는 유카가 충격을 받은 표정으로 되물었다.

"네, 죄송합니다. 무엇보다 재료가 떨어져서……. 평소라면 이런 일이 없도록 재고를 확보해 두고 있지만……. 최근에 북쪽 산맥이 어수선해져서 채집하러 가는 사람이 줄었습니다. 지난번에도 조사하러 온 고 랭크 모험가 일행이 행방불명되는 바람에 점점 더 사람이 없어지고 말았지요. 저희 가게도 언제 물건이 들어올지 모르는 상황입니다."

"저기…… 어수선하다는 건 구체적으로 어떤 일인가요?"

"듣자니 마물 무리를 봤다고……. 북쪽 산맥은 산을 넘지 않으면 비교적 안전한 곳입니다. 북쪽 너머로 방벽처럼 우뚝 선 다수의 산맥을 하나 넘을 때마다 서식하는 마물이 강력해지는 모양입니다만, 일부러 산을 넘어서까지 이쪽으로 오지는 않지요. 하지만 몇몇 사람들이 산 너머의 마물 무리를 봤다고 하더군요."

"그건 걱정이네요……."

아이코가 미간을 찌푸렸다. 다른 아이들도 약간 침울한 표정으로 서로의 얼굴을 마주 보았다. 포스는 「식사 중에 할 얘기가 아니었군요」라며 미안한 표정을 하고는 분위기를 바꾸려는 듯 밝은 어투로 말을 이었다.

"하지만 이 이변도 조만간 해결될지도 모릅니다."

"무슨 말씀이세요?"

"실은 오늘 해가 질 무렵 새로운 손님이 숙박하셨는데, 앞서 실종된 모험가들을 탐색하기 위해 북쪽 산맥으로 가신다더군요. 휴렌의 길드 지부장님 지명 의뢰로 상당한 실력자인 듯합니다. 어쩌면 문제의 원인도 해결될지 모릅니다."

아이코 일행은 잘 이해하지 못한 듯했지만 함께 식사하던 데이비드를 포함한 호위 기사들은 일제히 감탄과 흥미가 섞인 목소리를 냈다.

휴렌 지부장이라면 길드 전체에서도 최상위 간부 직원이다. 그 지부장의 지명 의뢰를 받았다면 상당하다는 말로도 부족한 실력자일 것이다. 마찬가지로 전투에 몸을 담은 사람으로서 호기심이 생기기 마련이었다. 기사들의 머리에는 유명한 『금색』 클래스의 모험가가 떠올랐다.

아이코와 학생들은 호위 기사들이 수군거리는 걸 신기하다는 표정으로 바라보고 있었는데, 그때 2층으로 통하는 계단에서 목소리가 들리기 시작했다. 남자의 목소리와 소녀 두 명의 목소리였다. 아무래도 소녀 한 명이 남자에게 투덜거리는 듯했다. 그 소리를 들은 포스가 반응을 보였다.

"어이쿠, 지금 나오는군요. 저들입니다. 기사님들, 저분들은 내일 아침에 이곳을 떠난다고 하니 만약 할 말이 있으시면 지금이 좋을 겁니다."

"그렇군, 알았네. 하지만 제법 젊은 목소리군.『금색』에 이렇게 젊은 사람이 있었나?"

데이비드 일행의 머릿속에 떠올랐던 유명한『금색』클래스 모험가 중에는 젊은 사람이 없었기 때문에 약간 당황한 듯 서로의 얼굴을 마주 보았다.

그러는 동안 세 남녀가 이야기를 나누며 다가왔다.

아이코가 있는 자리는 삼면이 벽으로 둘러싸인 가장 안쪽 자리로, 가게 전체를 둘러볼 수 있으며 커튼을 쳐서 개인실처럼 만들 수도 있는 자리다. 그렇지 않아도 눈에 띄는 아이코 일행은 아이코가『풍작의 여신』이라 불리게 된 이후로 더욱 눈에 띄게 됐기 때문에 식사를 할 땐 커튼을 닫아 두는 일이 많았고 오늘도 마찬가지였다.

그 커튼 너머로 젊은 남녀가 떠들썩하게 나누는 이야기 내용이 들렸다.

"정말이지 몇 번을 말해야 알아주실 거예요. 절 혼자 내버려 두고 유에 씨하고 둘만의 세계에 빠지지 말아주세요. 진짜 엄청나게 쓸쓸하다고요. 듣고 계세요?『하지메』씨."

"듣고 있어, 듣고 있어. 보는 게 싫으면 다른 방에 머물면 되잖아."

"어머! 유에 씨, 들으셨어요? 『하지메』씨가 매정한 말을 해요오~."

"……응. 『하지메』…… 펙!"

"알았어."

그 이야기 내용에, 그리고 소녀의 목소리가 부르는 이름에 아이코와 유카 일행의 심장이 순식간에 크게 고동쳤다.

저 사람들이 지금 뭐라고 했지? 소년을 뭐라고 불렀지? 소년의 목소리는 『그』의 목소리와 비슷하지 않아?

아이코와 학생들의 머릿속은 순식간에 수많은 질문으로 가득 찼다. 몸은 마비에 걸린 것처럼 경직됐고 시선은 커튼을 뚫어지게 바라보고 있었다.

특히 그 덕분에 직접 목숨을 건지고 그 사건으로 가장 크게 마음이 꺾인 유카가 받은 충격은 상당했다. 탁 하고 스푼을 떨어뜨린 소리도 들리지 않는지 그저 넋이 나간 모습이었다.

유카를 포함한 다른 학생들의 머릿속에는 대략 4개월 전에 나락 밑바닥으로 사라진 『그』의 모습이 떠올랐다. 자신들에게 『이세계에서의 죽음』이라는 것을 강하게 인식시킨 소년. 지우고 싶은 기억의 근원이 되는 소년. 좋든 나쁘든 눈에 띄던 소년…….

이상한 태도의 아이코와 학생들을 본 포스와 기사들은 의아함에 찬 시선과 함께 말을 걸었지만 아무도 반응하지 않았다. 기사들이 대체 무슨 일인가 싶어 얼굴을 마주 보았을 때 아이코가 불쑥 그 이름을 중얼거렸다.

"······나구모?"

무의식중에 나온 자신의 목소리 덕에 경직됐던 아이코가 몸의 자유를 되찾았다. 아이코는 의자를 박차고 일어나 커튼을 찢을 듯한 기세로 열었다.

촤아악! 하고 커튼이 젖히는 소리가 크게 들리자 깜짝 놀라 자신도 모르게 멈춰 선 세 명의 소년과 소녀.

아이코는 상대를 확인할 여유도 없이 외쳤다. 소중한 제자의 이름을.

"나구모!"

"어? ·····················선생님?"

아이코의 눈앞에는 한쪽 눈을 크게 벌리고 경악한 안대를 낀 백발의 소년이 있었다.

기억 속의 나구모 하지메와는 크게 다른 모습이었다. 모습뿐만 아니라 분위기도 많이 달랐다. 아이코가 아는 나구모 하지메는 항상 어딘가 멍하고 온화한 성격의 어른스러운 소년이었다. 실은 쓴웃음이 제일 잘 어울리는 아이로 인식하고 있던 건 아이코만의 비밀이다.

하지만 눈앞의 소년은 매처럼 날카로운 눈을 한 채 어딘가 접근하기 힘든 날카로운 분위기를 두르고 있었다. 기억과 너무나도 달라 길 한복판에서 지나쳤더라면 분명 눈앞의 소년을 나구모 하지메라고 인식하지 못했을 것이다.

하지만 자세히 보면 얼굴과 목소리는 기억과 일치했다. 그리고 무엇보다······ 눈앞의 소년은 자신을 무어라 불렀던가. 그

렇다, 『선생님』이라고 했다.

아이코는 확신했다. 외견과 분위기도 크게 바뀌었지만 눈앞의 소년은 분명 자신의 학생인 『나구모 하지메』라는 것을!

"나구모……. 역시 나구모군요? 살아…… 정말로 살아 있었어……."

"아니요, 사람 잘못 봤습니다. 그럼."

"어?"

죽었다고 생각한 제자와의 기적적인 재회. 아이코는 감동한 나머지 눈물샘이 풀렸는지 눈물이 맺혔다. 지금까지 어디에 있었는지, 대체 무슨 일이 있었는지, 정말로 무사해서 다행이라고, 하고 싶은 말은 잔뜩 있었지만 입 밖으로 나오지 않았다. 그래도 필사적으로 말을 짜내려 한 아이코에게 돌아온 것은 전혀 예상하지 못했던 대답이었다.

자신도 모르게 얼빠진 목소리가 나오고 눈물도 쏙 들어갔다. 성큼성큼 여관 출구를 향해 걷기 시작한 하지메를 멍하니 바라보던 아이코는 아차 하고 정신 차리며 다급히 따라가 소맷자락을 붙들었다.

"잠깐 기다려요! 나구모 맞죠? 절 선생님이라고 불렀잖아요? 왜 잘못 봤다는 말을."

"아니, 잘못 들었어. 그건…… 그렇지, 『쪼그맣다』는 뜻의 사투리야. 응."

"그건 그것대로 엄청나게 실례잖아요! 그보다 그런 사투리가 어딨어요. 왜 속이려는 거죠? 그리고 그 차림은……. 무슨 일이 있었나요? 이런 곳에서 뭘 하는 거예요! 왜 곧바로 다른 사람들이 있는 곳으로 돌아오지 않았죠? 나구모! 대답하세요! 선생님은 속지 않아요!"

레스토랑에 아이코의 노성이 울렸다.

가게에 있던 손님들은 소문으로만 듣던 『풍작의 여신』이 남자를 붙들고 화를 내는 모습을 보고서 「우와, 여신에게 남자가?!」라고 유쾌한 착각과 함께 호기심 어린 표정으로 눈을 반짝였다.

학생들과 호위 기사들도 줄줄이 밖으로 나왔다.

하지메의 모습을 본 학생들은 믿을 수 없다는 듯이 경악한 표정이었다. 그 이유는 살아 있다는 것 자체가 절반, 외모와 분위기가 변한 것이 나머지 절반이었다. 어떻게 하면 좋을지 알 수 없다는 모습으로 그저 멍하니 아이코와 하지메를 바라보았다.

한편 하지메는 얼핏 냉정한 듯 보였지만 내심 살짝 패닉에 빠졌다. 우연히 길드 지부장에게 받은 의뢰로 찾아온 마을에서 아이코와 반 아이들과 재회할 줄은 꿈에도 몰랐기 때문이다.

너무나도 돌발적인 일이었기 때문에 자신도 모르게 『선생님』이라고 중얼거리고 말았고, 그뿐만 아니라 자신이 생각해봐도 어처구니없는 변명을 하고 말았다.

아이코의 노도 같은 질문 공세에 내심 선택지를 찾았지만, 『도망친다』, 『사람 잘못 봤다고 우긴다』, 『수상한 외국인인 척한다』, 『아이코를 납치한다』는 얼토당토않은 선택지만 나왔다.

특히 마지막 것은 스스로도 영문을 몰랐다.

그때 하지메를 구한 것은 듬직한 파트너 소녀. 물론 유감을 몰고 다니는 토끼 귀가 아니라 흡혈 공주 쪽이었다. 유에는 성큼성큼 하지메와 아이코의 곁으로 다가와 하지메의 팔을 붙잡은 아이코의 손을 억지로 떼어 놓았다. 그때 호위 기사들이 약간 살기를 뿜었다.

"……놔줘. 하지메가 난처해하잖아."

"뭐, 뭐죠, 당신은. 지금 선생님은 나구모와 중요한 이야기를……."

"……그럼 조금 진정해."

차가운 눈으로 자신을 노려보는 미모의 소녀를 본 아이코는 살짝 기가 죽었다. 두 사람의 신장에 큰 차이는 없다. 평범하게 본다면 쪼그만 아이끼리 싸우는 것 같았다.

하지만 실제 나이보다 어려 보이는 아이코와, 생김새와는 다르게 요염한 분위기가 있는 유에는 어떻게 봐도 어른(유에)에게 혼나는 어린아이(아이코) 같은 구도로 보였다.

실제로 주의를 주고 있는 건 유에였고 아이코는 그녀의 말에 자신이 지나치게 흥분했다는 것을 자각한 뒤, 뺨을 붉히며 하지메에게서 살짝 거리를 벌리곤 늦게나마 어른의 위엄을 보이기 위해 등줄기를 폈으나…… 마치 발돋움한 어린아이 같았다.

"죄송해요, 잠시 혼란스러웠어요. 다시 물을게요. 나구모 맞죠?"

이번엔 냉정하게, 하지만 확신을 가진 목소리로 똑바로 시선을 맞춘 아이코는 하지메에게 그렇게 물었다.

그런 아이코를 본 하지메는 어차피 확신을 가져버린 이상 계속 속여 봤자 끝까지 쫓아올 거라 생각하고서, 머리를 긁적이고 깊은 한숨과 함께 그녀의 말에 동의했다.

"그래. 오랜만이야, 선생님."

"역시, 역시 나구모군요…… 살아 있었어요……."

다시 눈물이 고인 아이코를 본 하지메는 딱히 아무렇지도 않은 모습으로 어깨를 으쓱였다.

"그래. 많은 일이 있었지만 어떻게든 살아남았지."

"다행이야. 정말 다행이에요."

그 이상 말이 나오지 않는 아이코를 본 하지메는 근처 테이블로 다가가 그대로 자리에 앉았다. 그것을 본 유에와 시아도 자리에 앉았다. 시아는 당황한 듯했지만…….

하지메의 갑작스러운 행동에 깜짝 놀란 아이코 일행. 하지메는 원래대로 돌아왔는지 주변은 신경 쓰지 않는다는 듯 같은 반 아이들과 호위 기사의 뒤에서 상황을 지켜보던 포스에게 손짓했다.

"저기, 하지메 씨, 잠시만요. 아는 사이죠? 아마도…… 예전 세계의……."

"딱히 무슨 상관이야. 솔직히 갑자기 나타났을 땐 놀랐지만, 뭐 그뿐이지. 여긴 밥을 먹으러 온 거니까 빨리 주문하자. 진짜로 기대하고 있었다고. 그거 알아? 여기엔 카레……라고 하면 모르겠구나. 니르싯시르라는 매운 밥이 있다더군. 상상하던 맛이라면 좋겠는데……."

"……그럼 나도 그걸로 할래. 하지메가 좋아하는 맛을 알고 싶어."

"아, 이럴 때 은근슬쩍 어필하다니…… 역시 유에 씨. 그럼 나도 그걸로 할게요. 저기요~, 주문할게요~."

처음엔 아이코 일행을 힐끔힐끔 보며 우물쭈물하던 시아도, 하지메가 그렇게 말하니 괜찮을 거라며 생각을 고치고는 어색한 미소로 다가온 포스에게 주문을 시작했다.

하지만 당연히 누군가가 끼어들었다. 하지메가 너무나도 자연스럽게 테이블에 앉아 아무 일도 없었던 것처럼 주문을 시작했기에, 멍해졌던 아이코는 정신을 차리고 성큼성큼 다가가 「선생님 화났어요!」라며 알기 쉬운 표정으로 테이블을 내리쳤다.

"나구모, 아직 이야기는 끝나지 않았어요. 대체 왜 자연스럽게 주문하는 거죠? 애초에 이쪽 여성들은 누군가요?"

아이코의 말이 그 자리에 있는 모두의 마음을 대변했는지, 그제야 하지메가 4개월 전에 죽었다고 들었던 아이코의 제자라는 것을 깨달은 호위 기사들이 고개를 끄덕였다.

그리고 하지메의 생존을 조금씩 받아들이기 시작한 학생들도 동요는 남았지만 조용히 하지메의 대답을 기다렸다.

그런 그들을 본 하지메는 조금 성가시다는 듯 미간을 찌푸렸지만 대답하지 않으면 아이코가 특유의 행동력을 발휘해 물고 늘어져, 조용히 식사할 수 없을 거라고 생각해서 어쩔 수 없다는 듯 아이코에게 시선을 돌렸다.

"의뢰 때문에 휴렌에서 곧바로 여기로 왔어. 배고프니까 밥 정도는 천천히 먹게 해줘. 그리고 이 녀석들은……."

하지메가 유에와 시아에게 시선을 돌리자 두 사람은 하지메가 말하기 전에 충격적인 자기소개를 했다.

"……유에."

"시아예요."

"……하지메의 여자."

"하지메 씨의 여자예요."

아이코가 약간 당황하면서 「어? 어?」라고 하지메와 두 미소녀를 번갈아 보았다. 정보를 받아들일 수 없었던 모양이다.

아이코의 뒤에선 나나와 타에코가 「뭐?!」라는 경악한 목소리를 내면서 유에와 시아를 번갈아 봤고, 아츠시를 포함한 남자들은 있을 수 없는 것을 본 듯이 놀랐으며 유카는 쩌적 소리가 날 듯한 기세로 다시 경직됐다.

"이봐. 유에는 몰라도 시아, 너는 아니잖아."

"그럴 수가! 너무해요, 하지메 씨! 내 첫 키스를 빼앗아 놓고선!"

"그걸 언제까지 물고 늘어질 거야. 그건 응―."

"나구모?"

"……선생님, 왜?"

시아의 『첫 키스를 빼앗았다』는 발언으로 결국 정보 처리 능력이 한계에 다다랐는지 아이코의 목소리가 한층 낮아졌다. 아이코의 머릿속에선 하지메가 두 미소녀를 양옆에 끼고 크게 웃는 광경이 재생되는 것만 같았다. 무엇보다 그녀의 표정이 그것을 말해주었다.

새빨개진 얼굴로 하지메의 말을 가로막은 아이코. 그 얼굴은 불량해진 학생을 어떻게든 올바른 길로 인도하려는 결의가 담겨 있었다.

그리고 『선생님의 분노』라는 엄청난 벼락이 【우르 마을】에서 제일가는 고급 여관에 떨어졌다.

"여자아이의 첫 키스를 빼앗아 놓고선 야, 양다리라니! 곧바로 돌아오지 않았던 건 놀고 다녔기 때문인가요?! 만약 그렇다면…… 용서할 수 없어요! 네, 선생님은 절대로 용서할 수 없고말고요! 설교하겠어요! 똑바로 들으세요, 나구모!"

큰 소리로 외치는 아이코를 본 하지메는 성가신 일에 말려들었다는 듯 깊고 깊은 한숨을 쉬고 말았다.

아이코가 실컷 소리친 뒤, 다른 손님의 눈도 있기 때문에 VIP석으로 안내받은 하지메 일행.

거기서 아이코와 다른 학생들에게 노도 같은 질문을 받으면서도, 하지메는 오늘 한정이라는 니르싯시르(이세계판 카레)에 열중하느라 간략하게 대답했다.

Q. 다리에서 떨어진 뒤 어떻게 됐나?

A. 엄청 노력했다.

Q. 왜 흰머리가 됐나?

A. 엄청 노력한 결과.

Q. 그 눈은 어떻게 된 건가?

A. 엄청 엄청 노력한 결과.

Q. 왜 곧바로 돌아오지 않았나?

A. 돌아갈 이유가 없었다.

거기까지 들은 아이코가 「진지하게 대답하세요!」라고 뾰로통해진 얼굴로 왕왕 화를 냈다. 전혀 박력이 없는 게 슬프다.

아나나 다를까 하지메에겐 전혀 통하지 않았다. 눈을 마주치지도 않고 이따금 유에나 시아와 감상을 나누며 니르싯시르를 먹었다. 표정은 상당히 만족스러워 보였다.

그 모습에 더는 참을 수 없다며 화를 낸 것은 아이코에게 푹 빠진 데이비드였다. 사랑하는 여성이 무시당하는 게 참을 수 없었던 모양이다. 눈을 부릅뜨고선 주먹으로 테이블을 치며 큰 소리로 외쳤다.

"이봐, 너! 아이코가 질문하고 있잖아! 진지하게 대답해!"

하지메는 슬쩍 데이비드를 보고 한숨을 쉬었다.

"식사 중이잖아. 예의는 지켜줘."

전혀 상대하고 있지 않다는 것을 훤히 알 수 있는 말투에, 신전 기사로서 중요 인물의 호위대장을 맡아 자존심이 높았던 데이비드는 순식간에 얼굴을 시뻘겋게 물들였다.

그리고 무슨 말을 해도 어영부영 명확한 대답을 하지 않는 하지메에게서 표적을 바꾸어 시선을 시아에게 향했다.

"흥, 예의라고? 그 말 그대로 되돌려주지. 더러운 짐승을 인간과 같은 식탁에 앉혀 놓다니, 예의가 없는 건 너 아닌가? 하다못해 그 추한 귀를 잘라버리는 게 어떠냐? 조금은 인간다워지겠지."

시아는 경멸이 듬뿍 담긴 눈이 자신을 노려보자 움찔 몸을 떨었다.

【브룩 마을】에선 여관에서의 첫인상이나 캐서린과 친했다는 점, 하지메의 존재도 있어서 우호적인 사람들이 많았다. 【휴렌】에서도 경멸하는 시선은 많았지만 노예로 인식하고 있었기 때문에 직접 악의가 담긴 말을 하는 일은 없었다.

즉, 시아는 하지메와 여행에 나서고서 처음으로 아인족에 대한 직접적인 차별을 받은 것이다. 어중이떠중이는 신경 쓰지 않겠다고 결심했지만, 바깥세상에 조금 익숙해졌는데 기습적으로 다가온 말이어서 큰 충격을 받았다. 그래서 시아는 풀죽은 얼굴로 고개를 숙였다.

자세히 보니 데이비드뿐만 아니라 다른 기사들도 똑같은 눈으로 시아를 보고 있었다. 그들이 아무리 아이코 일행과 친하든 근본은 신전 기사와 근위 기사다. 성교 교회와 왕국의 중핵에 가까운 인간으로 아인족에 대한 차별 의식이 강했다. 무엇보다 차별적 가치관이 시작된 곳이 바로 성교 교회와 나라이기 때문이다.

데이비드 일행이 아이코와 친해지고 난 뒤 나름대로 유연한 사고를 할 수 있게 됐긴 했지만, 고작 수개월 만에 바뀔 정도로 뿌리가 얕은 가치관은 아니었다.

너무하다면 너무한 말투에 아이코는 자신도 모르게 주의를 주려 했지만 그 전에 고개 숙인 시아의 손을 잡은 유에가 절대 영도의 시선을 데이비드에게 보냈다.

인형 같은 미모의 소녀에게서 뼛속까지 얼어붙는 차가운 시선을 받은 데이비드는 잠시 주춤했지만 아직 앳돼 보이는 소녀에게 압도됐다는 사실에 울컥했다.

평소라면 이렇게까지 화를 내지 않는 인물이었으나 자신도 모르게 한 말에 사랑스러운 아이코에게서 비난에 찬 시선을 받고 가볍게 이성을 잃은 듯했다.

"뭐냐, 그 눈은! 무례하군! 신의 사도도 아니면서 신전 기사에게 반항하는 건가!"

자신도 모르게 벌떡 일어난 데이비드를 부대장인 체이스가 말리려 했지만 그보다 빨리 유에의 말이 소란스러워진 그곳에 명료하게 울려 퍼졌다.

"……소인배."

그것은 조롱의 말이었다. 고작 종족이 다르다고 소란을 피우며 소녀의 시선 하나로 울컥할 정도로 그릇이 작다는 것을 야유하는 말이었다.

그렇지 않아도 분노로 냉정함을 잃은 데이비드는 하필 아이코 앞에서 남자로서 그릇이 작다고 놀림받음으로써 완전히 이성을 잃었다.

"……이교도 놈. 거기 짐승과 함께 지옥으로 보내주마."

무표정으로 조용히 중얼거리며 옆에 찬 검에 손을 가져갔다.

갑작스러운 사태에 유카와 아츠시가 서둘러 자신들의 아티 팩트에 손을 뻗었고 아이코와 체이스 일행은 말로 데이비드를 말리려 했다.

하지만 데이비드는 주변 목소리도 들리지 않는지 드디어 칼집에서 검을 살짝 뽑았다.

그 순간, 투팡! 하고 메마른 파열음이 『물 요정 여관』 전체에 울렸다. 동시에 당장에라도 뛰쳐나갈 것 같았던 데이비드의 머리가 튕겨지듯 젖혀지며 몸 전체가 뒤로 날아갔다.

데이비드는 뒤쪽 벽에 엄청난 소리를 내면서 뒤통수를 부딪쳐 눈을 뒤집고 질질 미끄러지듯 쓰러졌다. 손에서 꺼내려던 데이비드의 검이 쨍그랑 소리를 내며 바닥에 떨어졌다.

모두가 지금 일어난 상황을 인식하지 못하고 경직됐다. 시선은 눈을 뒤집고 쓰러진 데이비드를 바라본 채였다.

그때 큰 소리를 듣고 무슨 일인가 싶어 포스가 뛰쳐나왔다. 그리고 눈앞의 참상에 눈을 휘둥그레 뜬 채로 경직됐다.

대신 포스가 들어온 것으로 아이코 일행은 제정신을 찾았다. 데이비드를 보던 시선은 파열음이 난 곳으로 자연스럽게 빨려 들었다.

그곳엔 아이코 일행에겐 지식은 있어도 실제로 본 적은 없으며 이 세계에 있어선 안 될 물건, 기사들에겐 완전히 미지의 물건인 『대형 리볼버』를 들고 자리에 앉아 있는 하지메의 모습이 있었다.

돈나에서 하얀 연기가 올랐다. 일단은 비살상 고무탄을 사용했다.

자세한 내용은 몰라도 공격한 것이 하지메라는 것을 깨달은 체이스 일행이 일제히 검에 손을 대고 살기를 뿜었다.

하지만 그 직후, 기사들의 살기와는 비교할 수 없을 정도로 엄청난 살기가 하늘에서 망치가 떨어진 것처럼 쏟아졌고 일어서려던 기사들을 강제로 자리에 앉혔다.

그리고 살기를 받은 건 아니지만 하지메가 뿜어낸 차원이 다른 위압감에 아이코와 학생들도 창백해진 얼굴로 바들바들 떨었다.

하지메는 일부러 소리를 내며 돈나를 테이블 위에 두었다. 위협하기 위해서였다. 그리고 자신의 자리와 아이코와 학생들의 위치를 명확하게 선언했다.

"난 너희에게 흥미 없어. 엮이고 싶다고도, 신경 써 달라고도 생각하지 않아. 일일이 지금까지의 일이라든가 앞으로의 일을 보고할 생각도 없고. 여긴 일 때문에 왔을 뿐이라 끝나면 다시 여행을 떠날 거야. 그걸로 이별이지. 이제 서로 간섭하지 말자. 너희가 어디서 뭘 하든 자유지만, 날 방해하지 말아 줘. 지금처럼 적의를 보인다면…… 나도 모르게 죽여 버릴지도 몰라."

하지메는 이해했느냐는 시선을 보냈지만 아무도 대답하지 않았다. 직접 시선을 받은 체이스를 포함한 기사들은 압박감에 필사적으로 견디며 고개를 살짝 끄덕이는 게 고작이었다.

하지메는 계속해서 아이코와 학생들에게도 시선을 보냈다.

아이코는 아무 말도 하지 않았다. 아니, 대답할 수 없었을 것이다. 뿜어져 나오는 위압감 때문만이 아니라, 하지메의 말을 받아들였다간 아무것도 모른 채 변해버린 제자를 내버려 두게 된다. 그건 아이코의 교사로서의 긍지가 허락하지 않았다.

하지메는 한숨을 쉬며 어깨를 으쓱이고는 『위압』을 풀었다. 아이코는 대답하지 않았지만 어쩐지 그 심정을 알아챈 하지메는 억지로 대답을 요구하지 않았다.

나나와 타에코는 명확하게 겁먹은 모습이었고 아츠시를 포함한 남자들도 긴장으로 굳어버린 모양이라 엮이려 하지 않을 거라고 생각했다. 유카만큼은 겁먹기보다 당황과 약간의 슬픔이 보인 듯했지만 하지메는 딱히 신경 쓰지 않았다.

엄청난 위압감이 사라지자 체이스 일행이 풀썩 주저앉으며 크게 숨을 내쉬었다. 아이코와 학생들도 피곤한 듯 의자에 깊숙이 몸을 기댔다.

하지메는 아무 일도 없었던 것처럼 다시 식사를 시작하며 풀 죽은 시아에게 말을 걸었다.

"야, 시아. 이게 『밖』의 일반적인 모습이야. 일일이 신경 썼다간 끝이 없어."

"네, 그러네요……. 알고 있었지만요……. 역시 인간분들은 이 토끼 귀가 기분 나쁜 모양이네요."

자조적인 느낌으로 자신의 토끼 귀를 손으로 쓰다듬으며 쓴웃음을 지은 시아. 그런 시아를 본 유에가 올곧은 눈동자로 위로하듯 중얼거렸다.

"……시아의 토끼 귀는 쫑긋쫑긋해서 귀여워."

"유에 씨……. 그런가요?"

그래도 자신이 없어 보이는 시아를 보고서 이번엔 하지메가 약간 어이없다는 모습으로 말을 더했다. 유에에게 「떽!」 하고 혼나는 일이 많아진 뒤로 시아를 대하는 태도가 조금씩 부드러워진 하지메가 할 수 있는 최대한의 위로였다.

"야, 이 녀석들은 교회나 나라의 상층부에게 세뇌에 가까운 교육을 받았으니 그런 거야. 토인족은 애완 노예로 인기가 많다며? 그건 기분 나쁘다고 생각하지 않는 거잖아."

"그럴……까요. ……저, 저기, 참고로 하지메 씨는…… 어떻게 생각하세요? ……제 토끼 귀."

하지메가 위로해주려 한다는 것을 깨닫고 조금 기뻐진 시아는 뺨을 붉히며 조심스러운 시선으로 하지메에게 물었다. 토끼 귀는 「듣고 싶지만 듣고 싶지 않아!」라는 것처럼 축 처진 채, 이따금 쫑긋쫑긋 하지메 쪽으로 귀를 세웠다.

"……딱히 아무렇지도……."

그런 토끼 귀를 슬쩍 본 하지메는 무언가를 얼버무리듯 시선을 식탁으로 되돌려 어영부영 대답했다. 조금 아쉬운지 풀이 죽은 토끼 귀.

하지만 다음에 이어진 유에의 말에 단번에 기운을 되찾고서 환하게 일어섰다.

"……하지메가 마음에 들어 해. 시아가 잠들었을 때 살짝 만졌어."

"유에?! 그건 말하지 않기로 했잖아!"

"하, 하지메 씨……. 제 토끼 귀를 좋아하셨군요. ……에헤헤."

시아는 새빨갛게 물든 뺨 위로 두 손을 얹고서 도리도리 몸을 꼬았다. 머리 위 토끼 귀는 「신 난다!」라고 기쁨을 표현하듯 계속 움직였다.

조금 전까지 전멸당하는 건 아닐까 싶을 정도로 긴박감이 감돌았는데, 지금은 분홍빛 공간이 펼쳐진 알 수 없는 상황에 아이코를 포함한 학생들과 기사들은 눈을 끔벅였다.

그렇게 한동안 하지메 일행의 러브 코미디 같은 행동을 지켜본 뒤 아츠시가 불쑥 심정을 밝혔다.

"어라? 신기하네. 아까까지 나구모가 엄청 무서웠는데 지금은 죽이고 싶다는 생각밖에 안 들어……."

"너도 그래? 그보다 저 두 사람은 말도 안 될 정도로 귀엽잖아……. 취향 직격이야……. 근데 눈앞에서 시시덕거리는 건 고문이라고……."

노보루의 말에 깊게 동의한 아츠시는 주먹을 쥐고 친구들에게 결연한 눈빛을 보냈다.

"……나구모의 말대로 무슨 일이 있었는지는 아무래도 좋아. 하지만 이세계 여자아이와 친하게 지낼 수 있는 방법만큼은…… 듣고 싶어! ……노보루! 아키토!"

""하핫, 지옥에 갈 땐 함께 가자, 아츠시!""

부글부글 끓어오르는 질투를 담은 눈으로 조금 전까지 자신들을 떨게 했던 하지메를 노려보며 일치단결하는 아이 호위대의 남성 삼인조. 진지했던 분위기가 날아가 버리고 원래 상태로 돌아오기 시작한 나나와 타에코, 그리고 유카가 그런 삼인조에게 무척이나 차가운 시선을 보냈다.

체이스는 분위기가 진정된 것을 깨닫고 부하를 시켜 데이비드를 치료하게 했다. 동시에 경계심과 적의를 억눌러 미소를 띠며 하지메에게 물었다. 하지메의 사정은 몰라도 반드시 물어봐야 할 일이 있었다.

"나구모 님, 이라고 부르면 될까요? 아까는 대장님이 실례했습니다. 아무래도 아이코 씨의 호위를 맡고 있는 만큼, 그녀와 관련된 일이라면 조금 신경이 예민해집니다. 부디 너그러이 여겨주시길."

하지메는 「예민해진다고 갑자기 사람을 죽이려 들어?」라며 따지고 싶었지만 사람을 죽이는 것에 대해선 자신도 할 말이 없기 때문에 묵묵히 손을 저어 그만두게 했다.

그 건성건성한 태도에 체이스의 눈썹이 움찔 거렸지만 미소라는 포커페이스는 잃지 않았다. 그리고 두뇌 회전이 빠른 체이스가 보기엔 도저히 내버려 둘 수 없는, 눈앞의 아티팩트로 보이는 물건을 바라보며 하지메에게 말했다.

"그건 아티팩트……인가요. 식견이 부족해 잘은 모르지만 상당히 강력한 물건인가 봅니다. 분명 원거리용 무기지만 활보다 빠르면서도 강력. 그럼에도 불구하고 마법처럼 영창이나 마법진도 필요 없더군요. 대체 어디서 손에 넣으셨나요?"

체이스의 얼굴은 미소를 짓고 있지만 눈은 웃고 있지 않았다. 마력이 사용된 흔적이 없는 것으로 미루어 활처럼 단순한 구조라면 양산이 가능할지도 모른다. 그리고 그렇게 된다면 전쟁의 결말을 좌우할 수 있기 때문에, 자신들이 한꺼번에 덤벼도 하지메에게 이길 수 없을 거라 생각하지만 물어보지 않을 수 없었던 것이다.

하지메가 슬쩍 체이스에게 시선을 돌렸다. 그리고 무언가 말하려던 순간 흥분한 목소리가 가로막았다. 목소리의 주인공은 아츠시였다.

"그, 그래, 하지메. 그건 총이지?! 어떻게 그런 걸 갖고 있어?!"

아츠시의 말에 체이스가 반응했다.

"총? 타마이는 저게 뭔지 알고 있나요?"

"어? 응, 그야 알고 있지. 우리가 있던 세계의 무기니까."

아츠시의 말에 체이스의 눈이 빛났다. 그리고 하지메를 천천히 응시했다.

"호오. 즉, 이 세계에 원래 있던 아티팩트가 아니라는 거군요. ……그렇다면 이세계에서 오신 분이 제작한 것…… 제작자는 당연히……."

"나야."

하지메는 자신이 만들었다고 선선히 답했다. 체이스는 하지메에게서 비밀주의자 같은 인상을 품었기 때문에 간단히 인정한 것이 의외였다.

"간단히 인정하시는군요. 나구모 님, 그 무기가 가진 의미를 알고 계십니까? 그건……."

"이쪽 세계의 전쟁 상황을 뒤집을 수 있다…… 맞지? 양산할 수 있다면 말이야. 네가 하고 싶은 말은 돌아오지 않는다면 적어도 제작 방법을 알려달라는 거겠지. 당연히 전부 안돼. 포기해."

싹을 잘라버린 하지메의 말. 미리 준비했던 말을 그대로 전한 듯한 인상이었다. 하지만 체이스도 포기하지 않았다. 총은 그만큼 매력적이었다.

"하지만 그걸 양산할 수 있다면 수준이 낮은 병사들도 높은 공격력을 얻을 수 있습니다. 그렇게 된다면 다가올 전쟁에서도 많은 사람을 살릴 수 있고 승률도 대폭 올라가겠죠. 당신이 도와주면 친구와 선생님의 도움이 되기도 합니다. 그렇다면……."

"무슨 말을 하든 협력할 생각은 없어. 빼앗겠다면 적으로여길 거야. 그때는…… 전쟁 전에 멸망할 각오를 해야지."

하지메의 조용한 말을 듣고 온몸에 오한이 들어 입을 다문체이스. 그때 아이코가 수습하듯 끼어들었다.

"체이스 씨. 나구모에겐 나구모의 생각이 있어요. 제 학생에게 강요는 하지 말아주세요. 나구모도 지나치게 과격한 말은하지 마세요. 더 부드럽게…… 나구모는 정말로 돌아오지 않을 생각인가요?"

"그래, 돌아갈 생각 없어. 내일 아침 일하러 나가서 의뢰를끝낸다면 그대로 여길 떠날 생각이야."

"대체 왜……."

아이코가 슬픈 표정으로 하지메를 바라보며 이유를 물으려 했지만, 그보다 빨리 하지메가 자리에서 일어났다. 어느새 유에와 시아도 식사를 마쳤다. 아이코가 붙잡으려 했지만 하지메는 그녀를 무시한 채 유에와 시아를 데리고 2층과 연결된 계단을 오르고 말았다.

뒤에 남겨진 아이코 일행 사이에선 무어라 말할 수 없는 미묘한 분위기가 흘렀다.

"……정말로 살아 있었구나."

불쑥 자신의 안에서 실감을 확인하려는 듯한 작은 속삭임이 침묵을 깨트렸다. 그 목소리에 아이코 일행이 시선을 돌리니 유카가 무어라 말할 수 없이 복잡한, 정말로 많은 감정이 뒤섞인 표정으로 계단을 바라보고 있었다.

"카오리의 말이 맞았어. 도움을 바란 게 아니라 스스로 어떻게든 한 모양이지만."

"유카…… 괜찮아?"

"유카……."

혼잣말 같은 목소리로 말한 유카를 보고서 나나와 타에코가 걱정스러운 듯 말을 걸었다. 유카는 그런 두 사람에게 쓴웃음을 지으며 어깨를 으쓱였다.

"괜찮아. ……그야 무척 놀랐지만, 문제가 있을 리 없잖아? 같은 반 친구가 살아 있으니까 『다행이다』라고 하는 것 외에 뭐가 있겠어."

"……응, 맞아! 나는 아직 믿기지 않지만. 그도 그럴 게, 봤지? 거의 딴사람이잖아!"

"그러게. 어쩐지…… 저기, 뭐랄까…… 와일드? 해졌네."

살인귀를 만난 것처럼 무서웠다고는 말하지 못한 타에코가 말을 골라 가며 그런 말을 했다.

그러자 아츠시를 포함한 다른 아이들도 이야기에 참가하기 시작했다.

"게다가 어쩐지 엄청나게 강해진 것 같던데. 그보다 너무 변한 거 아니야?"

"그러게. 머리카락 색이라든가 분위기도 그렇지만…… 총이라니……. 그리고 그 위압감은……."

"그것도 그렇지만……. 우리를 보고 흥미 없다니……. 역시 우리를 좋지 않게 생각하는 걸까?"

죽은 줄 알았던 같은 반 친구가 살아 있다는 건 솔직히 기쁘다. 그건 유카의 말이 맞다. 공포를 느낀 나나와 타에코를 포함해 아츠시 일행도 마찬가지였다. 마음속에서 계속 묵직하게 자리하던 무언가가 사라진 기분이었다. 알기 쉽게 표현하자면 역시 『안도했다』는 게 제일 정확할 것이다.

하지만 그것을 말로 표현할 수 없는 건 당사자가 자신들을 거들떠보지도 않았기 때문이다. 그리고 예전과 비교할 수 없을 정도로 날카로운 분위기가 감돌아 압도된 것도 있다.

게다가 『무능』이라고 비꼬던 일, 히야마 일행이 괴롭히는 걸 못 본 척한 일, 그리고 그 『오폭』 사건 때문에 하지메를 어떻게 대해야 하는지 감을 잡을 수 없었다.

그 결과 아무도 하지메에게 적극적인 태도를 보이지 못 했다.

아츠시 일행이 하지메의 변한 모습에 두려움과 답답함 등 다양한 감정을 품고 있을 때, 다시 유카가 불쑥 중얼거렸다.

"고맙다는 말을 하지 못했어."

그 말에 다른 아이들이 아차 싶은 얼굴로 서로를 마주 보았다. 하지메가 자신들에게 무관심하다느니 태도가 달라졌다느니 그런 일에 관심을 돌리기 전에, 자신들에겐 해야 할 일이 있지 않았던가. 유카처럼 직접 도움을 받은 건 아니지만 그때 반 친구들을 위해 목숨을 걸어준 건 사실이다.

유카가 보여준 복잡한 표정은 아츠시 일행과 같은 감정에서 온 게 아니라 그날의 보답을 다시 한 번 제대로 말하지 못했다는 점, 말할 분위기가 아니었다는 점, 말하는 것에 의미가 없다고 느낀 점에서 온 것이었다.

"소노베……."

그런 유카의 모습을 본 아이코는 어떤 말을 해줘야 할지 알 수 없었다.

아이코 자신도 노도 같은 전개와 제자의 변모에 내심 크게 동요하고 있어 멀어져 가는 하지메를 붙잡을 수 없었다. 지금의 하지메에게 닿으려면 과연 어떤 말이 필요할까. 아이코는 그 대답을 알 수 없었다.

주문했던 음식은 이미 차가워졌고 식욕도 사라졌다. 그들은 눈앞의 음식을 멍하니 바라보며 『하지메의 생존』에 대해

깊게 생각하기 시작했다.

　한밤중.
　자정을 넘어 하루의 활동과 그 후의 예상 밖 전개에, 정신적이나 육체적으로 잔뜩 지쳐 모두가 잠자리에 들었을 무렵 아이코는 아직 잠들지 못했다.
　아이코의 방은 1인실이라 그다지 크지 않았다. 목제 침대와 테이블 세트, 작은 난로가 있었고 그 앞에 가죽 소파가 놓여 있었다. 겨울엔 분명 흔들리는 불꽃이 방을 비춰 시각과 체감으로 투숙객을 따뜻하게 해줄 것이다.
　아이코는 오늘 있었던 일을 떠올리며 소파에 깊게 몸을 묻고 불을 피우지 않은 난로를 멍하니 바라보았다. 아이코의 머릿속은 정돈되지 않은 책장처럼 모든 정보가 무질서하게 늘어서 있었다.
　생각해야만 할 일, 생각하고 싶은 것, 앞으로의 일. 빙글빙글 도는 머리는 쉽게 건설적인 의견을 제공해주지 않았다. 소중한 제자가 살아 있다는 것을 떠올리면 미소가 지어지면서도, 그 후의 비협조적이다 못해 무관심한 태도를 떠올리면 쓸쓸해졌다.
　데이비드의 말로 엿볼 수 있었던 하지메의 힘을 봤을 때 그렇게 변모하지 않았다면 살아남을 수 없었던 건지도 모른다. 그가 경험했을 고통을 생각하면 아무런 도움이 되지 못했던 것에 한숨이 나왔다. 하지만 그 후에 두 소녀와의 만남을 생각하고선 신뢰할 수 있는 동료를 얻을 수 있었던 것 같다며 다시 미소가 나왔다.

그때, 갑자기 아무도 없을 방에서 목소리가 들렸다.

"혼자서 왜 그렇게 표정을 바꾸고 있어? 선생님."

"아?!"

깜짝 놀라 목소리가 난 쪽으로 고개를 돌린 아이코. 그곳엔 입구의 문에 등을 기대고 팔짱을 낀 하지메의 모습이 있었다. 아이코는 깜짝 놀란 나머지 혀가 꼬이면서도 어떻게든 입을 열었다.

"나, 나구모? 어, 어째서 여기에, 어떻게……."

"어떻게? 평범하게 문으로 들어왔다고밖에 할 말이 없는데."

"어? 하지만 열쇠가……."

"내 천직은 연성사잖아. 지구의 열쇠도 아니고 이 정도 구조의 열쇠는 간단히 열 수 있어."

하지메가 태연히 대답하자 아이코는 잠시 멍하니 있다가 깜짝 놀라 두근두근 시끄러운 심장을 진정시키며 미간을 찌푸리고는 화난 표정을 했다.

"이런 시간에, 게다가 여성의 방에 노크도 없이 갑자기 침입하다니 안 되죠. 문까지 따질 않나……. 대체 무슨 일인가요?"

아이코의 뇌리에 잠시 불건전한 이성 교제라는 단어가 떠올랐지만 곧바로 지워버렸다. 학생을 상대로 무슨 생각을 하는 거냐며 가볍게 머리를 흔들었다. 하지메는 그런 아이코의 질타를 가볍게 무시하고는 비상식적으로 찾아온 목적을 알렸다.

"뭐, 그건 미안해. 내가 찾아온 걸 다른 녀석들에게 보이고 싶지 않았거든. 선생님한텐 말해 두고 싶은 게 있지만 아까는 교회나 왕국 녀석들이 있어서 말할 수 없었어. 그 녀석들이 발광할 법한 내용이라서."

"이야기요? 아깐 우리보고 아무래도 좋다고……."

혹시 사실은 돌아올 생각은 아닐까 하는 기대에 눈을 반짝였다. 학생의 상담이야말로 교사가 할 일이다.

하지만 하지메는 그 기대를 곧바로 부정했다.

"돌아갈 생각은 없어. 그러니 그렇게 기대에 찬 눈으로 보지 말아줘. ……지금부터 할 이야기는 선생님이 제일 냉정하게 받아들일 거라고 생각하니까 이야기할게. 이야기를 들은 뒤 어떻게 할지는 선생님의 판단에 맡기겠어."

그렇게 말한 하지메는 오스카에게서 들은 『해방자』와 정신 나간 신의 장난에 대해 이야기했다.

하지메가 아이코에게 이 이야기를 하려고 생각한 것은 물론 이유가 있었다.

신의 뜻을 따라 용사인 코우키 일행이 반상 위에서 놀아난다 해도, 그들의 의도한 것처럼 신이 예전 세계로 돌려보내 줄 것 같지는 않다. 『마인족으로부터 인간족을 구한다』. 즉, 앞으로 일어날 전쟁에서 승리한다 해도 그건 애초에 신이 뒤에서 꾸민 결과다. 용사라는 재밌는 장기 말을 그리 쉽게 놓아줄 리 없다. 오히려 용사들을 이용해 새로운 게임을 시작할 거라고 생각하는 편이 타당할 것이다.

　하지만 하지메로선 일부러 코우키 일행을 찾아가면서까지 그것을 전해줄 생각은 없었다. 같은 반 아이가 어떻게 될지 흥미가 없었고 단순히 귀찮기 때문이다. 그리고 설령 알려준다 해도 그 정의감과 착각의 덩어리 같은 남자가 하지메의 말을 믿을 것 같지 않았다.

　단 한 사람, 게다가 변심한 소년의 말과 대다수의 구원을 바라는 목소리. 코우키가 어느 쪽을 믿을지는 생각할 것도 없다. 오히려 많은 사람들이 믿고 숭배하는 『에히트 님』을 우롱했다며 비난할 게 뻔하다. 그런 의미에서도 하지메는 코우키와 엮일 생각이 조금도 없었다.

　하지만 우연에 우연이 겹쳐져 어떤 인연인지 아이코와 만나게 됐다.

　하지메는 알고 있었다. 아이코의 행동 원리가 항상 학생 중심이었다는 것을. 즉, 이세계 사정에도 굴하지 않고 학생을 위해 냉정한 판단을 할 수 있다는 뜻이다. 그리고 예전 세계에서 학생들이 잘 따랐던 점과 오늘 반 아이들의 태도를 봤을 때, 아이코가 이야기한다면 분명 코우키 일행에게도 영향을 줄 거라고 생각했다.

　그 결과 그들의 행동에 어떤 영향이 나올지는 모른다.

　하지만 이 정보로 코우키 일행이 신이 의도한 것과 다른 움직임을 보이면 그것만으로 신이 코우키 일행을 더 많이 주목하게 될 것이다.

하지메는 대미궁을 공략하는 여행으로 자신이 무척이나 눈에 띄는 존재가 될 것이라고 생각했고 결국엔 신에게서 어떠한 간섭을 받을 거라 예상했다. 그렇기 때문에 간접적으로 신뢰할 수 있는 인물에게 정보를 전달함으로써 코우키 일행의 행동을 어지러뜨리고, 신에게서 주목을 받는 시기를 늦추거나 분산시키려는 의도였다.

또한 신에게 기대는 것 이외에 하지메와 함께 다른 방법으로 귀환할 수 있는 수단을 찾아주지 않을까 하는 의도도 조금은 있었다. 자세히 말하자면 예전에 『해방자』가 당한 것처럼 원래 아군이었던 사람들을 조종해 적대시키는 방법을 코우키 일행으로 재현하지 못하도록, 신에 대한 불신을 심어 못을 박아 두려는 의도도 있었다.

사실 이 생각은 우연히 아이코와 재회하면서 떠오른 방법이라 하지메 자신도 크게 기대하지 않았다.

하지메는 같은 반 아이들을 딱히 원망하거나 미워하지도 않았다. 그저 무관심할 뿐이다. 이용할 수 있다면 그렇게 할 것이고 도움이 되지 않는다면 내버려 둘 것이다. 이번엔 어쩌다 이용할 수 있을 것 같아서 정보를 넘겨준 것에 불과하다.

하지메에게서 이 세계의 진실을 듣고 정신이 멍해진 아이코. 어떻게 받아들여야 좋을지 알 수 없는 것 같았다. 정보를 분석해 자신의 것으로 만들기까지 아직 시간이 걸릴 듯했다.

"뭐, 그렇게 됐어. 내가 나락 밑바닥에서 알게 된 건 여기까지. 이걸 알고서 어떻게 할지는 선생님한테 맡길게. 헛소리로 치부하는 것도 좋고 진실로 여겨 행동하는 것도 좋아. 마음대로 해."

"나, 나구모는 혹시 그 『정신 나간 신』을 어떻게 하려고……여행을?"

"그럴 리가. 이 세계가 어떻게 되든 아무래도 상관없어. 난 내나름대로 돌아갈 방법을 찾을 뿐이야. 여행은 그러기 위한 거지. 알려준 건 그러는 편이 내게 도움이 될 것 같았을 뿐이야."

혹시나 해서 한 질문을 비웃음당한 아이코는 무척이나 미묘한 표정을 지었다. 무모한 일에 끼어들지 않는다는 건 안심이지만, 망설이지 않고 다른 사람을 잘라 낸다는 발언에는 교사로서 인상을 찌푸릴 수밖에 없었다. 물론 자신도 이쪽 세계의사정보다 학생들을 우선하고 있기 때문에 남 말 할 처지가 아니었다. 결과적으로 미묘한 표정을 하고 화제를 바꾸려 했다.

"짚이는 곳이 있나요?"

"있지. 대미궁이 열쇠야. 흥미가 있다면 탐색해봐. 오르크스의 백 층을 넘으면 진정한 대미궁이 시작돼. 하긴 오늘 상태를 보면 가 봤자 곧바로 죽겠지만. 그 정도의 『위압』도 견딜수 없어서야 가망이 없지."

아이코는 저녁을 먹을 때 하지메에게서 나온 압박감을 떠올렸다. 그리고 얼마나 가혹한 상황에서 살아남았는지, 다시금하지메에게 동정과 칭찬 등 다양하고 복잡한 심경이 담긴 눈빛을 보냈다.

한동안 침묵이 이어지고 정적이 방을 가득 메웠다. 하지메는 아이코의 모습을 보고 주어야 할 정보가 확실히 전해졌다는 걸 깨닫고는 이제 볼일이 없다는 듯 뒤를 돌아 방문 손잡이에 손을 가져갔다. 그 등을 본 아이코는 【오르크스 대미궁】이라는 말로 생각난 학생에 대해 알리려고 말을 걸었다.

"시라사키는 포기하지 않았어요."

"……."

아이코에게서 들은 예상 밖의 말에 하지메의 발걸음이 멈췄다. 아이코는 등을 돌린 채 멈춘 하지메에게 살짝 말을 더했다.

"다들 나구모가 죽었다고 해도 그 아이만큼은 포기하지 않았어요. 자신의 눈으로 확인할 때까지 살아 있다고 믿겠다면서. 지금도 【오르크스 대미궁】에서 싸우고 있어요. 아마노가와를 포함한 아이들은 순수하게 실전 훈련을 위해 그곳으로 간 듯하지만, 그 아이만큼은 나구모를 찾는 게 목적이라고 해요."

"…………시라사키는 무사해?"

긴 침묵이 이어진 뒤, 하지메가 아이코에게 물었다. 자신들에겐 관심이 없는 태도를 보인 하지메가 처음으로 다른 사람을 걱정하는 말을 하자, 아이코는 아직 그에게 예전의 마음이 남아 있다는 것을 깨닫고 기뻐했다.

"네. 【오르크스 대미궁】은 위험한 곳이지만 순조롭게 실력을 쌓으며 공략하고 있다고 해요. 적어도 이따금 도착하는 편지엔 그렇게 적혀 있어요. 역시 신경 쓰이나요? 나구모와 시라사키는 사이가 좋았죠."

아이코는 생글거리며 말했지만 하지메는 부정도 긍정도 하지 않고 무표정하게 어깨 너머로 고개만 돌렸다.

"그런 의미는 아닌데……. 편지를 주고받는다면 전해줘. 그 녀석이 정말로 주의해야 하는 것은 미궁의 마물이 아닌 동료라고."

"네? 그게 무슨……."

"선생님, 오늘 다른 아이들의 태도를 보고 사정은 대강 알았어. 내가 나락으로 떨어진 원인은 베헤모스와 싸우는 도중 일어난 **사고** 때문이라고 알려지지 않았어?"

"그, 그건…… 네. 일부 마법이 제어에서 벗어나 오폭했다고……. 나구모는 역시 다른 아이들을 원망해서……."

"그건 아무래도 좋아. 중요한 건 마법에 대해서야. 오폭? 천만에. 그건 분명히 날 노린 공격이었어."

"어? 노렸다고요?"

영문을 알 수 없다는 표정을 한 아이코. 하지만 하지메는 아이코를 더욱 고민에 빠지게 할 말을 남겼다.

"내가 반 아이들 중 누군가에게 살해당할 뻔했다는 거야."

"아?!"

그 이야기를 들은 아이코는 창백해진 얼굴로 온몸이 굳어버렸다.

"원인은 시라사키와의 관계 정도밖에 떠오르지 않아. 질투로 사람 한 명 죽일 법한 녀석이니까, 시라사키가 아직 무사하다면 뒤에서 공격당하지 않도록 충고해줘."

하지메는 경직된 아이코에게 그런 말을 남기고 방에서 나갔다.

고요해진 방에 냉기가 드는 듯한 기분이 든 아이코는 두 팔로 자신의 몸을 안았다. 소중한 학생이 친구를 죽이려 했을지도 모른다. 그것도 죽음과 마주한 상황에서 등 뒤를 노리는 비겁한 수단으로. 학생이 무엇보다도 소중한 아이코에게는 받아들이기 힘든 이야기였다. 하지만 부정한다면 하지메의 말을 이유도 없이 부정하는 것이 된다. 학생을 믿고 싶은 마음이 충돌했다.

아이코의 고민은 더욱 깊어져 평소보다도 잠들 수 없는 밤을 보냈다.

제2장 ◆ 새로운 만남

새벽.

달이 그 빛을 잃어 가고 동쪽 하늘이 밝아지기 시작한 무렵, 하지메, 유에, 시아는 떠날 준비를 마치고 『물 요정 여관』 바로 앞에 있었다. 손에는 이동하며 먹을 수 있도록 주먹밥이 든 보따리가 들려 있었다.

무척 이른 시간이지만 싫은 표정 하나 없이 아침밥 대신이라며 포스가 마련해준 것이다. 역시 고급 여관. 대단한 배려라고 감탄한 하지메 일행은 사양하지 않고 고맙다는 말과 함께 받았다.

아침 안개가 걷히기도 전에 일행은 【우르 마을】의 북쪽 문으로 향했다. 거기서 【북쪽 산맥 지대】로 이어지는 길이 뻗어 있기 때문이다. 말을 타고 하루 정도 걸린다고 하니 슈타입으로 달리면 서너 시간 정도로 도착할 것이다.

월 쿠데타 일행이 【북쪽 산맥 지대】에 조사하러 들어가 소식이 끊기고서 이미 닷새가 지났다. 생존은 절망적이리라. 하지메도 월 일행이 살아 있을 가능성은 낮다고 생각하지만 만에 하나의 가능성도 있다. 만약 산 채로 데리고 돌아간다면 하지메 일행을 대하는 이루와의 인상이 무척이나 좋아질 것이니 될 수 있으면 서둘러 탐색할 생각이다. 다행히 날씨도 좋아 탐색하기 적당한 날이었다.

몇몇 건물에서 사람이 활동을 시작하는 소리가 들렸다. 길을 따라 북쪽으로 이동해 북문이 보이기 시작했다.

그때 하지메는 북문 곁에 몇몇 사람의 기척을 느끼고 인상을 썼다. 딱히 움직이지도 않고 그저 모여 있기만 한 듯했다.

아침 안개 너머로 보인 것은…… 아이코와 유카를 포함한 여섯 학생의 모습이었다.

"……그럭저럭 상상은 되지만 일단은 물어볼게. 뭐하고 있어?"

하지메가 차가운 눈으로 아이코에게 시선을 보냈다.

아이코는 순간 압도된 듯 움찔 몸을 떨었지만 의젓한 태도를 보이며 하지메와 정면에서 마주했다. 조금 떨어진 곳에서 이동용으로 마련한 말을 쓰다듬으며 무언가 이야기를 나누던 유카, 타에코, 나나, 그리고 아츠시, 노보루, 아키토도 하지메 일행이 온 것을 깨닫고 아이코의 곁으로 다가왔다.

"우리도 가겠어요. 행방불명된 사람을 찾는 거죠? 사람이 많은 편이 좋을 거예요."

"안 돼. 가고 싶으면 멋대로 가. 하지만 같이 가는 건 사양하겠어."

"어, 어째서죠?"

"단순히 이동 속도가 다르니까. 그쪽에 맞춰 느긋하게 이동할 수는 없어."

하지메는 유카의 뒤에서 부지런히 입을 움직이는 말을 바라보며 거절했다. 잠시 「이 녀석들 말도 탈 줄 아나?」라고 의문을 품었지만 아무래도 좋았기 때문에 무시했다. 타든 타지 않든 마력 구동 차량의 속도를 따라잡을 리가 없다.

하지메의 말에 유카가 주위를 둘러보며 고개를 갸웃하더니 의아하다는 표정을 했다. 아무리 봐도 하지메의 주변에 이동 수단(말)이 보이지 않았기 때문이다.

"이동 속도가 다르다니……. 저기, 나구모. 설마 말에 타는 것보다 달리는 편이 빠르다는 건 아니겠지? 우리가 아무래도 상관없다고 해서 그렇게 거절하는 건 지나치게 어중간하지 않아? 설령 정말로 그렇다 해도…… 어제의 위압감도 그렇고 인간에서 벗어난 존재라도 된 거야?"

유카의 제법 실례되는 말투에 하지메는 자신도 모르게 미간을 꿈틀댔다. 하지만 사실 맨몸으로도 말보다 빠르고 지구력도 있기 때문에 부정할 수 없었다. 인간에서 벗어났다는 평가는 무척이나 정확했다. 사실 하지메에게 말을 거는 것도 내심 불안했던 유카가 자신도 모르게 속내를 털어놓았을 뿐이지만, 하지메의 실력을 보기 전에 정답에 도달한 모양이다.

하지메는 유카를 슬쩍 보았다. 이유는 몰라도 경계심인지 대항심인지, 그것도 아니면 다른 무언가인지는 알 수 없는 강한 표정으로 바라보는 유카를 보고 한숨이 나왔다. 그리고 설명하는 것도 귀찮다는 것처럼 말없이 『보물 창고』에서 슈타입을 꺼냈다.

갑자기 허공에서 대형 오토바이가 나타나자 아이코 일행은 깜짝 놀랐다.

"이제 이해했어? 적당한 변명을 한 것도, 직접 달려가는 것도 아니야. 물론 비꼬는 것도 아니지. 말 그대로 이동 속도가 다르다는 거야."

아이코와 학생들은 슈타인의 중후한 형태와 이세계에는 어울리지 않는 존재감에 깜짝 놀랐는지 빤히 바라본 채 아무 말이 없었다.

그때 반에서도 오토바이를 좋아하던 노보루가 약간 흥분한 듯 하지메에게 물었다.

"이, 이것도 어제 그 총처럼 나구모가 만든 거야?"

"그래. 그럼 우린 이만 가볼 테니까 거기 좀 비켜줘."

대충 대답을 하고서 출발하려던 하지메를 물러설 수 없다는 듯 아이코가 붙들었다.

아이코는 반드시 하지메를 따라가고 싶었다.

이유는 두 가지.

하나는 어제 하지메가 한 말의 진의를 알기 위해서다. 『같은 반 아이에게 살해당할 뻔했다』는, 아이코로선 도저히 간과할 수 없는 그 말이 정말로 하지메의 착각이 아닌 사실인지. 그리고 사실이라면 하지메는 상대를 짐작하고 있는지. 어쩌면 앞으로 일어날지도 모르는 불행한 일을 피하기 위해서라도 하지메에게서 더 자세한 이야기를 듣고 싶었다. 수색이 끝난 뒤 다시 한 번 하지메와 만날 수 있을지 알 수 없는 이상 지금 기회를 놓칠 수는 없었다.

또 한 가지의 이유는 현재 행방불명된 시미즈 유키토시 때문이다. 온갖 방법을 사용해 정보를 모았지만 주변 마을에서도 그런 인물을 봤다는 정보가 들어오지 않았다.

하지만 애초에 사람이 없는 【북쪽 산맥 지대】라면 아직 제대로 된 정보를 얻지 못했을 거라 생각했다. 사건이든 자발적인 실종이든, 설마 【북쪽 산맥 지대】에 갈 거라고는 생각하지 않았기 때문에 당연한 일이다. 그래서 이 기회를 빌미로 하지메의 수색 대상을 찾으며 시미즈의 단서도 없는지 살펴볼 생각이었다.

참고로 유카 일행이 따라온 건 반쯤 우연이었다.

아이코가 하지메보다 빨리 북문으로 가서 기다리기 위해 새벽에 일어나 여관을 나가려 할 때, 어제부터 이것저것 생각하느라 깊이 잠들지 못했던 유카가 아이코의 방에서 나는 소리를 듣고 밖으로 나왔다.

여행 준비를 마치고 이른 시간에 여관을 나가려 하는 아이코를 본 유카는 자신을 속일 순 없다며 집요하게 물었다. 그 결과 아이코가 하지메가 수색하러 나갈 때 따라갈 생각이라는 것을 알게 되어, 충동적으로 「그럼 나도 갈래요! 40초 안에 준비할게요!」라며 함께 갈 것을 자청했다.

그리고 일단은 아이 호위대라는 명분으로 아이코를 설득한 것이기 때문에 자신 혼자서 갈 순 없다며 다른 멤버를 깨워 탐색에 참가하게 됐다.

또한 기사들에겐 하지메 일행이 있으면 또 다투게 될 것 같아 쪽지를 남겨 대기해달라고 지시했다. 들어줄지는 알 수 없지만······.

아이코는 하지메에게 다가가 작은 목소리로 결의를 전했다.

이야기의 내용이 내용인 만큼 다른 사람에게 들리지 않도록 아이코는 얼굴을 내밀었고 하지메는 그녀의 눈가를 자세히 보았다. 화장으로 감추긴 했어도 짙은 다크서클이 있다는 걸 깨달았다. 분명 하지메의 이야기를 듣고서 거의 잠들지 못했을 것이다.

"나구모. 선생님은 선생님으로서 반드시 나구모에게서 더 자세한 이야기를 들어 둬야 해요. 그러니 제대로 이야기할 시간을 내줄 때까지 떨어지지 않을 거고, 도망친다 해도 따라갈 거예요. 그렇게 되면 귀찮아지겠죠? 이동 시간이라든가 수색하는 동안이라도 괜찮으니까 시간을 내줄 수 없나요? 그러면 나구모의 말대로 이 마을에서 헤어질게요. ······일단은."

하지메는 아이코의 눈동자가 결의에 차 반짝이는 것을 보고서 어젯밤 마지막 말은 실수였다며 조금 후회했다. 아이코의 행동력(헛도는 일이 많지만)은 알고 있었다. 얼버무리거나 도망치기라도 했다간 호위 기사들마저 사용해 대대적으로 수색할지도 모른다.

아이코에게서 시선을 돌려 하늘을 올려다보니 점점 밝아지고 있었다. 윌의 생존 가능성을 버리지 않았기 때문에 이렇게 이야기를 나누는 시간도 아깝다. 하지메는 한 번 깊은 한숨을 쉬고는 자업자득이라는 마음으로 아이코를 보았다.

"알았어. 동행을 허락하지. 그래도 말할 수 있는 건 거의 없지만……."

"상관없어요. 제대로 나구모 입에서 이야기를 들어 두고 싶을 뿐이에요."

"하아, 정말이지 선생님은 여전하네. 언제 어디서 무슨 일이 있어도 선생님이다, 이건가."

"당연하죠!"

하지메가 의견을 굽힌 것에 기뻐하며 가슴을 편 아이코. 아무래도 교섭이 잘 풀렸다는 걸 깨달은 다른 아이들도 안심한 모습이었다.

"……하지메, 데리고 갈 거야?"

"그래. 이 사람은 뼛속까지 『교사』거든. 학생에 대해선 타협하지 않겠지. 내버려 뒀다간 나중에 분명 귀찮아질 거야."

"와~, 학생을 걱정하는 좋은 선생님이네요~."

하지메가 의견을 굽힌 것에 유에와 시아가 놀란 듯 말을 걸었다. 그리고 하지메의 쓴웃음이 섞인 말을 듣고서 아이코를 보는 눈이 조금 달라져 약간의 존경이 담기게 됐다.

하지메도 굴하지 않고 자신들의 『선생님』이려 하는 아이코의 자세를 나쁘게 생각하지 않았다. 설령 하지메가 같은 고향 사람이라는 것과 같은 반이라는 범주를 아무런 가치가 없다고 생각한다 해도, 적지 않은 경의를 표해야 하는 귀중한 어른 중 한 사람이라고는 생각했다.

"하지만 이 바이크론 세 사람만 탈 수 있잖아? 어쩔 거야?"

유카가 지당한 사실을 지적했다. 말의 속도에 맞춰선 시간이 너무 오래 걸리고, 아이코를 태우는 대신 유에나 시아를 두고 간다는 건 있을 수 없는 일이다. 하지메는 어쩔 수 없이 슈타입을 『보물 창고』에 넣고 대신 마력 구동 사륜 『브리제』를 꺼냈다.

군용 차량 험비를 방불케 하는 중후하고 흉악한 형태에 얼핏 봐도 알 수 있는 무장이 부착되어 있어 더욱 흉악해진 모습이었다. 무광택 블랙 컬러에 후방에 총을 놓는 곳까지 있는 픽업 타입의 거대한 모습은, 멀리서 본다면 진로 상의 모든 것을 들이받으려는 마물로 보일지도 모른다.

아이코와 학생들은 불쑥불쑥 커다란 물체를 없애거나 꺼내는 하지메를 보며, 아마도 아티팩트를 사용한 거라고 추측하면서도 놀라움을 감추지 못했다.

지금의 하지메를 보고 과거에 『무능』이라 불렸던 걸 상상이나 할 수 있을까. 아이들은 「자리 없는 녀석은 짐칸에 타」라는 말을 남긴 채 운전석으로 향하는 하지메를 복잡한 시선으로 바라보았다.

전방의 산맥 지대를 향해 똑바로 뻗은 길을 따라 장갑차처럼 투박한 브리제가 폭주했다.

도로라 말할 수 없는 심한 길이지만 서스펜션이 있기 때문에 대부분의 충격은 완화되었고, 슈타입과 마찬가지로 연성을 이용해 지면을 정돈하는 기능이 달려서 차 안은 물론 차체 뒤에 달린 단단한 금속제 짐칸에 탄 남자들도 딱히 불편을 느끼진 않았다.

참고로 『보물 창고』가 있는데도 일부러 짐칸을 부착할 수 있는 픽업 타입으로 만든 것은, 짐칸에 개틀링 건을 설치해서 달리며 쏘아 대는 행위에 동경하는 바가 있었기 때문이다. 하지메의 작은 고집이었다.

차 안은 벤치 시트가 있어 운전석에는 당연히 하지메가 탔고 옆에는 아이코가, 그 옆에는 유에가 탔다. 아이코가 하지메의 옆인 것은 그 이야기를 하기 위해서였다. 아이코는 아직 다른 학생에겐 알리고 싶지 않았는지 바로 옆에서 이야기를 하고 싶어 했다.

원래 하지메의 옆은 유에의 지정석이지만 유에는 아이코에게 들려줄 내용을 하지메에게 들어 알고 있었기 때문에 어쩔 수 없이 아이코에게 옆을 양보했다. 아이코와 유에는 몸집이 작아서 공간에 제법 여유가 있었다.

반대로 뒷좌석에 앉은 시아 일행은 조금 비좁아했다. 시아는 말할 것도 없고 유카와 타에코도 의외로 육감적인 몸매라 나름대로 자리를 차지했다. 몸이 마른 나나는 평소처럼 싱거운 말은 하지 않고 시아와 유카의 몸 일부를 본 뒤, 입술을 오리처럼 삐죽 내밀며 자신의 가슴을 찰싹찰싹 만지고 있었다. 돌아오는 건 슬픈 감촉뿐이지만……

하지만 제일 불편한 건 분명 시아일 것이다.

아까부터 시아의 가슴을 응시하는 나나와, 이상하리만치 눈빛을 반짝이는 타에코 사이에 끼어 하지메와의 관계를 철저하고 집요하게 추궁당했다. 이세계에서의 이종족 간 연애는 한창때인 여고생들에겐 놓칠 수 없는 일일 것이다. 흥미진진한 모습으로 시아에게 질문을 반복하자 시아는 우물쭈물하면서도 열심히 대답했다. 창가에 앉은 유카는 창틀에 팔을 올려 턱을 괴고 흥미가 없다는 모습이었지만 귀를 쫑긋 세우고 있는 건 쉽게 알 수 있었다. 시선도 슬쩍슬쩍 이쪽을 바라보는 걸 보면 하지메와 시아가 친해진 계기에 대해 내심 흥미진진한 모양이다.

한편 하지메와 아이코의 이야기는 절정에 이르고 있었다.

하지메에게서 당시의 상황을 자세히 들어보면 역시 고의로 마법이 발사됐을 가능성이 높다고는 생각하지만 그럼에도 믿고 싶지 않은 아이코는 고민에 빠졌다. 짐작되는 사람이 있는지 물으니 하지메는 코웃음을 치며 『모두』라고 답했다.

하지메는 일단은 히야마가 가능성이 높다며 근접하다 못해 정답을 말했지만, 지금 시점에선 가능성의 하나로서 아이코에게 전할 뿐이었다.

아이코도 그것만으로 단정할 수 없으며 가령 범인을 밝혀낸다 해도 살인을 저지르면서까지 일그러진 마음을 어떻게 원래대로 돌릴 수 있는지, 어떻게 죗값을 치르게 해야 할지 알 수 없었다.

아이코가 끙끙 앓으며 고민하는 동안 주행으로 흔들리는 몸을 부드러운 시트가 감싸주어 수면을 유도해, 어느 틈엔가 꿈나라로 여행을 떠났다. 등받이를 타고 스르륵 미끄러져 쓰러진 곳은 하지메의 무릎이었다.

평소라면 방해된다며 튕겨 냈겠지만, 하지메로서도 아이코를 거칠게 다루는 건 내키지 않았기 때문에 어떻게 할까 고민하다가 그대로 두었다.

무엇보다 아이코가 잠을 자지 못한 원인은 일방적으로 막대한 정보를 건넨 하지메에게도 있기 때문이다. 이쯤은 「뭐, 어쩔 수 없지」라고 하지메답지 않은 관용을 보였다.

"······하지메, 아이코에게 자상해."

"······뭐, 잔뜩 신세를 진 사람이니까."

"······흠~."

"유에?"

"······."

"유에 씨~, 무시하지 말아줘."

"······다음엔 나도 무릎베개."

"······알았어."

아이코에게 무릎베개를 해주면서도 평소처럼 둘만의 세계를 만든 하지메와 유에. 그런 두 사람에게 뒷좌석에서 반짝반짝한 눈빛을 보내는 여고생 두 사람과, 창밖으로 시선을 두면서도 미묘하게 신경 쓰는 여고생이 한 명. 그리고 토라진 토끼 귀 소녀. 뒷좌석의 짐칸과 이어진 창문 너머에서는 세 쌍의 눈동자가 질투의 불꽃을 태우고 있었다.

지금부터 정체불명의 이변이 일어난 위험 지대로 간다고는 생각되지 않을 정도로 떠들썩한 분위기였다.

【북쪽 산맥 지대】.

해발 천 미터에서 8천 미터급 산들이 늘어선 그곳은 어째서 인지 살아 있는 식물과 환경이 제각각이라는 신기한 곳이다. 일본의 가을 산처럼 형형색색 물든 곳도 있고, 다음 구역에선 한여름 나무처럼 파릇파릇한 잎이 펼쳐져 있기도 하고 반대 로 말라버린 나무들만 있는 곳도 있다.

또한 처음 보이는 산맥을 넘어도 그 너머에는 계속해서 이어 진 산맥이 북쪽으로 몇 겹이나 이어져 있었다. 지금까지 확인 된 것은 네 번째 산맥으로 그 너머는 완전히 미지의 영역이다.

어디까지 이어졌는지 어떤 모험가가 다섯 번째 산맥 너머를 도전한 일도 있다고 하지만, 산을 하나 넘을 때마다 서식하는 마물이 강해진다는 특수성 때문에 결국 성공하지 못했다고 한다.

참고로 첫 번째 산맥에서 가장 해발이 높은 건 그 성교 교 회 본부가 존재하는 【신산(神山)】이다.

이번에 하지메 일행이 찾아가는 곳은 【신산】에서 동쪽으로 6백 킬로미터 정도 떨어진 곳이다. 붉고 노랗게 물든 선명한 잎이 달린 나무들이 눈을 즐겁게 했고, 지식이 있는 사람이 주위를 살피면 이곳저곳에 향신료의 소재와 산나물을 발견할 수 있었다. 【우르 마을】이 풍족한 만큼 실로 얻을 것이 많은 산이다.

하지메 일행은 그 기슭에 브리제를 세우고 한동안 훌륭한 경치를 뽐내는 자연 경관에 빠져들었다.

여성들은 모두가 탄식했다. 아까까지 학생의 무릎베개로 깊은 잠에 빠진 추태를 범하고 눈앞의 단풍처럼 새빨개진 얼굴로 사죄하던 아이코조차, 화려한 경치 앞에선 잊고 싶은 행동을 머릿속 깊은 곳으로 몰아내는 데 성공한 듯했다.

하지메는 더 천천히 감상하고 싶은 마음을 억누르고 브리제를 『보물 창고』에 넣은 뒤 다른 물건을 꺼냈다.

그것은 길이 30센티미터 정도의 새 모형과 작은 돌이 박힌 반지였다. 모형의 머리에는 수정이 박혀 있었다.

하지메는 반지를 자신의 손가락에 끼운 뒤 같은 모양의 모형을 네 개 꺼내 공중으로 던졌다. 중력을 따라 지면으로 떨어지는가 싶었던 모형 새들은 그 자리에서 둥실 떠올랐고, 그것을 본 아이코와 학생들은 깜짝 놀랐다.

네 개의 새 모형은 그 자리에서 잠시 선회하더니 산 쪽으로 미끄러지듯 날아갔다.

"저기, 저건……."

소리도 없이 날아간 새 모형을 바라본 아이코가 모두를 대표해서 물었다.

그 물음에 대한 하지메의 대답은 『무인 정찰기』라는, 자동차나 총보다도 어떤 의미론 이세계에 어울리지 않는 것이었다.

―중력 제어식 무인 정찰기 『오르니스』.

하지메가 『무인 정찰기』라고 설명한 그 새 모형은 【라이센 대미궁】에서 원격 조종되던 골렘 기사들을 참고로 밀레디에게서 졸라…… 아니, 흔쾌히 받은 재료로 만든 것이다.

적성이 없어 도움이 되지 않는 중력 마법을 광물에 부여해 중력을 중화함으로써 부유하는 광물 『중력석』을 생성했다. 그리고 골렘 기사를 다루는 바탕이었던 『감응석』을 심고 『원투석(遠透石)』을 머리에 심었다.

『원투석』이란 골렘 기사들의 눈 부분에 사용된 광물이며, 감응석과 마찬가지로 같은 마력을 주입하면 멀리 있어도 한쪽 광물에 비친 경치를 다른 한쪽 광물에 비치게 할 수 있었다. 밀레디는 이걸로 하지메 일행의 자세한 위치를 파악한 듯했다.

하지메는 마안에 이 원투석을 심어 『무인 정찰기』가 비추는 광경을 마안으로 볼 수 있게 만들었다.

하지만 인간의 뇌는 처리 능력에 한계가 있기 때문에 단순히 상공을 선회하는 용도라도 동시에 조작할 수 있는 건 네 대가 한계였다. 대체 밀레디는 어떤 방법으로 50대나 되는 골렘을 조작했는지 짐작조차 안 됐다.

그래도 『순광』을 각성하고서 뇌의 처리 능력이 올랐는지, 한 대라면 충분히 움직이면서 정밀 조작도 가능했다. 또한 『순광』 사용 상태에선 시간제한이 있긴 해도 동시에 일곱 대를 정밀 조작할 수 있다.

이번엔 탐색 범위가 넓으니 상공에서 확인할 수 있는 범위만이라도 오르니스로 확인해 두는 게 좋겠다고 판단하여 껐다.

이미 멀리 날아간 오르니스를 바라본 아이코와 학생들은 이제 일일이 하지메가 하는 일에 놀라지 않겠노라고, 아마도 이루어질 수 없는 맹세를 했다.

하지메 일행은 윌과 모험가들도 지나갔을 산길을 걸었다.

마물의 목격 정보가 있던 건 산길 중턱보다 조금 위인 6부 능선, 7부 능선 부근이다. 그렇다면 윌을 포함한 모험가 파티도 이 부근을 조사했을 것이다. 그렇게 생각한 하지메는 오르니스를 그 부근으로 먼저 보내 놓고 빠르게 산길을 따라 올랐다.

대략 한 시간 조금 넘게 걸려 6부 능선에 도달한 하지메 일행은 한번 거기서 멈췄다. 슬슬 주변에 흔적이 없는지 자세하게 조사할 필요가 있었고—.

"하아, 하아, 쉬, 쉬었다 가나요……. 콜록, 하아, 하아."

"하아, 하아, 괜찮으세요……? 아이 선생님, 하아, 하아."

"읍, 이제 쉬어도 돼? 하아, 하아, 괜찮지? 나 쉰다?"

"……후우, 후우."

"콜록, 콜록. 너흰 괴물이냐……."

예상 이상으로 아이코와 학생들의 체력이 부족해서 쉬어야 했기 때문이다.

물론 그들의 스테이터스는 이쪽 세계 일반인의 몇 배나 되기 때문에 6부 능선까지 등산하는 걸로 이렇게까지 지치진 않는다. 하지만 하지메의 이동 속도가 너무 빨라 거의 전력으로 질주하며 등산한 데다가, 익숙하지 않은 여정이라는 점도 있어 깨닫고 보니 체력을 지나치게 소모하고 휘청거리게 됐다.

두 팔을 땅에 딛고 필사적으로 숨을 고르는 아이코. 노보루와 아키토는 하늘을 보고 누워 당장에라도 죽을 듯이 호흡하고 있었고 나나는 살짝 표정이 일그러졌다.

뜻밖에도 주저앉지 않는 건 유카와 타에코였다. 두 사람 다 가까운 나무에 몸을 기대 상당히 힘든 표정을 하고 있지만 쓰러질 것 같지는 않았다. 굳이 말하자면 두 사람 다 전위직 천직이라는 것과 관계가 있을 것이다.

참고로 유카의 천직은 『투술사(投術師)』, 타에코는 『조편사(操鞭師)』였다. 투술사는 나이프나 다트 등 투척 기술에 천성의 재능이 있으며 조편사는 채찍은 물론 로프 형태의 물건을 다루는 기술에 천성의 재능이 있다.

조금 불량스러워 보이는 유카가 투척용 나이프를 저글링 하거나, 느긋해 보이는 타에코가 채찍을 교묘히 휘두르는 모습은…… 학생들 사이에서도 무척이나 어색하다는 의견과, 어쩐지 굉장히 잘 어울린다는 의견이 반반이었다.

또한 아츠시와 노보루도 일단은 전위직이긴 하지만…… 체력에서 밀렸다는 점은 지적해선 안 될 것이다. 만약 그랬다간 이번에야말로 그들의 마음이 꺾일지도 모른다.

하지메는 그런 일행에게 약간 난감하다는 시선을 보내면서도 어쨌든 자세히 주변을 살필 필요가 있어서 휴식하는 겸 가까운 냇가에 가기로 했다. 여기까지 오면서 오르니스로 얻은 정보 덕에 위치는 파악하고 있었다. 아직 거친 호흡을 되풀이하는 선생님과 다른 학생들에게 장소를 알려준 뒤, 하지메 일행만 먼저 냇가로 이동했다. 윌 일행도 휴식할 겸 들렀을 가능성이 높으리라.

유에와 시아를 데리고 산길에서 벗어나 산속으로 들어갔다. 사각사각 낙엽 밟는 소리를 즐기며 나무 사이를 걷다 보니 냇물 흐르는 소리가 기분 좋게 들렸다. 시아의 귀가 기쁜지 쫑긋쫑긋 뛰었다.

그렇게 하지메 일행이 도착한 냇물은 작다고 하기엔 조금 큰 규모였다. 색적 능력이 가장 뛰어난 시아가 주위를 살피고, 하지메도 만약을 위해 오르니스로 주변을 살폈지만 마물의 기적은 없었다. 우선 한숨 돌린 하지메 일행은 냇가 바위에 걸터앉아 앞으로의 수색 방침을 이야기했다.

도중에 유에가 「잠시만」이라고 말한 뒤 신발을 벗어 냇물에 발을 담그는 사치를 즐겼지만, 아이코 일행이 아직 오지 않았기 때문에 하지메도 너그러이 넘어갔다. 정말이지 유에에겐 너그러운 남자다. 하는 김에 시아도 따라했다.

강가를 따라 상류로 이동했을 가능성도 고려한 하지메는 오르니스를 상류를 따라 보내면서 유에가 첨벙첨벙 맨발로 장난치는 모습을 보았다. 시아도 맨발이 됐지만 물에 담그고 있을 뿐이었다. 냇물이 흐르는 감촉이 간지러운 것 같다.

그때 숨을 고른 아이코 일행이 찾아왔다. 두고 간 것이 불만이었는지 눈빛이 차가웠다.

하지만 남자 셋이 맨발이 된 유에와 시아를 보고서 「오오?!」라고 함성을 지른 뒤 「여기 천국인데?」라며 눈을 반짝였기 때문에 여성들의 차가운 눈빛은 그들로 옮겨 갔다. 시선을 받은 남자들은 몸을 떨었다. 남자들의 시선을 깨달은 유에와 시아도 냇물에서 밖으로 나왔다.

아이코 일행은 냇가에 앉아 물을 마셨다. 아까부터 아츠시 일행의 유에와 시아를 보는 눈이 성가셨기 때문에 가볍게 노려보자 부르르 떨며 시선을 피했다. 그런 모습을 본 아이코를 포함한 여자들이 하지메에게 미적지근한 시선을 보냈다. 특히 아까까지 아름다움을 포기한 표정을 하던 나나는 차 안에서 시아에게 많은 이야기를 들었던 탓인지 정말로 짜증이 난 표정이었다.

"후후, 나구모는 정말로 유에 씨와 시아 씨를 소중히 여기는군요."

아이코가 흐뭇해하며 그런 말을 했다.

무슨 말을 하더라도 자신에게 바람직하지 않은 반응이 돌아올 것 같았던 하지메는 어깨를 으쓱이기만 했다. 그러자 대신 유에가 행동으로 보여주었다. 당연하다는 것처럼 하지메의 무릎 위에 털썩 앉고는 부드러운 엉덩이를 슥슥 움직여 최적의 위치를 살폈다.

"……음."

그리고 만족스러운 위치를 발견했는지 그대로 하지메에게 몸을 기대 모든 체중을 맡겼다. 그것이 신뢰의 증거라는 것처럼. 그것을 본 시아가 쓸쓸해졌는지 하지메의 뒤로 다가와 덥석 안았다. 하지메의 등이 행복에 감싸였다.

갑자기 발생한 분홍빛 공간에 아이코와 유카는 뺨을 붉혔고 나나와 타에코는 꺅꺅 환호성을 질렀다. 남자들은 뿌드득 이를 갈았지만…….

하지메는 하지메대로 두 사람을 떨치지 않고 고개를 돌렸다. 부끄러운 모양이었다.

하지만 그런 하지메의 표정이 단번에 험악해졌다.

"……이건."

"……뭔가 찾았어?"

하지메가 먼 곳을 바라보듯 흐릿한 눈을 하고 중얼거리는 걸 들은 유에가 물어봤다. 그 모습을 본 아이코와 학생들도 무슨 일인가 싶어 눈을 깜박였다.

"강 상류에…… 이건 방패인가? 그리고 가방도……. 그리 오래된 건 아닌 모양이야. 제대로 찾은 건지도 모르겠군. 유에, 시아, 가자."

"……응."

"알았어요!"

하지메 일행이 찰떡궁합으로 자리에서 일어나 출발 준비를 시작했다.

아이코와 학생들은 솔직히 더 쉬고 싶었지만 억지로 따라온 이상 단서를 발견했다면 움직이지 않을 수 없었다. 피로가 풀리지 않은 무거운 몸을 채찍질하며, 빠른 속도로 상류를 향해 올라가는 하지메 일행을 필사적으로 따라갔다.

일행이 도착한 곳은 하지메가 오르니스로 확인한 것처럼 작은 금속 라운드 실드와 가방이 흩어져 있었다. 다만 라운드 실드는 갈라져 깨졌고 가방의 끈이 반쯤 뜯긴 상태였다.

일행은 주의 깊게 주위를 살폈다. 그러자 근처 나무의 껍질이 벗겨진 것을 발견했다. 높이는 대략 2미터 부근으로 무언가가 쓸리는 바람에 껍질이 벗겨진 것처럼 보였다. 높이로 볼 때 인간이 한 짓은 아닐 것이다.

하지메는 시아에게 토끼 귀를 최대한 활용한 탐색을 지시하며 자신도 감지계 능력을 전개해 상처가 난 나무 너머로 뛰어들었다.

앞으로 나아가니 계속해서 전투의 흔적을 발견할 수 있었다. 반쯤 꺾인 나무와 가지, 짓밟힌 수풀, 나아가 부러진 검과 피가 튄 흔적도 있었다. 그것들을 발견할 때마다 아이코와 학생들의 표정이 점점 굳어졌다.

특히 죽음의 공포에 한번 마음이 꺾였던 학생들은 【오르크스 대미궁】에서 죽을 뻔했던 일이 떠올랐는지 얼핏 봐도 알 수 있을 정도로 안색이 나빠졌다. 떨리는 몸을 필사적으로 억누르고 있었다.

그런 아이코와 같은 반 아이들을 확인하고 한동안 군데군데 보이는 전투의 흔적을 따라가다 보니 시아가 전방에서 무언가 빛나는 물건을 발견했다.

"하지메 씨, 이건 펜던트일까요?"

"응? 그래……. 유품일지도 모르겠군. 확인해보자."

하지메가 시아에게서 펜던트를 받아 들고 흙을 털어 내니 아무래도 평범한 펜던트가 아니라 사진을 넣을 수 있는 구조라는 걸 깨달았다. 걸쇠를 풀고 안을 확인해보니 여성의 사진이 들어 있었다. 아마도 누군가의 연인이나 아내가 아닐까. 대단한 단서는 아니지만 오래된 물건이 아닌 것으로 보아 모험가 일행 중 누군가의 것일지도 모른다. 그래서 일단 회수해 두었다.

그 뒤에도 유품이라 부를 수 있는 것이 발견됐고 신원을 특정할 수 있을 것 같은 물건은 회수했다.

얼마나 탐색했는지 이미 해가 상당히 기울었고 슬슬 야영 준비에 들어가야만 하는 시간으로 접어들었다.

아직 야생 동물 이외에 생명 반응은 없었다. 윌 일행을 습격한 마물과 조우하게 될 수도 있어 경계했지만 그 이외의 마물조차 찾아볼 수 없었다.

위치로 볼 때 8부 능선과 9부 능선 사이일까. 산을 넘지는 않았지만 일반적이라면 약한 마물 한두 마리는 나와도 이상하지 않을 터라 하지메 일행은 안도는커녕 반대로 불길한 느낌을 받았다.

잠시 이동하고 있으니 다시 오르니스가 이상이 있는 장소를 찾아냈다. 동쪽으로 3백 미터 떨어진 곳에 커다란 파괴의 흔적이 있었다. 하지메는 다른 사람들을 재촉해 그곳으로 서둘렀다.

그곳은 아까 쉬었던 냇가보다 커다란 냇물이 흐르는 곳이었다. 상류에 작은 폭포가 보이고 수량이 많으며 흐름도 나름

빨랐다. 원래는 똑바로 기슭을 향해 흘렀겠지만, 지금 그 냇물은 중간에 커다랗게 파였기 때문에 작은 물줄기가 생겼다. 마치 옆에서 레이저 같은 것에 의해 파인 것 같았다.

그런 인상을 받은 건 파인 부분이 직선이라는 점과 주변 나무와 지면에 불탄 흔적이 있기 때문이었다. 게다가 무언가 큰 충격을 받은 것처럼 몇 그루의 나무가 반쯤 꺾여 몇십 미터 뒤로 쓰러져 있었다. 냇가의 질척한 곳에는 30센티미터 이상의 커다란 발자국이 남아 있었다.

"여기서 본격적인 전투가 있었던 것 같군⋯⋯. 이 발자국은 대형에 직립 보행하는 마물⋯⋯. 산 두 개 너머로 브루탈이라는 마물이 있었지 아마. 하지만 이 파인 지면은⋯⋯."

하지메가 말한 브루탈이란 RPG에서 말하는 오크나 오거를 말한다. 대단한 지능은 없지만 무리를 이뤄 행동하고, 고유 마법『금강』의 열화판인『강벽(剛壁)』이라는 고유 마법을 가졌기 때문에 방어력이 높아 제법 강적이라는 인식이 있었다. 평소엔 두 번째 산맥 너머에 있으며 마을 쪽으론 오지 않는 마물이다. 하지만 냇가에 물줄기를 만들 수 있는 공격 수단은 없었다.

하지메는 자리에 앉아 브루탈의 것으로 보이는 발자국을 보며 잠시 생각에 잠긴 뒤, 상류와 하류 중 어느 쪽으로 갈지 고민했다.

윌 일행은 상류를 따라 내몰리듯 여기까지 도망친 모양이지만 이만한 전투를 나눈 뒤에 계속해서 상류로 도망쳤을 것 같지는 않았다. 체력과 정신적으로도 마을에서 멀어지는 선택을 할지 의문이다.

따라서 하지메는 만약을 위해 오르니스를 상류로 보내고 자신들은 하류로 가기로 했다. 브루탈의 발자국이 냇가에 있다는 건 윌 일행은 물속으로 도망쳤을 것이다. 그렇다면 분명 체력적으로 힘든 상황에 있던 그들은 떠내려갔을 가능성이 높다.

하지메의 추측에 다른 사람도 찬동해서 이번엔 냇가를 따라 하류로 내려갔다.

그러자 이번엔 아까와 비교할 수 없을 정도로 훌륭한 폭포가 나왔다. 하지메 일행은 경쾌하게 폭포의 절벽을 뛰어 내려가 웅덩이 부근에 착지했다. 폭포 특유의 시원한 바람이 온종일 탐색하느라 지친 심신을 부드럽게 치유해주었다.

그때 하지메의 『기척 감지』에 반응이 있었다.

"이건……!"

"……하지메?"

유에가 곧바로 반응해 물었다. 하지메는 잠시 눈을 감고 집중했다. 그리고 천천히 눈을 뜨며 놀란 듯 말했다.

"뭐야, 이거. 기척 감지에 걸렸어. 느낌으로 볼 때 인간인 것 같아. 장소는…… 저 웅덩이 안쪽이야."

"생존자가 있다는 건가요?!"

깜짝 놀란 시아가 확인을 위해 묻자 하지메는 고개를 끄덕였다. 몇 명인지 물어본 유에에게 하지메는 한 사람이라고 답했다.

아이코 일행도 깜짝 놀란 듯했다. 그야 당연하다. 생존 가
능성은 제로가 아니었어도 실제론 아무도 기대하지 않았다.
월 일행의 소식이 끊긴 뒤 닷새가 지났으니 만약 살아 있는
게 그들 중 한 명이라면 기적이다.

"유에, 부탁해."

"……응."

하지메는 폭포 웅덩이를 바라보며 유에에게 말했다. 유에는
그것만으로 하지메의 의도를 알아채고 마법 트리거와 함께 오
른손을 저었다.

"……『파성』. ……『풍벽』."

그러자 폭포와 웅덩이의 물이 홍해를 가르는 모세의 기적처
럼 둘로 갈라지더니 흩날리는 물방울은 바람의 벽으로 완전
히 차단됐다. 고도로 압축한 물의 벽을 만드는 물 속성 마법
『파성』과 바람 속성 마법 『풍벽』이다.

영창이나 진 없이 두 개의 속성 마법을 동시에 응용하여 사
용하는 걸 본 아이코 일행은 벌써 몇 번째인지 알 수 없는 경
악으로 입을 떡하니 벌렸다. 분명 예전의 헤브라이인들도 같
은 표정이었을 게 분명하다.

마력은 무한하지 않기 때문에 하지메는 아이코 일행을 재
촉해 웅덩이 안쪽으로 이어지는 동굴 같은 곳으로 들어갔다.

동굴은 들어가자마자 위를 향해 꺾여 있었고 그곳을 빠져나
가니 제법 넓은 공간이 나왔다. 천장에서 물과 빛이 쏟아졌고

떨어진 물은 아래쪽 물웅덩이로 흘러들었다. 넘치지 않는 걸 보면 분명 안쪽으로 이어졌을 것이다.

그 공간의 가장 안쪽에서 누워 있는 남자를 발견했다. 곁으로 다가가 확인하니 스무 살 정도의 청년으로 보였다. 단정하고 곱게 자란 얼굴이지만 지금은 창백해서 죽은 사람 같은 안색이었다. 하지만 큰 상처는 보이지 않고 가방 안쪽에 소량의 식량이 남아 있는 것으로 보아 단순히 잠든 것 같았다. 안색이 좋지 않은 건 그가 여기 혼자 있는 것과 관계가 있을 것이다.

아이코가 걱정스러운 듯 상태를 살폈지만 하지메는 한시라도 빨리 청년의 정체를 확인하고 싶어 잔뜩 힘을 준 의수로 청년의 이마에 딱밤을 날렸다.

"크악!"

비명을 지르며 눈을 뜨고 이마를 두 손으로 억누른 채 몸부림치는 청년. 아이코 일행은 너무나도 강력한 딱밤을 가차 없이 날리는 모습에 전율했다.

하지메는 그런 아이코 일행을 무시한 채 울상이 된 청년에게 다가가 단적으로 이름을 확인했다.

"네가 윌 쿠데타인가? 쿠데타 백작가 삼남?"

"윽, 어, 너흰 대체…… 어떻게 여기를……."

상황을 파악하지 못하고 눈을 크게 뜬 청년을 향해 하지메는 다시 딱밤 형태로 만든 손을 가져갔다.

"질문에 대답해. 대답 이외의 말을 할 때마다 위력을 20퍼센트씩 올리겠어."

"어, 어?!"

"네가 윌 쿠데타인가?"

"저기, 우왓! 네! 맞아요! 제가 윌 쿠데타예요! 네!"

순간 청년의 말문이 막히자 험악한 눈을 한 하지메의 왼손이 올라갔다. 그것을 본 청년은 안색을 바꿔 가며 자신의 이름을 말했다. 아무래도 윌 쿠데타 본인인 듯했다. 기적적으로 살아 있었다.

"그래. 난 하지메다. 나구모 하지메. 휴렌의 길드 지부장 이루와 창에게서 의뢰를 받고 왔다. (내 사정을 위해서라도) 살아 있어 다행이군."

"이루와 씨가?! 그런가요. 그 사람이…… 또 빚을 만들고 말았네요. ……저기, 고맙습니다. 이루와 씨에게서 의뢰를 받다니 상당한 실력자인 모양이네요."

존경을 담은 눈빛과 함께 고맙다는 말을 한 윌. 방금 말도 안 되는 위력의 딱밤을 맞은 건 신경 쓰지 않는 모양이다. 어쩌면 의외로 거물인지도 모른다. 같은 귀족이라도 그때의 똥보와는 전혀 달랐다.

하지메는 내심 계속 때릴 필요가 없어 다행이라고 생각하면서 유에 일행에게 자기소개를 시킨 뒤 윌에게 무슨 일이 있었는지를 물었다.

요약하자면 이렇다.

윌 일행은 닷새 전, 하지메 일행과 마찬가지로 산길로 들어가 5부 능선을 조금 넘은 곳에 도착했을 때 갑자기 열 마리의 브루탈과 만났다고 한다.

많은 수의 브루탈과 싸우는 것을 피하고 싶었던 일행은 곧바로 퇴각했지만, 공격해 오는 브루탈을 따돌리는 동안 점점 수가 늘어나더니 정신차리자 6부 능선의 그 냇가까지 내몰렸다.

거기서 브루탈 무리에게 포위됐고 그 포위망을 탈출하기 위해 경전사 둘이 방패가 되어 희생했으며, 그 뒤로도 계속 쫓겨 숲 속을 지나서 더 큰 냇가로 나왔을 때 일행 앞에 절망이 나타났다.

칠흑의 용이었다고 한다.

그 검은 용은 윌 일행이 냇가로 나오든 말든 특대 브레스를 뿜었고 그 공격으로 날아간 윌은 냇물에 빠졌다. 물살에 휩쓸리면서 본 것은 그 브레스로 한 사람이 흔적도 없이 사라지는 모습과, 남은 두 사람이 앞뒤로 브루탈과 용에게 포위된 광경이었다.

윌은 떠내려가다 웅덩이로 떨어졌고 우연히 발견한 동굴로 들어가 넓은 공간이 나오자 몸을 숨겼다고 한다.

어쩐지 누군가의 경우와 조금 비슷하다고 느꼈다.

윌은 이야기하는 동안 감정이 북받쳤는지 훌쩍이기 시작했다. 억지로 동행했으면서도 모험가의 노하우를 싫은 표정 하나 없이 알려준 고마운 선배 모험가들.

그런 그들의 안부를 확인하지도 못한 채 공포에 떨며 그저 구조되길 기다릴 수밖에 없던 한심한 자신.

구조가 오자 동료가 죽었는데도 안도하고 만 최악의 자신.

다양한 생각이 맴돌며 눈물이 되어 흘러나왔다.

"저, 저는 못났습니다. 윽, 다들 죽어버렸는데 아무런 도움도 되지 못한, 흑, 혼자 살아남아서는…… 그걸, 큭…… 기뻐하다니…… 난!"

동굴 안에 월의 통곡이 메아리쳤다. 모두가 아무 말도 하지 못했다. 얼굴을 엉망으로 찡그리며 자신을 탓하는 월에게 어떤 말을 걸어야 할지 알 수 없었다. 유카 일행은 월의 마음을 알 수 있었다.

아이코는 비통한 표정으로 월을 바라보며 그 떨리는 등을 자상하게 쓰다듬었다.

유에는 평소처럼 무표정했고 시아는 난감하다는 표정을 했다.

하지만 월의 말문이 막힌 순간, 의외의 인물이 움직였다.

하지메였다.

하지메는 성큼성큼 월에게 다가가 멱살을 붙들고 엄청난 완력으로 들어 올렸다. 그리고 숨이 막혀 답답해하는 월에게 투명한 목소리로 말했다.

"살고 싶다고 바라는 게 뭐가 잘못이지? 살아남은 걸 기뻐해서 뭐가 문제인데? 그 바람과 감정은 당연하고, 자연스럽다 못해 반드시 필요한 거야. 넌 인간으로서 무척이나 당연해."

"하, 하지만…… 난……."

"그래도 죽은 녀석이 신경 쓰인다면…… 살아남아라. 앞으로도 발버둥 치며 죽을힘을 다해 살아남아. 그러면 언젠가…… 오늘 살아남은 의미가 있었다고 생각할 날이 오겠지."

"……계속 살아남아라."

눈물을 흘리면서도 하지메의 말을 멍하니 읊조린 윌.

하지메는 윌을 거칠게 내려놓고는 자신을 향해 「뭐하는 거야」라고 자책했다. 아까 윌에게 한 말은 반 이상 자신에게 한 말이었다. 비슷한 처지에 놓인 윌이 자신이 살아남은 것을 비하하자, 마치 「네가 살아남은 건 실수야」라고 말하는 것만 같아서 자신도 모르게 흥분하고 말았다.

물론 완전한 피해망상이다. 절반 이상 화풀이였고 어린아이의 투정과 별 차이가 없었다. 여러모로 달관한 것처럼 보이지만 하지메도 아직 열일곱 살 소년, 배워야 할 것은 아직 많다.

그런 자각이 있는 하지메는 가벼운 자기혐오에 빠졌다. 그런 하지메에게 총총히 다가온 유에는 하지메의 손을 꼭 잡았다.

"……괜찮아. 하지메는 잘못하지 않았어."

"……유에."

"……온 힘을 다해 살아. 살아남아. 계속 함께. 응?"

"하하. 그래, 당연하지. 무슨 일이 있어도 살아남아 주겠어. ……혼자 남겨 두진 않을게."

"……응."

곁에서 윌이 자신의 내면과 이야기하는 것을 내버려 둔 하지메와 유에는 둘만의 세계를 만들었다. 하지메는 유에에게는 못 당한다는 듯 그녀의 뺨을 부드럽게 쓰다듬었고, 유에 또한 어리광 부리듯 그 손길에 뺨을 맡겼다. 시아는 차가운 눈으로 바라보며 「또 나만 따돌리고!」라는 것처럼 토끼 귀를 붕붕 흔들었다.

한편 아이코 일행은 하지메의 말을 듣고 가슴에 묵직한 충격을 받은 기분이었다. 나락 밑바닥에서 모습과 존재마저 바꿔 기어 올라온 사람의 말이다. 다시 만난 이후로 하지메는 차가운 태도만 보였지만 지금 그 말은 열기가 넘치는 것처럼 느껴졌다.

그 열기는 특히 지금도 죽음의 공포에 사로잡힌 학생들에게 미약하지만 확실히 전해졌다. 마치 겨울의 추위로 얼어붙었던 몸이 손발 끝부분부터 천천히 따뜻해지는 것처럼.

한동안 아이코 일행은 저마다 자신을 돌아보듯 자신의 세계로 빠져들었고, 화풀이를 받은 끝에 내동댕이쳐진 월은 갑작스러운 방치 플레이에 얼이 빠진 모습이었으며, 시아는 「전 여기 있어요!」라며 어필하듯 토끼 귀를 쭉 뻗었고, 하지메와 유에는 서로를 바라보고 공기 성분을 설탕으로 연성할 것만 같은 혼란스러운 상황이 이어졌다(하지메의 폭주 때문에).

그 후 방치됐던 월의 필사적인 어필로 현실에 돌아온 일행은 서둘러 산에서 내려가기로 했다. 해가 저물기까지 아직 한 시간 이상 남았기 때문에 서두른다면 날이 저물기 전에 산기슭에 도착할 것이다.

브루탈 무리나 검은 용의 존재는 신경 쓰이지만 그건 하지메 일행의 임무가 아니다. 전투 능력이 낮은 보호 대상을 데리고 조사하는 건 당치도 않은 일이었다.

월도 걸림돌이 될 것을 이해하고 있는지 퇴각하는 것에 반대하지 않았다. 아츠시 일행은 마을 사람들도 난감해하니 조사해야 한다며 미묘한 정의감을 불태워 주장했지만, 아이코는 검은 용과 브루탈 무리 탓에 위험하다며 완강히 조사를 허락하지 않았기 때문에 결국 산에서 내려가기로 했다.

하지만 일은 그리 간단히 풀리지 않았다. 다시 유에의 마법으로 폭포 웅덩이에서 나온 일행을 열렬히 맞이한 존재가 있었기 때문이다.

"크르르르르."

칠흑의 비늘을 온몸에 두르고 날개를 퍼덕이며 공중에서 금빛 눈으로 노려보는…… 그것은 말 그대로 『용』이었다.

그 용의 신장은 7미터 정도. 긴 앞다리엔 다섯 개의 날카로운 발톱이 있었다. 등에 달린 거대한 날개는 어렴풋이 빛나는 것으로 보아 마력을 두른 것 같았다. 그 때문일까. 공중에서 날개를 퍼덕일 때마다 날개 크기론 생각할 수 없을 정도의 바람이 소용돌이쳤다.

하지만 무엇보다 인상적인 건 역시 암흑에 떠오른 달처럼 빛나는 황금색 눈동자일 것이다. 파충류답게 세로로 갈라진 동공은 험악하게 보이면서도 아름다움이 느껴지는 빛이 있었다.

그 황금색 눈동자가 슥 가늘어졌다. 낮은 으르렁 소리가 검은 용의 목에서 흘러나왔다. 그 압도적인 박력은 예전【라이센 대협곡】의 계곡 바닥에서 본 비룡 타입의 마물 『하이베리아』와 비할 바가 아니었다. 하이베리아도 더할 나위 없을 정도로 성가신 수준의 마물이지만 눈앞의 검은 용에 비하면 작은 새에 불과했다. 그 위용은 말 그대로 하늘의 왕자라고 하기에 부족함이 없었다.

뱀과 눈이 마주친 개구리처럼 아이코 일행은 경직되고 말았다. 특히 월은 새파랗게 질린 얼굴로 바들바들 떨며 당장에라도 쓰러질 것 같았다. 공격받았을 때의 일이 떠오르고 있을 것이다.

하지메도 냇물에 줄기를 만든 검은 용의 발톱 흔적을 봤기 때문에 나름대로 강력한 마물일거라 생각했지만, 실제로 눈앞의 검은 용에게서 느껴지는 마력과 위압감은 상상하던 것보다 세 배는 강하다고 생각했다.

나락의 마물로 말하자면 히드라에겐 한참 부족하지만 90층 수준의 마물과 비슷한 힘을 가진 것처럼 느껴졌다.

검은 용은 월의 모습을 확인하더니 그 날카로운 시선을 번뜩였다. 그리고 경직된 인간들을 앞에 둔 채, 서서히 머리를 들어 뒤로 젖히더니 날카로운 이빨이 늘어선 입을 떡 벌려 마력을 집중했다.

큐와아아아아!

신기한 음색이 저녁노을로 물들기 시작한 산골짜기에 울렸다. 하지메의 뇌리에 냇물의 일부와 모험가를 날려버렸다는 브레스가 떠올랐다.

"큭! 피해!"

하지메가 경고하며 자신도 그 자리에서 뒤로 물러나자 유에와 시아도 그를 따랐다. 하지만 그런 경고에 반응하지 못한 사람이 다수…… 아니, 거의 전원이라 해도 좋을 것이다.

아이코와 학생들, 그리고 월도 그 자리에 경직된 채 움직이지 않았다. 아이코 일행은 너무나도 갑작스러운 사태에 몸이 말을 듣지 않았고 월은 공포에 사로잡혀 시선조차 피하지 못하고 있었다.

"칫!"

"하지메!"

"하지메 씨!"

하지메는 『염화』로 유에와 시아에게 지시를 내리고 『축지』로 단번에 서 있던 곳까지 돌아와 아이코와 검은 용 사이로 끼어들었다.

원래라면 내버려 뒀겠지만 그 정도로 아이코에게 나쁜 감정은 없었으며, 무엇보다 기적적으로 살아남은 월을 내버려 둬서야 여기까지 온 이유가 없다. 살아 있다면 데리고 돌아가는 게 그가 받은 『일』이다. 그걸 포기할 수는 없다.

하지메는 『보물 창고』에서 2미터가량의 관 모양 대형 방패를 꺼냈다. 그대로 왼팔을 내밀어 직접 마력을 보내자 대형 방패의 아래에서 철컹 하고 말뚝이 나타났다. 하지메는 말뚝을 힘껏 지면에 박아 고정했다.

직후, 용에게서 레이저 같은 검은 브레스가 일직선으로 쏘아졌다. 음속을 돌파해 순식간에 하지메의 대형 방패에 도달한 브레스는 굉음과 함께 충격과 열파를 흩날리며 대형 방패 주변의 지면을 녹였다.

"큭! 으으으으으으!"

하지메는 기백을 담아 소리치며 브레스의 압력에 저항했다. 어느 틈엔가 대형 방패는 하지메의 몸과 함께 붉은 빛으로 빛났다. 하지메의 『금강』이었다. 하지만 브레스는 어지간히 위력이 있었는지 한동안 맞부딪힌 뒤 금강을 돌파하고 대형 방패에 직격했다.

방패는 그래도 브레스를 견뎠다. 하지메의 『금강』조차 돌파한 위력과 열기에 서서히 표면이 녹기 시작했지만 부서질 것 같을 때마다 하지메가 『연성』으로 곧바로 수리해 그 돌파를 허락하지 않았다.

고정하기 위해 지면에 박았던 말뚝이 압력을 이기지 못하고 지면을 파고들다 서서히 뒤로 밀려났다. 하지메는 신발에 스파이크를 연성해 다시 금강을 펼치며 계속해서 견뎠다. 대형 방패와 연결한 왼팔 위로 오른팔도 얹었다.

하지메가 꺼낸 대형 방패는 타우르 광석을 주재료로 삼아 슈타르 광석을 끼고 바깥을 아잔티움으로 코팅한 것이다.

연성사인 하지메는 아잔티움의 내구력을 넘는 공격을 받아도 몇 초만 견딜 수 있다면 곧바로 수리할 수 있었다. 설령 돌파당해도 안쪽의 슈타르 광석은 마력을 쏟은 만큼 강도가 높아지는 성질을 가졌기에 하지메의 마력이라면 쉽게 돌파당하지 않는다.

그러니 아잔티움조차 돌파하지 못하는 브레스는 대형 방패를 파괴할 수 없을 것이다. 하지만 그 위력으로 대형 방패를 사용한 사람을 날려버리는 것은 가능한 모양이다.

실제로 인간의 수준을 넘어선 완력을 가진 하지메조차 서서히 뒤로 밀려났다. 땅에는 지면에 박아 둔 대형 방패와 하지메의 스파이크로 깊이 파인 자국이 남았다.

이대로 가다간 하지메는 대형 방패와 『금강』이 있는 데다 내구력도 인간을 벗어났기 때문에 큰 충격을 받지 않겠지만, 하지메라는 방패를 잃은 아이코 일행은 손쓸 도리도 없이 브레스의 먹잇감이 되어 먼지 하나 남기지 않고 소멸될 것이다.

그렇게 될 가능성을 떠올린 하지메가 약간 초조해하고 있을 때 갑자기 뒤에서 부드러운 감촉이 전해졌다.

"나구모."

"나구모!"

절박하면서도 필사적인 목소리에 하지메가 슬쩍 어깨 너머로 뒤를 돌아보니, 놀랍게도 유카와 아이코가 하지메의 등으로 뛰어들어 온 힘을 다해 밀고 있었다. 아무래도 하지메가 브레스를 막는 사이에 정신을 되찾고 서서히 밀리는 하지메를 지탱하기 위해 뛰어든 모양이다.

아이코는 그저 필사적인 모습이었지만 어깨 너머로 보인 유카는 검고 붉은빛으로 가득한 공간에서도 확실히 알 수 있을 정도로 안색이 나빴다. 하지메의 몸으로 전해지는 떨림은 브레스의 충격만이 아니라, 당장에라도 트라우마에 휩쓸릴 것 같은 유카의 자그마한 용기의 증거였다.

그것을 본 아츠시가 정신을 차리고 자신을 고무시키듯 외치며 하지메의 등으로 뛰어들었다. 한 박자 늦게 다른 아이들과 윌도 하지메를 지탱하듯 다급히 달려왔다.

브레스는 아직도 계속됐다. 주변에 있던 냇물은 열파로 증발했고 바닥의 흙과 돌은 충격으로 날아가 흉측하게 변했다.

브레스의 직격을 받고 얼마나 시간이 흘렀을까. 하지메는 영원에 가까울 정도로 긴 시간이라고 느꼈지만 실제론 10초 가량에 불과할 것이다. 이를 악물며 그런 생각을 하고 있을 때 드디어 기다리던 목소리가 들렸다.

"……『화천(禍天)』."

그 마법명이 선언된 순간 검은 용의 머리 위에 지름 4미터 정도로 검게 소용돌이치는 구체가 나타났다. 보기만 해도 빨려 들어갈 듯한 검정색 구체가 떨어지며 검은 용을 짓눌러 지면에 떨어뜨렸다.

"크르아아아?!"

굉음과 함께 땅 위로 짓눌린 검은 용은 충격을 받고 비명을 지르며 브레스를 중단했다. 하지만 소용돌이치는 구체는 그것만으로는 부족하다는 듯 사라지지 않고 검은 용에게 엄청난 압력을 가하며 지면에 함몰시켰다.

—중력 마법『화천』.

유에가 습득한 신대 마법 중 하나로, 소용돌이치는 중력 구슬을 만들어 소비 마력에 비례한 초중력을 사용해 대상을 짓뭉갠다. 중력 방향을 변경하는 것에도 쓸 수 있는 편리한 마법이다.

중력 마법은 자신에게 걸 경우 그다지 소비가 심하지 않다. 하지만 물건, 공간, 다른 사람에게 걸 경우와 중력 구슬 자체를 공격 수단으로 삼는 경우엔 유에라 하더라도 최소 10초의 준비 시간과 막대한 마력이 필요했다. 유에도 아직 완전히 마스터한 것이 아니라서 단련한다면 발동 시간과 마력 소비는 조금 더 효율이 좋아질 것이다.

지면에 고정된 하늘의 왕자는 괴로운 듯 사지를 디디며 어떻게든 압력에서 벗어나려 했다. 하지만 그 직후 하늘에서 토끼 귀를 펄럭펄럭 나부끼며 「마무리예요~!」라고 외친 시아가 드뤼켄과 함께 내려왔다. 격발을 이용해 더욱 가속하면서 망치를 휘둘러 검은 용의 머리를 향해 크게 휘둘렀다.

엄청난 굉음과 충격파.

충돌한 순간 굉음과 함께 지면이 거미줄처럼 갈라져 폭격을 받은 것처럼 크레이터를 만들었다. 【라이센 대미궁】에서 밀레디 골렘에게 결정타를 가했을 때와 비교할 수 없는 파괴력이었다.

원인은 하지메가 드뤼켄을 개조한 덕분이었는데, 주요 재료인 압축된 아잔티움에 중력 마법을 부여했다. 다만 오르니스처럼 중력을 『중화』하는 것이 아닌 『가중』하는 성질을 가진 광석이다. 쏟은 마력에 비례해 중량을 늘리는 성질을 갖고 있다. 지금의 드뤼켄은 정말로 「○○톤 해머!#5」라는 만화 같은

#5 ○○톤 해머! 인기 만화 『시티헌터』에서 주인공이 엉큼한 짓을 할 때 히로인이 휘두르는 해머. 몇 톤짜리 해머를 가볍게 휘두르는 것으로도 유명하다.

성능이다.

따라서 그 초중량 공격을 제대로 맞은 사람은 심각한 대미지를 피할 수 없을 것이다. 그렇다, 제대로 맞기만 한다면…….

"크르아아!"

검은 용의 포효와 함께 드뤼켄으로 피어오른 먼지 속에서 유에에게 화염탄이 날아들었다. 유에는 서둘러 오른쪽으로 『떨어지며』 긴급 회피했다. 하지만 대신 중력 구슬의 마법이 풀리고 말았다.

화염탄의 여파로 먼지가 걷힌 너머에서 지면에 박힌 드뤼켄을 아슬아슬하게 피한 검은 용의 모습이 있었다. 명중하기 전 용 특유의 완력으로 간신히 피한 모양이었다.

검은 용은 울분을 풀려는 것처럼 구속이 사라진 몸을 빠르게 돌려 드뤼켄을 뽑은 시아에게 막대한 질량의 꼬리를 휘둘렀다.

"아앗?!"

시아는 드뤼켄을 방패 삼아 아슬아슬하게 뒤로 물러서며 충격을 상쇄하는 데 성공했지만 크게 날아간 바람에 숲 너머로 사라지고 말았다.

검은 용은 몸을 돌린 기세로 자세를 고친 뒤 황금색 눈을 번뜩이며 하지메를…… 지나 그 뒤에 있는 윌을 노려봤다.

하지메는 곧바로 대형 방패를 『보물 창고』에 되돌리고 돈나&슈라크를 뽑아 발포했다.

굉음과 함께 몇 개의 붉은 섬광이 하늘을 가르고 검은 용을 습격했다. 피할 수 있을 리 없는 파괴의 폭풍을 제대로 맞은 검은 용은 그 자리에서 날아가 땅을 울리며 뒤쪽 냇물에 처박혔다. 냇물은 폭격을 받은 것처럼 성대한 물보라를 일으켰다.

하지메는 사선상에 월이 있으면 곤란하다고 여겨 스스로 검은 용을 향해 돌진했다. 들고 있던 돈나&슈라크를 회전시켜 공중에서 재장전한 뒤 재차 연사해 공격했다.

하지만 검은 용은 냇물을 날려버리며 포효와 함께 일어나더니 하지메를 무시한 채 월을 향해 화염탄을 날렸다.

"큭!"

월이 공격받지 않도록 일부러 접근해 공격을 퍼부으며 주의를 끌려 했는데도 검은 용은 그런 하지메의 생각 따윈 알 바 아니라는 것처럼 월을 저격하려 했다.

"유에!"

"응. ……『파성』."

"힉!"

한심한 비명을 지르며 몸을 움츠린 월의 앞에 고밀도의 물로 이뤄진 벽이 생겨났다. 날아든 화염탄은 유에가 구축한 성벽 같은 물의 벽에 가로막혀 사라졌다.

"도, 도와야 해!"

"그, 그래."

노도와 같은 전개에 간신히 정신을 차린 유카가 필사적인 표정으로 자신의 아티팩트인 투척용 나이프를 꺼냈다. 열두

개가 한 세트인 나이프로, 서로 끌어당기는 능력을 갖고 있어 하나라도 들고 있다면 몇 번이든 회수할 수 있다. 그 나이프에 마법으로 불꽃을 두른 뒤 일직선으로 던졌다.

동시에 아츠시도 자신의 아티팩트인 두 자루의 곡도를 뽑아 들었다. 천직으로 『곡도사』를 가진 아츠시가 이 아티팩트를 휘두르면 그것만으로 예리한 바람 칼날이 날아든다.

하지만 유카의 불타는 나이프와 아츠시의 바람 칼날은 마치 거대한 바위에 조약돌을 던진 것처럼 단단한 검은 비늘에 막혀 간단히 튕겨 나갔다.

비장한 표정을 지으면서 다시 한 번 나이프를 꺼낸 유카와 곡도를 휘두르려 한 아츠시. 그런 두 사람의 모습을 본 노보루와 아키토, 나나와 타에코도 검은 용의 위용에 몸을 떨며 유에의 뒤에서 원거리 공격을 쐈지만—.

"크르아아아!"

이번엔 검은 용의 몸에 닿기도 전에 포효로 발생한 충격파만으로 간단히 튕겨 나갔다. 게다가 그 엄청난 포효와 황금색 눈동자의 날카로운 시선을 받은 일행은 월과 마찬가지로 「힉!」 하고 비명을 지르며 뒤로 물러났고, 타에코와 나나는 엉덩방아까지 찧고 말았다.

"칫, 선생님! 빨리 그 녀석들을 데리고 물러나!"

"나구모……. 하지만……."

조그마한 용기도 허사로 끝나고 공포에 몸을 움츠리고 만 유카 일행을 보고서 전력이 안 된다고 판단한 하지메는 아이코에게 벗어나라고 외쳤다.

그러나 아이코는 주저했다. 하지메도 아이코의 제자인 이상 강력한 마물을 앞에 두고 도망쳐도 되는 건지, 교사이기 때문에 망설임이 생겼다.

그러는 사이에 검은 용은 주위 냇물을 날려버리며 날개를 펼쳐 하늘로 날아오르려 했다. 게다가 정성스럽게 월을 향해 화염탄을 연사하면서…….

하지메도 아까부터 레일건을 연사했지만 쉽게 주의를 끌지 못했다. 검은 용의 비늘은 예전의 유사 전갈을 떠올리게 하는 강도를 자랑해 레일건을 정통으로 맞아도 표면이 살짝 파이는 정도의 효과밖에 없었다.

검은 용은 집요하게 월만을 노렸고 마치 무언가에 조종당하는 것 같았다. 명령을 충실히 따르는 로봇 같았다. 아까 중력으로 구속한 것처럼 월을 살해하는 걸 직접 방해하는 것이 아닌 한 다른 것은 안중에 없는 듯했다.

하지메는 그렇게까지 집요하게 월을 노리는 이유를 알 수 없었지만 확실한 목표를 알고 있다면 오히려 잘됐다고 판단하며 유에에게 지시를 내렸다.

"유에! 월을 지키는 데 전념해줘! 이 녀석은 내가 처리한다!"

"응, 맡겨줘!"

유에는 하지메의 지시를 듣고 월 쪽으로 『떨어지며』 빠르게 이동해 그 앞을 가로막았다. 뒤에 있는 아이코와 유카 일행을 슬쩍 보고선 이런 상황에 제대로 움직이지도 못한다는 사실에 살짝 짜증을 느꼈지만, 그들 실력이라면 어쩔 수 없다며 어깨를 으쓱였다.

"……죽고 싶지 않다면 내 뒤로."

유에는 유카 일행이 어떻게 되든 상관없었으나 아이코는 하지메도 나름대로 배려해주는 인물이기 때문에 죽지 않도록 말을 걸어 두었다. 말하는 김에 방해되니 얌전히 있으라고 못을 박아 두는 것도 잊지 않았다.

타에코와 나나, 그리고 노보루와 아키토 등은 유에의 말에도 딱히 반응하지 않고 허둥지둥 곁으로 다가갔지만 유카와 아츠시, 그리고 아이코는 아무것도 할 수 없다는 것과 생각한 대로 움직일 수 없다는 분함에 입술을 깨물며 유에가 구축한 얼음벽 안쪽으로 피난했다.

원래라면 그들도 조금 더 잘 싸울 수 있었다. 하지만 아무리 하지메가 살아 있다는 걸 알았다 해도, 설령 다시 한 번 일어설 만큼 자신감을 되찾았다 해도, 그날 베헤모스와 트라움솔저에게 살해당할 뻔하고 하지메가 나락으로 떨어지면서 『죽음』이라는 것을 강하게 실감한 아이들의 트라우마는 그리 간단히 사라지지 않았다.

게다가 설령 본래의 능력을 최대한 활용한다 해도 차원이 다른 힘을 자랑하는 검은 용에게는 당해 낼 수 없을 것 같았다. 따라서 아이들은 아름답기까지 한 투명한 얼음벽 너머를 그저 바라볼 수밖에 없었다.

하지메는 유에가 있는 이상 월의 안전은 확보됐다고 믿으며 공격에 집중했다.

검은 용은 공중으로 올라 아직까지 유에가 구축한 방어벽 너머에 있는 월을 노리며 방벽을 파괴하는 데 집중했다. 하지만 화염탄으론 방벽을 부술 수 없다는 걸 깨달았는지 다시 몸을 젖혀 입가에 마력을 집중하기 시작했다.

"하, 이렇게까지 무시당한 건 처음이야. ……그렇다면 절대 무시 못하게 해주겠어!"

하지메는 돈나를 홀스터에 넣고 『보물 창고』에서 전자 가속식 안티머테리얼 라이플 『슈라겐』을 꺼냈다. 그리고 곧바로 『전기 두르기』를 발동, 2미터 반은 되는 흉악한 형태의 병기가 붉은 스파크를 뿜었다.

검은 용은 하지메의 다음 공격이 위험하다는 걸 깨달았는지 그 주둥이를 하지메에게 돌렸다. 하지메의 생각대로 무시할 수 없었던 듯했다.

죽음을 가져오는 검은 용의 브레스가 뿜어진 것과 동시에 하지메의 슈라겐이 충전을 마치고 발사됐다.

양쪽 다 두꺼운 섬광. 필살의 폭풍. 검고 붉은 오라가 두 사람의 중간 지점에서 격돌했다.

충돌한 순간 엄청난 충격파가 발생해 주변 나무를 송두리째 날려버렸다. 위력만이라면, 아마도 단순한 위력만 놓고 비교하자면…… 호각.

하지만 두 개의 오라는 그 성질 때문에 맞버티지 않고 승패를 명확하게 나눴다. 브레스는 지속성이 뛰어난 공격이지만 슈라겐의 공격은 일점 돌파의 관통 특화였다. 필연적으로 브레스의 섬광을 돌파한 그 힘은 검은 용에게 전해졌다.

브레스를 쏜 검은 용의 머리가 갑자기 튕겨지듯 뒤로 젖혀졌다. 브레스를 돌파한 슈타르 광석으로 만든 탄환이 검은 용의 주둥이를 공격한 것이다.

하지만 치명상과는 거리가 멀었던 모양이다. 브레스의 위력에 궤도가 틀어졌는지 날카로운 이빨을 몇 개 증발시키고 머리의 측면 아슬아슬한 부분을 지나, 뒤에서 퍼덕이던 한쪽 날개를 날려버리는 데 그쳤다.

"크르아아아!"

고통을 느끼고 비명을 지른 검은 용은 빙글빙글 돌며 땅으로 떨어졌다.

하지메는 브레스를 피하고자 『공력』을 사용해 공중으로 피한 뒤 기세를 살려 거꾸로 몸을 돌리며 『공력』, 『축지』를 발동. 굉장한 속도로 급강하해 쓰러진 검은 용의 배에 『호각』을 때려 넣었다.

쿵! 하고 배 속까지 울리는 충격음이 울리며 검은 용의 몸이 기역 자로 굽혀졌다. 지면은 충격 때문에 거미줄 모양으로 갈라졌다.

검은 용이 비명 같은 포효를 질렀지만 충격이 크지는 않을 것이다. 무엇보다 상대에겐 레일건조차 견뎌 낸 장갑이 있다.

그쯤은 예상해 둔 하지메는 계속 공격하기 위해 왼쪽 의수를 크게 들어 올렸다. 의수에서 키이잉! 하는 새된 기계음이 울렸다. 떨어지기 전부터 발동해 두었던 의수의 장치 『진동 분쇄』다.

"배빵이라고, 맞아본 적 있어?"

눈동자를 번뜩이며 흉악한 미소를 보인 하지메는, 질량이 높고 고속으로 날아온 바위조차 일격에 부쉈던 파괴력의 주먹을 가차 없이 검은 용의 복부에 찔렀다.

투콰아아아아앙! 둔탁한 소리가 울리며 복부 비늘에 균열이 생겼다. 충격을 전달하기 위한 공격이었기 때문에 내장에도 상당한 충격을 받았을 것이다.

"크르아아?!"

검은 용은 지금껏 받아본 적 없는 충격에 다시 고통스러운 목소리를 내며 입에서 대량의 피를 토했다. 당황한 듯 황금색 눈동자를 부릅뜨며 이대론 위험하다고 생각했는지, 한쪽 날개에 폭발적인 마력을 담아 폭풍을 일으켰고 누운 자세에서 억지로 일어나 자세를 고쳤다.

하지메는 다시 『공력』을 사용해 그 자리에서 물러났다. 선물을 남겨 둔 채……

검은 용이 하늘로 도망친 하지메에게 경계를 담은 시선을 보낸 순간, 자신의 배 아래에서 큰 폭발이 발생한 것을 깨달았다. 검은 용의 거구가 그 충격으로 2미터 정도 떠올랐다. 검은 용이 몸을 돌린 동시에 그 배 아래에 던진 하지메의 선물은 『작렬 수류탄』이었다.

"크와아아!"

같은 곳에 이어진 충격으로 검은 용은 비명이아닌 신음을 낼 수밖에 없었다. 통증을 견디려는 듯 고개를 숙인 검은 용의 입에서 피가 주르륵 흘러내렸다. 기분 탓인지 신음도 약해진 것 같았다.

검은 용은 하지메가 위험하다고 판단했는지 윌에게서 시선을 떼고 하지메를 향해 연속으로 화염탄을 발사했다.

마치 대공 포화처럼 공중으로 날아간 화염탄. 하지만 그 불꽃은 단 한 발도 하지메에게 맞지 않았다. 『공력』과 『축지』를 병행하며 종횡무진 하늘을 달린 하지메. 이제는 잔상이 남을 정도로 빨리 움직이며 검은 용을 마구 공격했다.

돈나&슈라크로 발톱, 잇몸, 눈, 꼬리, 엉덩이처럼 실로 기분 나쁜 곳을 중간 거리에서 쏘는가 싶더니, 다음 순간에는 접근해『진동 분쇄』, 혹은 산탄 격발과 『호완』의 연속기로 머리와 옆구리를 공격했다.

"크르으! 크와아!"

약간, 아니, 확실히 검은 용의 목소리에 통증이 담기기 시작했다. 비늘 이곳저곳에 균열이 생기고 입가에선 대량의 피가 흘렀다.

"굉장해……."

하지메가 싸우는 모습을 안전권에서 바라보던 아츠시가 자신도 모르게 중얼거렸다. 말은 하지 않았지만 다른 아이들과 아이코도 같은 의견인지, 말없이 고개를 끄덕이며 그 압도적인 전투에서 눈을 떼지 못했다. 윌은 아까까지 검은 용의 위용에 떨었던 게 거짓말인 것처럼 눈을 반짝이며 뚫어져라 하지메의 싸움을 바라보았다.

참고로 어느 틈엔가 시아가 돌아와 참전하려 했으나 하지메의 의도를 파악한 유에가 말렸기 때문에 지금은 유에의 곁에서 함께 관전했다. 실은 처음부터 활약하지 못하고 날아가 버려서 약간 풀이 죽은 모습이었다. 토끼 귀가 맥없이 늘어진 것이 그 증거였다.

하지메가 슈라겐이나 오르칸 등 높은 위력의 무기로 단번에 처리하지 않는 건 아이코 일행에게 자신의 전투력을 보여줄 좋은 기회라고 생각해서 였다.

검은 용은 분명 단단하고 일격의 위력은 무서울 정도지만, 냉정하게 싸우면 몸집이 큰 만큼 공격을 맞추기 쉽고 공격이 단조롭기 때문에 『맞지만 않으면 문제없다』는 정도여서 하지메로선 제법 여유가 있는 상대였다.

그래서 아이코 일행과 헤어진 뒤 아이코를 통해 교회와 나라, 용사 일행에게 정보가 전달될 경우에도 강경 수단으로 나오지 못하도록 실력을 보여주려고 생각했다.

그래서 검은 용은 불쌍하게도 순전히 하지메의 개인적인 사정으로 얻어맞고 있었지만 사실 하지메는 내심 감탄했다. 여기저기에 균열이 생겼음에도 아직까지 완전히 부서진 비늘은 없었다. 정말이지 대단한 내구력이다. 유사 전갈을 떠올리며 만약을 위해 『광물계 감정』을 사용해봤지만 아무런 반응도 없는 걸 봐서 연성할 수 있는 광물은 아닌 듯했다.

슬슬 자신의 실력도 충분히 파악했을 거라 생각한 하지메는, 마무리를 짓기 위해 순식간에 검은 용의 품 안으로 들어가 『호각』으로 그 거구를 차올려 뒤로 넘어지게 했다. 그리고 움직임이 느려진 검은 용의 배 위로 올라가 『보물 창고』에서 파일 벙커를 꺼냈다.

학생들, 아니, 아츠시를 포함한 남학생들 사이에서 떠들썩한 소리가 들렸지만, 무시한 채 앵커를 사출하고 암으로 검은 용을 고정한 뒤 『전기 두르기』를 발동했다. 파일 벙커를 선택한 이유는 【라이센 대미궁】에선 충분한 위력을 발휘할 수 없었으므로 실전에서 시험해 두고 싶었기 때문이다.

내장된 아잔티움 코팅의 말뚝이 격렬하게 회전을 시작하고 파일 벙커에서 붉은 스파크가 일었다. 이대로 간다면 무게가 4톤이나 되는 말뚝이 검은 용을 꿰뚫어 목숨을 앗아 갈 것이다.

하지만 『쥐도 궁지에 몰리면 고양이를 문다』는 속담처럼, 짐승은 상처를 입었을 때야말로 가장 주의해야 한다. 그건 검은 용도 마찬가지였다.

"쿠가아아아아!"

검은 용의 포효와 함께 모든 방향으로 엄청난 폭풍이 발생했다. 순수하게 마력으로만 이루어진 폭발이다. 게다가 순식간에 최대급으로 신체를 강화했는지, 그렇지 않아도 강인한 근육이 폭발적인 힘을 내어 파일 벙커를 고정한 앵커를 지면과 함께 뽑아버리고 부풀어 오른 근육이 암을 억지로 벌렸다.

그리고 하지메를 떨어뜨리려는 듯 순식간에 몸을 돌렸다.

"오오?!"

하지메는 그만 균형을 잃었다. 발사 직전이었던 파일 벙커는 하늘을 향해 발동해버렸고 충분히 가속된 말뚝을 상공으로 발사했다. 하늘로 올라간 한 줄기 빛을 확인한 하지메는 파일 벙커를 『보물 창고』로 집어넣고서 검은 용이 최후의 발버둥으로 윌에게 돌진하는 것을 확인했다.

"칫, 시아!"

"아, 알았어요."

자신의 실수에 혀를 차며 시아를 부른 하지메. 시아는 그 의도를 깨닫고 얼음 성벽을 발판으로 삼아 공중으로 도약한 뒤 이번에야말로 맞추겠다고 다짐하고서, 자유 낙하와 탄약 격발의 반동을 이용해 운석처럼 검은 용에게 떨어졌다.

평상시의 검은 용이라면 피했을지도 모르지만, 글자 그대로 마지막에 모든 것을 쏟아부었던 검은 용은 그 유성과도 같은 망치를 피할 수 없었다.

시아가 크게 휘두른 초중량 드뤼켄에 마력이 흘러들자 폭발적으로 중량이 증가했다. 그리고 정확히 검은 용의 정수리에 꽝음을 울리며 직격했다.

검은 용은 머리를 지면에 처박고는 돌진한 기세를 죽이지 못하고 반쯤 물구나무를 선 것처럼 하반신이 위로 올라갔다. 그렇게 잠시 정적이 흐른 뒤 천천히 땅을 울리며 바닥으로 쓰러졌다.

"후우. 이걸로 실수는 만회한 걸까요. 아, 대체 얼마나 단단한 거예요……."

지면에 처박힌 검은 용의 머리에서 드뤼켄을 치운 시아는 눈이 휘둥그레졌다.

그야 당연하다. 검은 용의 머리는 표면이 부서져 큰 균열이 생겼지만 완전히 파괴되진 않았다. 무시무시한 방어력이다.

"후우. 끈질긴 면은 나락의 마물에게도 뒤지지 않는걸. 대체 산맥을 몇 개나 넘어온 거야?"

하지메는 황당함과 감탄이 섞인 얼굴로 검은 용의 뒤에서 용에게 다가갔다. 기척을 감지해 검은 용이 아직 죽지 않았다는 걸 깨닫고 숨통을 끊을 생각이었다.

그때 하늘 높이 발사됐던 파일 벙커의 거대 말뚝이 하지메와 검은 용의 사이로 떨어졌다. 절묘한 타이밍에 떨어진 그것을 본 하지메는 문득 상인 모토가 이야기한, 용인족에게서 유래한 속담을 떠올렸다. 『용의 엉덩이를 걷어찬다』는 속담을…….

하지메는 지면 깊숙이 박힌 거대 말뚝을 『호완』을 발동해 뽑아 들었다. 그것을 어깨에 짊어지고 검은 용의 꼬리가 달린 부위 앞으로 다가가 마치 창던지기 선수 같은 자세를 잡았다. 손에는 당연히 파일 벙커의 거대하고 검고 무엇보다도 단단한 말뚝이 들려 있었다.

모두가 하지메가 무엇을 하려는지 깨닫고서 경직된 표정을 지었다. 아무리 비늘을 깨트리는 게 귀찮아도 그렇지 **거기**를 찌르는 건 반칙이잖아, 하고……. 하지메의 무자비함에 유에와 시아 이외의 모두가 전율에 찬 표정을 지었지만 정작 하지메는 아무렇지도 않게 무시했다.

"엉덩이나 맞고 죽어라, 빌어먹을 용."

그런 심한 말이 쏘아진 직후, 마침내 하지메의 파일 벙커가 검은 용의『삐—』에 쑥 소리를 내며 기세 좋게 박혔다.

그 순간—.

『앗————!!! 이로구나아————!!!』

눈을 번쩍 뜬 검은 용이 비통한 절규를 지르며 정신을 차렸다.

사실 하지메는 절반 정도 박힌 거대 말뚝에 주먹을 몇 번 더 질러줘야겠다고 생각했지만, 검은 용이 냈다고 생각되는 비명에 깜짝 놀라 자신도 모르게 쥐었던 주먹을 풀고 말았다.

『엉덩이가~, 내 엉덩이가~.』

검은 용의 슬프고도 애절한, 그러면서도 어딘가 흥분한 목소리에 다들 영문을 알 수 없어 검은 용을 응시한 채 몸이 굳어버렸다.

아무래도 평범한 마물……은 아닌 듯했다.

『뽀, 뽑아다오~, 엉덩이의 그걸 뽑아다오~.』

전장이었던 냇가에 너무나도 한심한 목소리가 울렸다. 목소리로 보아 여자였다. 직접 목소리를 내는 게 아니라 광역 염화처럼 울렸다. 용의 성대와 구강으로 볼 때 인간의 말을 할 수 있을 리 없기 때문에 공기의 진동 이외의 방법으로 전달하는 건 분명했다.

하지만 애초에 사람의 말을 할 수 있는 마물이 있을 리 없었다.

지금 유일하게 확인된 것은 어딘가의 인면어뿐. 일반적인 상식으로도 사람의 말을 이해하는 마물은 유일한 예외를 제외하고는 존재하지 않을 것이다.

조금 더 말하자면 눈앞의 검은 용의 존재 자체가 이상하다. 아무리 그래도 대미궁 이외의 장소에 하지메의 레일건을 견디고 그와 비슷한 수준의 브레스를 뿜는 강력한 마물이 있을 리 없다. 만약 서식한다면 그 위험성이 널리 알려졌을 것이다.

따라서 여기서 유추할 수 있는 가능성은 두 가지. 이 검은 용이 아무도 도달하지 못한 다섯 번째 산맥 지대보다도 먼 곳에서 온, 완전히 미지의 마물일 가능성.

그리고 또 한 가지는—

"너…… 설마 용인족이야?"

하지메의 질문에 검은 용은 말문이 막혔다. 하지만 곧바로 포기한 듯 한숨을 쉬었다. 아무래도 자신이 용인족이라는 건 알리고 싶지 않았던 모양이지만 이미 상황 증거가 잔뜩 모여 있었다. 이제 와서 서툰 변명은 통하지 않을 거라고 생각했을 것이다.

『실수했구나…….』

그렇게 안타까운 중얼거림이 들렸으나 그건 조종당한 걸 말하는 건지, 그게 아니면 엉덩이에 충격을 받아 자신도 모르게 말을 해버린 일을 말하는 건지……. 아마도 양쪽 다일 것이다.

『……그렇다. 난 긍지 높은 용인족이다. 많은 일이 있어서 말이다. 설명할 테니 우선 엉덩이의 그걸 뽑아줬으면 좋겠구나……. 슬슬 마력이 끊길 것 같다. 이대로 원래 모습으로 돌아갔다간…… 큰일이 일어나겠구나…… 내 엉덩이가.』

하지메가 설마 싶어 검은 용에게 한 질문은 완벽한 정답이었다.

하지메는 내심 자신의 『인연』이라는 것에 황당해했다. 이쪽 세계에 온 뒤로 대체 몇 번이나 『희귀한 존재』를 만난 것인가. 유에는 3백 년 전의 전쟁으로 멸망했다고 알려진 흡혈귀족, 그것도 공주님이라고 하며 시아는 이 시대의 『격세유전(추정)』이고 눈앞의 검은 용은 5백 년 전에 멸망했다고 알려진 용인족이었다. 운명이라는 건 분명 어찌할 수 없는 것이다.

"……어쩌다 이런 곳에?"

하지메가 스스로에게 황당해하는 사이 유에가 검은 용에게 질문했다. 유에 입장에서도 용인족은 전설 속 생물이어서, 자신과 마찬가지로 역사에서 사라졌을 종족의 생존자라고 한다면 흥미가 생기는 게 당연했다. 눈동자에 호기심 어린 빛이 담겨 있었다.

『아니, 설명할 테니까 우선 엉덩이의 이걸…… 이제 마력이 거의…… 아, 그만해라! 치면 안 된다~, 자극이, 엉덩이에 자극이~!』

하지메는 유에의 질문을 무시한 채 자신의 바람을 전한 검을 용을 보고, 「유에가 먼저 질문했잖아! 앙?」이라며 건달 같은 태도로 검은 용의 엉덩이에 박힌 거대 말뚝을 주먹으로 쳤다.

직접 몸의 내부에 충격이 전해져 비명을 지르면서 몸부림친 검은 용. 처음 만났을 때의 사신 같았던 위용은 마치 환상이었던 것처럼 온데간데없었다.

"멸망했을 용인족이 왜 이런 곳에서 일개 모험가를 공격하는 건지…… 나도 신경 쓰이는군. 원래라면 이대로 엉덩이부터 꿰뚫어줄 테지만 이야기할 때까지 늦춰주고 있잖아. 자, 고마워하면서 줄줄이 불어."

하지메도 전설 속 용인족의 행동치고는 지나치게 부자연스럽다고 생각했다. 원래 적이라면 봐주지 않지만 조금 시간을 두고 이야기를 재촉했다. 한 손으로 말뚝을 데굴데굴 돌려 가면서.

「아, 크으으, 돌리면 안 돼앵~. 마, 말할 테니까 그만두어라!」

하지메의 행동에 아이코 일행은 완전히 질려버렸지만 하지메는 신경 쓰지 않았다. 하지만 이대론 이야기를 할 수 없을 것 같아서 돌리는 건 그만두었다. 물론 한 손을 거대 말뚝 위에 올려두고 언제든 다시 돌릴 수 있도록 했지만…….

검은 용은 돌리는 걸 멈추니 안심한 듯 한숨을 쉬었다. 그리고 다소 급히 사정을 설명하기 시작했다. 그 음색이 흥분한 것 같지만 기분 탓이겠지…….

「난 조종당하고 있었다. 너희를 공격한 것도 본의가 아니다. 임시 주인이었던 그 남자가 저 청년과 동료들을 찾아내 죽이라고 명령하더구나.』

검은 용의 시선이 월에게 향했다. 월은 순간 움찔 몸을 떨었지만 꿋꿋하게 검은 용을 노려보았다. 하지메가 싸우는 걸 보고서 무언가를 떨쳐 낸 건지도 모른다.

"무슨 뜻이지?"

『음, 순서대로 말하마. 난…….』

검은 용의 이야기를 요약하면 이렇다.

이 검은 용은 어떤 목적을 위해 용인족의 숨겨진 마을에서 뛰쳐나왔다고 한다. 그 목적이란 이세계에서 온 사람에 대해 조사하는 것. 자세한 이야기는 하지 않았지만 용인족 중에는 감지 능력이 뛰어난 자가 있어서, 몇 개월 전에 큰 마력이 방출된 것과 무언가가 이쪽 세계로 왔다는 것을 감지했다고 한다.

용인족은 바깥 세계에 관여하지 않는다는 종족의 규칙이 있지만 미지의 방문자의 일을 아무것도 모른 채 내버려 둘 수 없다고 판단해 조사에 나섰다고 한다.

눈앞의 검은 용은 그 조사를 위해 마을에서 나온 듯했다. 원래는 산맥을 넘은 뒤 인간의 모습으로 마을에 숨어들어 용인족인 것을 숨기고 정보를 모을 생각이었지만, 그 전에 한번 제대로 쉬자고 생각해 이곳【북쪽 산맥 지대】의 첫 번째 산맥과 두 번째 산맥 중간 부근에서 쉬고 있었다고 한다. 당연히 주변엔 마물이 있기 때문에 용인족의 고유 마법『용화(龍化)』로 용의 모습이 된 것이었다.

한동안 잠에 든 검은 용의 앞에 검은 로브를 머리부터 뒤집어쓴 남성이 나타났다. 그 남자는 잠들어 있는 용에게 세뇌와 암시 등의 마법을 이용하여 서서히 그 사고와 정신을 지배했다.

당연히 그런 짓을 당한다면 깨어나서 반격하는 것이 기본이다. 하지만 여기서 용인족의 나쁜 버릇이 나온다. 그렇다, 그 소문의 바탕이 됐던 것처럼 용으로 변해 잠이 든 용인족은 쉽게 일어나지 않았다. 그야말로 엉덩이를 걷어차지 않는 한……. 하지만 용인족은 정신력도 강인하기 때문에 그리 쉽게 조종당하지 않았다.

그렇다면 어째서 그렇게 완벽하게 조종당했는가. 그건—.

『무서운 남자였다. 어둠 계통 마법에 대해선 천재 수준이더구나. 그런 남자에게 하루 종일 끊임없이 마법에 걸린 거다. 아무리 나라 해도 견딜 수 없었지…….』

통한의 실수! 라는 느낌으로 비통한 목소리를 낸 검은 용. 하지만 하지메는 차가운 눈으로 추궁했다.

"요컨대 조사하러 와 놓고선 마법에 걸리는 것도 깨닫지 못할 정도로 하루 종일 잠만 잤다는 거잖아?"

어쩐지 다들 바보를 보는 듯이 쳐다봤다. 검은 용은 먼 곳을 바라보는 시선으로 아무 일도 없었던 것처럼 말을 이었다.

참고로 일단 변명거리는 있었다. 바다를 건너 날아오는 건 많은 체력을 소모했고 임무를 위해 단시간에 회복할 필요가 있어서 평소보다 깊은 잠에 들었다고 한다. 어쨌든 본인의 실수임은 변함없지만…….

그리고 술자가 하루 종일 마법을 걸었다는 걸 어떻게 알았는지에 대해선 세뇌가 끝난 뒤에도 의식 자체와 기억이 남는데, 술자 본인이 「하루 종일 걸리다니……」라고 투덜거리는 말을 들었기 때문이다.

검은 용의 말에 따르면 그 후 로브를 쓴 남자를 따라 두 번째 산맥 이후의 마물을 세뇌하는 걸 도왔다고 한다.

그러던 어느 날, 첫 번째 산맥으로 이동시켜 두었던 브루탈 무리가 산을 조사하러 온 윌 일행과 마주치는 일이 생겼다. 브루탈 무리는 목격자를 없애라는 명령을 받았기 때문에 추격에 나섰고, 그중 한 마리가 로브를 쓴 남자에게 보고하러 왔다. 남자는 만에 하나 마물을 모으고 있다는 사실이 알려졌다간 곤란하다며 만약을 위해 검은 용을 보냈다고 한다.

그리고 윌을 발견한 뒤로 예기치 못한 존재, 하지메에게 두들겨 맞고 이대로 가다간 죽는다고 생각해 패닉에 빠졌다. 그것이 그 마력 폭발이다.

그 뒤는 다들 아는 대로다. 세뇌된 뇌에 단단히 새겨진 명령을 따라 마지막 돌격을 시도했을 때 시아의 공격이 정수리에 명중해 의식이 날아갔고, 이어서 엉덩이에 찾아온 형언하기 어려운 충격과 자극에 단번에 의식을 각성시켰다.

제정신으로 돌아온 이유가 정수리를 맞았기 때문인지 엉덩이를 공격당해서인지는 알 수 없었다.

"……웃기지 마."

사정을 모두 설명한 검은 용에게 격정을 필사적으로 억누른 떨리는 목소리가 들렸다. 그 자리에 있던 모두가 그 인물에게 시선을 보냈다. 주먹을 쥐고 분노가 깃든 눈동자로 검은 용을 노려본 사람은 월이었다.

"……조종당했으니…… 게일 씨를, 나발 씨를, 렌트 씨를, 와슬리 씨를, 크루트 씨를 죽인 건 어쩔 수 없었다는 거야?!"

아무래도 상황에 여유가 생긴 탓인지 동료 모험가들을 살해당한 분노가 끓어오른 듯했다. 격앙된 모습으로 검은 용에게 소리쳤다.

『…….』

그에 반해 검은 용은 전혀 반론하지 않았다. 하지만 조용한 눈동자로 월의 말을 받아들이듯 똑바로 바라보고 있었다. 그 태도가 더 마음에 들지 않았는지 월이 계속해서 소리쳤다.

"애초에 지금 한 얘기도 사실인지 아닌지 모르잖아! 죽고 싶지 않아서 적당히 지어낸 이야기일 게 분명해!"

『……지금 이야기한 일은 사실이다. 용인족의 긍지를 걸고 거짓이 아니다.』

월이 계속해서 따지려 하자 유에가 끼어들었다.

"……분명 거짓말은 아니야."

"큭, 대체 무슨 근거로 그런 말을……."

물고 늘어진 월을 본 유에는 검은 용을 바라보며 간결하게 이야기했다.

"……용인족은 고결하고 청렴. 난 당신들보다 훨씬 예전부터 살아왔어. 용인족 전설도 더 잘 알고. 그녀는 『자신의 긍지를 건다』고 했지. 그럼 분명 거짓말이 아니야. 그리고…… 난 거짓말쟁이의 눈이 어떤지 알아."

유에는 아주 잠시 검은 용에게서 눈을 돌려 먼 곳을 바라보았다. 분명 3백 년 전의 일을 떠올렸을 것이다.

고고한 왕녀로서 추앙된 그녀의 주변에는 지금 생각해보면 거짓이 넘쳤을 것이 분명하다. 분명 가까운 사람들조차 그녀가 말하는 『거짓말쟁이』였을 테니까.

그런 사실에서 계속 눈을 돌린 결과가 『배신』이었다. 그래서 『인생 공부』라는 지나치게 아픈 경험을 겪은 그녀의 눈은 『거짓말쟁이』에 민감했다. 그 눈이 검은 용의 말을 진실이라고 판단한 듯했다.

『흠, 이 시대에도 용인족이 어떤 존재인지 아는 자가 존재했다니…… 아니, 예전부터 살아왔다고 했던가?』

검은 용은 용인족이라는 존재를 알고 있는 자가 아직 남아있다는 사실에 놀라며 조금 기쁜 듯한 목소리를 냈다.

"……응. 난 흡혈귀족의 생존자. 3백 년 전에 왕족 자세의 본보기라며 용인족에 대한 이야기를 들었어."

유에에게 용인족이란 올바른 본보기 같은 존재였을 것이다. 말하는 군데군데서 경의가 담겨 있었다. 월의 매도를 막은 것도 그런 심정이 얽혀 있었을지도 모른다.

그런 유에의 말을 듣고 검은 용은 이번에야말로 경악을 드러냈다.

『뭣이?! 흡혈귀족의…… 게다가 3백 년이라니……. 그렇구나, 바깥 정보로부터 죽었다고 생각했다만 그대가 그 흡혈 공주인가. 아마도 이름이…….』

아무래도 이 검은 용은 유에 이상으로 오래 산 모양이었고 말투로 볼 때 세계정세에 둔감한 것도 아닌 듯했다. 이번처럼 이따금 정체를 숨기고 세상을 조사하고 있었던 건지도 모른다. 그래서 검은 용은 흡혈 공주가 살아 있다는 것에 놀란 것 같았다. 아이코와 다른 학생들은 말할 것도 없이 경악했다.

그런 그들 앞에서 유에는 똑바로 검은 용의 황금색 눈동자를 바라보며 자신의 예전 이름을 말하려는 것을 가로막았다.

"유에……. 그게 내 이름. 소중한 사람에게서 받은 소중한 이름. 그렇게 불러줬으면 해."

유에는 살짝 뺨을 붉히며 두 손으로 뭔가를 안는 듯한 몸짓으로 그렇게 말했다.

유에의 주위로 행복의 오라가 살며시 떠오른 것만 같았다. 모두가 갑작스러운 분위기에 당황하면서도 여성들은 무척이나 달콤한 음식을 잔뜩 먹은 표정을 했고, 남자들은 뺨을 붉히며 무어라 말할 수 없는 매력을 보인 유에를 넋을 놓고 바라보았다. 아무래도 월도 기세가 꺾인 듯했다.

하지만 친절하게 대해준 선배 모험가들의 원통한 죽음을 떠올리며 말을 흘렸다.

"……그래도 죽인 건 마찬가지잖아요……. 어쩔 도리가 없었다 해도…… 그래도! 게일 씨는 이 일이 끝나면 프러포즈하겠다고…… 그들의 원한은 어떻게 해야……."

머리로는 검은 용의 말이 사실이라고 생각했지만 그렇다고

해서 탓하지 않을 수는 없었다. 마음이 받아들이지 못했다. 월은 그렇게 이를 악물고 가슴속에 응어리진 검은 안개 같은 감정을 견뎠다.

하지메는 내심 「그 말은 사망 플래그잖아」라고 이상한 감탄을 하며 문득 이곳으로 오면서 주웠던 사진이 든 펜던트를 떠올렸다.

"월, 이게 게일이라는 녀석의 물건인가?"

그렇게 말하며 펜던트를 꺼내 월에게 던졌다. 월은 그것을 받아 들고선 빤히 바라보며 무척 기쁜 표정을 했다.

"이건 제 펜던트잖아요! 잃어버린 줄 알았는데 주워주셨군요. 고맙습니다!"

"어? 네 것이었어?"

"네, 엄마의 사진이 들어 있는 걸 보면 확실해요!"

"어, 엄마?"

예상과는 전혀 다른 엉뚱한 대답이 돌아오자 하지메는 자신도 모르게 뻣뻣한 표정을 했다.

사진의 여성이 20대 전반이라는 점이 궁금해 물어보니 「모처럼 엄마의 사진을 가지고 다닐 거니까 이왕이면 젊은 시절의 가장 잘 찍힌 사진이 좋잖아요」라고, 마치 자연의 섭리를 이야기하는 것처럼 태연히 답했다. 그 자리에 있는 모두가 「아, 마마보이인가」라고 무척이나 미묘한 표정을 했다. 여성들은 질려버린 모양이었지만.

참고로 게일이라는 녀석의 결혼 상대는 『남자』라고 한다. 그리고 게일의 풀 네임은 『게일 호모루카』. 사람은 이름에 큰 영향을 받는다는 이야기도 제법 신뢰성이 있었다.

　어머니 사진을 되찾은 덕분인지 윌도 상당히 침착해졌다. 하지만 진정됐다고는 해도 원한이 사라진 건 아니었는지 윌은 냉정하게 검은 용을 죽여야 한다고 주장했다. 다시 세뇌된다면 위험하다는 이유였지만 속내는 따로 있는 게 뻔히 보였다. 주된 이유는 복수일 것이다.

　그런 도중 검은 용이 참회하듯 죄책감에 물든 목소리로 말했다.

　『조종당하고 있었다곤 하나, 내가 죄 없는 사람의 소중한 목숨을 앗아 간 건 사실이다. 벌을 받으라면 달갑게 받으마. 하지만 그러기 전에 잠시 유예를 주지 않겠나? 적어도 그 위험한 남자를 막을 때까지는. 그 남자는 마물의 대군을 만들려 한다. 용인족에겐 대륙의 운명에 적극적인 간섭은 하지 않는다는 규칙이 있지만, 이번엔 내 책임도 있다. 내버려 둘 수는 없는 노릇이구나……. 제멋대로라는 건 충분히 알고 있다. 하지만 부디 나에게 비극을 막을 기회를 줄 수 없겠느냐?』

　검은 용의 말을 듣고 그 자리에 있는 모두가 마물의 대군이라는 것에 경악을 드러냈다. 모두의 시선이 하지메에게 모였다. 이 멤버 중에선 자연스럽게 리더로 결정된 듯했다. 실제로 검은 용의 숨통을 끊으려 했던 건 하지메이기 때문에 결단을 맡기는 건 자연스러운 흐름이라 할 수 있을 것이다.

　그런 하지메가 내놓은 답은—.

"아니, 네 사정 따윈 알 바 아니지. 실컷 성가시게 굴었잖아. 사죄하는 마음으로 죽어라."

그렇게 말하며 의수를 들어 올렸다.

『기다리거라~! 지금 이야기 흐름을 듣고도 말도 없이 죽이려 하다니, 그건 좀 아니지 않느냐? 부탁이다, 사죄라면 반드시 하마! 일이 끝나면 멋대로 해도 상관없다! 그러니 잠시만 유예를! 부탁이다!』

하지메는 차가운 눈으로 검은 용의 말을 무시한 채 주먹을 휘두르려 했지만 그럴 수 없었다. 휘두르려 한 순간 유에가 하지메의 목덜미에 매달렸기 때문이다. 깜짝 놀라 자신도 모르게 그녀를 안은 하지메의 귓가에 유에가 속삭였다.

"……죽일 거야?"

"응? 아니, 그야 서로 싸웠으니까……."

"……하지만 적이 아니야. 살의나 악의는 한 번도 보이지 않았어. 의지가 없었어."

아무래도 유에는 검은 용을 죽이고 싶지 않은 모양이었다. 유에에게 용인족이란 강한 동경의 대상이라 약간의 경의심도 갖고 있기 때문에 참을 수 없었던 듯했다.

게다가 이번엔 서로 죽이려 했어도 검은 용은 시종일관 살기와 악의를 보내지 않았다. 지금이라면 그 이유를 알 수 있었다. 글자 그대로 의사를 빼앗겨 주어진 명령을 기계처럼 따랐을 뿐이다. 서로 죽이려 한 것은 맞지만 애초에 검은 용은 월밖에 안중에 없었고 하지메와 싸운 건 그가 살기를 드러내며 검은 용을 공격했기 때문이었다.

자세히 따지자면 하지메의 사정으로 월이 죽으면 곤란하기 때문에 월을 노리는 건 적이라고 할 수 있지만, 그 의지는 검은 용의 뒤에 있는 검은 로브를 입은 남자였다. 적이 누구냐고 묻는다면 오히려 그쪽일 것이다.

그리고 유에가 하지메를 말린 이유는 또 하나 있었다.

유에도 하지메의 입장은 알고 있다. 하지만 유에의 눈에는 예전에 죽여 온『적』과 검은 용이 똑같이 보이지 않았다. 흡혈 귀족의 왕이자 뼈아픈 경험이 있는 유에는 사람을 보는 눈이 확실했다. 그런 유에의 눈은 자신의 마음에게 검은 용을『적』이라고 알리지 않았다. 유에는 하지메가 될 수 있으면『적』이외의 존재를 죽이지 않았으면 했다.

그 이유는—.

"……자신이 정한 소중한 규칙을 어기면 사람은 그것만으로 망가지고 말아. 검은 용을 죽이는 게 정말로 규칙을 따르는 거야?"

그렇다. 유에는 하지메가『적』이외의 것을 죽임으로써『망가져 버리는』게 아닐지 걱정한 것이다.

유에의 말을 듣고 그 뜻을 깨달은 하지메는, 자세히 생각해 보고 지금의 검은 용을『적』으로 인정해야 하는 건지 망설였다. 하지메는 상대가 조종당했다고 해서 싸우는 도중에 그것을 배려할 정도로 자상하지 않다. 아마 봐주지 않고 죽일 것이다.

하지만 세뇌가 풀려 제정신으로 돌아온 뒤에도 일부러 처형하듯 죽이는 건『적은 죽인다』라는 생각과 다르지 않은가?

목덜미에 안겨 당장에라도 키스할 듯이 가까운 유에를 바라보며 그런 생각을 하고 있을 때, 절박한 목소리가 말을 걸었다.

『분위기 좋을 때 미안하지만, 고민되면 우선 엉덩이의 말뚝만이라도 뽑아주면 안 되겠느냐? 이대로 가다간 어떻게 되든 죽을 것 같구나.』

"응? 무슨 뜻이지?"

『용화 상태에서 받은 외적 요인은 원래대로 돌아갈 때 그대로 육체에 반영된다. 상상해보아라. 여자의 엉덩이에 이 두껍고 단단한 말뚝이 박힌 광경을. ……내가 살 수 있을 것 같으냐?』

그 자리에 있는 모두가 검은 용이 말한 광경을 상상하고는 찝찝한 표정을 했다. 특히 유카를 포함한 여성들은 엉덩이를 가리며 안색이 창백해졌다.

『용화는 마력으로 유지하는 거다만 이제 곧 마력이 다하는구나. 앞으로 1분도 버티지 못할 거다……. 새로운 세계가 열리는 건 나쁘지 않으나, 이런 방법으로 죽는 건 봐줬으면 한다. 부탁이니 뽑아다오.』

약간 신경 쓰이는 말이 있었지만 힘없는 목소리를 보면 정말로 한계가 가까운 듯했다. 아무래도 하지메에게 여유롭게 생각할 시간은 없을 것 같았다.

"……어쩔 수 없군."

하지메는 한쪽 팔로 유에를 안고서 망설일 바에야 파트너의 말을 따르자고 생각했다. 사람이란 자신에 대한 일일수록 알수 없는 법이다. 가장 신뢰할 수 있는 파트너의 불안을 제거하는 방향으로 결단하면 잘못되지는 않을 것이다.

그렇게 생각한 하지메는 검은 용의 엉덩이에 박힌 거대 말뚝을 힘을 주어 뽑았다.

『하아앙! 처, 천천히 해다오. 아직 익숙하지 않으, 하으응. 안 돼, 너무 강하구나! 이런, 아아앙! 느껴져어어, 뭔가가 느껴져~.』

거대 말뚝은 단단히 박혀 있었다. 그래서 하지메는 몇 번인가 비틀고 상하좌우로 움직이며 강한 힘으로 뽑았다. 그러자 어째서인지 검은 용이 무척이나 요염한 목소리로 신음하기 시작했다. 하지메는 그 목소리를 완전히 무시한 채 봐주지 않고 파내듯…… 뿅! 하고 뽑았다.

『하으으으으! ……괴, 굉장하구나. 살살 해달라고 부탁했는데도 조금도 봐주지 않다니……. 이런 건 처음이야…….』

그런 영문을 알 수 없는 말을 중얼거린 검은 용은 그 몸을 검은 마력으로 번데기처럼 감싸더니 크기가 조금씩 작아졌다. 그리고 사람 한 명이 들어갈 정도의 크기가 되자 단번에 마력이 흩어졌다.

검은 마력이 사라진 곳에는…… 두 다리를 모으고 주저앉아 한쪽 손으로 몸을 지탱하고 다른 한 손으로 엉덩이를 만지며 황홀한 듯 뺨을 붉힌, 검은 머리에 금색 눈동자의 미녀가 있었다. 허리까지 오는 길고 매끄러운 생머리가 살짝 붉게 물든 뺨에 붙어 정말이지 요염한 느낌이었다. 하아, 하아, 거친 숨을 몰아쉬며 황홀한 표정을 한 것도 선정적이었다.

외모는 20대 전반 정도에 신장은 170센티미터 이상일 것이다. 훌륭한 몸매를 자랑했는데, 숨을 쉴 때마다 어깨가 드러난 옷 아래로 엿보이는 두 개의 언덕이 강하게 자신을 주장하고 있었으며 당장에라도 흘러내릴 것만 같았다. 시아가 멜론이라면 검은 용은 수박이다.

"뭐야, 이게…… 이 녀석은 흉악해."

"이거, 이게 판타지~인가."

"제길, 켜져라! 켜지라고! 내 휴대폰!"

검은 용의 정체가 엄청나게 요염한 미녀라는 사실에 아츠시를 포함한 남자들이 큰 반응을 보였다. 이대로 가다간 허리를 펼 수 없는 상태가 될지도 모른다. 이미 여자들이 남자들을 보는 눈은 바퀴벌레를 보는 것과 큰 차이가 없었다.

"하아, 하아. 음, 고맙구나……. 아직 엉덩이가 이상하다만…… 그보다 온몸이 아프구나……. 하아, 하아……. 통증이라는 게 이렇게까지 감미로운 것일 줄이야……."

위험한 표정으로 위험한 발언을 한 검은 용은 마음을 가다듬고서 앉은 자세를 고치고 등줄기를 똑바로 편 후, 예의 바른 분위기로 자기소개를 시작했다. 아직 하아, 하아 숨을 몰아쉬는 게 분위기를 깼지만…….

"신세를 졌구나. 무엇보다 정말, 정말로 미안하다. 내 이름은 티오 클라루스. 용인족인…… 클라루스족 사람이다."

티오 클라루스라 밝힌 검은 용은 검은 로브의 남자가 대량의 마물을 세뇌해서 마을을 공격할 생각이라고 말했다. 그 수는 이미 3천에서 4천에 이르는 수준이라고 하며, 두 번째 산맥 너머에서 마물의 리더 격인 녀석만 세뇌하는 것으로 효율 좋게 무리를 지배했다고 한다.

마물을 다룬다고 하니 애초에 하지메 일행이 이 세계에 불린 이유로 들었던 마인족의 새로운 힘이 떠올랐다. 그건 아이코 일행도 마찬가지였는지 검은 로브를 쓴 남자의 정체는 마인족이 아닐까 추측하는 것 같았다.

하지만 그 추측은 티오가 깔끔하게 부정했다. 그녀의 말에 따르면 검은 로브의 남자는 검은 머리 검은 눈의 인간족으로 아직 소년 정도의 나이라고 했다. 그리고 검은 용인 티오를 세뇌하고 기분이 좋아졌는지 「이걸로 난 그 녀석보다 뛰어나. 내가 진정한 용사다」라고 말한 걸로 보아 용사를 상당히 질투했다는 말을 덧붙였다.

검은 머리에 검은 눈을 한 인간족 소년에 용사를 잘 알고 있고 어둠 계열 마법에 천부적인 재능이 있는 사람.

이 정도로 힌트가 나온다면 자연스럽게 어떤 인물이 떠오른다. 아이코 일행은 일제히 「설마……」라고 중얼거리며 당황과 의혹이 뒤섞인 복잡한 표정을 했다. 한없이 정답에 가깝지만 믿고 싶지 않았을 것이다.

그때 하지메가 갑자기 먼 곳을 바라보는 표정으로 「오, 이건 또……」라고 중얼거렸다. 듣자니 티오의 이야기를 듣던 와중

오르니스를 보내 마물 무리와 검은 로브를 입은 남자를 찾고 있었던 듯했다. 그리고 마침내 오르니스 중 한 대가 어떤 곳에 모인 수많은 마물을 발견한 모양이었지만…… 그 수는—.

"이거 3, 4천 수준이 아닌데? 자릿수가 하나 더 늘어야 할 수준이야."

하지메의 보고에 모두의 눈이 휘둥그레졌다. 게다가 아무래도 이미 진군을 시작한 듯했다. 방향은 분명 【우르 마을】이 있는 곳. 이대로 간다면 반나절도 걸리지 않아 산을 내려가고 하루가 지나면 마을에 도착할 것이다.

"빠, 빨리 마을에 알려야 해요! 피난시킨 뒤 왕도에서 지원을 요청하고…… 그리고, 그리고 또…….."

사태의 심각성에 아이코가 혼란스러워하면서도 필사적으로 해야 할 일을 말하며 정리하려 했다. 수만의 마물 집단이 상대라면 사기적인 능력이라곤 하나 트라우마를 안은 학생들과 전투 경험이 거의 없는 아이코, 신출내기 모험가 윌과 마력이 고갈된 티오로는 상대하기는커녕 방해만 될 뿐이다. 그래서 아이코의 말대로 한시라도 빨리 마을에 위험을 알리고 왕도에서 지원이 올 때까지 도망치는 게 최선이었다.

하지메 일행 이외의 모두가 동요하고 있을 때 문득 윌이 중얼거리듯 물었다.

"저기, 하지메 님이라면 어떻게든 되지 않을까요……?"

그 말에 모두가 일제히 하지메를 보았다. 그 눈동자는 혹시 하는 기대의 빛으로 물들어 있었다. 하지메는 그런 시선이 성가신 듯 손을 저으며 태연하게 대답했다.

"그런 눈으로 보지 마. 내 일은 월을 휴렌까지 데리고 가는 일이야. 보호 대상을 데리고 전쟁을 벌일 수는 없잖아. 됐으니까 너희도 빨리 마을로 돌아가 보고해 둬."

하지메의 의욕 없는 태도에 반감이 든 표정을 한 아츠시 일행과 월. 그때 각오를 다진 표정의 아이코가 하지메에게 물었다.

"나구모, 검은 로브를 입은 남자는 찾았나요?"

"응? 아니, 아까부터 확인하고 있는데 그런 인물은 보이지 않아."

아이코는 하지메의 말에 다시 고개를 숙이고 말았다. 그리고 이곳에 남아 검은 로브의 남자가 현재 행방불명된 시미즈 유키토시인지 확인하고 싶다는 말을 꺼냈다. 제자를 사랑하는 아이코답게 이런 사태를 일으킨 게 자신의 학생이라면 내버려 둘 수 없다고 생각한 모양이다.

하지만 수만이나 되는 마물이 무리 지은 곳에 아이코를 내버려 둘 수 없어서 학생들은 필사적으로 아이코를 설득했다. 아이코는 잠시 주저했지만, 조만간 하지메가 동행하면 어떻겠냐는 의견도 나오기 시작했다. 슬슬 여기에서 돌아가네 마네 하는 이야기를 하는 것도 성가셔진 하지메는 아이코에게 차가운 눈빛을 보냈다.

"남고 싶으면 마음대로 해. 우린 월을 데리고 마을로 돌아갈 거다."

그렇게 말하며 월의 어깻죽지를 붙잡고 질질 끌며 산에서 내려가기 시작했다. 그것을 다급히 말리는 월과 아이코 일행. 이대로 대군을 내버려 둘 거냐는 둥, 검은 로브의 정체를 확인하고 싶다는 둥, 하지메라면 적이 아무리 많아도 쓰러뜨릴 수 있지 않느냐는 둥…….

하지메가 한숨을 쉬며 약간 짜증이 난 듯 아이코 일행을 돌아보았다.

"아까도 말했지만 내 일은 월을 보호하는 거야. 보호 대상을 데리고 수많은 적들과 전쟁을 벌일 순 없어. 설령 싸운다 해도 이렇게 기복이 심한 데다 장애물이 많은 곳에서 섬멸전은 너무 부담스럽다고. 사양하겠어. 그리고 만약 대군과 싸우거나 검은 로브의 정체를 확인한다면 누가 마을에 보고할 거지? 만에 하나 우리가 전멸할 경우 마을은 마물의 기습을 받게 될 텐데? 참고로 슈타임이나 브리제는 내가 아니면 움직일 수 없는 구조니까 날 싸우게 하고 다른 녀석들이 먼저 돌아가는 것도 무리야."

논리 정연하게 자신들의 요구가 얼마나 무의미하고 무모한지를 확인하고서 아무 말도 할 수 없게 된 아이코 일행.

"뭐, 주인…… 어흠, 그의 말이 맞다. 나도 마력이 고갈된 이상 어떻게든 하고 싶지만 어쩔 도리가 없구나. 먼저 마을에 위험을 알리는 게 최우선일 거다. 나도 하루가 지나면 제법 회복할 테니까."

말이 없어진 아이들에게 하지메의 의견을 뒷받침하듯 티오가 말을 던졌다. 잠시 하지메를 이상하게 부른 것 같지만……

기분 탓일 것이다.

아이코도 확실히 그게 가장 좋은 방법이라며 시미즈에 대한 걱정을 잠시 접어 두고 먼저 마을에 알려야 한다는 것과, 지금 곁에 있는 학생들의 안전 확보를 우선시하기로 했다.

티오는 마력 고갈로 움직일 수 없어서 하지메가 목덜미를 붙든 채 질질 끌고 갔다.

실은 누가 티오를 업고 갈지에 대해 남자들이 불똥을 튀기며 토론했지만 여자들이 반대하고 티오 본인의 요청에 따라 하지메가 옮기게 됐다.

하지만 이럴 때 업거나 안지 않는 게 하지메 퀄리티. 성가시다는 듯 얼굴을 찡그리며 갑자기 티오의 발을 붙잡고 질질 끌고 가려 했다.

아이코 일행의 맹렬한 항의로 어쩔 수 없이 목덜미로 바꿨지만 질질 끌고 가는 것엔 변함이 없었다. 무슨 말을 해도 하지메는 방식을 바꾸지 않았고 어째서인지 티오가 황홀한 표정을 지어 주변 사람들이 어이가 없어진 결과, 지금 방식으로 산에서 내려갔다.

일행은 후방에 마물의 대군이라는 암운을 등지고 서둘러 【우르 마을】로 돌아갔다.

"힉."

녹광석의 불빛이 어렴풋이 길을 비추는, 어둑한 갱도 같은 【오르크스 대미궁】의 한 곳에서 깜짝 놀란 작은 비명이 울렸다.

"응? 무슨 일이야? 시즈쿠."

비명을 지른 사람, 용사 파티 중 한 명인 야에가시 시즈쿠의 갑작스러운 비명에 함께 걷던 소꿉친구인 시라사키 카오리가 고개를 갸웃하며 물었다.

"그, 그게…… 아니, 아무것도 아니야. 그냥, 잠깐 천장에서 물방울이 말이지, 목덜미에 떨어졌어, 응."

시선을 피하며 작은 비명의 원인을 말한 시즈쿠. 카오리는 그런 시즈쿠의 모습을 보고, 물방울 정도로 깜짝 놀라 비명을 질러서 부끄러워하는 거라 생각해 흐뭇하게 미소 지었다.

언제 마물이 공격해 올지 모르는 어둑한 던전 안. 게다가 지금 있는 곳은 아무도 도달한 적이 없는 계층인 만큼 목덜미에 갑자기 차가운 느낌이 들면 놀라는 것도 이상하지 않았다. 그래도 그런 자신을 부끄러워하며 시선을 돌리는 친구의 모습이 무척이나 귀엽게 보였다.

……그렇게 생각하고 있을 거라고 예상한 시즈쿠는 슬쩍 카오리에게 시선을 돌렸다. 그곳엔 주위를 경계하면서도 평소와 같은 분위기인 카오리가 보였다.

'……역시 기분 탓일까? 아니, 하지만 최근 들어 유난히 자주 일어나고…… 카오리가 어떻게 된 게 아니라 단순히 내가 피곤한 걸까? 아니, 하지만…….'

시즈쿠는 내심 신음했다.

시즈쿠가 갑자기 비명을 지른 원인. 그것은 목덜미에 물방울이 떨어진 것 때문이 아니었다. 그 정도로 평정이 흐트러질 정도라면 아무도 도달하지 못한 계층에서 용사 파티의 돌격 대장을 맡을 수 없다.

그럼 무엇이 원인인가 하면─.

"꺅."

"시즈쿠?"

"시즈시즈?"

이번엔 아까보다 커진 시즈쿠의 비명에 카오리뿐만 아니라 시즈쿠와 카오리의 소꿉친구이자 『용사』 천직을 가진 아마노가와 코우키, 같은 용사 파티 중 한 사람인 『결계사』 천직을 가진 타니구치 스즈도 시즈쿠의 이름을 불렀다. 그 외에도 코우키의 친구인 사카가미 류타로와 시즈쿠의 친구인 나카무라 에리, 나가야마 슈고가 이끄는 노무라 켄타로, 츠지 아야코, 요시노 마오, 엔도 코스케의 나가야마 파티, 히야마 다이스케가 이끄는 사이토 요시키, 콘도 레이치, 나카노 신지의 히야마 파티가 멈춰 시즈쿠에게 시선을 보냈다.

의아해하는 그들 앞에서 시즈쿠는 동요한 탓에 자신이 목격한 것을 말하고 말았다.

"하, 한냐#6가. 저, 저기에 한냐, 아니 한냐 씨가."

어째서인지 시즈쿠가 말을 고쳐 한냐에게 『씨』를 붙이자, 코우키 일행은 점점 더 의아하다는 표정을 하면서도 저마다 아티팩트를 손에 들고 몸을 돌려 주위를 경계했다.

"시즈쿠…… 어디야? 그 한냐처럼 생겼다는 마물은."

코우키가 방심하지 않고 어스름한 순백의 빛을 두른 성검을 들며 조용히 물었다. 주위를 둘러보고 『기척 감지』를 사용해도 주변에 마물의 기척은 느껴지지 않았다. 설마 자신의 『기척 감지』에도 걸리지 않을 정도로 은밀히 행동하는 마물인가 싶었던 코우키의 관자놀이에 식은땀이 한 줄기 흘렀다.

하지만 코우키의 긴장감과는 반대로 시즈쿠는 미묘한 표정을 하며 카오리에게 시선을 돌렸다.

"……저기, 카오리의 뒤에서 보였는데……."

"어? 나?! 거짓말, 어디야?! 뭐가 있었어?!"

카오리가 동요했다. 마치 자신의 꼬리를 쫓아 빙글빙글 도는 강아지처럼 등 뒤를 신경 쓰며 그 자리를 빙글빙글 돌았다. 나긋한 법의처럼 보이는 그녀의 전투복이 움직임에 맞춰 하늘하늘 떠올라 마치 춤을 추는 것만 같았다.

그런 카오리의 훈훈해지는 말과 시즈쿠의 미안해하는 표정을 보고 코우키 일행의 몸에서 긴장감이 빠져나갔다.

"미안. 잘못 본 모양이야."

#6 한냐 일본 전통 공연예술인 노에서 나오는 한냐 가면이 기원. 귀신처럼 무서운 얼굴을 한 여자의 모습.

"아니, 그럴 수도 있지. 신경 쓸 필요 없어, 시즈쿠. 기분 탓인 것 같다며 놓치는 것보다 훨씬 나아. 멜드 씨도 입에 신물이 날 정도로 말했잖아."

시즈쿠의 어깨를 두드리며 격려하는 코우키에게 다른 멤버도 고개를 끄덕였다.

이미 70대 후반으로 접어든 계층, 제78계층을 탐색하는 코우키 일행의 곁에는 【하일리히 왕국】 기사단장이자 모두가 의지하는 연장자, 멜드 로긴스의 모습은 없었다. 멜드가 이끄는 왕국 기사의 최정예들은 70계층에서 대기 중이다. 존재하지 않을 거라 여겨졌던 대미궁 안을 연결하는 전이진이 70계층과 30계층에서 발견되어 멜드 일행은 70계층 쪽의 전이진을 호위하고 있었다.

그들은 확실히 왕국의 최정예로 코우키 일행과 대미궁의 미답파 구역을 진행하는 동안 그 실력이 더욱 향상됐지만, 70계층 후반부쯤 되니 따라갈 수 없게 되어 퇴로를 확보하는 일을 맡은 것이다.

멜드는 간신히 기사들의 보호에서 벗어나 자신들만으로 대미궁에 도전하게 된 코우키 일행에게, 그야말로 「댁이 우리 엄마세요?」라고 딴죽을 걸고 싶을 정도로 대미궁에서 필요한 노하우를 반복해서 말해주었다.

결국엔 「손수건은 갖고 있나? 떨어진 거 주워 먹지 마라. 이상한 걸 먹었으면 바로 뱉어라」 등등 대미궁에서의 노하우와는 관계가 없을 듯한 주의까지 하고, 나아가 「그런 장비로 괜찮은가?[7]라는 소리까지 했다. 코우키 일행이 「왕국에서 준 보물급 장비잖아요?!」라고 지적한 건 말할 것도 없었다.

결국 시즈쿠의 착각이라는 걸로 마무리한 코우키 일행.

"시즈쿠도 허술한 면이 있다니까."

"한냐에게 『씨』를 붙이며 당황한 시즈시즈……. 잘 봤습니다."

"스즈, 으히히히 하고 웃지는 말아줘……."

그런 말을 나누며 다시 탐색에 나섰다. 선두에 선 코우키를 따라 시즈쿠는 옆에 있는 카오리를 슬쩍슬쩍 보았다.

"저, 저기, 카오리."

"시즈쿠, 왜?"

"저기, 괜찮아?"

"응?"

시즈쿠의 질문의 의도를 알 수 없었던 카오리는 영문을 모르겠다는 표정이었다. 하지만 잠시 후 무언가 떠올랐는지 안색을 창백하게 바꾸고 동요를 드러낸 음색으로 시즈쿠에게 되물었다.

"시, 시즈쿠. 혹시 아직도 내 뒤에 뭔가 보여? 언제부터 유령이 보이게 됐어?! 혹시 나한테 나쁜 거라도 들러붙었어?!"

"아, 아니야! 딱히 그런 건 아니라고!"

"저, 정말이지?"

아직 뒤를 힐끔힐끔 돌아보며 뭔가 좋지 않은 게 없는지 확

#7 그런 장비로 괜찮은가 일본 액션 게임 「엘 샤다이」에서 등장인물인 루시펠이 주인공 이노크에게 한 말.

인한 카오리. 샤워하다 갑자기 뒤에서 기척을 느끼고 돌아보지만 당연히 아무도 없고, 한번 신경 쓰이기 시작하면 계속해서 떠오르는 그런 심리 상태였다. 카오리는 유령처럼 호러에 관련된 걸 싫어하기 때문에 친구가 목격했다는 『한냐 씨』가 신경 쓰였다.

그때 몇 번째인가 『뒤를 힐끔』한 카오리의 시야 끝에 흔들리는 검은 그림자가 보였다!

"싫어어어어어, 한냐가 나왔어어어어어!"

"어? 잠깐, 푸아아아악?!"

카오리는 자신도 모르게 대미궁에서는 해선 안 될, 비명을 지르고 눈을 질끈 감는 위험 행동을 하며 손에 들고 있던 아티팩트 지팡이를 힘껏 휘둘렀다. 그 뒤에 울린 건 퍽! 하고 무언가를 때릴 때 나는 둔탁한 소리와 남학생의 비명이었다.

"코스케!"

"그런 곳에 있었어?!"

"엔도가 날아갔어!"

"깔끔한 포물선을 그리며 날아가네."

그렇다. 카오리가 『한냐 씨』로 착각하고 휘두른 지팡이에 맞은 것은 나가야마 파티의 한 사람, 어쩌면 세계에서 가장 존재감이 희미한 남자라는 칭호를 받은 엔도 코스케였다. 그는 이세계 토터스에 오기 전부터 편의점 자동문조차 놓칠 정도로 흐릿한 존재감을 자랑했다.

그런 그의 천직은 『암살자』.

오랜 친구인 쥬고와 켄타로조차 바로 옆에 있는데도 「어? 코스케 어디 갔어?」, 「화장실 아니야?」, 「……아까부터 여기에 있는데.」 하는 일을 거의 매일같이 해 왔다. 소환되기 전부터 초능력의 영역에 발을 디딘 듯 희미한 존재감은 토터스에 온 뒤로 더욱 희미해졌다.

　그렇다. 계속 시즈쿠와 카오리 뒤에 있었는데도 몇 번이고 돌아보는 카오리가 전혀 깨닫지 못할 정도로…….

　자신을 그대로 지나치면서도 불안한 듯이 살짝 울상이 되어 슬쩍슬쩍 돌아보는 카오리의 표정은 파괴력이 대단했다. 슬슬 눈앞에 비친 카오리의 표정에 심장 박동 수가 위험하다고 느낀 코스케는 다른 곳으로 이동하려 했지만…… 결과는 말할 것도 없다.

　파괴력은 발군이었다!

　"어? 엔도?! 아앗, 미안해!"

　다른 아이들의 목소리로 『한냐 씨』의 정체가 엔도라는 걸 알게 된 카오리는 뺨이 시뻘겋게 변했다. 그리고 불한당에게 습격당한 여자아이처럼 발을 오므리고 주저앉은 코스케에게 다가가 치유 마법을 사용했다. 어딘가 먼 곳을 바라보는 눈으로 아련한 연보랏빛에 둘러싸인 코스케. 정말이지 애잔한 모습이었다.

　꾸벅꾸벅 몇 번이고 고개를 숙인 카오리와 「슬슬 히야마네 눈이 무서우니까 이제 됐어. ……그리고 이런 건 익숙하니까」라고 더욱 애잔한 말을 남기며 쥬고 일행의 위로를 받은 코스케.

공략반 제일의 척후병이 너무하다면 너무한 불의의 사고로 기권하게 될 걱정도 사라졌으니 일행은 계속해서 전진했다.

"카오리, 미안해. 무섭게 해서."

"아니, 내가 과민했을 뿐이야. 신경 쓰지 마."

따지고 보면 소동의 원인은 자신에게 있다고 사과한 시즈쿠는 카오리의 용서를 받고 안심하면서도, 최근 들어 자신이 몇 번이고 목격한 것이 무척이나 신경 쓰여 말을 바꿔 다시 물었다.

"카오리. 그래서 요즘 달라진 일이라든가 없어? 왜, 이따금 뭐랄까, 고민이 생겼다든가…… 그런 느낌이 아니더라도 어쩐지 정신이 딴 데 가 있다고 할지, 어딘가 먼 곳을 노려본다고 할지…… 그런 일도 흔히 있잖아?"

"어? 내가 그런 느낌이었어? 스스로는 전혀 인식하지 못했는데……."

"그래……."

역시 기분 탓이었을까 싶어 고개를 갸웃하면서도, 카오리가 딱히 짐작 가는 게 없다면 문제없을 거라고 생각한 시즈쿠는 자신을 타이르듯 받아들이려 했다. 하지만 그 직전에 카오리가 무언가 떠오른 것처럼 손뼉을 탁 쳤다.

"아, 하지만 이상한 느낌이 들었어."

"이상한 느낌?"

"응. 잘 표현할 순 없지만……."

귀여운 얼굴로 「음~」 하고 고개를 갸웃거리며 시선을 이리저리 돌리는 카오리는…… 갑자기 표정이 쓱 사라졌다. 아무

런 감정도 떠오르지 않는 무기질적인, 마치 가면 같은 표정!

"도둑고양이에게 소중한 것을 빼앗긴…… 기분?"

"카, 카오리? 아니, 카오리 씨?"

"후후후, 이상하지? 후후후."

"카오리이! 내가 잘못했어! 두 번 다시 이상한 질문 안 할 테니까 이쪽 세계로 돌아와~!"

이상하다고 말하며 후후후 웃음소리를 내면서도 여전히 무표정. 시즈쿠가 동요한 나머지 「이건 위험하당께!」라고 속으로 익숙하지도 않은 사투리까지 하면서 카오리를 붙든 채 현실로 돌아오라고 말했다.

어째서 이런 일이 일어났는가 싶지만 설마 지금 이 순간 먼 곳의 어떤 백발 안대 소년이 어떤 흡혈 공주와 시시덕거리는 게 원인이라고는 꿈에도 알 리 없는 시즈쿠는, 그저 친구의 뺨을 찰싹찰싹 때리며 정신 차리게 할 수밖에 없었다.

"저기, 시즈쿠. 왜 내 뺨을 찰싹찰싹 때리는 거야? 그만해."

"돌아왔구나, 카오리. 히잉, 다행이야."

극히 자연스럽게 평소의 분위기로 돌아온 카오리를 본 시즈쿠는 안도의 한숨을 쉬었다. 원인은 알 수 없지만 아무래도 친구는 멀리서 일어난 무언가 불쾌한 일을, 어째서 그런 일이 가능한지는 몰라도 감지하고선 살짝 어둠의 세계에 한쪽 발을 내딛었던 것 같다.

이곳은 이세계. 마법이 있고 마물도 있고 신이라는 초월적인 존재도 있다. 그렇다면 그런 신기한 일이 일어나도 이상하

지 않을…… 것이다. 그렇게 반쯤 억지로 자신을 설득한 시즈
쿠는 멍하니 있는 카오리를 보며 원인을 알 수 없지만 카오리
가 블랙 카오리가 되기 전에 이쪽으로 데려오자고 결심했다.

그렇게 시즈쿠가 미묘한 결심을 하고 있을 때 앞장서서 가
던 코우키가 갑자기 멈췄다.

"다들 경계해. 이 앞에 뭔가가 있어. 『기척 감지』에 뭔가 걸
렸어. 반응은 하나."

"먼저 가서 확인하고 올까?"

"마물은 한 마리뿐이잖아? 엔도가 확인할 것도 없지. 후딱
두들겨 패면 되잖아."

일반적으로 마물에게 들키기 전에 그 존재를 감지한 경우,
코스케가 먼저 은밀 기능을 사용해 적의 전력을 파악한다.
그래서 코스케는 한 발 앞으로 나와 제안했지만 류타로가 주
먹을 치며 부정했다.

확실히 지금까지도 마물의 수가 적은 경우엔 코스케가 확
인할 것도 없이 전투에 들어간 일이 몇 번이고 있었다. 그래
서 코우키는 류타로의 의견을 받아들여 그대로 다 함께 진행
하기로 했다.

그리고 어둑한 통로 너머로 보인 것은―.

"어…… 사람?"

코우키의 놀란 듯한 속삭임에 다른 멤버도 눈을 동그랗게
뜨고 전방을 보았다. 그 시선이 향한 곳엔 분명 사람으로 보
이는 것이 있었다. 벽에 몸이 절반 이상 파묻혔다는 설명이

붙지만⋯⋯. 머리가 길고 고개를 숙이고 있어서 표정은 물론 생사도 확인할 수 없었으나 가녀린 몸매로 보아 여성인 것 같았다.

"크, 큰일이야. 빨리 도와야 해!"

"잠깐 기다려, 코우키!"

혹시 위층에서 마물에게 납치됐거나 함정에 걸린 모험가가 붙잡힌 게 아닐까 생각한 코우키가 다급히 달려갔다. 시즈쿠가 그것을 제지했지만 코우키의 뛰어난 능력은 이미 그를 목적지로 옮긴 뒤였다.

코우키가 「괜찮으세요?!」라고 말을 걸며 손을 뻗은 순간, 코우키의 발이 지면으로 쑥 빨려 들어갔다. 어떻게든 중심을 잡고 넘어지는 것만큼은 피했지만, 다급히 발밑을 바라보니 어느샌가 그곳은 단단한 지면이 아닌 물컹한 늪처럼 변해 코우키의 두 다리를 복사뼈까지 붙들고 있었다. 그리고 그 직후 코우키 주위의 진흙이 거세게 솟아올라 순식간에 사람 형태로 변했다. 진흙으로 된 인형, 클레이 골렘이다. 그 클레이 골렘 무리는 이번에도 순식간에 두 팔을 날카로운 낫으로 변형시킨 뒤 늪에서 나오려 애쓰는 코우키를 향해 휘둘렀다.

"크."

코우키는 신음하면서도 성검에 빛을 둘러 주위를 떨쳐 내려 했다. 오른손으로 휘두른 뒤에 등 쪽에서 왼팔로 바꿔 다시 오른쪽으로 휘둘렀다. 야에가시류 도술 중 하나인 『수월』이라는 기술이다. 하지만 야에가시류의 문하생으로서 몇 번이고 연습했던 그 기술은 코우키 자신의 손에 의해 불발로 끝나고 말았다.

"큭, 시, 시즈쿠?!"

그렇다. 베려 한 상대가 시즈쿠의 얼굴을 하고 있었기 때문이다. 정확하게는 클레이 골렘의 얼굴이 변형해 순식간에 시즈쿠의 얼굴이 된 것이다. 몸은 그대로 클레이 골렘이었기 때문에 그것이 시즈쿠가 아니라는 것은 일목요연했다. 하지만 소중한 소꿉친구의 얼굴이 갑자기 눈앞에 나타났으니 자신도 모르게 동요한 것은 어쩔 수 없으리라.

당연하게도 그 대상은 크게 먹힐 거라 생각했다. 하지만—.

"핫!"

"……『박황쇄』!"

코우키를 둘러싼 클레이 골렘의 오른쪽 절반이 참격의 궤적으로 사라졌고, 나머지 왼쪽 절반은 연보라색으로 빛나는 수많은 사슬에 붙들려 움직일 수 없게 됐다. 클레이 골렘은 곧바로 몸을 진흙으로 바꿔 구속에서 벗어났지만 다음 순간에는 공중에 그려진 동그란 궤적으로 절단되어 무너졌다. 납도 상태에서 회전하며 발도해 주변을 쓸어버리는, 야에가시류 도술의 하나인 『수월 연(漣)』. 사용한 사람은 당연히 시즈쿠였다.

"코우키, 괜찮아?"

"괜찮아. 미안해, 덕분에 살았어!"

코우키는 카오리의 『박황쇄』을 붙잡고 진흙에서 빠져나오면서 고맙다는 말을 했다. 이미 여기저기서 클레이 골렘이 솟아나, 코우키뿐만 아니라 나가야마 파티와 히야마 파티까지 포위했고 자유롭게 변하는 오른팔의 낫을 이용해 죽음으로 인도하려 했다.

"제길, 이 녀석들 끝이 없어! 어떻게 하면 쓰러뜨릴 수 있지?!"

"쓰러뜨려도 곧바로 부활해버려!"

류타로가 정권지르기로 클레이 골렘을 날려버렸지만 곧바로 진흙이 모여 부활해버렸다. 그건 다른 멤버의 전투에서도 마찬가지였다.

코우키가 동분서주하며 클레이 골렘을 쓰러뜨리면서도 어떻게 하면 이 상황을 타파할 수 있는지 생각하고 있을 때, 시야 끝에 시즈쿠가 다가오는 것이 보였다. 이번엔 잘못 본 것이 아니다. 확실히 몸도 시즈쿠의 모습이었다. 코우키는 총명한 그녀의 지혜를 빌리기 위해 솟아나는 클레이 골렘을 쓰러뜨리며 시즈쿠에게로 가려 했다.

하지만 동시에 깨달았다. 다가오는 시즈쿠의 뒤쪽 벽에 묻혀 있던 사람이 사라졌다는 것을…… 등줄기가 오싹해졌다. 어디로 갔는지 살피며 시즈쿠에게서 시선을 돌려 주위를 경계했다.

"시즈쿠! 조심해! 벽에 묻혀 있던 녀석이 사라졌어! 어디에 숨어……."

"바보야, 눈앞에 있잖아!"

경고를 날린 코우키는 갑자기 갑옷의 목덜미가 당겨져 「크억」소리를 내며 뒤로 넘어졌다. 그와 동시에 코우키의 얼굴로 매끈한 바람이 스쳤다. 코우키가 기침을 하며 시선을 올려보니 그곳엔 얼굴과 몸이 시즈쿠지만 오른팔만 그대로 길게 뻗어 검이 된 골렘이 보였다. 코우키의 앞머리 몇 가닥이 검에 잘려 바람에 날렸다. 아슬아슬하게 목이 날아가는 것만큼은 피한 모양이었다.

"아무래도 저 녀석이 보스인 것 같네. 다른 녀석하고 다르게 몸과 옷차림까지 따라 할 수 있는 모양이야."

코우키의 뒤에서 냉정한 목소리가 들렸다. 그곳엔 오른팔 이외엔 눈앞의 시즈쿠와 완전히 똑같은 시즈쿠의 모습이 있었다. 아무래도 시즈쿠의 말대로 벽에 묻혀 있던 여자가 클레이 골렘의 보스인 듯했다.

클레이 골렘의 보스는 왼팔도 검으로 바꾸고 엄청난 기세로 공격해 왔다.

"그렇게 몇 번이고 당할 순 없지."

두 팔의 검이 채찍처럼 불규칙한 궤도를 그리며 날아들었다. 코우키는 그것을 성검으로 막거나 피했다. 그리고 단번에 거리를 좁히려 했지만 직전에 보스의 주위로 대량의 진흙의 낫이 나타나 단번에 공격해 왔다. 반월 모양으로 코우키를 둘러싸듯 휘둘리는 수많은 대형 낫. 베어 내고 베어 내도 계속해서 재생해 끊임없이 공격했다.

그나마 진흙으로 구성됐기 때문에 순간 공격력과는 반대로 내구력은 없는 것이나 마찬가지였다. 그래서 그다지 힘을 주지 않아도 맞추기만 하면 상대의 공격을 막을 수 있었다. 하지만 주변이 전부 진흙이기 때문에 숫자가 지나치게 많았고 코우키는 대장의 공격을 막는 것만으로 벅찼다. 다른 멤버도 계속해서 나타나는 클레이 골렘 무리에게 당하지는 않았지만 제법 고전하고 있었다.

코우키가 『한계 돌파』를 사용해 한꺼번에 날려버린다는 선택을 고민할 때, 보스의 뒤로 뛰어든 인물을 발견하고 코우키의 입가가 씩 올라갔다.

'역시 시즈쿠! 부탁한다!'

'알았어.'

코우키가 방어하는 동안 자랑인 속도를 이용해 적 보스의 뒤로 돌아든 것은 시즈쿠였다. 보스를 지키려는 클레이 골렘 몇 마리를 한꺼번에 쓸어버리고선, 자신의 트레이드마크인 포니테일을 나부끼고 순식간에 검을 뽑아 지면을 강하게 내딛으며 보스에게 다가갔다.

순간 보스가 변화했다. ……카오리의 모습으로…….

"큭."

숨을 삼키며 눈을 크게 뜬 시즈쿠. 눈앞에 있는 건 마물이다. 머리론 그걸 알고 있다. 하지만 순식간에 그것을 받아들일 정도로 시즈쿠는 성숙하지 못했다. 평소라면 마음이 몸을 막았을 것이다. 친구의 목을 자를수는 없기에─.

"아아아아아아!"

새된 기합, 혹은 절규. 자신의 입에서 나온 그것으로 주저하는 마음을 억눌렀다. 그녀의 공격은 발도술로 인한 고속의 역풍, 야에가시류 도술의 하나인 『등룡』. 원래는 거기서 도약해 공중 발차기와 칼집으로 휘두르는 2연격이 이어지는 기술이지만 이번엔 필요 없었다.

글자 그대로 폭포를 오르는 용이 수면을 둘로 가르는 것처럼 보스를 깔끔하게 절단한 시즈쿠의 공격은 보스 안에 있던 마석을 갈랐다. 흐물흐물 형태를 잃은 보스의 진흙 위로 보석이 떨어짐과 동시에 주변 클레이 골렘들도 형태를 잃기 시작했다.

"시즈쿠, 해냈구나!"

코우키가 얼굴에 희색을 띠며 달려왔다. 시즈쿠는 생긋 미소를 지으며 「그럼」이라고 답했다. 그리고 자신과 마찬가지로 다가온 류타로 일행을 확인한 코우키가 그쪽으로 다가가자 시즈쿠는 가만히 자신의 손바닥을 보았다. 거기엔 조금이지만 클레이 골렘의 진흙이 묻어 있었다. 시즈쿠는 그것을 보고는 인상을 쓰며 살짝 거칠게 닦아 냈다. 진흙이 떨어지고 깨끗해진 자신의 손. 하지만 시즈쿠의 표정은—.

"시즈쿠."

"어?"

자신의 손을 바라보며 멍하니 있던 시즈쿠에게 갑자기 코우키가 소리쳤다. 멍한 목소리를 내면서도 본능이 울리는 경종이 등 뒤까지 다가온 죽음을 알렸다. 어깨 너머로 돌아본 시즈쿠의 시선이 향한 그곳엔 천장에서 실을 늘어뜨려 공중에 떠 있는 거대 거미가 보였다. 여덟 개의 붉은 눈이 시즈쿠를 포착하고 독처럼 보이는 액체가 맺힌 날카로운 발톱이 당장에라도 습격해 올 것만 같았다.

아, 하고 목소리를 낸 건 누구였을까. 아주 잠시 경계를 푼 대가는 너무나도 컸다. 이것이야말로 대미궁. 죽음이 항상 옆에서 손짓하고 있다. 작별의 손짓을. 이곳은 그런 곳이다.

"……『박광인』."

하지만 이번만큼은 대미궁의 손짓도 퇴짜를 맞은 듯했다. 날아든 여덟 개의 독 발톱이 시즈쿠에게 도달하기 전, 연보라색으로 빛나는 십자가가 거대 거미를 날려버리고 그대로 벽에 꿰어버렸다. 살상 능력이 없는 포박 계통 마법이라 대단한 충격은 주지 못했지만, 벽에 꽂은 충격으로 조금은 기세를 죽일 수 있었던 것 같다.

아슬아슬하게 시즈쿠를 구한 것은 친구의 마법이었다. 마찬가지로 장벽을 사용해 시즈쿠를 지키려 한 스즈카가 「카, 카오링 너무 빨라……」라고 말하며 눈을 크게 뜨고 넋이 나간 표정을 했다.

"카오리…… 고마워. 덕분에 살았—."

시즈쿠가 카오리에게 고맙다는 말을 보냈지만 카오리는 그 말이 끝나기 전에 성큼성큼 걷기 시작했다. 그것을 본 시즈쿠는 어째서인지 「긁어 부스럼」이라는 말이 머릿속에 떠올라 입을 다물고 말았다. 다른 아이들도 어쩐지 카오리의 분위기에 압도된 듯했다.

카오리는 벽에 걸려 꿈틀대는 거대 거미 앞에 멈춰서 석장을 들고 빛의 사슬 『박황쇄』를 불렀다. 그것도 엄청나게 많은 수를. 스르릉 소리를 내며 지면과 벽, 천장에서 뻗어 나온 사슬들은 그대로 거대 거미를 붙들고 벽에서 떼어 내 공중에서 층층이 감싼 공 모양이 됐다.

　"저, 저기, 카오리?"

　말없이 작업을 계속하는 카오리의 뒤에서 시즈쿠가 죽을 뻔한 공포도 잊은 채 어째서인지 소름이 돋은 상태로 말을 걸었다.

　그러자 이번엔 반응을 보인 카오리가 으드득하고 섬뜩한 소리를 내는 구체에서 시선을 돌린 뒤 천천히 돌아보았다.

　—등 뒤로 아련히 흔들리는 무서운 얼굴을 한 하얀 옷차림의 환영을 떠올리면서⋯⋯.

　""""""한냐 씨?!""""""

　이것으로 시즈쿠가 잘못 본 것이 아니었다는 사실이 증명됐다. 다른 일행들은 「히익」 비명을 지르며 뒷걸음질 쳤다.

　"카, 카오리? 아니, 카오리 씨? 저기, 그러니까, 뒤에⋯⋯."

　"후후. 이상하네, 시즈쿠. 왜 갑자기 『씨』를 붙이는 거야? 후후후. 이상해. 문득 도둑고양이뿐만 아니라 도둑 토끼한테까지 포지션을 빼앗긴 듯한 기분이 들 정도로 이상해."

　이상한 건 지금의 너야⋯⋯ 라는 말은 도저히 꺼낼 수 없었다. 무엇보다 등 뒤의 한냐 씨가 어디선가 꺼낸 칼로 자신의 어깨를 두드리기 시작했기 때문이다. 친구는 대체 어떤 전파를 수신한 것일까. 이때 어떤 백발 안대 소년이 어떤 호숫가에서 어떤 유감 토끼의 뜨거운 키스를 받고 있으리라곤 상상도 못할 시즈쿠는, 약간 망가진 듯한 친구를 보고서 홀로 고민에 빠졌다.

그 후 카오리도 갑작스럽게 평소의 모습으로 돌아왔고 거대거미도 완전히 쓰러뜨린 일행은 다시 탐색에 나섰다.

도중에도 갑작스럽게 무언가를 수신해 한냐를 출현시킨 카오리를 달래거나, 그런 카오리를 보고 여러 의미로 폭주할 것만 같은 용사를 달래거나, 유난히 돌진하려는 근육 남자에게 백 드롭을 날리거나, 한냐의 비위를 맞추거나, 틈만 나면 성희롱 발언을 양산하는 작은 결계사에게 아이언 클로를 먹여주거나, 히야마 파티의 지나친 자신감과 낙관적인 태도에 주의 시키거나, 한냐에게 돌아가 달라고 부탁하거나…….

"난 대머리가 될지도 몰라……."

【오르크스 대미궁】. 마물이 만연하고 죽음과 가까운 던전에서 자신의 모근을 걱정하는 젊은 여검사의 작은 푸념이 울렸다.

반에서 제일 잔걱정이 많은 그녀의 모근을 구해줄 사람이 나타날 것인지…… 그것은 신만이 아는 훗날의 일이다.

마력 구동 사륜 『브리제』는 갈 때보다 더욱 빠른 속도로 돌아오는 길을 질주했다. 길을 고르는 기능이 따라가지 못했기 때문에 천장에 묶어 둔 티오에겐 끝없는 충격을, 짐칸에 탄 남자들에겐 믹서 같은 흔들림을 주었다.

"나, 나구모~, 어떻게 좀 안 될까?!"

"떠, 떨어진다아아아."

"노보루! 지금 도와줄, 윽…… 혀가, 내 혀가!"

"하앗. 상처가 아프구나. 주인…… 어흠, 좀 더…… 어흠. 안에 들어가게 해다오~."

아츠시는 짐칸과 뒷좌석을 잇는 창문에 진드기처럼 달라붙으며 외쳤고, 노보루의 몸이 짐칸에서 반쯤 떨어져 그것을 구하려 한 아키토가 혀에 파멸적인 충격을 받았고, 티오는 진동으로 상처가 쑤시는 걸 황홀해하면서도 뻣뻣한 말투로 인도적인 대우를 요구하는…… 지구였다면 곧바로 신고가 들어갈 상황이었지만 하지메는 전혀 신경 쓰지 않았다.

그때 마침 【우르 마을】과 【북쪽 산맥 지대】의 중간 지점에서 완전히 무장한 호위대 기사들이 맹렬한 기세로 말을 모는 모습을 발견했다. 하지메의 『멀리 보기』로 선두에 서서 악마 같은 얼굴로 돌진하는 데이비드와, 그 옆에서 초조함을 감추지 못하는 체이스의 모습이 확실히 보였다.

잠시 달리자 그들도 앞에서 폭주하는 검은 물체를 발견했는지 약간의 소동이 일었다. 그들이 보자면 아무리 봐도 마물로밖에 보이지 않을 테니 당연할 것이다. 무기를 들고 옆으로 늘어선 대열을 갖췄다. 신속한 대응으로 보아 역시나 중요 인물 호위대라고 칭찬할 수 있는 수준이었다.

하지메로서는 딱히 공격당한다 해도 돌파하면 그만이기 때문에 문제없었지만 아이코는 그렇게 생각하지 않았다. 천장에서 묘하게 섹시한 비명을 지르는 티오와 창백한 얼굴로 짐칸 끄트머리에 매달린 남자들이 공격에 노출되면 큰일이라며, 선루프를 사용해 얼굴을 내밀고 필사적으로 두 팔을 흔들면서 큰 목소리로 데이비드에게 자신의 존재를 주장했다.

마법을 발동하려던 데이비드는 고속으로 다가오는 검은 물체 위에서 불쑥 튀어나온 사람 형체로 보이는 것을 응시했다.

평소였다면 그래도 가차 없이 선제공격했겠지만 데이비드의 마음속 어딘가에서 이상하리만치 움직임을 멈추라고 주장했다. 말하자면 고감도 아이코 센서라 할 수 있는 아이코 전용 육감인 셈이다.

데이비드는 손을 수평으로 벌려 부하들에게 공격 중지 신호를 보냈다. 부하들은 대장의 지시에 의아해했지만, 점점 다가온 검은 물체 위로 보이는 사람 형체에서 익숙한 목소리가 들려와 두 눈을 휘둥그레 떴다. 데이비드는 이미 믿을 수 없다는 표정으로 「아이코?」라고 중얼거렸다.

일행은 순간 「설마 아이코의 하반신이 마물에게 먹힌 건가?!」라고 얼굴이 창백해졌지만, 당사자인 아이코는 기운차게 손을 흔들며 「데이비드 씨~, 저예요~! 공격하지 말아주세요~!」라고 외쳤다. 우려하던 상황이 아니라는 것을 깨달은 기사들은 검은 물체에 의문을 품으면서도 사랑스러운 사람과의 재회를 기뻐했다.

상황에 취했는지 황홀한 표정으로 「자! 내 품에 뛰어들렴!」이라고 말하려는 것처럼 두 팔을 벌렸다. 옆에서 다른 기사들도 내 가슴에! 하고 두 팔을 벌렸다.

기사들이 황홀한 표정으로 두 팔을 벌리고 기다리는 모습을 본 하지메는 얼굴을 찌푸렸다. 그래서 아이코는 당연히 데이비드 일행 앞에서 멈춰줄 거라고 생각했지만…… 하지메는 마력을 잔뜩 부어 더욱 가속했다.

검은 물체가 분명 속도를 줄여야 할 거리에서 더욱 가속하자 깜짝 놀란 기사들이 다급히 진로 상에서 몸을 피했다.

하지메의 브리제는 웃으며 팔을 벌린 데이비드 일행의 옆을 그대로 지나쳤다. 아이코의 「대체 왜~?」라는 비명에 가까운 목소리가 뒤로 흘렀고 데이비드 일행은 웃는 채로 굳어버렸다.

그리고 다음 순간에는 「아이코~!」라고 마치 연인과 억지로 헤어지게 된 듯한 비명을 지르며 맹렬히 브리제를 뒤쫓기 시작했다.

"나구모! 왜 그렇게 위험한 행동을 한 거예요?!"

아이코가 화를 내며 차 안으로 돌아와 하지메에게 강력히 항의했다.

"멈출 이유가 없잖아, 선생님. 멈추면 사정을 설명해달라고 할 텐데 그럴 시간 있어? 어차피 마을에서 사정을 설명할 테니 두 배로 시간이 들잖아."

"으, 그, 그렇긴 해요……."

약간 받아들일 수 없는 듯했지만, 분명 멋대로 빠져나온 일과 하지메의 마력 구동 차량 등의 설명에 막대한 시간이 소비될 것은 분명하기 때문에 입을 다물 수밖에 없었다.

하지메의 옆 좌석으로 돌아와 표정이 밝아진 유에가 하지메의 귓가로 얼굴을 가져가 살짝 물어보았다.

"……속내는?"

"웃고 있던 기사들이 진짜 기분 나쁘더라."

"……응, 동감."

참고로 선루프에서 얼굴을 내밀었던 아이코의 바로 뒤에는 천장에 묶여 어째서인지 황홀한 표정을 한 티오가 있었지만…… 아이코와 기사들도 보지 않은 셈 친 듯했다.

그 후 마을에 도착한 뒤 티오의 추태를 알게 된 유에는 「……진짜 용인족?」 하고 살짝 충격 받은 표정을 했다. 【북쪽 산맥 지대】에서 처음 용화를 푼 티오를 봤을 때부터 미묘한 심정이었지만, 아무래도 통증으로 『느끼는』 듯한 티오의 모습에 용인족에게 품었던 동경과 존경이 마치 신기루였던 것처럼 사르르 사라진 모양이었다.

【우르 마을】에 도착한 뒤 느긋하게 걷는 하지메 일행과는 다르게, 아이코와 학생들은 서둘러 촌장이 있는 곳으로 달려갔다. 하지메는 아이코 일행과 여기서 헤어져 월을 데리고 빨리 휴렌으로 가려했지만, 오히려 아이코 일행보다 월이 먼저 달려갔기 때문에 어쩔 수 없이 뒤를 따랐다.

마을 안은 활기로 가득했다. 요리가 다채롭고 바로 옆에는 호수가 있는 마을이니 자연스럽게 사람도 모인다. 설마 하루 뒤에 대량의 마물에게 유린당할 줄은 꿈에도 모를 것이다. 그런 마을 모습을 바라본 하지메 일행은 노점의 꼬치구이 등을 보고는 입맛을 다시며 마을 사무소로 갔다.

하지메 일행이 마을 사무소에 도착했을 땐 이미 소란스러워진 뒤였다. 【우르 마을】의 길드 지부장과 마을의 간부, 교회의 사제들이 모여 시끌벅적했다. 다들 일제히 믿을 수 없다, 믿고 싶지 않다는 말을 하며 정보를 가져온 아이코 일행과 윌에게 달려들 듯한 기세로 질문을 퍼부었다.

보통이라면 내일 마을이 멸망할 거라는 말을 들어도 정신 나간 사람의 헛소리라고 무시하겠지만 이번만큼은 그리 쉽게 무시할 수 없었다. 다름 아닌 『신의 사도』이자 『풍작의 여신』인 아이코의 말이기 때문이다. 그리고 마인족이 마물을 조종한다는 건 공공연한 사실이기 때문에 아무도 헛소리라고 치부하지 않았다.

또한 일행은 티오의 정체와 흑막이 시미즈 유키토시일 가능성에 대해선 보고하지 않기로 오는 길에 결정했다. 티오에 대해선 용인족의 존재가 공공연하게 드러나는 걸 원치 않기 때문에 말하지 말아 달라는 본인의 요청이 있었고, 흑막에 대해선 아직 가능성의 단계이니 섣불리 말하고 싶지 않다고 아이코가 주장했기 때문이다.

아이코는 그렇다 치고 용인족은 성교 교회에서도 반쯤 금기시되기 때문에 혼란에 박차를 가할 뿐이라는 점과, 발각된다면 토벌대가 와도 이상하지 않아 무척이나 성가셔질 거라는 이유로 받아들여졌다.

그런 소동 속에서 월을 맞이하러 온 하지메가 찾아왔다. 주위의 혼란 따윈 아랑곳하지 않는 모습이었다.

"야, 월. 멋대로 돌아다니지 마. 자신이 보호 대상이라는 걸 자각해야지. 보고가 끝나면 서둘러 휴렌으로 간다."

하지메의 말에 월은 물론 아이코와 학생들도 놀란 표정으로 그를 보았다. 다른 중진들은 「이 녀석은 누구야?」라고 갑자기 끼어든 하지메에게 불쾌하다는 시선을 보냈다.

"무, 무슨 말씀이세요? 하지메 님, 지금은 긴급 사태라고요. 설마 이 마을을 버리고 갈 생각은……."

믿을 수 없다는 표정으로 격렬하게 항의한 월을 본 하지메는 아까와 마찬가지로 성가시다는 표정을 하고 가볍게 말했다.

"버리고 자시고 어쨌든 마을은 포기하고 지원군이 올 때까지 피난할 수밖에 없잖아? 관광 마을인데 수비가 얼마나 되겠어. 어차피 피난할 거라면 목적지가 휴렌이라도 상관없잖아. 남들보다 조금 빠르게 피난할 뿐이야."

"그, 그건…… 그럴지도 모르지만…… 하지만 이렇게 큰일이 일어났을 때 저만 먼저 도망칠 순 없어요! 제가 도울 수 있는 일이 있을 겁니다. 하지메 님도……."

『하지메 님도 도와주세요』……그렇게 이어지려던 월의 말은 하지메의 차가운 시선과 얼어붙은 말로 가로막혔다.

"……확실히 말해야만 알아들어? 내 일은 널 휴렌으로 데리고 돌아가는 거야. 이 마을이 어떻게 되든 알 바 아니라고. 잘 들어, 난 네 의견을 물은 게 아니야. 정말로 따라오지 않겠다면…… 손발을 묶어 끌고서라도 데려가겠어."

"뭐, 그, 그럴 수가……."

하지메의 분위기에서 그 말이 사실이라는 것을 깨달은 윌이 창백해진 얼굴로 주춤했다. 그 표정에는 믿을 수 없다는 감정이 듬뿍 담겨 있었다.

윌에게 게일을 포함한 베테랑 모험가를 간단히 전멸시킨 검은 용조차 압도한 하지메는 말 그대로 영웅이었다. 그래서 매정한 성격이라 하더라도 마을 사람들의 위기라면 도와줄 거라고 무조건 믿고 있었다.

그래서 하지메의 차가운 말에 배신당한 기분이 들었다.

하지메는 말을 잃고 자신에게서 무의식적으로 거리를 벌린 윌에게 결단을 강요하듯 다가가려 했다. 주변 사람들이 무언가 이상한 분위기에 압도되어 윌과 하지메를 번갈아 보며 움직이지 못하고 있을 때, 돌연 하지메의 앞으로 나선 사람이 있었다.

아이코였다. 그녀는 하지메를 똑바로 바라보았다.

"나구모. 나구모라면…… 그 많은 마물들을 어떻게든 할 수 있지 않나요? 아니…… 할 수 있죠?"

아이코는 어딘가 확신을 품은 듯한 음색으로 하지메라면 대량의 마물을 어떻게든 할 수 있다고, 마을을 구할 수 있다고 단정했다. 그 말에 주위에서 상황을 살피던 마을의 중진들이 일제히 수군거리기 시작했다.

아이코와 학생들이 보고한 적의 위협을 그대로 믿는다면

적의 규모는 수만에 육박한다. 그것도 다수의 산맥 지대를 걸쳐 모은 무척이나 강력한 마물들이라고 한다.

말하자면 전쟁 규모다. 그리고 개인이 전쟁에 미치는 영향은 없는 것이나 마찬가지. 그것이 상식이다. 그것을 뒤엎을 비상식적인 자는 이세계에서 소환된 자들 중에서도 특별한 사람, 바로 용사뿐이다.

그렇다 하더라도 혼자선 진정한 의미의 군대에게 이길 수 없다. 인간족을 이끌고 동료와 함께 맞서는 게 아니면 단순히 물량에 밀려 삼켜질 것이다. 그래서 용사조차 아닌 눈앞의 소년이 이 비상사태를 어떻게든 할 수 있을 거라는 아이코의 말은 설령 『풍작의 여신』의 말이라 해도 쉽사리 믿기지 않았다.

하지메는 아이코의 강한 눈빛을 받고 성가시다는 듯 손을 휘저으며 얼버무리는 것처럼 부정했다.

"에이, 선생님. 당연히 불가능하지. 얼핏 봐도 4만은 넘을 것 같았다고. 그야 도저히……."

"하지만 산에 있을 때 윌 씨가 나구모라면 어떻게든 할 수 있지 않겠느냐는 질문에 『할 수 없다』고는 하지 않았어요. 그리고 『이렇게 기복이 심한 데다 장애물이 많은 곳에서 섬멸전은 너무 부담스럽다』고도 했었죠? 그렇다면 평지라면 섬멸전이 가능하다는 거 아닌가요? 제 말이 틀렸나요?"

"……그걸 잘도 기억하네."

아이코의 뛰어난 기억력에 괜한 말을 했다고 생각한 하지메는 얼굴을 찌푸렸다. 정말로 후회스러운 듯했다. 아이코는 고개를 돌린 하지메에게 진지한 표정으로 부탁했다.

"나구모. 힘을 빌려주면 안 될까요? 이대로 가다간 분명 이 아름다운 마을이 사라질 뿐만 아니라 많은 사람이 목숨을 잃 게 될 거예요."

"……의외네. 선생님은 학생을 최우선으로 생각할 거라고 생각했어. 이런저런 활동을 하는 것도 결국엔 조금이라도 빨 리 돌아갈 가능성으로 이어지기 때문인 거 아니었어? 그런데 도 모르는 사람들을 위해 학생을 사지로 내몰겠다는 거야? 그럴 의지도 없는 학생을? 마치 전쟁으로 내모는 교회 녀석들 같은 생각이네."

하지메의 야유하는 듯한 말투에 아이코는 말문이 막혔다. 마음속 갈등을 나타내듯 입술을 깨물며 미간을 찌푸렸다.

하지만 무언가를 확인하려는 듯 하지메를 똑바로 바라보기 를 몇 초. 이윽고 아이코는 망설임을 떨쳐 내듯 결연한 표정 을 했다. 그것은 『선생님』의 얼굴이었다. 일본에 있었을 때부 터 학생들이 어떤 문제를 품었을 때 보여주던 표정이다.

가까이서 아이코와 하지메의 이야기를 듣던 【우르 마을】의 교회 사제가 하지메의 말에 담긴 교회를 경멸하는 내용에 미 간을 찌푸리는 것을 무시한 아이코는 진지한 목소리로 입을 열었다.

"……예전 세계로 돌아갈 방법이 있다면 당장 학생들을 데리 고 돌아가고 싶다는 마음은 지금도 달라지지 않았어요. 하지 만 그럴 수 없으니까……. 그렇다면 지금 이 세계에서 살아가는 이상, 이 세계에서 만나고, 말을 나누고, 웃으며 마주한 사람들을 가능한 범위 안에선 버리고 싶지 않아요. 그렇게 생각하는 건 인간으로서 당연한 일 아닌가요? 물론 선생님은 선생님이니까 여차할 때의 우선 사항은 달라지지 않지만요."

아이코가 하나하나 자신의 말을 확인하듯 말을 이었다.

"나구모. 그렇게 온화했으면서 이렇게 되다니 분명 상상할 수 없는 경험을 했을 거라고 생각해요. 거기선 누군가를 배려할 여유가 없었을 테죠. 가장 힘들 때 곁에서 힘이 되어주지 못한 선생님의 말은…… 가볍게 들릴지도 몰라요. 하지만 부디 들어주세요."

하지메는 묵묵히 말을 재촉하듯 아이코를 바라보았다.

"나구모. 나구모가 고향으로 돌아가길 강하게 바란다는 건 선생님도 알고 있어요. 어쩌면 그 누구보다도. 하지만 말이죠, 예전 세계로 돌아가도 지금과 마찬가지로 소중한 사람들 외에 다른 사람들을 잘라버리고 살아갈 건가요? 방해하는 사람은 모두 없앨 건가요? 그렇게 사는 게 예전 세계에서도 가능한가요? 돌아가자마자 삶의 방식을 바꿀 건가요?"

"……."

"나구모, 사람에겐 각자의 가치관이 있고 미래를 향한 선택은 항상 자신이 해야 해요. 그것을 선생님이 참견해 강요할 생각은 없어요. 하지만 나구모가 어떤 미래를 선택하든, 소중한 사람 이외의 전부를 버리는 방식은…… 너무나도 『쓸쓸한 일』이라고 생각해요. 분명 그런 삶은 스스로나 나구모의 소중한 사람도 행복하지 않을 거예요. 행복을 바란다면 가능한 범위라도 좋으니까…… 다른 사람을 배려하는 마음을 잊지 말아요. 원래 갖고 있던 소중하고 고귀한 그것을…… 버리지 말아요."

한마디 한마디에 마음을 담은 아이코의 말이 마주 보고 선 하지메에게 그대로 전해졌다. 마을의 중진들과 다른 학생들도 아이코의 말을 조용히 들었다.

특히 다른 학생들은 예전에 힘을 휘두르며 들떠 있던 것을 혼나는 기분이 들어 어색한 표정으로 고개를 숙였다. 그것과 동시에 아이코가 지금도 진심으로 자신들이 돌아가는 것과 그 후의 생활까지 생각하고 있다는 것을 다시 실감하게 되어 어딘가 기쁘고 멋쩍은 표정을 보였다.

하지메는 설령 세계를 넘어도, 어떤 상황이라도, 학생이 변한다 해도 열심히 『선생님』으로 있으려 하는 아이코에게 진정 쓴웃음을 짓지 않을 수 없었다.

그것은 조롱이 아닌 감탄에서 온 것이었다. 그 희소가치로 특별 대우를 받았던 아이코가 하지메처럼 어려움을 경험하지 않은 이상, 「아무것도 모르는 주제에!」라든가 「아는 척하긴!」이라고 반론하는 것은 간단하다. 아니면 아이코 자신의 말대로 『가벼운』 말이라고 무시해도 좋을 것이다.

하지만 하지메는 그럴 수 없었다.

지금도 똑바로 자신을 바라보는 『선생님』에게 『가벼운』 반론을 하는 건 지나치게 꼴불견이라는 기분이 들었다. 설령 아이코의 말에 모순이 있다 해도…….

그리고 아이코는 한 번도 『올바름』을 강요하지 않았다. 그 모든 말과 마음은 이 마을 사람들의 목숨에 대해서 한 말이지만 그렇다 하더라도 분명 하지메의 미래와 행복을 바랐다.

하지메는 아이코에게서 시선을 돌려 바로 옆에 있는 유에를 보았다. 유에는 어쩐 일인지 그리운 것을 보는 눈으로 아이코를 보고 있었다. 하지만 하지메의 시선을 깨닫고는 조용한 눈빛을 똑바로 보냈다. 그 눈동자에는 하지메가 어떤 대답을 내놓더라도 따라가겠다는 의지가 보였다.

하지메는 나락 밑바닥에서 『타락』 직전이었던 자신의 인간성을 붙들어준 사랑스러운 그녀의 행복을 바라고 있다. 그렇게 할 수 있는 게 자신이라면 좋겠다고 생각하지만, 아이코의 말을 믿자면 하지메의 방식으론 유에를 행복하게 해줄 수 없을지도 모른다.

다시 시선을 돌리니 그곳엔 걱정스러운 표정으로 바라보는 토끼 귀 소녀가 있었다. 유에와 둘만의 좁은 세계에 활발함을 가져다준 소녀. 하지메에게 몇 번을 혼나더라도 필사적으로 매달리며 지금은 오히려 유에가 동료이자 친구로서 그녀를 아끼고 있다. 그것은 하지메가 시아를 받아들임으로써 유에에게 가져다준 행복이 아닐까.

하지메에게 있어 이 세계는 감옥이다. 고향으로 돌아가는 것을 막는 우리다. 그래서 이 세계의 인간과 사정에 마음을 열기란 무척이나 어렵다. 나락 밑바닥에서 고향으로 돌아가기 위해 다른 모든 것을 버리고 방해하는 것은 봐주지 않겠다고 마음에 새긴 가치관은 그리 간단히 바뀌지 않는다.

하지만 『다른 사람을 배려』하는 건 어렵더라도 행동 자체는 할 수 있다. 그 결과가 소중한 사람…… 유에와 시아에게 행복을 가져다주는 거라면 자신이 노력하는 것도 어려운 일이 아니다.

하지메는 아이코의 모든 말을 받아들인 건 아니었다. 하지만 『자신의 선생님』이 진심을 다한 『설교』였기에 헛소리로 치부하는 건 좀 어른스럽지 못하다 할 수 있을 것이다.

이번에 일을 벌이는 것으로 하지메의 존재가 공공연하게 드러나 성가신 일이 밀려들 가능성은 단번에 커지겠지만, 그 점은 학생을 배려하는 『아이코 선생님』이 노력하시면 된다. 말한 사람에게 그 정도 책임은 지게 하자.

늦든 이르든 눈에 띄게 될 건 알고 있었던 일이다. 성가신 일에 대한 포석은 몇 개 깔아 두기도 했고 이 세계에 대해 참지 않겠다고 정하기도 했다. 그렇다면 화려하게 힘을 선보이는 것도 나쁘지 않다.

그렇게 살짝 변명에 가까운 생각을 한 하지메는 다시 아이코를 보았다.

"……선생님은 앞으로 무슨 일이 있어도 내 선생님이야?"

그것은 계속 자기 편으로 남아 줄 거냐는, 하지메의 조금은 짓궂은 마음과 소망이 뒤섞인 질문이었다.

"당연하죠."

그리고 조금도 주저하지 않고 대답한 아이코.

"……내가 어떤 결단을 내려도? 그게 선생님이 바라지 않는 결과라 해도?"

"네. 선생님의 역할은 학생의 미래를 정하는 일이 아니에요. 보다 좋은 결단을 내릴 수 있도록 돕는 일이죠. 나구모가 선생님의 이야기를 듣고서 결단한 일이라면 부정하지 않겠어요."

하지메는 잠시 그 말에 거짓이 없는지 확인하려는 듯 아이코와 마주 보았다. 일부러 언질해 둔 것은 하지메 자신이 가능하다면 아이코와 적대하고 싶지 않기 때문이다. 하지메는 아이코의 눈동자에 거짓이 없다는 것을 확인한 뒤 발길을 돌려 출입구를 향해 걸었다. 유에와 시아도 그를 뒤따랐다.

"나, 나구모?"

그런 하지메에게 아이코가 다급히 말을 걸었다. 하지메는 돌아보며 아이코의 『선생님 타령』은 못 당하겠다는 듯 어깨를 으쓱이고 답했다.

"수만의 대군이 상대라면 준비를 해야 하니까. 이야기는 그쪽에서 처리해줘."

"나구모!"

하지메의 대답에 아이코의 얼굴이 환하게 빛났다. 그런 아이코를 본 하지메는 쓴웃음을 지으며 말했다.

"내가 아는 훌륭한 『선생님』의 충고잖아. 그리고 이게 이 녀석들의 행복과 이어질지도 모른다면…… 헛소리로 치부할 수야 없지. 우선 이번엔 마물을 물리쳐볼까."

그렇게 말하며 양옆의 유에와 시아의 어깨를 두드리고는 다시 발길을 돌려 돌아보지 않고 방에서 나갔다. 유에와 시아는 무척이나 기뻐하는 분위기를 둥실둥실 풍기며 총총걸음으로 하지메의 뒤를 따랐다.

문이 닫히는 소리에 아이코와 하지메의 분위기에 눌려 입을 다물고 있던 마을 중진들이 일제히 아이코에게 설명을 요구했다.

아이코는 그들에게 어깨를 붙잡힌 채 하지메가 나간 문을 바라보았다. 그 얼굴엔 이미 하지메에게 마음이 전해졌다는 기쁨은 없었다. 하지메에게 한 말과 그의 방식을 슬퍼한 것은 분명 아이코의 본심이었다.

하지만 결과적으로 소중한 학생에게 수많은 마물과 싸울 결단을 하도록 만들었다. 아이코는 힘을 쓰는 것에 익숙하지 않길 바라면서도 싸움에 보낸다는 모순을 자각하고 있었다.

하지메에게 삶의 방식을 재고해달라는 마음과 【우르 마을】의 사람들을 구하고 싶다는 마음. 결과적으로 둘 다 이룰 수 있을 것 같지만…… 더 좋은 방법이 없었을지, 아이코는 내심 자신이 선생님으로서 부족하다는 무력감에 어깨를 떨궜다.

바라건대 모든 학생이 예전의 마음을 잃지 않고 집으로 돌아갈 수 있기를. ……아이코의 그 바람은 이미 이룰 수 없다. 아이코 자신이 어제 하지메의 이야기를 듣고서 그 바람이 환상이었다는 것을 깨달았다. 하지만 그렇다 하더라도 바라는 것을 멈출 수는 없었다.

아이코는 중진들의 소동과 몰아치는 질문에 휩쓸리면서도 남들에게 들리지 않을 정도로 한숨을 쉬었다.

그 옆에는 다른 학생들이 하지메가 나간 문을 복잡한 기색으로, 혹은 강한 눈빛으로 가만히 바라보았다.

참고로 하지메 일행과 함께 사무소로 들어온 티오는 「난 중요 참고인이었는데…… 이, 이런 게 바로 방치 플레이……. 역시 주인……」이라고 속삭이며 달아오른 표정을 했지만 무척이나 자연스럽게 무시당했다.

【우르 마을】. 북쪽에 【산맥 지대】, 서쪽에 【우르디아 호수】가 있어 자원이 풍부한 이 마을은 바로 어제까지만 해도 존재하지 않았던 『외벽』에 둘러싸여 이상한 분위기가 감돌았다.

이 『외벽』은 하지메가 즉석에서 만들었다. 슈타입으로 땅을 고르는 게 아니라 『외벽』을 연성하며 마을 바깥을 달리면서 만든 것이다.

하지메의 연성 범위는 반경 4미터 정도가 한계이기 때문에 벽의 높이는 그다지 높지 않다. 대형 마물이라면 간단히 기어오를 수 있으리라. 대비하지 않는 것보다 나을 거라는 심정으로 만든 것이기 때문에 문제는 없다. 애초에 벽까지 오게 할 생각도 없었으니 말이다.

마을 주민들에겐 이미 수만 단위의 마물이 몰려든다는 사실이 전해졌다. 마물의 이동 속도를 고려하면 저녁이 되기 전에는 선두가 도착할 것이라고…….

당연히 마을 사람들은 패닉에 빠졌다. 촌장을 비롯해 마을의 대표자들에게 온갖 욕설을 퍼붓는 사람, 울며 쓰러진 사람, 곁에 있는 사람과 껴안은 사람, 꽁지 빠지게 도망치려는 사람, 혼란에 빠져 싸우기 시작한 사람. 내일이 되면 고향이 멸망하고 이곳에 계속 머문다면 자신들의 목숨도 사라진다는 걸 알고도 냉정을 유지할 수 있는 사람은 그리 많지 않다. 그들이 그런 행동을 한 것도 어쩔 수 없는 일이다.

하지만 그런 그들을 진정시킨 사람이 있었다. 바로 아이코였다. 간신히 마을로 돌아와 사정을 들은 호위 기사들을 데리고 높은 곳에서 큰 소리로 외친 『풍작의 여신』. 두려운 것이 없다는 듯한 당당한 모습과 원래부터 높았던 지명도 덕분에 사람들은 점점 냉정을 되찾았다. 하타야마 아이코, 어떤 의미론 용사보다 용사다운 인물이었다.

냉정함을 되찾은 사람들은 둘로 나뉘었다. 마을을 버릴 수 없다, 경우에 따라선 마을과 운명을 함께하겠다는 잔류파, 처음 예정대로 증원이 올 때까지 도망치자는 피난파다.

잔류파 중에서도 여자들만 먼저 피난시키자는 사람도 많았다. 마물을 물리치겠다는 아이코의 말을 믿고서 무언가 도울 수 있을 거라고 생각해 남기로 한 남자와, 만에 하나를 대비해 처자식을 피난시키려는 가장 등이다. 이미 심야를 훌쩍 넘긴 시간임에도 마을은 환하게 불이 밝혀져 있었고, 곳곳에서 서로 껴안고 이별을 아쉬워하며 눈물을 흘리는 사람들의 모습이 보였다.

피난파는 밤이 밝기 전에 짐을 싸서 마을을 나갔다. 지금은 해도 높아져 부지런히 전투 준비를 하는 사람과 쪽잠을 자는 사람으로 나뉘었다. 잔류파의 대부분은 『풍작의 여신』이 어떻게든 해줄 거라 믿으면서도 자신들의 마을은 자신들이 지킨다, 할 수 있는 일을 하자며 의욕이 넘쳤다.

하지메는 사람은 적어졌어도 평소 이상으로 활기가 있는 듯한 마을을 등지고 즉석에서 만든 성벽에 걸터앉아 시선을 멀리 보내고 있었다. 곁에는 당연한 것처럼 유에와 시아가 있었다. 두 사람은 무언가 생각에 잠긴 하지메의 곁에서 조용히 앉아 있었다.

그때 아이코와 다른 아이들, 티오, 윌, 데이비드를 포함한 몇 명의 호위 기사가 찾아왔다. 아이코가 다가온 것을 알고 있으면서도 돌아보지 않는 하지메에게 기사들이 인상을 썼지만 그보다 빨리 아이코가 말을 걸었다.

"나구모, 준비는 어때요? 필요한 건 없나요?"

"아니. 문제없어."

역시 돌아보지도 않고 간결하게 대답한 하지메. 그 태도가 참을 수 없이 마음에 안 들었는지 데이비드가 물고 늘어졌다.

"이 녀석. 아이코가…… 자신의 은사가 말을 걸고 있는데 그 태도는 뭐냐. 원래는 네놈이 가진 아티팩트와 많은 적을 물리치는 방법에 대해서도 이야기를 들어야 하는데, 넘어간 것은 아이코가 부탁했기 때문이다. 조금은—."

"데이비드 씨. 잠시 조용히 해주시겠어요?"

"윽…… 알겠소."

하지만 아이코에게 『조용히』 해달라는 말을 듣고서 풀이 죽은 모습으로 입을 다물었다. 그 모습은 마치 충견이었다. 아인족도 아닌데 개의 귀와 꼬리가 보이는 것 같을 정도로…….

지금은 주인에게 혼이 나 풀이 죽은 듯했다.

"나구모. 검은 로브를 입은 남자 말인데요……."

아무래도 그게 본론인 모양이었다. 아이코의 말에는 고뇌가 담겨 있었다.

"정체를 확인하고 싶다는 거지? 발견하더라도 죽이지 말라고?"

"……네. 반드시 확인해야 해요. 저기…… 억지라는 건 알고 있지만……."

"우선은 데리고 와주지."

"네?"

"검은 로브를 입은 남자를 선생님한테 데려오겠다고. 선생님은 선생님이 생각하는 대로……, 나도 그렇게 할 테니까."

"나구모…… 고마워요."

아이코는 하지메가 협력적인 태도를 보인 것에 조금 놀란 듯했지만, 아직도 돌아보지 않는 하지메의 모습에서 그도 생각하는 바가 많을 거라고 생각하며 그 마음을 고맙게 받아들이기로 했다. 자신의 무력함에 내심 한숨을 쉰 아이코는 쓴웃음을 지으면서 고맙다는 말을 했다.

아이코의 말이 끝나는 것을 보고선, 이번엔 티오가 앞으로 나와 하지메에게 말을 걸었다.

"흠, 잠시 괜찮겠나? 나도 주인…… 어흠! 네게 할 말이……
아니, 부탁이 있다만 들어주겠느냐?"

"음? ……………………………티오구나."

"무, 무어냐, 그 침묵은. 설마 내 존재를 잊고 있던 건……
하아, 하아, 이런 것도 있는 법이로구나……."

익숙하지 않은 목소리에 자신도 모르게 어깨 너머로 돌아
본 하지메는 순식간에 의아하다는 표정을 했다. 검은 바탕에
자연스럽게 금색 자수가 새겨진 옷을 걸치듯 입어서 희고 매
끄러운 어깨와 매혹적인 두 언덕의 계곡, 그리고 무릎 위까지
들춰진 자락에서 엿보이는 각선미를 아낌없이 보여주는 검은
머리에 금빛 눈동자의 미녀. 한번 보면 잊을 수 없는 그녀를
보고선 그러고 보니 이런 녀석이 있었지, 하는 듯 이름을 불
렀다.

분명 존재 그 자체를 잊힌 티오는 화내기는커녕 뺨을 붉히
며 거친 숨을 몰아쉬고 있었다. 그녀가 말하는 『이런 것』이라
는 게 뭔지는…… 분명 듣지 않는 편이 좋을 것이다.

"어흠, 음! 그러니까 넌 이 싸움이 끝나면 윌을 데려다주고
선 다시 여행을 떠날 테지?"

"그래."

"음, 부탁하고 싶다는 건…… 나도 데려가줬―"

"안 돼."

"뭐?! ……하아, 하아. 예, 예상한 대로 망설이지도 않고 말

하는구나. 역시나 주…… 어험! 물론 맨입으로 그러겠다는 건 아니다! 앞으로 널 『주인님』이라고 부르며 내 모든 것을 바치마! 몸도 마음도 전부 말이다! 어떠—."

"돌아가. 그냥 흙으로 돌아가라."

티오가 두 팔을 벌리고 황홀한 표정으로 하지메에게 노예 선언을 하자, 하지메는 더러운 것을 본 눈빛으로 간단히 딱 잘라 거절했다.

그 말에 다시 움찔움찔 몸을 떠는 티오의 뺨이 장밋빛으로 물들었다. 어딜 어떻게 보아도 변태다. 그것도 일반적인 범주를 넘어선 변태. 다른 사람들도 질려버린 표정이었다. 특히 용인족에게 강한 동경과 경의를 품고 있던 유에의 표정은 모든 감정이 사라진 가면 같은 표정이었다.

"그럴 수가…… 너무하구나……. 날 이런 몸으로 만든 건 주인님이면서……. 책임지거라!"

다들 깜짝 놀란 얼굴로 하지메를 보았다. 정말이지 말도 안 되는 누명을 쓰고서 참을 수 없었던 하지메는 힘줄이 불거진 표정으로 티오를 노려보았다. 눈빛으로 무슨 뜻인지 물었다.

"아으, 그런 오물을 보는 듯한 눈으로…… 하아, 하아…… 꿀꺽……. 그게, 왜, 난 강하지 않더냐?"

하지메의 시선에 다시 몸을 부르르 떨며 노예 선언이라는 어처구니없는 발상에 도달한 과정을 설명하기 시작한 티오.

"마을에서도 난 1, 2위를 다툴 정도로, 특히 방어력이 대단했다. 그러니 다른 자에게 지는 일도, 아픔다운 아픔을 느낀 적도 지금까지는 없었느니라."

티오는 가까이에 자신이 용인족이라는 걸 모르는 호위 기사들이 있어서 그런 내용을 생략하고 듬성듬성 이야기를 시작했다.

"하지만 주인님과 싸워 처음으로 엉망으로 당한 끝에 아픔과 패배를 동시에 맛보게 되었다. 그래, 그 몸속까지 울리는 주먹! 기분 나쁜 곳만 공격하는 충격! 온몸이 아픔으로 가득해서…… 하아, 하아."

티오는 혼자서 흥분하기 시작했지만 그녀가 용인족이라는 걸 모르는 기사들은 하지메를 범죄자인 것처럼 바라보았다. 객관적으로 듣는다면 완전히 부녀자 폭행이다.

「이런 가련한 여성에게 폭행을 가한 건가!」라고 술렁였다. 분명하게 규탄하지 않는 건 피해자인 티오의 모습에 비통함이 없기 때문일 것이다. 오히려 기뻐하는 눈치라 정의감이 강한 기사들도 어떻게 할지 당황했다.

"……그러니까 하지메가 새로운 문을 열었다고?"

"그 말이 맞다! 내 몸은 이제 주인님이 아니면 안 되겠다!"

"……기분 나빠."

기분 나쁜 것을 봤다는 듯 표정을 찡그린 유에가 이미 존경심이 온데간데없이 사라진 목소리로 요약해 되물으니 티오가 당당히 동의했다. 자신도 모르게 속마음이 나온 하지메. 완전히 질려버렸다.

"그리고 말이다……."

티오는 갑자기 지금까지의 변태 같은 모습과는 다르게, 부끄러운 얼굴로 두 손을 사용해 엉덩이를 가리며 우물쭈물하기 시작했다.

"⋯⋯내 처음도 빼앗아 갔으니 말이다."

그 말에 모두의 얼굴이 휙 소리가 날 정도로 빠르게 하지메를 보았다. 하지메는 경직된 얼굴로 「그런 짓 안 했다」며 고개를 저었다.

"난 나보다 강한 남자만 반려로 인정하겠노라 정해 두었다. 하지만 마을엔 그런 상대가 없고⋯⋯ 패배하고 붙들려⋯⋯ 처음이었는데⋯⋯ 갑자기 엉덩이라니⋯⋯ 게다가 그렇게나 격렬하게. 더는 시집갈 수 없는 몸이 됐다⋯⋯. 그러니 주인님. 책임을 져다오."

엉덩이를 붙잡고 촉촉한 눈동자로 하지메를 바라본 티오. 기사들은 「역시 이놈은 범죄자다!」라는 눈을 보내면서도 「갑자기 엉덩이를 덮쳤다」는 이야기에 전율하는 표정이었다.

아이코와 학생들은 진상을 알고 있음에도 불구하고 하지메를 책망하는 눈빛을 보았다. 양옆의 유에와 시아조차 「그건 좀⋯⋯」 하는 표정으로 시선을 돌렸다. 하지메는 밀려드는 대군 앞에서 사면초가로 내몰리고 말았다.

"너, 할 일이 많다며? 그러기 위해 마을을 나왔다고 했잖아."

유에와 시아조차 시선을 돌리자 궁지에 몰린 하지메는 『용인족 조사』라는 건 어떻게 된 건지 물었다.

"음. 문제없다. 주인님의 곁에 있는 편이 분명 효율이 더 좋을 테니 말이야. 그야말로 일석이조다. ……왜, 여행길에는 많은 일이 있지? 짜증 날 땐 내게 발산해도 좋다. 좀 세게 해도 되지. 주인님에게 좋은 일이 아니겠나?"

"변태가 곁에 있는 시점에서 좋은 일이 아닌데."

티오가 부탁하자 하지메는 딱 잘라 거절했다. 그것에 호위대 기사들이 분노했고, 여학생들은 무어라 말할 수 없는 눈빛으로 하지메를 보았으며, 남학생들은 난감해하면서도 이세계 여성과 인연을 만드는 하지메에게 질투를 불태웠고, 아이코가 불순한 교제에 대해 쉬지않고 설교를 시작했으며, 어째서인지 월은 존경하는 눈빛으로 하지메를 보았다.

많은 적이 다가오고 있는 이 상황에 이런 혼돈스러운 상황이 반복되어 하지메가 짜증을 느끼기 시작했을 무렵, 드디어 그것이 찾아왔다.

"……왔군."

하지메가 갑자기 【북쪽 산맥 지대】 방향으로 시선을 보내, 눈을 가늘게 뜨고 먼 곳을 보는 행동을 보였다. 아직 맨눈으로 확인할 수 있는 위치까지 오진 않았지만, 하지메의 『마안석』에는 무인 정찰기가 보낸 영상으로 확실히 보였다.

그것은 대지를 가득 메운 마물 무리였다.

브루탈처럼 인간형 마물 외에도 몸길이가 3, 4미터는 될 법한 검은 늑대형 마물, 다리가 여섯 개 달린 도마뱀형 마물, 등에 가시가 있는 비단뱀형 마물, 네 개의 낫을 가진 사마귀형 마물, 모든 몸에 무수히 많은 촉수가 자란 거대한 거미형 마물, 두 개의 뿔을 가진 새하얀 뱀 등등…….

영상 너머로도 알 수 있었다.

대지가 흔들리고 흙먼지가 눈사태처럼 피어오르며 마물들이 꿈틀대는 광경은 마치 검은 파도 같았다. 맹렬한 기세로 진군하는 악귀나찰 무리들은 그 흙먼지 안쪽에서 검붉은 살기로 칠해진 눈빛을 번뜩이고 있었다. 그 수는 산에서 확인했을 때보다도 더 늘어난 것 같아 눈대중으로 5만에서 6만은 될 것 같았다.

게다가 대군의 상공에는 비행형 마물도 있었다. 굳이 비유하자면 프테라노돈일까. 비룡형 마물과 비교하면 그 체구가 작았지만, 몸에서 일어나는 검붉은 독기와 범상치 않은 분위기가 예전에 【라이센 대협곡】에서 봤던 하이베리아보다도 강력한 듯 보였다.

그리고 그런 몇십 마리의 유사 프테라노돈 중에서 유독 커다란 개체가 있었다. 그 개체 위에는 어렴풋이 사람 그림자 같은 것이 보였다. 아마도 검은 로브의 남자일 것이다. 아이코는 믿고 싶지 않아 했지만 십중팔구 시미즈 유키토시이리라.

"……하지메."

"하지메 씨."

하지메의 분위기가 변하는 것을 보고 올 것이 왔다는 것을 깨달은 유에와 시아가 하지메를 불렀다. 하지메는 두 사람에게 시선을 돌린 뒤, 고개를 한 번 끄덕이고는 뒤에서 긴장한 탓에 얼굴이 굳어진 아이코 일행에게 시선을 보냈다.

"왔어. 예정보다 상당히 이르지만, 도착까지 30분 정도야. 수는 약 6만. 여러 종류의 마물이 혼성을 이뤘어."

아이코 일행은 마물의 수를 듣고서 더욱 늘어났다는 것에 얼굴이 창백해졌다. 하지메는 불안한 듯 얼굴을 마주 보는 그들을 향해 벽 위로 뛰어 올라가며 어깨 너머로 당당한 미소를 보였다.

"선생님, 그런 얼굴 하지 마. 고작 몇만 늘어난 정도론 아무 문제 없어. 예정대로 만에 하나를 대비해 싸울 수 있는 사람을 방벽 옆에서 대기시켜줘. 뭐, 나설 일은 없겠지만."

아무런 부담도 없이 맡겨달라는 하지메에게 아이코는 살짝 눈부신 것을 본 것처럼 눈을 가늘게 떴다.

"알겠어요. ……나구모를 여기에 세운 선생님이 할 말은 아닐지도 모르지만…… 부디 무사해야 해요."

그렇게 말한 아이코는 호위 기사들의 「정말 그에게 맡겨도 되는가」, 「역시 지금부터라도 피난해야 한다」는 말에 대답하며 마을 사람들에게 알리기 위해 달려갔다.

다른 아이들도 아이코를 따라 뒤를 돌아 달려가려 했다. 하지만 몇 발자국 나아간 뒤 유카가 멈춰 섰다. 무언가 망설이는 듯 복잡한 표정으로 살짝 고개를 숙인 채 우두커니 서 있었다.

유카가 오지 않는다는 걸 깨달은 나나가 다른 아이들에게도 말을 걸어 멈춰 세웠다. 그리고 의아하다는 표정으로 유카의 이름을 불렀다.

하지만 유카는 다른 아이들의 부름에도 답하지 않고 무언가를 떨쳐 내듯 표정에 힘을 주어 고개를 들더니 뒤를 돌아 달렸다. 마물이 오는 방향으로 시선을 돌린 하지메 쪽으로……

"저, 저기! 나구모!"

살짝 머뭇거리면서도 큰 목소리로 하지메를 부른 유카. 다른 일행과 함께 갔을 거라고 생각했던 하지메는 한쪽 눈썹을 올리며 어깨 너머로 유카에게 시선을 돌렸다. 유에와 시아도 무슨 일인가 싶어 돌아보았다.

말없이 무슨 일인지를 묻는 하지메의 태도에 유카는 살짝 주춤했지만…… 어째서인지 날카로운 눈매로 하지메를 노려보며 말했다.

"고, 고마워! 그때 구해줘서!"

어쩐지 표정이나 말투, 음량으로 볼 때 싸움을 거는 것처럼 보이기도 했으나 그 말에서 알 수 있는 것처럼 유카는 혼신의 힘을 담아 고맙다는 말을 한 듯했다.

갑작스러운 감사에 하지메는 고개를 갸웃했다. 대체 무슨 말인지 고민한 결과, 분명 티오의 브레스로부터 지켜줬던 일 때문일 거라 생각했다. 윌과 아이코를 지키는 상황의 덤이어서 다른 아이들은 안중에도 없었던 데다, 딱히 도와줬다는 인식조차 없었기 때문에 금방 떠오르지 않았다.

하지만 하지메의 표정을 본 유카는 다른 생각을 하고 있다는 것을 깨닫고서 다급히 말을 더했다.

"저기, 아까 일도 그렇지만, 그것뿐만이 아니라…… 그날, 미궁에서, 트라움솔저에게서 구해줬잖아. 그 뒤에도 베헤모스를 막아줬고."

"…………아. 그때 머리가 쪼개질 뻔했던……. 그러고 보니 소노베였구나."

"윽, 쪼개질…… 너무 생생한 표현은 쓰지 말아줘. 은근히 트라우마란 말이야."

정말로 싫은 듯 고개를 젓는 유카. 하지메는 그런 유카에게 딱히 아무런 감정이 보이지 않는 눈빛을 보내며 고개를 갸웃했다.

"그래서?"

"아, 그러니까 그게…… 저기……."

다시 말문이 막힌 유카는 크게 한 번 심호흡했다.

"헛되이 하지 않겠어! 네겐 아무래도 좋은 일인지도 모르지만! 그래도 헛되이 하지 않을 거야!"

그렇게 외쳤다. 이대로 마음이 꺾여 있을 수는 없다고 결심하며 다시 일어섰던 그날의 마음. 자신들이 무능하다고 놀리던 하지메가 죽을 각오로 활로를 열어줬기 때문에 지금 자신들은 살아 있다. 결과적으로는 하지메도 살아 있었지만 그렇다 하더라도 그 마음은 변하지 않는다.

구해준 일. 반 친구들을 도망칠 수 있도록 자신의 목숨을 걸어준 일.

결코 헛되이 하지 않겠다. 설령 하지메와는 비교할 수 없을 정도로 약하다 하더라도. 트라우마에 붙잡힌 채라 하더라도. 지금부터 벌어질 전투에서 아무런 도움이 되지 않는다 해도. 그렇다 하더라도 멈춰 서지 않겠다고.

시선을 돌리자 조금 떨어진 곳에서 유카의 말을 들은 다른 아이들도 하지메를 똑바로 바라보며 고개를 끄덕이고 있었다. 유카와 같은 마음일 것이다.

"그래."

그런 일행에게 하지메는 짧막하게 말하곤 금세 시선을 저편으로 돌리고 말았다.

고맙다는 말을 받아준 건지 아닌지. 결심이 전해졌는지 아닌지. 그것조차 알 수 없었던 유카는 잠시 길을 잃고 멍하니 서 있었지만 이내 다른 아이들을 향해 발길을 돌렸다.

하지메는 양옆에서 정말이지 불편한 시선을 느꼈다. 슬쩍 시선을 돌리니 유에와 시아가 묘하게 훈훈한 눈빛을 하지메에게 보내고 있었다. 이쪽 세계에 오고 난 뒤로 하지메의 냉혹한 현실을 알고 있는 만큼, 어떤 형태든 하지메를 둘러싼 환경에 온기가 더해지는 것이 단순히 기쁜 건지도 모른다. 게다가 하지메가 한 일이 이런 형태로 결실을 맺는 것이 자랑스러운 것도 있을 것이다.

그런 두 사람의 시선에 하지메는 머리를 긁적이고는 어깨 너머로 돌아보며 유카에게 말을 걸었다.

"소노베."

"아, 그, 왜?"

설마 말을 걸 줄은 몰랐던 유카는 살짝 튀어 오를 정도로 깜짝 놀랐다. 다른 아이들도 놀란 모습이었다.

　"그때도 생각했지만 넌 끈기가 있어."

　유카는 트라움솔저에게 두 동강 나기 직전까지 위험에 처한다는 상상조차 하기 싫은 경험을 했으면서도, 그 뒤에 나나와 다른 아이들을 돕기 위해 곧바로 달려갔다. 지금까지 트라우마에 사로잡혀 있을 정도로 큰 공포를 맛보았으면서 달려간 것이다. 분명 하지메의 말대로 끈기가 있는 아이다.

　"저, 저기……."

　유카는 의도를 알 수 없는 하지메의 말에 당황한 듯 시선을 이리저리 굴렸다. 하지만 그 뒤에 울린 하지메의 말을 듣고서 숨을 삼켰다.

　"너 같은 녀석은 죽지 않아."

　"……."

　유카는 말없이 하지메를 빤히 바라보았다. 「뭐, 아마도」라고 무척이나 유감스러운 말을 덧붙여서 유에와 시아에게 황당함이 담긴 미적지근한 시선을 받을 만큼, 옆에서 본다면 무척이나 가벼운 말.

　하지만 유카에겐 마치 달라붙어 떨어지지 않던 오물을 날려버리는 강력한 말이었다. 유카뿐만 아니라 다른 아이들에게도 하지메는 자신들에게 죽음을 의식시켰던 핵심이었다. 그렇기 때문에 하지메 본인에게서 「넌 죽지 않는다」는 말을 들으니 마음이 떨리지 않을 수 없었다.

"……고마워."

바람에 사라질 정도로 작은 속삭임. 유카는 하지메의 등을 향해 쓴웃음에 가까운 미소를 보내고는 뒤를 돌아 달렸다. 그녀를 맞이해준 아이들은 무어라 말할 수 없는 표정이었지만, 그런 그들에게 「가자!」라고 기운찬 목소리로 말한 것은 배짱 있는 아이 호위대 리더의 호령이었다. 아이들은 「그래!」라고 강하게 대답하고는 함께 달려 나갔다.

그 반응은 지금까지보다 조금 더 강해진 것 같았다.

그리고 하지메의 곁에 남은 것은 윌과 티오였다. 두 사람 다 뭔가 볼일이 남은 듯했지만 분위기를 보고 조용히 있었던 모양이다.

윌은 하지메에게 말을 걸 계기가 없는지 망설이는 모습이었지만, 이제 시간이 없다는 걸 깨닫고는 티오에게만 무언가를 말한 뒤 하지메에게 고개를 숙이고 아이코 일행을 따라갔다.

그런 윌의 모습을 보고 고개를 갸웃하며 영문을 모르겠다는 표정을 한 하지메에게 티오가 쓴웃음을 지으며 답했다.

"윌은 내가 이번 일을 돕는 걸 보고 모험가들의 일을 용서하겠다고 하는구나. ……그렇게 됐으니 나도 돕겠다. 뭘, 마력이라면 제법 회복됐고 용으로 변하지 않더라도 내 불꽃과 바람은 제법 강하니 말이야."

용인족은 교회 등에서 어중간한 녀석들이라고 불리는 만큼, 아인족으로 분류되면서도 마물과 마찬가지로 마력을 직접 다룰 수 있었다. 그래서 모든 속성까지는 아니더라도 적성이 있는 속성에 대해선 유에와 마찬가지로 영창이나 마법진 없이 사용할 수 있다고 한다.

하지메는 존재감이 강렬한 가슴을 더욱 강조하며 의욕을 보이는 티오에게 말없이 마정석 반지를 던졌다. 티오는 영문을 알 수 없다는 표정이었지만 그것이 신결정을 가공한 마력 탱크라는 것을 이해하고는 눈을 크게 뜨며 하지메에게 떨리는 목소리와 촉촉해진 눈동자를 보냈다.

"주인님…… 싸움 전에 프러포즈라니…… 난…… 물론 대답은─."

"아니. 빌려줄 테니까 포탑 역할이나 똑바로 하라는 뜻이야. 나중에 꼭 돌려줘. 그보다 지금 그 말을 예전에 누가 했던 것 같은데."

"……그렇구나, 이게 흑역사."

유에는 사고 패턴이 변태와 똑같았다는 사실에 불쾌하다는 표정을 하고는 어깨를 축 늘어뜨렸다.

하지메가 자신이 부정했음에도 반지를 빤히 바라보는 티오를 무시하고 있자, 드디어 육안으로도 수많은 마물을 볼 수 있게 됐다. 방어벽 옆으로 활과 마법진을 갖춘 사람들이 계속해서 모여들었다.

대지가 떨리기 시작하더니 멀리서 흙먼지와 마물의 포효가 들렸고 이곳저곳에서 신에게 기도하는 사람과, 당장에라도 죽을 것 같은 얼굴로 마른침을 삼키는 사람이 늘어나기 시작했다.

그것을 본 하지메가 연성으로 지면을 솟아나게 하여 즉석에서 연설대를 만들었다. 사람들의 불안을 없애기 위한 것이 아니라 단순히 혼란에 빠져 실수로 아군을 쏘는 일이 없게 하기 위해서였다.

갑자기 높은 곳에 서서 다가오는 마물을 등지고 자신들을 노려보는 백발 안대 소년을 본 주민들은 당혹스러운 눈빛을 보냈다.

하지메는 모두의 시선이 자신에게 모인 것을 확인하더니 숨을 크게 들이마신 뒤 하늘까지 닿을 듯 큰 소리로 말했다.

"들어라! 【우르 마을】의 용맹한 사람들이여! 우리의 승리는 이미 확실하다!"

갑자기 무슨 말인가 싶어 옆 사람과 얼굴을 마주 본 주민들. 하지메는 그들의 혼란을 흘겨보고 쩌렁쩌렁한 목소리로 유난히 자신만만하게 말을 이었다.

"그 이유는 여신이 우리와 함께하기 때문이다! 그렇다, 모두가 알고 있는 『풍작의 여신』…… 아이코 님이다!"

그 말에 주민들이 저마다 「아이코 님?」, 「풍작의 여신님?」이라고 술렁이기 시작했다. 호위 기사들을 데리고 후방에서 사람들을 유도하던 아이코가 깜짝 놀란 표정으로 하지메를 돌아보았다.

"우리 곁에 아이코 님이 계신 한 패배는 있을 수 없다! 아이코 님이야말로! 우리 인류의 아군이자 『풍작』과 『승리』를 가져다주는, 하늘에서 내려온 살아 있는 신이기 때문이다. 난 아이코 님의 검이자 방패가 되어 모두를 지키고 싶다는 그녀의 마음에 대답하기 위해 찾아왔다! 똑똑히 보아라. 이것이 아이코 님에게 하사받은 『여신의 검』이다!"

그렇게 말한 하지메는 허공에서 슈라겐을 꺼내고 지면에 앵커를 쏘아 고정했다. 그리고 마을 사람들이 주목하는 도중 접근해 온 유사 프테라노돈을 향해 자세를 잡고 조준했다.

주민들이 마른침을 삼키며 지켜보자 슈라겐이 붉은 스파크를 내기 시작했다. 그 강렬한 색이 점점 더 강해지더니 슈라겐의 흉악한 형태와 맞물려 엄청난 박력을 심어주었다.

그리고 잠시 후—.

슈라겐은 그 위용이 겉보기뿐만이 아니라는 것을 증명했다.

굉음.

엄청난 굉음이 주민들의 고막을 흔들어 그 몸을 반사적으로 움츠리게 했다. 그와 동시에 두껍고 붉은 섬광이 살기와 함께 하늘을 갈랐다. 육안으로는 아직 하늘에 뜬 점에 지나지 않는 유사 프테라노돈에게 순식간에 도달했다.

그것은 마치 창의 신이 쏜 필살의 찌르기 같았다.

저항할 수 있을 리 없다. 하물며 피하는 것도 불가능하다. 인식의 범주를 넘는 초속과 강철조차 간단히 뚫는 철갑탄이 수 킬로 떨어진 유사 프테라노돈 한 마리를 산산조각 내고, 그 여파만으로 주변 몇 마리의 날개를 부러뜨려 지면으로 떨어뜨렸다.

하지메는 그대로 천둥 같은 굉음을 울리며 두 발, 세 발 발포하고 붉은빛의 창으로 하늘의 마물을 처리했다. 그리고 일부러 빗맞힌 후 다급히 뒤로 물러나려는 거대한 유사 프테라노돈을 그 위에 탄 검은 로브와 함께 여파로 날려버렸다.

거대한 유사 프테라노돈은 한쪽 날개가 뜯겨 날카로운 비명을 지르며 나선으로 추락했고 검은 로브의 남자도 공중으로 날아가 버둥대며 떨어졌다.

마물을 어떻게 할 때까지는 아이코에게 검은 로브의 남자를 만나게 할 여유가 없기 때문에 우선 도망치지 못하게 할 속셈이었다. 만약 저격했다는 말을 아이코가 들었다간 덜 익은 과일 같은 안색이 될 것 같지만 다치지 않도록 배려해줄 생각은 조금도 없었다. 되도록 멀리 떨어진 곳에서 쏘았기 때문에 아이코도 알지 못할 것이다.

고작 몇 초 만에 하늘을 나는 마물들을 처리한 하지메는 슈라겐을 어깨에 짊어지며 의젓하게 돌아보았다. 거기엔 멍하니 입을 벌린 사람들의 모습이 있었다.

하지메는 그런 그들에게 당당한 미소를 지어 보였다.

"아이코 님, 만세!"

그리고 마무리로 아이코를 칭송하는 말을 외쳤다.

그러자 다음 순간에는―.

"""""아이코 님, 만세! 아이코 님, 만세! 아이코 님, 만세! 아이코 님, 만세! 아이코 님, 만세!"""""

"""""여신님, 만세! 여신님, 만세! 여신님, 만세! 여신님, 만세! 여신님, 만세!"""""

지금 이 순간, 【우르 마을】에 별명이 아닌 진정한 여신이 탄생했다.

불안과 공포도 날아간 것처럼 마을 사람들은 일제히 희망에 눈을 반짝이며 아이코를 여신으로 추앙하는 목소리를 드높였다.

아이코 쪽을 바라보자 그녀는 새빨개진 얼굴로 부들부들 떨고 있었다. 그 눈동자는 똑바로 하지메를 포착하며 작은 입이 「어·떻·게·된·거·예·요!」라고 움직였다.

하지메는 시치미를 떼며 다시 마물 대군을 향해 몸을 돌렸다.

하지메가 이렇게까지 아이코를 치켜세운 건 물론 이유가 있었다. 하나는 앞으로 하지메의 활약으로 교회나 나라가 움직였을 때 그것을 상대할 아이코의 힘을 키워 두는 일이었다.

하지메의 힘을 위협으로 느끼거나 이용하려 할 때 그들이 하지메를 압박할 것은 쉽게 상상할 수 있다. 그때 분명 아이코는 마음이 꺾인 학생들을 위해 그랬던 것처럼 교회와 나라에 항의할 것이다.

이번 일로 『풍작의 여신』의 이름은 더욱 사람들의 마음을 사로잡을 것이다. 사람들이 모여 멋대로 소문을 퍼트리는 형태로. 그렇게 된다면 아이코는 단순히 나라의 유용한 인재로 끝나는 게 아니라 사람들이 지지하는 신적인 존재로서, 교회와 나라도 함부로 손을 댈 수 없는 존재가 되어 지금까지보다 더 강한 발언권을 얻을 수 있을 것이다.

두 번째는 거대한 힘을 봐도 사람들이 공포나 적의를 갖지

않도록 하기 위해서였다. 개인이 휘두르는 힘이어도 그것이 자신들이 지지하는 여신님이 가져다준 것이라고 생각한다면 신기하게도 공포는 안심으로, 적의는 호의로 바뀌는 법이다. 교회에게 쫓겨도 협력적인 사람이 있기를 바라며 한 행동이었다.

세 번째는 단순하게 자신을 전면에 내세웠으니 『나구모 하지메의 선생님』이라면 함께 나서라는 의사 표시였다.

가장 큰 이유는 단순히 사람들이 혼란에 빠졌기 때문에 괜한 짓을 하지 않았으면 했을 뿐, 돌발적인 행동이었다. 나중에 아이코에게 잔소리를 듣겠지만 그녀에게도 메리트가 있고, 그녀 자신이 선택한 결과이기도 하니 너그러이 넘어가달라고 하자. ……일이 끝나면 아이코에게 몽땅 떠넘기고 도망치면 그만이다.

하지메는 등 뒤에서 마물의 포효에도 지지 않는 마을 사람들의 아이코 합창과 아이코 본인의 따끔한 시선, 「뭐야, 저 녀석. 제법 잘 알고 있잖아」라고 미소를 띤 데이비드를 포함한 호위 기사들의 시선을 여실히 느끼며 『보물 창고』에서 슈라겐 대신 두 자루의 거대한 병기, 『메체라이』를 꺼내 어깨에 짊어지고 앞으로 나섰다.

오른쪽에는 평소처럼 유에가, 왼쪽에는 하지메가 빌려준 로켓&미사일 런처 『오르칸』을 짊어진 시아가, 그 옆에는 마정석 반지를 황홀히 바라보는 티오가 나란히 서서 걸었다.

지평선에는 유사 프테라노돈이 떨어진 것 따윈 신경 쓰지 않는 듯 일심불란하게 돌진해 오는 마물들이 시야를 가득 메웠다. 6만이나 되는 대군을 단 넷이서 가로막는, 마치 농담 같은 광경이다.

하지메는 유에를 보았다. 유에도 하지메를 바라보며 조용히 고개를 끄덕였다.

하지메는 시아를 보았다. 시아는 토끼 귀를 쫑긋 세우곤 자신만만하게 끄덕였다.

하지메는 티오를…… 내버려 뒀다.

시선을 마물들에게 돌린 하지메는 입가에 옅은 미소를 지었다. 그리고 무척이나 가볍게 선전 포고이자 유린극의 시작을 알리는 말을 꺼냈다.

"그럼 해치워볼까."

'뭐야 이게……. 대체 뭐냐고!'

【우르 마을】을 습격하는 수만 규모의 마물들의 훨씬 뒤에서 즉석 참호를 파고 결계를 펼쳐 필사적으로 몸을 움츠린 검은 로브의 남자, 시미즈 유키토시는 눈앞의 참상에 몸을 떨며 말문이 막힌 듯 입을 뻐끔뻐끔했다.

있을 수 없는 광경, 믿고 싶지 않은 현실에 내심 말조차 나오지 않았지만 욕을 퍼부었다.

그렇다. 마물 대군을 몰고 온 것은 분명 행방불명됐던 아이코의 제자 시미즈 유키토시였다.

어떤 남자와의 우연한 만남 끝에 나눈 계약으로, 【우르 마을】을 아이코와 학생들과 함께 괴멸시킬 속셈이었다. 하지만 간단히 없앨 수 있을 거라고 생각했던 마을은 전혀 예상하지 못했던 반격으로 아직 전혀 피해를 입지 않았고, 오히려 시미즈 쪽이 현재 진행형으로 아비규환에 빠진 상태였다.

두두두두두두두두두!

두두두두두두두두두!

그런 독특한 소리를 전장에 울리며 무수히 많은 붉은 섬광이 살기를 듬뿍 머금고서 하늘을 질주했다. 순식간에 목표에 도달한 빛의 창은 대지를 뒤흔드는 외침과 함께, 돌진해 오는 마물들을 종족과 힘에 상관없이 조금의 저항도 허락하지 않고 순식간에 고깃덩이로 만들었다. 분당 1만 2천 발의 죽음이 무자비한 『벽』이 되어 다가와, 한 발로 한 마리를 상대하는 걸로는 성에 안 찬다는 듯 목표를 관통해 등 뒤의 수십 마리를 한꺼번에 꿰뚫었다.

꿰뚫린 마물들은 관성의 법칙도 무시한 채 그 자리에서 육체의 대부분이 터지며 쓰러졌다. 마물들은 서둘러 좌우로 흩어져 죽음의 사선에서 도망치려 했지만 이를 놓칠 리 없는 하지메가 두 자루의 메체라이를 부채꼴 모양으로 쓸었다.

발사된 『탄막』은 마치 그곳에 난공불락의 성벽이 존재하는 것처럼 마물들을 조금도 접근시키지 않고 순식간에 시체의 산과 피바다를 만들었다.

게다가 하지메의 왼쪽에서 오르칸을 짊어진 시아가 「멋대로 날아가라~」는 식으로 방아쇠를 아무렇게나 당겨, 퓽 하고 맥 빠지는 소리와 함께 연속으로 로켓 런처를 퍼부었다.

그 얼빠진 소리와는 다르게 불꽃의 꼬리를 늘어뜨리며 적 한복판에 박힌 탄두는 커다란 폭발을 일으키면서 주변 수십 미터 안에 있는 마물들을 한꺼번에 날려버렸다.

폭심지에 가까운 곳에 있던 마물들은 육체가 산산이 조각나고, 멀리 떨어져 있던 마물도 충격파로 뼈와 내장에 심각한 부상을 입고 발버둥 치더니 그대로 일어서지 못한 채 후속 마물들에게 짓밟혀 숨이 끊겼다.

모든 탄을 소비한 시아는 하지메에게서 받아 옆에 쌓아 둔 탄두를 장전해 다시 연사했다.

그렇게 발사된 로켓은 마물들의 머리 위까지 와서 수류탄처럼 시간차를 두고 폭발했고 바로 아래를 향해 대량의 불꽃을 흩뿌렸다. 소이 수류탄과 마찬가지로 플람 광석에서 추출한 섭씨 3천도로 타오르는 타르 형태의 액체가 마물들에게 호우처럼 쏟아져 그 육체를 불태웠다.

비명을 지르며 날뛰면 날뛸수록 주위 마물까지 말려들어 뜨거운 불꽃이 더욱 퍼졌다. 시아가 담당한 범위의 마물은 터지든가 재가 되든가 둘 중 하나였다.

시아의 왼쪽에 자리 잡은 건 티오였다.

앞으로 내민 두 손에서 주위의 공기조차 불태우는 검은 오라가 뿜어져 나왔다. 용화 상태에서 썼던 그 브레스였다. 아무래도 인간 형태로 쓸 수 있는 모양이었다. 하지메조차 방어할 수밖에 없었던 섬멸의 검은 불꽃은 사선상의 모든 것을 순식간에 소멸시키며 뒤쪽까지 관통했다.

티오는 그대로 팔을 수평으로 휘둘렀고 그에 맞춰 옆으로 이동한 검은 포격은 닿는 모든 것을 소멸시켰다.

포격을 멈춘 뒤에는 깎여져 나간 대지 이외에 아무것도 남지 않았다. 대신 그 일격으로 제법 체력을 소모했는지 티오는 어깨를 들썩이며 호흡을 몰아쉬었다. 하지만 곧바로 손가락에 낀 반지에 키스를 하고는 다시 쓱 등줄기를 쭉 폈다.

하지메에게서 받은 마정석 반지에 저장된 마력을 꺼낸 것이다. 브레스로 담당하는 범위의 선두 마물은 대부분 소멸되어 약간의 여유가 생긴 티오는 마력 소비가 비교적 적은 마법을 사용했다.

"봉우리의 거친 바람, 타오르는 홍련의 분류……『암염풍진(岩焰風塵)』."

조금이라도 마력 소비를 줄이기 위해 일부러 영창을 통해 집중력을 높였다. 그렇게 발사된 마법은 화염 회오리였다. 그 규모는 지구의 회오리 규모로 표현하자면 초당 100미터 수준.

직경 수십 미터로 회오리치는 불꽃이 마물들에게 돌진해 한꺼번에 공중으로 들어 올렸다. 공중으로 떠올라 손쓸 도리가 없는 마물들은 그대로 화염에 휘말렸다. 그리고 홍련의 회오리에서 방출될 땐 평범한 잿더미로 바뀌어 회색 눈처럼 흩날렸다. 그대로 모든 것을 재로 만드는 회오리는 마음껏 전장을 유린했다.

하지메의 오른쪽에 위치한 유에의 섬멸 능력은 발군이었다.

하지메 일행이 공격을 시작한 뒤에도 눈을 감은 채 조용히 고개를 숙이던 유에. 오른쪽의 공격이 약하다는 걸 깨달은 마물들이 파괴의 태풍에서 도망치듯 모여 오른쪽을 공격하려 했다.

진군에도 영향이 생길 정도로 밀집해서 돌진해 오는 마물들, 그리고 드디어 피아의 거리가 5백 미터 이하가 된 순간 유에는 슥 눈을 뜨더니 오른손을 들었다. 그리고 한마디 속삭이듯, 하지만 세계에 선언하듯 강하게 마법명을 읊었다.

"……『괴겁(壞劫)』."

그것은 신대 마법을 발동시키는 방아쇠였다. 밀레디 라이센에게서 전수받은 세계의 법칙 중 하나에 간섭하는 마법 『중력조작』. 마법에 대해선 천성의 재능을 가진 흡혈 공주조차 마력을 끌어올리고 이미지를 고정하기까지 상당한 시간이 필요해서 아직까지는 곧바로 발동하기 어려운 마법이다.

유에의 영창과 동시에 다가오던 마물들의 머리 위로 검은 용을 상대할 때 보여줬던 것과 똑같은 소용돌이치는 검은색 구체가 나타났다.

하지만 전과 다른 점은 그 구체가 형태를 바꾼 것이다. 얇고 얇게 늘어난 구체는 마물들의 머리 위에서 한 변이 5백 미터인 정사각형을 만들었다. 그리고 햇빛을 가로막는 검은 천장은 순식간에 아래쪽 마물들을 향해 떨어졌다.

다음 순간 일어난 일을 단적으로 설명하자면 『대지와 함께 마물이 소멸했다』고 해야 할 것이다. 실제로 뒤쪽 벽에서 하지메 일행의 유린극을 멍하니 바라보던 【우르 마을】 사람들에겐 그렇게밖에 보이지 않았다.

그렇게 보인 이유는 사실 간단하다. 검은 천장이 마물들에게 떨어져 그대로 마물과 함께 대지를 함몰시키면서 사방 5백 미터, 깊이 10미터의 크레이터를 만든 것이다.

밀집해서 돌진하던 마물들은 무슨 일이 일어났는지 이해할 틈도 없이 온몸을 균등하게 짓눌려 대지의 얼룩이 됐다. 그 모습은 마치 마물 시체의 산 같았다. 유에의 공격 한 번으로 2천 마리에 가까운 마물이 순식간에 압살되었고 운 나쁘게 술식의 경계선상에 있던 마물들은 몸이 절단되어 내장을 흘리게 됐다.

후속 마물들은 갑자기 앞쪽 지면이 사라졌기 때문에 계속해서 거대한 구멍 속으로 떨어졌다. 돌진하던 기세를 금방 죽일 수 없었던 데다 뒤에서 계속 밀려들었기 때문이다. 순식간에 몇천 마리의 마물이 거대한 구멍으로 떨어지자 유에는 마정석에서 꺼낸 마력을 사용해 다시 중력에 간섭, 마물의 시체 위에 더 많은 마물의 시체를 쌓아 올렸다.

대지에 부는 바람이 전장에서 유린당한 마물의 피비린내를 마을로 옮겼다. 강렬한 냄새에 구역질을 참지 못하는 사람들이 속출했지만 사람들은 현실이 아닌 것만 같은 『압도적인 힘』과 『유린극』에 흥분했다. 온 마을에서 「와아아아아아아아!」 하고 함성이 울렸다.

마을의 중진과 데이비드를 포함한 기사들은 처음 보는 하지메 일행의 힘에 압도된 듯 말을 잃었다. 유카와 아츠시 일행은 다시 그 힘을 목격함으로써 자신들과의 『차이』를 통감하고는 복잡한 표정을 했다.

본래 저런 마물의 위협에서 사람들을 지켜야 했던, 적어도 처음엔 그렇게 떵떵대던 자신들이 그저 보호만 받는 마을 사람들과 같은 곳에서 『무능』이라 깔봤던 같은 반 아이의 등을 바라보고 있었으니 복잡한 심정이 드는 것도 무리가 아니리라.

아이코는 오로지 기도했다. 하지메 일행의 무사를. 그와 동시에 늦게나마 자신이 한 행동이 얼마나 무서운 일이었는지를 실감하고 표정을 찡그렸다. 눈앞에서 벌어진 혹독한 참상의 전장이 자신의 무른 점과 모순으로 가득한 마음을 뼈저리게 통감케 했다.

결국 마물의 수가 눈에 띄게 줄어들고 밀집했던 탓에 숨어 있던 북쪽 지평선이 보이기 시작했을 무렵, 드디어 티오가 쓰러졌다. 받았던 마정석의 마력도 전부 사용하고 마력 고갈로 움직일 수 없게 된 것이다.

"음, 난 여기까지인 모양이구나. 이제 불 구슬 하나도 쓸 수 없겠다. ……미안하다."

엎드려 누우며 얼굴만 하지메에게 돌리고선 미안한 듯 사과한 티오의 안색은 파랗다 못해 창백했다. 글자 그대로 사력을 다할 각오로 마력을 소모했을 것이다.

"……충분해. 변태치고는 제법이었어. 뒷일은 맡기고 그대로 쉬어."

"주인님이 자상해……. 혼낼 거라고 생각했다만……. 아니,

하지만 당근 뒤에는 채찍이…… 기대해도 되겠나?"

"그대로 대지의 거름이나 돼라."

핏기가 가셔 시체 같은 안색으로 하지메의 말에 움찔움찔 몸을 떠는 티오. 무척이나 만족스러운 표정이었다. 하지메는 그걸 보고 기분 나쁜 것을 봤다는 것처럼 혀를 차며 마물들을 향해 시선을 돌렸다.

이미 그 수는 1만도 안 되는 8천이나 9천 정도였다. 원래 숫자를 생각해보면 괴멸 상태라 해도 좋을 피해였다.

하지만 마물들은 여전히 돌진했다. 정확하게는 일부 마물이 그렇게 명령을 내리는 듯했다. 대부분의 마물은 완전히 꺼리면서도 명령을 내리는 각 종족의 리더 격 마물을 따라 망설이듯 돌진해 왔다. 수가 적어진 덕분에 하지메는 그 사실을 깨달았다.

전장의 상황을 보면 각 종족의 리더만을 세뇌해, 그 부하 마물은 각 리더가 부리게 하는 방법을 사용했을 거라는 티오의 추측이 옳았던 모양이다. 제법 효율적이다.

하지만 만약 이 사건의 범인이 이세계의 사기적인 능력을 가진 시미즈 유키토시라 해도, 나아가 우연히 티오라는 파격적인 전력을 손에 넣었다 하더라도, 과연 이만한 수를 단기간에 모을 수 있었는가 하는 의문이 남았다.

우선 그 의문은 제쳐 두고 움직임이 둔하고 단조로운 리더들과, 움직임에 임기응변은 있지만 명령에 따라 돌진하는 엉거주춤한 마물들로 이뤄진 구성이라면 먼저 리더를 처리하는 게 타당할 것이다. 그렇게 된다면 본능에 충실한 마물들은 하지메 일행과의 실력 차를 뼈저리게 알기 때문에 북쪽 산으로 도망칠 것이다.

하지메는 갖고 있는 섬멸 병기 메체라이를 보았다. 두 자루 모두 하얀 연기가 나는 걸 보면 아직 냉각되지 않았는지 내구도가 한계인 듯했다. 계속해서 쏜다면 무리가 올 것이다.

물론 그렇게 되더라도 수리하는 건 가능하지만 섬세한 물건인 만큼 그 자리에서 순식간에 해결할 수는 없다. 시간을 들여 정밀 작업을 할 필요가 있었다. 그렇게 된다면 귀찮아지기 때문에 공격 방법을 바꾸는 게 타당할 것이다.

"유에, 남은 마력은?"

"……응, 이제 마정석 두 개 정도. 중력 마법의 마력 소비가 예상 이상. 연습이 필요해."

"야, 야. 혼자서 2만 이상을 죽였잖아? 충분해. 나머진 핀포인트로 처리한다. 엄호 부탁해."

"응."

하지메의 적은 말로도 모든 것을 이해하고 곧바로 고개를 끄덕인 유에. 두 사람은 찰떡궁합이었다. 하지메는 그것에 만족하며 시아에게 말을 걸었다.

"시아, 마물의 차이를 알겠어?"

"네. 조종당할 때의 티오 씨 같은 마물하고 잔뜩 겁먹은 마물 말이죠?"

"겁먹…… 응, 뭐, 그래. 아마도 티오처럼 세뇌된 마물이 무리의 리더일 거야. 그 녀석만 죽이면 다른 놈들은 도망가겠지."

"그렇군요. 제 쪽 탄환도 얼마 남지 않았으니 직접 죽이면 되겠네요!"

"그, 그래. ……그나저나 제법 듬직해졌구나."

"당연하죠. 두 분 곁에 있기 위해서인걸요!"

환한 웃음을 보이는 시아에게 쓴웃음을 지으면서도 어딘가 자상한 미소로 답한 하지메. 하지만 다음 순간에는 다부진 표정으로 메체라이를 『보물 창고』에 넣고는 돈나&슈라크를 뽑았다. 동시에 시아도 오르칸을 두고서 등에 멘 드뤼켄에 손을 가져갔다.

리더 격으로 보이는 마물은 대략 백 마리. 아마도 돌격시켰다가 살해당하면 부하 마물의 통솔을 잃을 거라고 생각해 대부분 후방에 배치했을 것이다.

메체라이와 오르칸, 그리고 티오의 마법 공격이 사라져 기회라고 생각했는지 마물들이 다시 활기를 띠고 돌진하기 시작했다.

하지메와 시아의 돌격을 엄호하기 위해 유에가 마법을 발동했다.

"……『뇌룡(雷龍)』."

곧바로 생긴 하늘의 먹구름에서 격렬한 스파크를 내는 번개의 용이 천둥 포효를 지르며 출현해 전선을 빠르게 유린했다. 거대한 입을 벌린 황금색 용에게 직접 뛰어들듯 사라져 가는 마물들을 보고서 후속 마물들이 머뭇거렸다.

"가자, 시아!"

"알았어요!"

그 사이에 하지메와 시아가 단번에 적들을 향해 돌격했다.

하지메는 『축지』로 대지를 질주하며 돈나&슈라크를 연사했다. 그 눈은 적 사이로 살짝 보이는 리더 격 마물의 모습을 포착했고, 발사된 죽음의 섬광은 그 약간의 틈을 지나 목표에 도달, 급소를 확실히 터뜨렸다.

전선의 마물에겐 눈길도 주지 않고 어째서인지 뒤에 있는 리더들만 계속해서 터져 나가는 이상한 상황에 주변 마물들은 안절부절못하는 모습이었다.

그러자 갑자기 한 마물의 머리 위에 그림자가 나타났다. 서둘러 하늘을 올려다본 마물의 눈에는 토끼 귀를 나부끼며 전투 망치를 짊어진 소녀가 하늘에서 떨어지는 광경이 들어왔다.

그 소녀, 시아는 마물의 머리를 발판으로 삼아 토끼처럼 깡충깡충 뛰어넘어 마지막으로 발판 삼았던 마물의 머리를 압살할 기세로 짓밟더니 자신의 체중을 중력 마법으로 가볍게 만들고 단번에 하늘 높이 뛰어올랐다.

그리고 높은 곳까지 올라 공중에서 몸을 돌리더니 이번엔 체중을 단번에 몇 배까지 올려 강렬한 기세로 낙하했다.

물론 목표 지점은 리더들이 몇 마리 모여 있는 곳이다. 자유 낙하 속도를 드뤼켄의 격발 반동으로 더욱 가속하고 최대한 끌어올린 신체 강화까지 더해 일격의 위력을 최고로 끌어올렸다.

그리고 모든 기세를 담아 파멸의 신이라고도 부를 만한 쇠망치를 휘둘렀다.

"이야아아아아아아!"

귀여운 외침과 함께 휘둘린 그 일격은 마치 운석 같았다. 소규모 지진이 발생한 것만 같은 진동과 엄청난 충격파가 굉음과 함께 발생했다.

직격을 받은 브루탈형 마물의 리더는 마치 폭파 해체된 빌딩처럼 머리부터 압살되어 처참한 충격으로 살점과 피가 터져나왔다.

그렇게 터진 피와 살은 충격으로 날아간 대량의 흙과 돌에 섞여 대지로 돌아갔다. 그리고 그 말로는 밀집했던 주위 마물에게도 동등하게 찾아왔다. 드뤼켄이 가져온 압도적인 충격과 산탄처럼 날아든 돌에 의해 육체가 날아가 대지로 돌아갔다.

시아는 자신이 만들어 낸 크레이터 바닥에서 땅에 묻힌 드뤼켄을 격발의 반동을 이용해 뽑음과 동시에, 고속 이동을 이용하여 다른 무리의 리더로 보이는 마물을 향해 뛰어들었다.

마물도 품 안으로 들어와 멋대로 날뛰게 할 정도로 무르진 않은지 수로 압도하듯 육체의 벽으로 시아를 포위하려 했다.

"그 정도로, 얕보지 말아요!"

시아는 드뤼켄의 장치를 전개해서 자루를 1미터가량 더 늘린 뒤 격발을 이용해 팽이처럼 고속 회전했다. 그리고 원심력을 듬뿍 실은 드뤼켄으로 다가오는 육체의 벽을 한꺼번에 날려버렸다.

방사형으로 날아가 공중으로 떠오른 수많은 브루탈. 가녀린 소녀가 자신의 몇 배나 되는 마물을 탁구공처럼 가볍게 날리는 모습은 마치 농담 같은 광경이었다.

시아는 회전 운동에서 자연스럽게 자세를 돌린 뒤 날아간 브루탈 사이로 보이는 리더를 없애기 위해 돌진 자세를 잡았다.

그 순간 토끼 귀가 오른쪽 뒤에서 고속으로 접근하는 소리를 포착했다. 시아는 다급히 드뤼켄을 적당한 타이밍으로 몸과 함께 회전해 요격하려 했다.

"크르아아아아아!"

"으윽?!"

하지만 그 새로운 상대, 검은 체모에 네 개의 붉은 눈을 가진 늑대형 마물은 그것을 예측한 것처럼 공격이 닿기 직전에 급격하게 속도를 줄여 시아의 공격을 깔끔히 피했다.

평범한 마물이라면 무기를 휘둘러 빈틈이 생겼을 때 공격하는 게 기본일 것이다. 실제로 시아도 눈앞의 마물은 그럴 거라고 생각해서 신체 강화를 다리에 집중했고 발을 디딘 순간 머리를 걷어찰 생각이었다.

하지만 시아의 예상은 빗나갔다.

"어? 아앗?!"

네 개의 눈이 달린 검은 늑대는 시아가 아니라 드뤼켄에 달려들어 그 강인한 턱과 모든 체중을 사용해 땅에 붙들어 두었다.

물론 고작 마물 한 마리는 시아의 신체 강화를 통한 완력이라면 아무렇지도 않다. 그렇다 하더라도 의표를 찔려 잠시지만 움직임이 멈춘 건 사실이었다.

그리고 네 개의 눈이 달린 검은 늑대는 그걸로 충분했다. 시아의 뒤에서 같은 마물이 날카로운 이빨이 늘어선 주둥이를 벌리고 완벽한 타이밍에 다가왔기 때문이다. 시아는 눈이 휘둥그레졌다. 서둘러 다리에 집중된 신체 강화를 풀고 온몸으로 돌렸다. 공격을 받을 각오를 했기 때문이다.

그 날카로운 이빨이 시아를 찢으려는 순간, 무언가가 시아와 네 개의 눈이 달린 검은 늑대 사이로 끼어들었다.

세로 60센티미터에 가로 40센티미터, 중심 부분에 라운드 실드 같은 것이 설치된 금속성 십자가였다. 그 십자가가 마물의 턱에 끼어 시아가 물리는 것을 저지했다.

"어?! 이, 이건 뭐죠?"

깜짝 놀란 시아의 옆에서 마물이 빠드득 소리를 내며 필사적으로 날아든 이물질을 씹으려 힘을 주었지만 붉은색으로 옅게 빛을 내는 십자가는 꿈쩍도 하지 않았다.

그리고 다음 순간 쾅음과 함께 마물의 아래턱이 터져 날아갔다.

"크르아아아!"

비명을 지르며 뒹군 마물의 머리 위로 소리도 없이 이동한 십자가는 다시 쾅음과 함께 총탄을 발사해 마물의 머리를 분쇄했다.

뒤이어 쿵 하고 배 속까지 울리는 발포음이 들렸고 시아의

드뤼켄을 쥔 손이 가벼워졌다. 시아가 시선을 돌려보니 파트너를 일시적으로 묶어 두던 늑대는 복부와 머리를 공중에 떠 있는 두 개의 십자가에 뚫려 쓰러져 있었다.

『시아, 방심하지 마. 마물들 중에 움직임이 확실하게 다른 녀석이 있어. 세뇌되거나 어느 마물의 지배를 받는 것도 아닌 것 같다. 크로스 비트를 세 대 붙여 둘게. 오른쪽 스물일곱 마리를 죽여. 전선은 유에가 5분은 버텨줄 거다.』

시아가 자신의 위험과 그것을 벗어난 일에 의식이 사로잡혔을 때 하지메에게서 『염화』가 왔다. 정신을 차린 시아는 마음을 다잡고 목에 맨 초커(시아에게 있어선 결코 『목줄』이 아니다)의 염화석을 통해 대답했다.

『알았어요! 그리고 덕분에 살았어요. 고마워요!』

『그래, 조심해.』

"……후후. 요즘 하지메 씨의 태도가 점점 부드러워졌어요~. 기정사실까지 얼마 안 남았네요!"

시아는 통신이 끊긴 것을 확인한 뒤 마치 자신을 지켜주듯 주위를 떠도는 십자가에 미소 지으며 그렇게 혼잣말했다. 그리고 다시 기합을 넣고는 드뤼켄을 들고 색이 다른 마물에게 주의하며 리더 격 마물을 섬멸하러 나섰다.

"저 녀석, 여전히 어딘가 위태위태하다니까……."

그런 말을 중얼거리며 맹렬한 기세로 마물을 처리해 나가는 하지메. 그의 주위에도 네 개의 십자가가 떠 있었다.

—중력 제어식 올 레인지 공격 병기 『크로스 비트』.

그것은 무인기 정찰과 같은 원리로 움직이는 공격 특화 타입이다. 내부에 라이플 탄과 산탄이 내장되어 있어 감응석을 일곱 개 심어 둔 팔찌로 조작한다. 또한 표면을 감싼 광석에는 생성 마법으로 『금강』을 부여해 감응석의 마력에 반응하면 굳건한 방패도 된다.

하지메는 건 카타로 돈나&슈라크를 종횡무진 사용하며 크로스 비트를 병행해 빈틈없는 태풍 같은 공격을 되풀이했다. 이미 리더 격 마물을 40마리 가까이 처단하고 『위압』을 전개한지라 도망치는 마물도 나타나기 시작했다.

"응? 저건……."

그때 하지메의 시야 끝 먼 곳에서 도망치는 마물에게 다가가서 무언가 소리치는 사람 그림자가 보였다. 지면에서 머리만 나와 있어 순간 누군가의 잘린 목인가 착각했지만, 하지메의 『멀리 보기』에는 움직이는 모습이 확실히 보였고 그 머리는 검은 로브로 가려져 있었다.

검은 로브의 남자, 시미즈는 도망치는 마물에게 성내는 어린아이처럼 소리치더니 왕궁에서 받은 아티팩트 지팡이를 들고 무언가를 읊기 시작했다.

물론 그대로 영창이 끝날 때까지 기다려줄 의리가 없는 하지메는 순식간에 돈나를 발포해 그 지팡이를 반쯤 날려버렸고 그 여파로 시미즈는 구멍 안에서 굴러 쓰러졌다.

그러자 시미즈가 무슨 짓을 했는지는 몰라도 무리의 뒤에 숨어서 하지메에게 결정적인 빈틈이 생길 때를 끈질기게 살피던 네 눈 검은 늑대가 일제히 뛰어들었다. 역시 주변 마물과 비할 수 없는 잠재력과 연계 능력을 갖추고 있었다. 예전에 싸웠던 나락 밑바닥의 마물, 두 꼬리 늑대를 방불케 할 정도였다.

실제로 싸운다면 두 꼬리 늑대와 접전을 벌일 거라고 하지메는 생각했다. 두 꼬리 늑대처럼 번개를 다루는 고유 마법은 없어서 개인의 공격력은 떨어지지만, 이따금 하지메의 공격 방법을 아는 것처럼 피하는 걸 보면 아마도 『예측』 계열 고유 마법이 있을 것이다. 그리고 연계에 대해선 두 꼬리 늑대와 맞먹을 정도. 즉, 낮은 층이라고는 하나 나락에 있어도 이상하지 않은 마물이다.

'산 너머의 마물인가? 그런 것치고는…… 이번 일은 정말로 시미즈 혼자서 벌인 일인가?'

하지메의 안에서 많은 의혹이 일었지만 공격받고 있는 이상 지금은 쓸데없는 생각이다. 하지메는 일시적으로 리더 격 마물을 해치우는 것에서 의식을 돌려 열두 마리의 네 눈 검은 늑대에 집중했다.

전후좌우, 나아가 위쪽에서 파상 공격을 해 오는 네 눈 검은 늑대에게 몸을 팽이처럼 회전시키며 돈나&슈라크를 연사했다. 『예측』으로 회피할 위치를 『예측』한 위치에 공격을 날렸다.

그런데도 공격을 피한 개체가 있다는 사실에 놀랐다. 두 꼬리 늑대와 마찬가지로 동료끼리 텔레파시 같은 의사소통 방법이 있어 전장을 어느 정도 내다볼 수 있는 건지도 모른다.

하지메는 자신의 총격을 재빨리 피하고 공중에서 재장전하는 약간의 빈틈을 노려 등 뒤에서 다가온 네 눈 늑대를, 기요틴처럼 위에서 떨어진 크로스 비트 한 대로 대지에 붙들어 놓았다. 그 마물을 발판으로 삼고 달려드는 다른 늑대를 곧장 이동시킨 크로스 비트로 방패 삼아 막고 의수 왼쪽 팔꿈치의 샷건으로 쏘았다.

비와 살점의 비가 내리는 도중, 포위하려는 네 눈 늑대의 한쪽에 두 대의 크로스 비트로 집중포화를 퍼부었다. 그리고 억지로 포위를 무너뜨리기 위하여 『축지』의 기세를 이용해 슬라이딩으로 돌파한 뒤, 그대로 미끄러지며 몸을 젖혀 등 뒤를 향해 발포해서 적을 격파했다.

그리고 협공하려는 두 마리의 네 눈 늑대를 나란히 달리게 한 크로스 비트로 쏘아 죽이며 재장전이 끝난 돈나&슈라크로 앞뒤의 두 마리를 처리했다.

"크르아아아아!"

그러자 네 눈 늑대 한 마리가 총에 맞은 마물에 몸통을 부닥뜨려 하지메를 향해 날려 보냈다.

하지메는 옆으로 뛰어 피하고 날아든 마물의 아래쪽으로 발포해 그 뒤에서 달려오던 네 눈 늑대의 머리통을 날려버렸다.

낙법으로 떨어진 하지메가 곧바로 일어났지만 그 순간을 노렸다는 것처럼 다른 네 눈 늑대가 커다란 입을 벌려 그 이빨로 하지메를 물어뜯으려 했다. 실로 완벽한 타이밍이었다. 옆에서 본다면 분명 네 눈 늑대의 턱이 하지메의 몸을 물어뜯은 것처럼 보였으리라.

하지만 그 순간 하지메의 모습이 아련히 흔들리더니 네 눈 늑대의 주둥이는 아무것도 없는 허공을 깨물며 철컹 소리를 냈다. 하지메의 몸은 어느 틈엔가 한발 나아간 곳에 있었다. 그는 스쳐 지나가듯 슈라크로 그 네 눈 늑대의 복부를 쏘았다.

계속해서 네 눈 늑대가 하지메에게 달려들었지만 어째서인지 아까와 마찬가지로 조금 틀어진 곳을 공격하고 말았다. 그럴 때마다 하지메가 스치듯 움직이며 확실하게 일격을 먹였다.

마치 네 눈 검은 늑대의 거리 감각이 이상해진 것 같은 현상은 하지메의 『기척 차단』의 파생 기술인 [+환답]의 효과다. 그것은 기척을 차단할 때 몇 초 동안 예전에 있던 곳에 차단하기 전의 기척을 남겨 두는 것이다. 본체의 기척은 차단됐기 때문에 감각적으론 조금 전까지의 위치에 있다고 착각하게 된다. 물론 단순히 기척이 틀어졌을 뿐이라 주의 깊게 관찰하면 비교적 간단하게 간파할 수 있지만 콤마 몇 초가 승패를 가르는 싸움에선 쉽게 혼동되기 마련이다. 특히 뛰어난 자일수록 기척에는 민감하기 때문에 유효성이 높아진다.

크로스 비트를 다루기 위해 『순광』도 사용한 하지메는 아무리 네 눈 검은 늑대가 나락 급의 힘을 가진 마물이라 해도 상대가 되지 않는 게 자연스러웠다. 결국 아마도 시미즈의 비장의 수단이었을 네 눈 늑대는 하지메에게 공격을 맞추지도 못하고 고작 1분 만에 전멸했다.

하지메는 크로스 비트를 날려 노도와 같은 기세로 리더들을 처리했다. 떨어진 곳에 있는 시아에게 붙여 둔 크로스 비트의 정보에 따르면 그쪽도 앞으로 몇 마리만 잡으면 끝난다고 한다. 마을을 향해 돌진하던 전선의 마물도 유에의 뇌룡에 전부 가로막혔다.

약 2분 뒤에 하지메는 세뇌를 받았다고 여겨지는 마물을 처리하는 데 성공했다. 그것을 확인하고 몸을 젖혀 숨을 크게 들이마신 후 『마력 방사』를 병용해 천지를 울리려는 듯한 큰 포효를 올렸다.

"카아아아아아아아아아아아아!"

엄청난 포효와 마력이 파동이 되어 전장을 쓸었다. 그 압도적인 위력은 무엇보다 마물들의 정신에 충격을 주어 막대한 본능적 공포를 느끼게 했다.

그리고 자신들을 이끄는 리더가 이미 존재하지 않는다는 것을 깨닫고 잠시 주춤했다. 한 마리, 또 한 마리 뒤로 물러나다 결국엔 등을 돌리고 하지메를 피해 북쪽을 향해 필사적인 도망을 시작했다.

마물들이 이룬 흐름은 마치 강 속의 바위처럼 하지메를 피해 좌우로 나뉘어 도망쳤다. 그 모습을 날카로운 눈으로 확인하던 하지메는, 혼잡한 틈을 노려 마지막 한 마리인 듯한 네 눈 늑대에 올라타 도망치려는 시미즈의 모습을 발견했다.

"아쉽게 됐네. 물러날 시기를 놓쳤어. 모든 잔존 세력을 도망치기 위한 호위에 사용했더라면 가능성은 있었을 텐데."

하지메는 무릎을 세우고 앉아 돈나를 두 손으로 단단히 겨눈 뒤 연속으로 방아쇠를 당겼다.

절묘한 간격으로 발사된 탄환의 불온한 기척을 느꼈는지 살짝 등 뒤를 돌아본 네 눈 검은 늑대는 『예측』을 사용해 첫 번째 공격을 피했지만, 두 번째 공격을 허벅지에 맞아 땅 위로 쓰러졌다.

그 충격으로 시미즈도 날아갔다. 신체 능력은 높았기 때문에 강한 충격을 받아도 곧바로 자리에서 일어났고 네 눈 검은 늑대에게 달려가 무언가 소리치며 그 머리를 걷어차기 시작했다.

아마도 빨리 일어나라고 소리치고 있으리라. 행동을 보아 신경질적인 느낌이었다. 결국엔 암시인지 뭔지를 억지로 사용하려는지 쓰러졌던 네 눈 검은 늑대의 머리에 손을 얹고서 영창을 시작했다.

하지메는 그 모습을 보며 가차 없이 레일건을 쏘아 네 눈 검은 늑대의 숨통을 끊었다. 그 여파로 다시 날아가 버린 시미즈는 허둥지둥 손발을 움직이며 이번엔 자신의 힘으로 도망쳐 마물들과 함께 북쪽을 향해 달리기 시작했다.

하지메는 슈타입을 꺼내고 단번에 가속해 순식간에 시미즈를 따라잡았다. 뒤에서 들리는 키이잉 하고 익숙하지 않은 소리에 돌아본 시미즈는 이세계에 존재할 리가 없는 오토바이를 보고서 깜짝 놀란 표정을 하며 필사적으로 손발을 움직여 도망쳤다.

"뭐야! 대체 뭐냐고! 말도 안 되잖아! 원래라면 내가 용사크

헉?!"

욕설을 퍼부으며 필사적으로 달리는 시미즈의 뒤통수를 하지메가 슈타입의 속도를 이용해 의수로 가격했다. 시미즈는 지면에 얼굴을 박고는 두 발이 들린 채 몇 미터가량 지면을 미끄러지다 쓰러졌다.

"그럼 선생님은 어쩔 생각이지? 이 녀석에 대한 것도…… 경우에 따라선 나에 대한 것도……."

하지메는 그렇게 혼잣말을 하며 의수에서 나온 와이어로 시미즈를 감고 마을로 향했다. 황폐해진 대지의 모래 먼지와 마물들이 흩뿌린 살점과 피로 얼룩지며 슈타입에 끌려가는 시미즈의 모습은 말 그대로 패잔병이었다.

시미즈 유키토시에게 이세계 소환이란 말 그대로 동경이자 꿈이었다. 그런 일이 있을 수 없다는 건 알고 있으면서도 그런 종류의 책, 인터넷 소설을 읽으며 매일같이 꿈에 그려 왔다. 꿈속에서 몇 번이나 세계를 구하며 히로인 여자아이들과 해피엔딩을 맞이했는지 모른다.

시미즈의 방은 벽이 보이지 않을 정도로 미소녀 포스터가 가득했고, 벽의 한 면에 있는 유리로 만든 수납장엔 좋아하는 미소녀 피규어가 선정적인 모습으로 빽빽이 놓여 있었다. 책장은 만화와 라이트 노벨, 동인지와 성인용 게임 등으로 가득했고, 거기에 들어가지 못한 것들은 방 여기저기에 층층이 쌓여 있었다.

그렇다. 시미즈 유키토시는 중증 오타쿠였다. 다만 그 사실을 아는 사람은 같은 반 아이들 중엔 아무도 없다. 시미즈 자신이 철저하게 숨겼기 때문이다. 이유는 말할 것도 없다. 하지메를 대하는 반 아이들의 태도를 보고서 자신이 오타쿠임을 밝힐 수 있을 만큼 용감한 자는 그리 많지 않을 것이다.

반에서 시미즈의 위치는 그가 잘 아는 단어로 표현하자면 배경 캐릭터였다. 특별히 친한 친구도 없고 항상 자신의 자리에서 얌전히 책을 읽었다. 말을 걸면 소곤소곤 최저한의 대답만 할 뿐 스스로 말을 꺼내진 않았다. 본래 내성적이며 얌전했고 그것이 원인이었는지 중학교 시절엔 괴롭힘을 당했다.

당연한 흐름이라고 할까, 등교를 거부하게 되어 매일같이 방에 틀어박혀서는 시간을 보내기 위해 책과 게임 등 창작물에 손을 대게 된 건 필연적인 흐름이었다.

부모님은 계속 걱정했지만 형과 동생은 나날이 오타쿠 상품으로 가득해지는 방이 마음에 들지 않았는지 태도에 드러나게 되었고 시미즈 자신이 집이 불편해져 있을 곳이 없었다.

우울한 환경은 시미즈에게 겉으로 드러나지 않지만 내심 다른 사람을 깎아내리는 음험함을 가져왔고 점점 더 창작물과 망상에 빠지게 됐다.

그랬던 성격 때문에 이세계 소환을 이해했을 때 말 그대로 드디어 때가 왔다고 생각했다. 아이코가 이슈타르에게 강력히 항의했을 때와, 코우키가 인간족의 승리와 원래 세계로 돌아갈 것을 결의했을 때도, 시미즈의 머릿속에는 몇 번이고 망상한 대로 이세계에서 화려하게 활약하는 자신의 모습이 가득했다. 있을 수 없다고 생각하던 망상이 현실이 되어 잔뜩 들떠서는 이세계 소환 뒤에 주인공이 불합리한 상황에 놓이는 패턴은 기억 속에서 사라졌다.

그리고 실제로 시미즈가 기대하던 것과 현실적인 이세계 생활은 어긋나기 시작했다. 우선 시미즈는 분명 사기적인 능력을 갖추고 있지만, 그건 다른 아이들도 마찬가지였다. 게다가 『용사』는 자신이 아닌 코우키라는 점, 그렇기 때문인지 여자들이 모이는 건 코우키뿐이며 자신은 『그 외 많은 사람들 중 하나』에 불과하다는 점 때문이다.

이래선 예전 세계에 있을 때와 아무런 차이가 없다. 그토록 바라던 일이 이뤄졌음에도 바라던 것과는 다른 현실에 더욱 음험해진 시미즈는 내심 불만이 쌓여 갔다.

어째서 자신이 용사가 아닌가. 어째서 코우키에게만 여자가 몰리는 건가. 어째서 자신이 아닌 코우키만 특별 대우를 받는 건가. 자신이 용사라면 더 잘할 수 있을 텐데. 자신에게 온다면 모두 받아줄 텐데. 그렇게 불리한 일은 전부 남 탓으로 여기고 자신만이 특별하다는 자기중심적인 생각이 시미즈의 마음을 갉아먹었다.

그때였다. 【오르크스 대미궁】에서 실전 훈련을 받게 된 것이다.

시미즈는 기회라고 생각했다. 아무도 신경 쓰지 않는다. 있든 없든 마찬가지. 그렇게 배경과도 같은 대우를 해 온 반 아이들도 드디어 자신의 유능함을 깨달을 것이라고. 그렇게 너무나도 자기중심적이었던 시미즈는…… 간신히 깨닫게 된다.

자신이 결코 특별한 존재가 아니라는 것을. 하물며 그럴듯한 전개가 벌어질 리는 없으며 잠시만 방심하면 확실하게 『죽는』 존재라는 것을. 트라움솔저에게 살해당할 위기에 처했을 때, 멀리서 더욱 흉악한 괴물과 싸우는 『용사』를 보고서 자신이 품고 있던 이세계에 대한 환상이 와르르 소리와 함께 무너졌다.

그리고 나락으로 떨어져 『죽은』 같은 반 아이를 보고 마음이 꺾였다.

자신에게만 유리하게 받아들이고 다른 사람을 속으로 깔보면서 버텨 온 마음은 물론 강하지 않았다.

시미즈는 왕궁으로 돌아와 다시 자신의 방에 틀어박히게 됐다. 하지만 예전처럼 시미즈의 마음을 치유해주는 창작물은 이곳에 없다. 자연스럽게 시미즈는 자신의 천직인 『암술사』에 대한 기능과 마법에 대한 책을 읽으며 지내게 됐다.

어둠 계통 마법은 상대의 정신과 의식에 작용하는 마법으로, 실전에선 대상에게 배드 스테이터스를 부여하는 마법으로 알려져 있다. 시미즈의 적성도 그런 것으로 상대의 인식을 흐리게 하거나, 환각을 보여주거나, 마법에 대한 이미지 보완에 간섭해 사용하기 어렵게 만드는 등 더욱 단련한다면 착각으로 신체에 장애를 발생하게 만들 수도 있었다.

그렇게 침울한 마음으로 책을 읽던 시미즈는 문득 어떤 사실이 떠올랐다.

'어둠 계통 마법을 단련한다면 대상을 세뇌해 지배할 수 있지 않을까?'

시미즈는 흥분했다. 자신의 생각이 옳다면 누구든 마음껏 다룰 수 있게 된다. 말 그대로 마음껏. 시미즈의 마음에 어둡게 응어리진 것이 퍼져 나갔다. 그리고 그날부터 열심히 수련에 매진했다.

하지만 그렇게 쉽게 풀리진 않았다. 우선 사람처럼 강한 자아가 있는 자에겐 수십 시간의 긴 시간을 들여 술법을 걸지 않으면 도저히 세뇌할 수 없었다. 당연히 저항이 없을 때의 이야기다.

아무리 그래도 술법에 걸리면서 반응하지 않는 사람은 없다. 강제로 잠들게 하는 등의 수단이 필요하다. 인간을 상대로 숨어서 세뇌하는 건 환경이나 시간으로 볼 때 힘들고, 들켰을 때를 고려하면 상당히 위험해서 시미즈는 포기할 수밖에 없었다.

그는 낙담했지만 문득 소환의 원인인 마인족에 의한 마물 사역을 떠올렸다. 즉, 사람과는 비할 수 없이 본능적이고 자아가 옅은 마물이라면 세뇌할 수 있지 않을까 하고……

시미즈는 그것을 확인하기 위해 매일 밤 왕도 밖으로 나가 졸개 마물에게 실험을 되풀이했다. 그 결과 사람보다 훨씬 간단하게 지배할 수 있다는 것이 확인됐다. 물론 그건 어둠 계열 마법에 사기적인 재능을 가진 시미즈이기 때문에 가능한 일이었다. 전에 이슈타르가 말했던 것처럼 이쪽 세계 사람이라면 오랜 시간을 들여도 고작해야 한두 마리 정도 다루는 것이 한계일 것이다.

왕도 부근에서 실험을 마친 시미즈는 이왕 지배할 거라면 강한 마물이 좋을 거라고 생각했다. 하지만 코우키 일행을 따라 미궁의 최전선에 가는 건 내키지 않았다. 그렇게 고민하고 있을 때 아이 호위대의 이야기를 듣게 됐다. 그들을 따라 멀리 떠나면 적당한 마물과 만날 수 있을 거라고 생각했다.

결과적으로 아이코 일행과 【우르 마을】에 오게 되어 부하 마물을 모으기 위해 모습을 감췄다. 다음에 만났을 땐 모두가 자신이 이룬 위업에 두려움과 존경심을 품고 특별 대우해 줄 것을 꿈꾸며……

원래라면 아무리 시미즈가 어둠 계통에 특화된 천재라 해도, 그리고 무리의 리더만을 세뇌하는 효율적인 방법을 선택한다 해도 고작 2주 조금 넘는 짧은 기간으론 천이 될까 말까 한 무리를 모으는 게 한계일 것이다. 그것도 두 번째 산맥에 있는 브루탈 수준을 따르게 하는 게 고작이리라.

하지만 시미즈는 어떤 존재의 도움과, 우연히 지배한 티오의 존재 덕분에 효율적으로 네 번째 산맥의 마물까지 따르게 하는 힘을 손에 넣었다. 동시에 그 어떤 존재와 나눈 계약과 나날이 늘어나는 마물의 군세를 보고 시미즈의 마음의 규범이 완전히 풀어졌다.

역시 자신은 특별하다고 기뻐하며 때를 노려 대군을 이끌고 마을로 떠난 것이다.

　그 결과는—.

　무척이나 무참한 모습으로 아이코 일행의 앞에 무릎을 꿇게 됐다.

　패잔병 같은 모습이 된 이유는 말할 것도 없다. 눈을 뒤집고 의식을 잃은 시미즈가 머리를 땅에 탕탕 부딪히며 눈앞까지 끌려온 것을 본 아이코 일행의 표정이 굳어진 것은 어쩔 수 없는 일이다.

　참고로 장소는 마을 변두리로 옮겼고 이곳에 있는 건 아이코와 학생들 외에 데이비드를 포함한 기사들과 마을 중진들이 몇 명, 그리고 월과 하지메 일행뿐이었다.

　역시 마을 안에 이번 습격의 주모자를 데리고 갔다간 큰 소동이 일 것이고, 그렇게 된다면 대화를 나누는 것도 어려울 거라는 이유 때문이었다. 마을에 남은 중진들은 지금 사후 처리에 동분서주하고 있었다.

　아직까지 눈을 뒤집고 쓰러져 있는 시미즈에게 아이코가 다가갔다. 검은 로브를 입은 모습이, 그리고 무엇보다 전장에서 직접 연행된 사실이 부동의 증거가 되어 그가 범인이라는 걸 나타내주었다. 믿고 싶지 않았던 사실에 아이코는 슬픈 표정을 하면서도 시미즈가 깨어나도록 몸을 흔들었다.

　"아이코, 위험해."

　데이비드를 포함한 기사들이 위험하다고 말리려 했지만 아이코는 고개를 저어 거부했다. 구속도 마찬가지다. 그래서야 시미즈와 제대로 대화할 수 없을 거라는 이유였다. 아이코는 어디까지나 선생님과 학생으로서 이야기를 나눌 생각일 것이다.

"시미즈, 시미즈! 일어나세요! 시미즈!"

"으, 크으……."

결국 아이코의 부름에 시미즈의 의식이 깨어나기 시작했다. 멍한 눈으로 주변을 살피며 자신이 처한 상황을 이해했는지 상체를 벌떡 일으켰다.

그리고 서둘러 거리를 두기 위해 자리에서 일어나려 했지만 아직 뒤통수에 충격이 남았는지 비틀거리다 엉덩방아를 찧고는 그대로 질질 뒤로 물러났다. 경계심과 비굴함, 짜증이 뒤섞인 표정으로 눈을 이리저리 움직였다.

"시미즈, 침착해요. 아무도 해를 끼치지 않아요. ……선생님은 시미즈와 이야기를 하고 싶어요. 어째서 이런 행동을 했는지…… 뭐라고 할까요. 선생님에게 시미즈의 속내를 들려주세요."

무릎을 대고 앉아 자신에게 시선을 맞춘 아이코를 본 시미즈는 눈을 크게 뜨고 똑바로 바라보았다. 그리고 시선을 피해 고개를 숙인 뒤 잘 들리지 않는 목소리로 이야기……라기 보다는 투덜거리기 시작했다.

"이유? 그런 것도 몰라? 그러니까 다들 무능하다는 거야. 누굴 바보로 아나……. 용사, 용사, 시끄럽다고. 내가 더 잘할 수 있는데…… 그런 것도 모르고 졸개 취급이나 하고…… 정말 멍청이들뿐이야. ……그래서 내 가치를 보여주려 한 것뿐이잖아……."

"이 자식……. 자신의 입장을 알긴 하는 거야?! 자칫 마을이 엉망이 될 수도 있었다고!"

"그래! 멍청한 건 너잖아!"

"아이 선생님이 얼마나 걱정했는지 알아?!"

반성은커녕 주변에 대한 매도와 불만을 늘어놓은 시미즈에게 아츠시와 나나, 노보루가 분노를 표출하며 계속해서 반론했다. 그 기세에 압도됐는지 시미즈는 더욱 고개를 숙인 채 입을 다물었다.

아이코는 그런 시미즈가 마음에 들지 않았는지, 더욱 흥분한 아이들을 말리고 될 수 있으면 자상한 목소리를 내도록 의식하며 시미즈에게 물었다.

"그래요, 불만이 많았군요. ……하지만 다른 사람들이 다시 봐주기를 원하면서 왜 마을을 공격하려 한 거죠? 만약 그대로 마을이 공격당했더라면…… 많은 사람이 목숨을 잃었더라면……. 많은 마물을 부리는 것이라면 몰라도, 그걸로『가치』를 보여줄 수는 없어요."

아이코의 당연한 질문에 시미즈는 살짝 고개를 들고선 지저분하게 내려온 앞머리 사이로 음험하고 탁한 시선을 아이코에게 보내며 옅은 미소를 지었다.

"……보여줄 수 있어. ……마인족에게라면."

"뭐?!"

시미즈의 입에서 나온 예상치 못한 말에 아이코뿐만 아니라 하지메 일행을 제외한 그 자리에 있는 모두가 경악했다. 시미즈는 그 모습에 만족한 표정을 하더니 여전히 잘 들리지 않지만 아까보다는 더 강한 목소리로 말하기 시작했다.

"마물을 붙잡으러 혼자 【북쪽 산맥 지대】에 갔어. 그때 난 어떤 마인족과 만났지. 처음엔 물론 경계했지만…… 그 마인족은 나와 이야기하길 원했어. 그리고 이해해줬거든. 내 진정한 가치를. 그래서 난 그 녀석하고…… 마인족하고 계약했어."

"계약이요? 무슨 계약이죠?"

아이코는 전쟁 상대인 마인족과 만났다는 사실에 동요하면서도, 분명 그 마인족이 자신의 학생을 속인 거라고 생각해 부글부글 끓어오르는 분노를 억누르며 되물었다.

그런 아이코를 보고서 대체 뭐가 웃긴 건지 시미즈는 히죽이는 얼굴로 충격적인 말을 입에 담았다.

"……하타야마 선생님……. 당신을 죽이는 거지."

"……네?"

아이코는 순간 무슨 말을 들은 건지 이해하지 못하고 자신도 모르게 얼빠진 목소리를 냈다. 주변 사람들도 마찬가지로 순간 멍하니 있었지만 아이코보다 빨리 의미를 이해하고 격렬한 분노를 담은 눈으로 시미즈를 노려보았다.

시미즈는 학생들과 호위대 기사들의 강렬한 분노가 깃든 눈빛을 받고 순간 몸을 움츠렸지만, 반쯤 될 대로 되라는 심정인지 시선을 떨쳐 내려는 것처럼 말을 이었다.

"뭐야, 그 얼빠진 얼굴은. 자신이라면 마인족에게 찍히지 않을 거라고 생각했어? 어떤 의미론 용사보다 성가신 존재를 마인족이 내버려 둘 리가 없잖아. 『풍작의 여신』…… 당신을 마을 사람들과 함께 죽이면 난 마인족의 『용사』로서 초대될 거야. 그런 계약이었지.”

시미즈는 당시의 일을 떠올리는 것처럼 입가를 실룩이며 점점 목소리가 커졌다.

“그 녀석이 말했어. 내 능력은 훌륭하다고. 용사 밑에서 썩기엔 아깝다고. 역시 아는 사람은 안다니까. 실제로 엄청 강한 마물을 빌려준 덕분에 상상 이상으로 강한 세력도 만들었으니까. 그래서, 그래서 분명 널 죽일 수 있을 줄 알았는데! 뭐야! 대체 뭐냐고! 어떻게 6만이나 되는 세력이 진 거야?! 왜 이세계에 그런 병기가 있는 거냐고! 넌, 넌 대체 뭐야!”

학생에게서 『죽인다』는 말을 듣고 정신이 멍해졌던 아이코를 조롱하듯 보던 시미즈는, 말하는 동안 점점 흥분하며 하지메 쪽으로 시선을 돌려 소리치기 시작했다.

그 눈은 음침함과 비굴함 이상으로 마음대로 풀리지 않는 현실에 대한 짜증과 그것을 방해한 하지메에 대한 증오, 그리고 그 힘에 대한 질투 등이 뒤섞인 광기가 담겨 있었다.

아무래도 시미즈는 눈앞의 백발 안대 소년이 같은 반인 나구모 하지메라는 걸 깨닫지 못한 모양이었다. 원래 대화를 나눈 적도 없는 사이이기 때문에 어쩔 수 없다면 어쩔 수 없지만…….

시미즈는 당장에라도 달려들 기세로 하지메를 노려보며 욕설을 퍼부었다. 갑자기 비난의 대상이 된 하지메는 시미즈의 매도 속에 담긴 「중2병 환자 주제에」라는 말에 제법 깊은 충격을 받고서 현실 도피하듯 먼 곳을 바라봤지만, 그 태도가 「난 너 같은 녀석한텐 흥미 없어」라는 태도로 보여 시미즈를 더욱 화나게 했다.

하지메의 심정을 깨닫고 뒤에서 등을 툭툭 두드려준 유에의 자상함에 눈물이 날 지경이었다.

진지한 분위기를 무시하고 자신의 세계에 들어간 하지메 덕분(?)에 제정신을 찾은 아이코는 심호흡을 한번 크게 하더니, 욕설을 퍼부으면서도 맞설 용기는 없는지 그 자리에서 움직이지 않는 시미즈의 한쪽 손을 붙잡고 조용히 말했다.

"시미즈. 침착해요."

"뭐, 뭐야! 이거 놔!"

갑자기 붙잡힌 것에 깜짝 놀란 시미즈는 떨쳐 내려 했지만 아이코는 결코 놓지 않겠다는 듯 더욱 힘을 주어 꽉 쥐었다.

"시미즈…… 시미즈의 마음은 잘 알았어요. 『특별』한 존재이고 싶다고. 그렇게 생각하는 마음은 잘못되지 않았어요. 인간으로서 자연스러운 바람이에요. 그리고 분명 『특별』해질 거예요. 방법은 잘못됐지만 이만한 일을 실제로 해냈잖아요. …… 하지만 마인족 측에 가선 안 돼요. 시미즈에게 말을 건 그 마인족 사람은 그런 그 마음을 이용했어요. 선생님은 그런 사람에게 소중한 학생을 맡길 생각은 조금도 없어요!"

시미즈는 아이코의 진지한 눈빛을 똑바로 바라볼 수 없었는지 서서히 침착함을 되찾으며 다시 고개를 숙여 앞머리로 표정을 감췄다. 아이코는 그런 시미즈에게 부탁했다.

"······시미즈. 다시 한 번 시작해요. 시미즈가 노력하고 싶다면 선생님이 응원할게요. 분명 아마노가와하고도 어깨를 나란히 하고 싸울 수 있을 거예요. 그리고 언젠가 다 함께 예전 세계로 돌아갈 방법을 찾아 함께 돌아가요."

시미즈는 아이코의 말을 묵묵히 듣고 조금씩 어깨를 떨었다. 다른 아이들과 호위대 기사들도 시미즈가 아이코의 말에 감동해 울고 있을 거라 생각했다. 반에서 가장 눈물이 많기로 소문난 유카는 이미 눈물을 머금고 두 사람을 지켜보고 있었다.

하지만 현실이란 그렇게 간단히 풀릴 정도로 어설프지 않다.

어깨를 들썩이며 고개를 숙인 시미즈의 머리를 쓰다듬어주기 위해 아이코가 자상한 얼굴로 몸을 내밀자, 갑자기 시미즈가 붙잡혔던 손을 반대로 꽉 쥐어 당기더니 아이코의 목에 팔을 감고 단단히 조였다.

그리고 숨기고 있었던 10센티미터 정도의 침을 꺼내 자신도 모르게 신음한 아이코의 목덜미로 가져갔다.

"움직이지 마! 찔러버린다!"

갈라지고 신경질적인 목소리로 그렇게 외친 시미즈. 그 표정은 부들부들 경련하듯 굳어 있었고 눈은 하지메를 볼 때와 마찬가지로 광기가 담겨 있었다. 아무래도 아까까지 어깨를 들썩이던 건 웃고 있었을 뿐인 듯했다.

아이코가 괴로운 듯 자신의 목을 조이는 시미즈의 팔을 붙잡았지만 뿌리칠 수 없어 보였다. 주위 사람들이 시미즈의 경고를 받고서 뛰쳐나갈 듯한 몸을 필사적으로 억눌렀다. 시미즈의 태도에서 그 말이 거짓이 아니라는 것을 알 수 있었기 때문이다. 모두가 걱정스러운 듯, 혹은 분한 목소리로 아이코의 이름을 부르며 시미즈를 매도했다.

참고로 하지메는 그제야 현실로 복귀했다. 조금 전까지 자신의 외모에 대한 현실에서 도피하고 있었기 때문에 갑작스러운 전개에 무슨 일인지 알 수 없다는 얼굴이었다.

"잘 들어. 이 침은 북쪽 산맥의 마물에게서 얻은 독침이야! 찔리면 몇 분도 버티지 못하고 괴로워하면서 죽지! 알았으면 모두 무기를 버리고 손을 들어!"

시미즈의 광기에 찬 말에 주변 사람들의 얼굴이 창백해졌다. 완전히 움직임을 멈춘 학생들과 호위대 기사들을 보고 히죽인 시미즈는 그대로 하지메를 보았다.

"이봐, 너. 중2병 자식, 너 말이야! 어딜 봐?! 너라니까! 바보 취급하긴, 빌어먹을! 그 이상 건방 떨었다간 진짜로 죽여 버린다. 알았으면 총을 넘겨! 그리고 다른 무기도!"

시미즈의 지독한 부름에 자신도 모르게 뒤를 돌아보며 「중2병 씨~, 누가 찾아요~」라고 자신이 아니라는 어필을 해봤지만 불발로 끝나서 싫다는 표정을 한 하지메. 긴박한 상황임에도 여전히 태연한 태도를 보이자 이번에도 자신을 놀리는 거라고 생각한 시미즈는 화를 냈다. 그리고 신경질적으로 하지메가 가진 총기를 넘길 것을 요구했다.

하지메는 그 말을 듣고서 무척이나 차가운 눈으로 시미즈를 보았다.

"아니, 죽여 버린다니…… 애초에 선생님을 죽이지 않으면 마인족 측에 갈 수 없으니 어차피 죽일 거잖아? 그럼 건네 봤자 손해지."

"시, 시끄러, 시끄러, 시끄러! 됐으니까 닥치고 전부 넘겨! 너희 같은 멍청이는 잠자코 시키는 대로 하면 된다고! 그, 그렇지. 헤헤, 야, 네 그 노예도 넘겨라. 그 녀석이 무기를 가져오게 해!"

냉정한 지적을 받자 더 큰 목소리로 소리친 시미즈. 내몰릴 대로 내몰려서 이미 정상적인 판단을 할 수 없게 된 모양이었다. 그런 시미즈의 눈에 들어온 시아는 온몸을 부르르 떨면서 혐오감을 그대로 드러냈다.

"네가 시끄럽다는 말을 세 번 연발해 봤자 그냥 징그러울 뿐인데[8]……. 그보다 시아, 기분 나쁘다고 내 뒤에 숨지 마. 저 녀석이 엄청난 꼴을 하잖아."

"하지만 정말로 기분 나쁜걸요…… 생리적으로 받아들일 수 없다고 할지…… 이것 보세요, 이 소름. 말도 안 되게 기분 나빠요."

"하긴, 용사 지망이라면서 하는 소리가 가장 먼저 주인공에게 살해당하는 졸개 도적 수준이니."

---

[8] 네가 시끄럽다는 말을 세 번 연발해 봤자 그냥 징그러울 뿐인데 라이트 노벨 「작안의 샤나」에서 히로인 샤나가 부끄러움을 감출 때면 으레 시끄럽다는 말을 세 번 연달아 했던 것을 빗댄 말.

본인들은 목소리를 죽일 생각이었겠지만 혐오감 때문에 자연스럽게 목소리가 커져 모두에게 들렸다. 시미즈는 입을 뻐끔거리면서 점점 얼굴이 새빨개지더니 다시 파랗게 변하다 마지막엔 창백해졌다. 분노가 지나치게 강해질 때 안색이 어떻게 변하는지 쉽게 알 수 있는 예였다.

　시미즈는 공허한 눈으로 중얼거리기 시작했다.

　"내가 용사야. 내가 특별하다고. 이놈 저놈 할 것 없이 멍청한 놈들뿐이야. 놈들 잘못이라고. 괜찮아. 바라던 대로 잘 풀릴 거야. 난 용사니까. 난 특별해."

　그리고 갑자기 무언가를 떨쳐 낸 듯이 이상한 목소리로 웃기 시작했다.

　"……시, 시미즈…… 부디, 이야기를…… 괜찮……으니까……."

　아이코는 광기에 찬 시미즈에게 고통스러워하면서도 말을 걸었다. 하지만 그 목소리를 들은 순간 시미즈는 웃음을 멈추고 다시 아이코의 목을 졸랐다.

　"……시끄러워. 착한 척하기는, 위선자 주제에. 넌 잠자코 여기서 탈출하기 위한 도구나 되시지."

　어둡고 무거운 음색으로 그렇게 중얼거린 시미즈는 다시 하지메에게 시선을 돌렸다. 흥분하지도 않고 어두운 감정이 담긴 눈으로 하지메를 본 뒤 허벅지에 찬 홀스터에 담긴 총을 보았다. 말하지 않더라도 무슨 말이 하고 싶은지 전해졌다. 여기서 주저하면 자신의 생사도 따지지 않고, 아니, 자신의 좋은 미래를 꿈꾸며 아이코를 없앨 수도 있다.

하지메는 한숨을 쉬고 총을 건넬 때 와이어를 날려 아이코와 함께 『전기 두르기』를 써주자고 생각하면서, 시미즈를 자극하지 않도록 천천히 돈나&슈라크로 손을 뻗었다.

아이코는 몸집이 작아 방패 역할을 거의 할 수 없고 하지메의 속사 능력이라면 시미즈가 인식하기 전에 명중시킬 수도 있지만, 아이코도 조금 쓴 경험을 하는 편이 좋다는 의도였다.

하지만 하지메의 손이 내려가기 시작한 순간, 사태가 급변했다.

"아?! 안 돼! 피해요!"

그렇게 외친 시아는 순식간에 온 힘을 다해서 축지 수준으로 이동해 아이코에게 뛰어들었다.

갑작스러운 상황이 벌어지자 시미즈는 서둘러 아이코를 찌르려 했다. 시아가 억지로 아이코를 끌어당기며 감싸듯 몸을 비튼 것과, 푸른색 물줄기가 시미즈의 가슴을 관통해 조금 전까지 아이코의 머리가 있던 곳을 레이저처럼 지나간 것은 거의 동시였다.

사선상에 있던 하지메가 돈나를 쏴 물의 레이저, 아마도 물 속성 공격 마법 『파단』으로 여겨지는 것을 없애버렸다.

시아는 아이코를 안고서 돌진한 기세로 어깨부터 몸을 날려 지면 위를 미끄러졌다. 뭉게뭉게 흙먼지를 올리며 간신히 정지한 시아는 「윽」 하고 괴로운 듯 신음하며 일어나지 않았다.

"시아!"

갑작스러운 사태에 모두가 경직됐을 때 유에가 시아의 이름을 부르며 전력 질주했다. 그리고 추가 공격에 대비하여 시아와 그녀가 안고 있는 아이코를 지키기 위해 자리 잡았다.

하지메는 아무 말도 없이 자신이 바란 행동을 해준 유에게 내심 감사와 칭찬을 보내며, 돈나를 두 손으로 들고 『멀리보기』로 『파단』의 사선을 따랐다. 그러자 검은 옷을 입고 거뭇한 피부와 뾰족한 귀를 가진, 머리를 뒤로 넘긴 남자가 커다란 새로 보이는 마물에 올라탄 모습이 멀리 보였다.

투팡! 투팡! 투팡! 투팡! 투팡! 투팡!

하지메는 잠시도 주저하지 않고 하늘을 나는 마물과 사람 형체를 향해 레일건을 연사했다.

올백 남자는 공격받을 것을 예측했는지 하지메 쪽을 확인하고 새 형태의 마물을 공중제비 돌게 하며 필사적으로 피했다.

제법 기동력을 가진 마물이었지만 전부 피할 수 없어서 한쪽 다리가 날아가고 올백 남자의 왼팔도 날아간 듯했다. 그럼에도 떨어지기는커녕 속도를 줄이지 않고 재빨리 도망치려 했다. 공격한 뒤에 자리를 피하는 행동은 훌륭하다는 표현이 어울렸다.

하지메는 아마도 녀석이 시미즈가 말한 마인족일 거라고 추측했다. 이미 저공으로 마을을 우회해 건물 등을 방패 삼아 시야에서 사라졌다.

하지메의 공격 수단을 알고 있는 듯이 도망치는 것으로 보아, 마인족 측에 하지메 일행의 정보가 넘어갔을 거라고 생각한 하지메는 얼굴을 찌푸렸다. 도망친 방향이 【우르디아 호수】

쪽이었으니 그 앞에 있는 숲으로 도망쳤다면 무인 정찰기로 추척하는 것도 어려울 것이다. 무엇보다 지금은 우선해야만 하는 일이 있다.

"하지메!"

유에도 적의 도주를 확인했는지 평소의 침착한 음색과는 다르게 초조함이 담긴 목소리로 하지메를 불렀다.

하지메는 돈나를 홀스터에 넣은 뒤 가까이에 쓰러진 시미즈에겐 눈길도 주지 않고 시아에게 달려갔다. 시아는 유에의 무릎을 베고 누워 고통으로 얼굴을 찡그리고 있었다. 곁에는 마찬가지로 표정을 찡그린 아이코가 유에에게 안겨 있었다.

"하, 하지메 씨…… 으, 전…… 괜찮……아요……. 빠, 빨리…… 선생님을…… 독침이 스쳐서……."

시아의 옆구리엔 직경 3센티미터 정도의 구멍이 뚫려 있었다. 신체 강화의 응용으로 출혈 자체는 억누른 것 같지만 얼굴에 흐르는 식은땀을 보면 상당한 통증이 있는 듯했다. 그럼에도 굳은 얼굴로 미소를 띠며 떨리는 목소리로 아이코를 먼저 살펴달라고 말했다.

아이코의 얼굴은 새파래졌고 손발이 경련하기 시작했다. 아이코는 시아와 하지메의 대화가 들렸는지 필사적으로 고개를 돌려 시아를 먼저 살펴달라고 호소했다. 말하지 않은 걸 보면 독이 퍼져 이미 말할 수 없게 됐을 것이다. 시미즈의 말이 옳다면 버텨 봐야 몇 분, 아니, 아이코의 모습으로 보아 1분도 버티지 못할 가능성이 높다. 늦으면 늦을수록 장애가 남을 수도 있다.

하지메는 시선을 아이코에게서 돌려 주저하지 않고 시아에게 고개를 끄덕인 뒤 『보물 창고』에서 시험관 형태의 용기를 꺼냈다.

그제야 하지메 일행에게로 달려온 주변 사람들이 초조한 표정으로 소리쳤다.

"아이코, 아이코!"

"안 돼…… 선생님! 어떡해, 어떡해, 나구모! 선생님이, 선생님이 돌아가시겠어!"

"시, 시아 씨도 위험한 거 아니야?! 이런, 제길. 또 이런 광경을!"

특히 학생들과 기사들의 동요가 심해 반쯤 공황 상태였다. 소중한 사람이 빈사의 중상을 입었으니 당연한 일이다. 학생들은 하지메가 사라진 그날의 광경과 공포가 떠올랐는지도 모른다. 다시 가까운 사람이 눈앞에서 죽는 건가 하고……. 저마다 하지메에게 안부를 묻거나 상태를 보여 달라거나 듣지도 않는 치유 마법을 사용하기도 했다. 하지만 그런 그들도 하지메의 억누른 듯한 『조용히 해』라는 한마디에 압도되어 한 발 뒤로 물러나 입을 다물었다.

하지메는 스스로도 조금 놀랐다. 자신이 시아의 부상에 예상 이상의 분노를 품고 있다는 사실에……. 아무래도 스스로 깨닫지 못한 사이, 소중한 동료라고 인식하고 있었나 보다. 그렇기 때문에 시미즈와 접촉했던 마인족이 아직 근처에 있을지도 모르는 가능성을 무시했던 자신에게 화가 나 참을 수가 없었다.

아이코 일행에게 무슨 짓을 할 생각이었다면 하지메 일행이 전선에 나갔을 때 혼란을 틈타 저질렀을 가능성이 가장 높다. 하지만 실제론 아무것도 하지 않았기 때문에 직접 손을 대지 않을 거라고, 아무런 근거도 없이 그렇게 생각했다.

실제로 그 마인족도 시미즈가 날뛰는 틈에 아이코를 암살하려 했지만 하지메 일행의 초월적인 실력에 망연자실해 기회를 놓치고 말았다.

그 뒤에 빈틈을 찾다 시미즈와 아이코의 대화가 시작됐다. 그리고 시미즈가 아이코를 죽인다면 맡기자고 생각해 멀리서 상황을 살폈지만, 하지메의 상식 밖의 실력에 아이코를 빼앗길 거라고 생각해서 관통 특화 마법으로 시미즈와 함께 아이코를 쏜 것이다.

다만 기회를 살피는 일에 민감한 이 마인족에게도 한 가지 오산이 있었다. 하지메 일행까지 한꺼번에 처리하려 했기 때문에 시아의 고유 마법을 발동시키고 만 것이다.

그렇다. 『미래시』였다. 하지메의 뒤에 있던 시아는 당연히 사선상에 있었기 때문에 시미즈, 아이코, 하지메, 자신이 한꺼번에 『파단』으로 뚫리는 미래를 보았다.

덕분에 아이코가 머리를 뚫려 즉사하는 미래는 피할 수 있었다. 시아가 자신의 몸을 던져 바꾼 미래다. 어째서 별반 친하지도 않은 아이코를 위해 몸을 던졌는지는 의문이지만 하지메는 소중한 동료의 노력을 허사로 돌릴 생각은 조금도 없었다. 그래서 주저하지 않고 얼마 남지 않은 『신수』를 아이코에게 사용할 생각이었다. 시간이 없는 이상 그것이 가장 확실하기 때문이다.

하지메는 유에가 살피던 아이코를 건네받고서 그 입에 용기를 물려 조금씩 신수를 흘려 넣었다.

아이코는 시아를 먼저 살피지 않는 것을 탓하는 눈빛으로 하지메를 보았지만 하지메는 무시했다. 지금은 아이코의 의사보다, 자신의 의사보다, 시아의 마음을 우선하고 싶었다.

그래서 묻지도 않고 신수를 흘려 넣었다. 하지만 아이코의 몸은 온몸이 경련하기 시작해 생각한 대로 몸을 움직일 수 없는지 스스로 잘 마실 수 없는 것 같았다. 결국엔 기관지에 걸렸는지 격렬하게 기침을 하고는 토해 내기까지 했다.

"쳇, 진짜로 위험하군. ……어쩔 수 없지."

하지메는 아이코가 자신의 힘으로 신수를 마실 수 없다고 판단해 남은 신수를 자신의 입에 머금고 아무런 주저도 없이 아이코에게 입을 맞춰 직접 안으로 흘려 넣었다.

"읍?!"

아이코가 눈을 크게 떴다. 게다가 하지메의 주변에서 비명과 노성이 들렸다.

하지만 하지메는 그것들을 무시하고 아이코의 입 안에 혀를 넣어 그녀의 혀를 눌러 억지로 신수를 흘려 넣었다. 하지메의 표정에는 수치심이나 죄책감은 전혀 없었고 그저 할 일을 한다는 진지함만이 담겨 있었다.

이윽고 아이코의 목이 꿀꺽꿀꺽 움직이며 신수가 몸속으로 흘러들었다. 그러자 몸을 괴롭히던 통증과 생명이 빠져나가는 것 같았던 권태감과 한기가 사라지고, 마치 몸의 중심에 불이 붙은 것 같은 열기가 온몸을 휘감았다. 아이코는 추운 겨울 찬바람에 차가워진 몸으로 따뜻한 온천에 들어간 것 같은 쾌감을 느끼며 몸을 떨었다.

역시나 신수, 마물의 피와 고기를 섭취하는 것으로 육체가 붕괴하는 것조차 막은 기적의 물인 만큼 놀라운 효과였다.

긴 듯 짧은 입맞춤이 끝나고 하지메가 아이코에게서 입을 뗐다. 두 사람 사이에 은색 실이 살짝 늘어졌다. 하지메는 아이코를 관찰하듯 보았다. 신수의 효과로 위험한 상황에서 벗어났는지를 확인하기 위해서였다.

한편 아이코는 아직까지 멍하니 초점이 맞지 않는 눈동자로 하지메를 바라보았다.

"선생님."

"……."

"선생님?"

"……."

"이봐, 선생님!"

"어어?!"

하지메는 아이코의 상태를 묻기 위해 불렀지만 아이코는 하지메를 바라본 채 멍하니 움직이지 않았다. 초조해진 하지메가 가볍게 뺨을 때리고 강하게 부르자 아이코는 귀여운 목소리를 내며 정신을 차렸다.

"몸에 이상은? 위화감은 없어?"

"어? 아, 저기, 그게, 괘괘, 괘, 괜찮아요. 이상한 데 없어요. 오히려 기분이 좋을 정도로…… 아, 지, 지금 한 말은 그런 게 아니에요! 결코, 저기, 그, 그, 그게 기분 좋았다는 게 아니라 약의 효과가아~."

"그래. 그럼 됐어."

하지메는 상당히 다급한 모습으로 허둥지둥 몸 상태에 이상이 없다는 것을 알린 아이코를 보고서 실로 간단히 대답을 하고, 아이코를 지탱하던 팔을 치우며 시아를 향해 몸을 돌렸다.

하지메의 태도에 어리둥절해하면서도 그럴 상황이 아니라고 마음을 고친 아이코도 서둘러 시아를 보았다.

하지메는 또 하나 꺼낸 신수의 절반을 시아의 상처에 직접 뿌린 뒤, 나머지 절반을 시아에게 마시게 하려고 용기를 입가로 가져갔다. 상처에서 슉 소리가 나며 빠르게 치유되는 동안, 어째서인지 시아는 신수를 마시려 하지 않고 고개를 저었다.

"하, 하지메 씨……."

"시아, 왜—"

"저도…… 입으로…… 큭…… 해줬으면 해요~."

"너, 너 인마……."

통증으로 식은땀을 흘리면서도 욕망을 호소하는 욕구 불만

토끼.

불행 중에도 무언가를 손에 넣겠다는 것처럼 요구하자 하지메도 황당하다 못해 감탄했다. 하지만 필요도 없으면서 다른 사람들 앞에서 일부러 입으로 옮겨줄 생각이 들지 않아, 최근 시아를 잘 대해달라는 유에의 무언의 호소조차 무시한 채 시아의 입에 용기를 억지로 찔러 넣었다.

"으읍?! ……꿀꺽꿀꺽…… 푸하……. 으으~, 하지메 씨 치사해요. ……선생님이 부러워요~."

"하지메…… 떽."

"어?! 시, 시아 씨, 그게 아니에요! 그건 응급 처치예요! 시아 씨가 원하는 것과는 의미가 달라요! 전 선생님이라고요!"

시아가 토라진 시선과 말을 보내자 유에는 분위기 파악 좀 하라는 듯이 혼을 냈고, 어째서인지 붉어진 얼굴로 변명하듯 말하는 아이코. 하지메는 안도와 황당함이 담긴 깊은 한숨을 쉬었다.

그리고 상황이 해결됐다는 걸 깨달은 사람들이 다시 떠들썩해지기 전에, 아마도 모두가 잊고 있을 불쌍한 존재를 살피기로 했다. 특히 아이코에겐 중요한 일이다. 아마도 아이코는 갑작스러운 일이었기 때문에 잊은 것이 아니라 이해하지 못했을 것이다.

하지메는 시미즈와 가장 가까운 곳에 있던 호위 기사 한 명에게 말을 걸었다.

"……이봐, 시미즈는 아직 살아 있어?"

그 말에 다들 지금 막 떠올랐다는 표정으로 시미즈가 쓰러진 곳을 돌아보았다. 아이코만이 「어? 어?」 하고 당황한 표정으로 두리번거렸지만, 이내 시아가 자신을 감싸줬을 때의 상황을 떠올렸는지 안색을 바꾸고 다급히 시미즈에게로 달려갔다.

"시미즈! 아아, 이럴 수가…… 잔인해……."

시미즈의 가슴엔 시아와 같은 크기의 구멍이 뚫려 있었다. 출혈이 심해 커다란 피 웅덩이가 생겼다. 아마 버텨도 몇 분일 것이다.

"주, 죽고 싶지 않아……. 사, 살려줘…… 이럴 리가…… 거짓말…… 말도 안 돼……."

곁에서 자신의 손을 붙잡은 아이코에게 말을 거는 건지, 그저 혼잣말에 불과한지 알 수 없는 말을 중얼거린 시미즈. 아이코는 주변에 도움을 요청하는 눈을 보냈지만 다들 시선을 피했다. 이미 손쓸 방법이 없다는 뜻일 것이다. 게다가 표정에 돕고 싶지 않다는 생각이 훤히 드러났다. 그저 학생들만이 시미즈를 용서할 수 없다는 마음이면서도 죽어도 된다는 생각을 할 수가 없어 씁쓸한 표정을 하고 하지메 쪽으로 이따금 시선을 보냈다.

마찬가지로 시미즈의 죽음을 바라지 않는 아이코는 지푸라기라도 잡는 심정으로 고개를 돌려 하지메에게 외쳤다.

"나구모. 아까 그 약을! 지금이라면 아직! 부탁해요."

하지메는 아이코의 말을 예상했던 듯 「역시나……」라고 중얼거리며 한숨을 쉬고 아이코와 시미즈에게 다가갔다. 그리고 아이코에게 어떤 대답이 나올지 알고 있으면서도 질문했다.

"구하고 싶어? 자신을 죽이려 했던 상대를? 아무리 그래도 『선생님』 수준을 넘은 것 같은데."

자신을 죽이려 한 상대를 학생이라는 이유만으로 필사적으로 감쌀 수 있는 『선생님』이 과연 몇 명이나 있을까. 그건 이미 『선생님』이라고 말하기에는 이상한 수준이라 할 수 있지 않을까.

아이코는 그런 의미가 담긴 질문을 정확히 이해했는지 잠시 눈동자가 흔들렸지만 의연한 표정으로 대답했다.

"분명 그럴지도 몰라요. 아니, 분명 그렇겠죠. 하지만 난 그런 선생이고 싶어요. 무슨 일이 있어도 학생의 편에 서겠다고, 그렇게 맹세하고 선생이 됐어요. 나구모…… 부탁이에요…… 부디……."

하지메는 예상했던 대답에 머리를 긁적이며 기분 나빠하면서도 「역시 아이코 선생님이라니까」라고 어쩔 수 없다는 듯 한숨을 쉬었다. 그리고 잠시 무언가를 생각하듯 하늘을 바라보다 한 번 눈을 감고 심호흡을 한 뒤 결연한 표정으로 시미즈의 곁으로 다가갔다.

"시미즈. 들려? 나한텐 널 구할 방법이 있어."

"아!"

"하지만 그 전에 묻고 싶다."

"……."

구할 수 있다는 말에 반응한 시미즈는 삶에 집착하는, 혹은 세계를 증오하는 기침을 멈추고 희번덕거리며 눈을 굴려 하지메를 보았다. 하지메는 잠시 뜸을 들이고 간결하게 질문했다.

"……넌 ……적이냐?"

시미즈는 그 질문에 조금도 주저하지 않고 고개를 저었다. 그리고 비굴한 미소를 지으며 목숨을 구걸하기 시작했다.

"저, 적이 아니야……. 내, 내가 어떻게 됐었나, 봐. ……이제, 그러지 않을게…… 무슨 일이든 할게. ……구해준다면 너, 널 위해 군대도…… 만들고…… 여자도 세뇌해서……. 매, 맹세해……. 네게 충성을 맹세할게. ……무슨 짓이든 할 테니까…… 살려줘……."

하지메는 그 말에 표정이 사라졌다. 그리고 진의를 확인하듯 가만히 시미즈의 눈을 들여다보았다.

시미즈는 마음속까지 엿보이는 기분이 들어 재빨리 눈을 피했다. 하지만 하지메는 제대로 확인했다. 시미즈의 눈이 지금까지 이상으로 어둡게 탁해진 것을. 증오와 분노와 질투와 욕망과 그 외에 다양한 부의 감정이 뒤섞여 마치 빛이 닿지 않는 심해를 보는 것만 같았다.

하지메는 확신했다. 이제 아이코의 말은 결코 시미즈의 마음에 닿지 않는다는 것을. 그리고 시미즈는 반드시 자신들의 적이 될 거라는 것을…….

그래서 결단했다.

순간 아이코에게 시선을 돌렸다. 아이코도 하지메를 보고 있었는지 눈이 마주쳤다. 그리고 그 순간, 아이코는 하지메가 무엇을 할 생각인지 깨닫고 안색을 바꿔 하지메를 말리려 뛰어들었다.

"안 돼!"

하지만 하지메가 압도적으로 빨랐다.

두 발의 총성이 울렸다.

"윽?!"

숨을 삼킨 소리. 그건 누구의 것이었을까.

머리에 한 발, 심장에 한 발.

정확하게 발사된 탄환은 시미즈의 몸을 튕겼고 확실하게 뒤집을 수 없는 죽음을 선사했다.

메마른 총성의 여운이 울리고 아무도 입을 열지 않았다. 그저 하얀 연기를 피우는 총을 한 손에 들고 묵묵히 말 없는 시체를 내려다보는 하지메를 멍하니 바라볼 뿐이었다. 정적이 주변을 지배하고 아무도 움직일 수 없을 때 불쑥 말이 흘러나왔다.

"……대체 왜?"

말을 한 사람은 아이코였다. 멍하니 돌아올 수 없는 강을 건너게 된 시미즈의 시신을 바라보며 그런 의문의 목소리를 냈다.

하지메는 시미즈에게서 시선을 돌려 아이코를 보았다. 그와 동시에 아이코도 하지메에게 시선을 보냈다. 그 눈동자에는 분노와 슬픔, 의혹과 도피, 모든 감정이 떠올랐다 사라지고 다시 떠올랐다 사라졌다.

"적이니까."

그런 아이코의 질문에 대한 하지메의 대답은 실로 간결했다.

"하지만! 시미즈는……."

"마음을 고쳤다고? 미안하지만 그걸 믿을 정도로 난 어리숙하지 않고, 무엇보다 자신의 눈이 틀렸다고 생각하지도 않아."

마지막 질문을 했을 때, 시미즈의 눈은 그 무엇보다 확실하게 『타락했다』는 것을 말해주었다.

죽음의 위기에서 자신이 죽이려 한 아이코의 배려를 받아 조금이라도 삶의 방식이 바뀌지 않았을까, 과거 자신이 타락하려 했을 때 유에의 존재가 자신을 붙들어준 것처럼…….

하지메는 그렇게 생각해 시미즈에게 물었다. 만약 그렇다면 시미즈를 아이코에게 맡겨 목줄을 달아 놓더라도 기회를 주려고 생각했다. 하지만 죽음의 위기에서도 시미즈의 눈동자에 그런 징조는 없었다.

그건 아이코도 느끼고 있었을 것이다. 하지만 아이코는 『선생님』으로서 절대 포기하지 않았다. 포기할 수 없었을 뿐이다.

"그렇다고 죽이다니! 왕궁에 맡겼다가 함께 예전 세계로 돌아간다면…… 가능성은 얼마든지!"

"……어떤 이유를 늘어놓아도 선생님이 받아들이지 않을 거라는 건 알고 있어. 난 선생님의 소중한 학생을 죽였어. 날 어떻게 할지는 선생님이 정해."

"……그건."

"『쓸쓸한 일』. 선생님의 말을 듣고 많이 생각해봤어. 하지만 사람의 생명이 무척이나 가벼운 이 세계에서 적대한 사람을 봐주지 않겠다는 생각은…… 바꿀 수 있을 것 같지 않아. 바뀔 것 같지도 않고. 나한텐 그럴 여유가 없어."

"나구모……."

"난 앞으로도 같은 행동을 할 거야. 필요하다고 생각된다면…… 얼마든지 몇 번이고 방아쇠를 당길 거야. 그게 잘못됐다고 생각한다면…… 선생님도 자신의 생각을 따르면 돼. ……하지만 기억해줘. 설령 선생님이라 해도, 같은 반 아이라 해도, 내 적이 된다면 난 방아쇠를 당길 거라는 걸."

입술을 깨물며 고개를 숙인 아이코.

『자신의 이야기를 듣고서 결단한 일이라면 부정하지 않겠다』 그렇게 말한 건 다름 아닌 아이코였기에 말문이 열리지 않았다.

하지메는 그런 아이코를 보고서 여기서 할 일은 끝났다는 것처럼 뒤로 돌았다. 조용히 다가온 유에와 시아. 하지메의 압력이 담긴 시선을 받은 윌도 아이코 일행의 모습과 마을의 사후 처리 문제로 발길이 떨어지지 않는 듯했지만 조용히 하지메를 따라갔다.

마을의 중진들과 기사들은 하지메가 가진 아티팩트와 하지메 자신을 노리고 말리려 했지만, 갑자기 흘러나온 『위압』에 조금 전 싸움의 괴물 같은 모습을 떠올리고서 내밀었던 손과 꺼내려던 말까지 도로 들어갔다.

"나구모……."

유카의 속삭임. 하지만 그것은 불러 세우려는 의도는 아니었다. 그저 혼란스러워서, 태풍을 만나 거칠어진 바다처럼 마음이 흐트러져 스스로도 잘 알 수 없이 나온 말이었다. 그건 곁에 있던 다른 아이들도 마찬가지인지 무언가를 말하고 싶은 표정으로 하지메의 등을 보았지만 떨리는 몸과 흐트러진 마음이 말문을 막히게 했다.

"나구모! ……선생님…… 선생님은……."

뒷말은 이어지지 않았지만 『선생님』의 긍지가 하지메의 이름을 불렀다. 하지메는 잠시 멈춰 어깨 너머로 아이코에게 말했다.

"……선생님의 이상은 이미 환상에 불과해. 하지만 세계가 바뀌고도 우리의 선생님으로 있어주려 한 건 고마워. ……될 수 있으면 좌절하지 마."

그리고 이번에야말로 멈추지 않고 사람들 사이를 빠져나가서 브리제를 꺼내 일행을 태운 뒤 떠나갔다.

이제는 뭐라 말할 수 없는 미묘한 분위기와 살아남은 것을 기뻐하는 주민들의 소동만이 남았다.

【북쪽 산맥 지대】를 등지고 브리제는 흙먼지를 피우며 남쪽으로 질주했다. 몇 년간, 몇천 몇만이나 되는 사람이 오가며 굳어졌을 뿐인 길이지만, 【우르 마을】에서 【북쪽 산맥 지대】로 이어진 길에 비하면 훨씬 편했다. 충격 완화 장치가 있는 사륜

은 진동을 최소한으로 억누르며 빠르게 휴렌을 향해 달렸다.

앞쪽 좌석에서 창문을 활짝 열고 토끼 귀를 펄럭이며 바람을 즐기던 시아는 브리제보다 슈타입이 좋은지 약간 불만스러워 보였다. 듣자니 토끼 귀가 바람을 가르는 감촉과 하지메를 꼭 안으며 어깨에 얼굴을 얹는 자세가 마음에 든 듯했다.

운전은 당연히 하지메가 했다. 그 옆에는 항상 그랬듯 유에가 앉았고 뒷좌석엔 윌이 타고 있었다. 윌은 살짝 몸을 내밀어 하지메를 배려하려는 듯 말을 걸었다.

"저기~, 정말 이렇게 나와도 괜찮았던 건가요? 말해 둬야 할 일이 있던 건…… 특히 아이코 님에겐……."

하지메는 정면을 주시한 채 가볍게 대답했다.

"응? 괜찮아. 그 이상 거기에 있어 봤자 성가신 일만 일어날 테고…… 선생님도 지금은 내가 없는 편이 좋은 결단을 내릴 수 있을 테니까."

"……그건 그럴지도 모르지만요……."

"넌 진짜…… 사람이 좋다고 할지…… 남을 너무 걱정하는 거 아니야?"

하지메는 자신의 말을 듣고도 걱정스러운 표정을 한 윌을 보고서 쓴웃음을 지었다. 만나고 얼마 안 되는 모험가의 죽음을 진심으로 슬퍼했고, 수많은 마물이 쳐들어왔을 땐 자신과 상관없는 마을을 위해 남았다. 게다가 원수인 티오를 용서했으며 지금은 반쯤 협박으로 데리고 나온 하지메와 아이코 일행의 관계를 걱정하고 있다. 왕국의 귀족이면서도 모험가를 꿈꾸는 괴짜라고 생각했지만 그 정도가 아니라 자신도 모르게 남을 걱정할 정도로 착한 사람이다.

"……좋은 사람."

"좋은 사람이네요~."

"음, 좋은 녀석이구나."

월은 일제히 쏟아진 말에 복잡한 표정을 했다. 칭찬이긴 해도 여자로부터 『좋은 사람』이라는 평가는 남자로선 무척이나 미묘한 평가라고 생각했다.

"저, 저에 대한 건 됐어요. ……전 제대로 이유를 설명해야 하지 않았느냐고 말하고 싶었을 뿐……."

"……이유라고?"

미묘한 표정으로 뺨을 긁적이며 말을 이은 월. 하지만 하지메는 월의 말에 눈썹을 씰룩이며 반응했다.

"네. 아이코 님과 응어리가 남을지도 모르는데 왜 시미즈라는 소년을 죽였는지…… 그 이유를요."

"……말했잖아. 적이기 때문이라고."

"그건 그를 『구할 수 없는』 이유긴 해도 『죽인』 이유는 아니잖아요? 그는 그때 이미 치명상을 입어 내버려 둬도 몇 분밖에 살지 못했을 거잖아요. ……일부러 죽인 건 이유가 있는 거죠?"

"……생각보다 냉정하게 보고 있었네."

월의 지적은 지당한 말이자 핵심이기도 했다. 구해달라는 아이코의 목소리가 울리는 곳에서 같은 반이었던 시미즈를 가차 없이 죽인 하지메의 행위는 그만큼 충격적이어서, 구태여 죽일 필요가 없다는 사실이 가려졌다.

그것을 태연히 깨달은 윌은 이러니저러니 해도 귀족으로서의 『눈』을 갖고 있다는 뜻이리라. 하지메는 미처 얼버무리지 못한 윌에게 감탄했다는 표정을 했다.

창밖으로 얼굴을 내밀고 바람을 즐기는 시아도 「그러고 보니 저도 신경 쓰였어요」라고 궁금하다는 얼굴로 운전석에 앉은 하지메에게 얼굴을 돌렸다. 하지메는 어떻게 대답할지 조금 주저했지만 무언가를 말하기 전에 유에가 대신 대답했다.

"……하지메, 츤데레."

"……."

"""츤데레?"""

유에의 지적에 짐작 가는 부분이 있는 건지 포커페이스로 입을 다문 하지메. 다른 멤버는 앵무새처럼 되물었다.

"……아이코에 대한 보답? 아니면 평범한 배려?"

"……그냥 겸사겸사야."

고개를 돌리고 무뚝뚝하게 대답한 하지메를 보고서 유에가 정답을 알고 있다고 생각한 일행이 설명을 요구했다.

대답하지 않는 하지메를 대신한 유에의 설명에 따르자면 아이코가 시미즈의 죽음에 책임을 느끼지 않도록 의식을 돌렸다고 한다.

시미즈는 말했다. 자신이 만난 마인족의 목적은 『풍작의 여신』 아이코를 살해하는 것이라고. 그 말은 아이코를 죽이기 위해 시미즈를 이용했다는 뜻이다. 마지막 그 공격도 **아이코를 죽이기 위해** 시미즈의 몸을 향해 발사한 것이다.

물론 시미즈의 죽음에 대해 아이코가 책임을 질 필요는 없다. 시미즈는 자신의 의지와 욕망을 위해 마인족에게 영혼을 팔았고 그 결과가 자신의 죽음이었을 뿐이다. 자신이 선택한 결과인 이상 그 책임은 시미즈 자신이 짊어져야 하며, 그렇지 않더라도 직접 시미즈에게 치명상을 입힌 그 마인족에게 책임이 있다고 해야 할 것이다.

하지만 과연 아이코는 그렇게 받아들일 수 있을까. 마지막 공격이 아이코를 노린 것이라는 건 명백했다. 그렇다면 책임감이 강하고 항상 학생을 먼저 생각하는 아이코라면 자신에게 휘말려 시미즈가 죽었다, 다시 말해 자신 탓에 시미즈가 죽었다고 생각하지는 않을까. 아마 그럴 가능성이 클 것이다. 그리고 그 생각에 이르렀을 때 아이코의 마음이 견딜 수 있을까. 하지메는 그 점을 우려했다.

아이코는 이세계 소환이라는 비정상적인 사태에 인간으로서 불안과 공포를 크게 느꼈을 것이다. 하지만 제자리에 멈춰 한탄하거나 공포에 떨며 움츠리지 않고 자신이 할 수 있는 일을 찾아 노력한 것은, 그녀가 『선생님』으로서의 긍지를 갖고 있기 때문이다.

그리고 아이코가 『선생님』으로 있을 수 있는 건 『학생』의 존재 덕분이다.

그 학생을 자신 탓에 죽게 하고 말았다. 그 충격은 예전에 하지메가 죽었다고 들었을 때보다, 당사자인 하지메에게서 같은 반 아이의 배신을 들었을 때보다도 훨씬 강력한 칼이 되어 아이코의 마음에 상처를 줄 것이다. 어쩌면 마음이 꺾일 정도로……

하지메는 이런 일로 아이코가 좌절하면 곤란하다는 타산도 있었지만 아이코를 걱정하는 마음도 분명 있었다. 하지메는 아이코의 말이 지나치게 이상적이라고 생각했다. 그 때문에 많은 모순을 낳게 됐다는 것도……

하지만 아이코가 해준 말은 분명 미래에 유에와 시아를 보다 행복하게 하기 위해 필요한 것이라고 생각했다. 그렇기 때문에 설령 세계가 달라지고 하지메 자신이 달라졌음에도 하지메의 『선생님』으로서 『설교』해준 것에 나름대로 고마움을 느꼈다.

그래서 하지메는 내버려 둬도 죽는다는 걸 알았지만 일부러 시미즈를 죽였다. 될 수 있으면 인상이 강해지도록 시미즈가 『적』이라는 것을 강조하기 위해. 그렇게 해서 시미즈를 죽인 건 하지메라는 인상을 심어주었다. 아이코의 마음이 꺾이지 않도록, 그녀가 바라는 대로 변함없이 『선생님』으로 있을 수 있도록 의리를 저버리고자 생각했다.

"……후후, 하지메 씨는 정말 시치미를 뗀 거네요."

"그렇게 된 거였군요……"

"그렇군~. 주인님은 생각보다 귀여운 구석이 있구나."

유에가 하지메의 생각을 다른 사람들에게 설명하자 하지메를 보는 그들의 시선에 온기가 담겼다. 하지메는 여전히 고개를 돌린 상태였다.

"……하지만 아이코는 깨달을 거라고 생각해."

"……."

말없이 유에에게 시선을 돌린 하지메. 유에는 눈동자에 자상함을 담아 하지메를 마주 보았다.

"……아이코는 하지메의 선생님. 하지메의 마음에 남는 말을 보낸 사람. 그렇다면 깨닫지 못할 리 없어."

"유에……."

"……괜찮아. 아이코는 강한 사람. 분명 하지메가 원치 않는 결과가 되지는 않을 거야."

"……."

아무래도 유에는 하지메에게 자신을 돌아보게 만든 아이코를 어느 정도 신뢰했던 모양이다.

하지메는 강인함과 자상함이 담긴 눈동자로 자신을 올려다보는 유에에게, 마찬가지로 미소 지으며 부드럽게 마주 보았다. 유에의 말로 아이코에 대한 일과 앞으로의 전개에 대해 마음에 끼었던 안개가 걷힌 것 같은 기분이 들었다.

"하아~, 또 둘만의 세계를 만들었네요. 저는 언제쯤 저런 분위기를 만들 수 있을까요……."

"이, 이건 정말이지…… 어쩐지 입 안이 달달해지는 느낌이군요."

"음~. 난 매도해주는 편이 좋다만…… 저런 것도 나쁘지 않구나."

하지메와 유에의 달콤한 분위기를 보고서 어색해진 윌 일행. 특히 시아는 뺨을 부풀리고 입술을 삐죽 내밀며 삐친 모습이었다.

그것을 깨달은 유에가 시아에게 시선을 돌렸다가 다시 하지메에게 시선을 맞춰 무언의 호소를 했다. 내용은 말할 것도 없이 『시아에게 포상을』이었다. 시아의 고유 마법 『미래시』와 목숨을 건 행동이 없었더라면 지금쯤 아이코는 머리에 구멍이 뚫려 돌아올 수 없는 사람이 됐을 것이다. 시아는 말 그대로 하지메의 은사를 구한 것이다.

하지메는 그 사실을 충분히 이해하고 있기 때문에 「윽」이라고 말문이 막히면서도 유에에게서 시선을 돌려 시아에게 말을 걸었다.

"……시아. 그, 뭐냐. 이번엔 도움이 됐다. 늦었지만…… 고마워."

"……………………………누구세요?"

살짝 부끄럽지만 꾹 참고서 고맙다는 말을 한 결과, 돌아온 것은 경악한 표정과 그런 말이었다. 하지메의 이마에 힘줄이 떠올랐지만 자업자득이라는 걸 알기에 참았다.

"뭐, 그런 태도를 보이는 것도 어쩔 수 없다고는 생각하지만…… 이래 봬도 이번엔 제법 진짜로 고마워하고 있어."

하지메를 응시한 시아에게 이번엔 제대로 시선을 맞추며 고맙다는 말을 했다.

그런 하지메의 직접적인 말을 들은 시아는 온몸에 전기가 흐른 것처럼 부들부들 몸을 떨더니 갑자기 침착함을 잃고 안절부절못했다. 시선을 이리저리 굴리며 뺨을 새빨갛게 물들였다. 토끼 귀는 이리로 뿅, 저리로 뿅.

"저, 저기. 아니요, 그런, 딱히 대단한 일은 아니라고 할지, 그런 말을 들을 정도는 아니라고 할지…… 에, 에이. 갑자기 뭐예요! 어쩐지 엄청 부끄럽잖아요오………… 헤헤."

기쁘고 부끄러운지 몸을 비트는 시아를 본 하지메는 살짝 웃으며 조금 궁금하던 것을 물었다.

"시아. 조금 신경 쓰였는데…… 왜 그때 망설이지 않고 뛰어들었지? 선생님과 많은 이야기를 나눈 것도 아니잖아. 몸을 내던질 정도로 친한 것 같지도 않았는데……."

"그야 하지메 씨가 마음을 쓰는 사람이잖아요."

"……그것뿐이야?"

"응? 네, 그것뿐인데요?"

"……그래."

시아의 의아해하는 표정에 하지메는 무어라 말할 수 없는 표정을 했다.

분명 하지메에게 있어 아이코는 은사라 할 수 있는 존재이긴 하다. 나머지 반 아이들과는 달리 사라진다면 나름대로 충격을 받을 상대다. 죽지 않아 다행이라고 솔직하게 생각하는 상대인 것이다.

하지만 그것을 명확하게 말로 꺼낸 적은 없었던 것 같은

데……. 유에도 그렇고 시아까지 하지메의 심정 정도는 쉽게 간파한 모양이다. 그만큼 항상 마음을 열고 있다는 뜻이리라. 새삼스럽게 자신에겐 과분한 동료라는 생각이 들었다.

유에의 말 때문이 아니더라도 어떤 형태로든 보답해야겠다고 생각한 하지메가 아직도 부끄러워하는 시아에게 말을 걸었다.

"시아. 뭔가 해줬으면 하는 거 있어?"

"네? 해줬으면 하는 거……요?"

"그래. 보답이랄지 보상이랄지…… 뭐, 그런 거. 물론 내가 할 수 있는 범위 안에서."

갑작스러운 말에 살짝 당황한 시아. 동료로서 당연한 일을 했다고 생각했기 때문에 조금 거창한 게 아닌가 생각했다. 「으, 음~」이라고 신음하며 아무렇지 않게 옆에 앉은 유에를 보자, 유에는 자상한 표정으로 시아를 마주 보며 고개를 끄덕였다. 시선을 통해 하지메가 고마워하고 있다고 알려주며 솔직하게 받아들이라고 일렀다. 그것을 정확하게 받아들인 시아는 잠시 생각에 잠긴 뒤 배시시 웃더니 유에에게 고개를 끄덕이고 하지메에게 시선을 돌렸다.

"그럼 제 첫 경험을 받아—."

"안 돼."

빠르게 거절당한 시아의 부탁. 시아는 차가운 눈을 했다.

"……왜요? 아무리 생각해봐도 마침내 봄바람이 불기 시작한 순간이잖아요? 그렇지 않나요? 분위기 파악 좀 해주세요!"

"『할 수 있는 범위』라고 말했잖아."

"충분히 할 수 있는 범위잖아요! 은근슬쩍 절 멀리하고 유에 씨하고는 했으면서! 다 알아요! 두 사람의 관계를 알 때마다 가슴에 멍이 들어요! 으으, 휴렌에 도착하면 또 저만 심부름 보내 놓고 그사이에 사랑을 나눌 거죠? 훌쩍, 또 저만······혼자서 시간을 보내게 되겠네요. ······팔팔해진 유에 씨를 보고서 또 못 본 척해야 하는군요. ······제길, 이에요······."

"아니, 울 것까진······. 내가 좋아하는 건 유에고, 넌 뭐, 소중한 동료라고 생각하지만 애정은······ 그런 상대를 안는다는 것도 좀······."

"······훌쩍. ······하지메 씨는 겁쟁이!"

"······야."

"배짱도 없어! 속 좁은 얼간이! 패기도 없고! 무뚝뚝한 변태!"

드디어 올 때가 왔다며 기뻐했던 만큼 크게 분개한 시아. 지금까지의 불만까지 한꺼번에 토해 낼 기세로 훌쩍이며 하지메를 매도했다.

"푸흡. ······수만 규모의 마물을 처리한 남자가······ 겁쟁이······ 푸흡."

"주인님은 의외로 순진하구나. 아직 관계를 갖지 않았을 줄은······. 엉덩이 첫 경험을 빼앗긴 내가 한발 앞섰다니······."

뒷좌석에서 그렇게 속삭이는 목소리가 들렸다. 하지메는 이 녀석들을 차 밖으로 던져줄까 잠시 고민했지만 곁에 있는 유에가 왠지 몰라도 비난 섞인 시선을 보냈기 때문에 꾹 참았다.

그리고 경직된 얼굴로 다시 시아에게 말을 걸었다. 그리고 나중에 윌을 혼내주자고 마음속으로 맹세했다. 또 하나의 목소리는…… 상대하고 싶지 않으니 내버려 두자.

"시아. 조금 더 난이도를 낮춰봐. 그것 이외라면……."

"……하지메, 안 돼?"

어째서인지 유에가 거들었다. 시아는 「유에 씨~」라고 한심한 목소리를 내며 유에에게 찰싹 안겼다.

분명 유에는 하지메가 시아를 안는 것을 용인한 듯했다. 최근 유에는 정말로 시아에게 자상하다. 하지메는 깊은 우정 때문이라고 생각했지만, 어쩐지 말괄량이 여동생을 돌보는 언니처럼 됐다. 게다가 상당한 시스터 콤플렉스 타입.

귀여운 소녀에게서 다른 여자를 안아달라는 부탁을 받는다. ……도저히 영문을 알 수 없는 상황에 하지메는 골머리를 앓았다. 하지만 하지메에게도 양보할 수 없는 마음이 있다.

"……내가 진심으로 원하는 건 유에, 너뿐이야. 시아는 싫지 않고, 동료로서 소중하다고 생각하지만…… 유에와 똑같이 여길 생각은 없어."

하지메의 진지한 이야기에 유에가 「으흠」 하고 이상한 신음을 냈다. 그 가슴에 안긴 시아의 토끼 귀는 「어쩐지 분위기가 이상한데?」라는 것처럼 살며시 하지메 쪽으로 돌아가 있었다.

"난 유에에게 독점욕을 갖고 있어. 어떤 이유든 다른 남자가 곁에 있는 건 허락할 수 없을 것 같아. 속이 좁다고 생각할지도 모르고 제멋대로라고 생각할지도 모르지만…… 유에도 나와 같은 마음이면 좋겠다고 생각해. 그러니 아무리 상대가 시아라도 다른 여자와 관계를 갖길 권유하지는 말아주지 않겠어?"

"……하지메."

유에는 시아에게 팔을 붙들린 채 뺨을 붉게 물들이고 촉촉한 눈동자로 하지메를 올려다보았다.

하지메 또한 살짝 한 손을 유에의 뺨에 가져가 부드럽게 쓰다듬으며 마주 보았다. 두 사람 사이에 달콤한 분위기가 감돌았다. 주변의 공기조차 선명한 분홍색으로 변한 것처럼…….

마주 보는 두 사람의 얼굴이 점점 가까워지더니—.

"……절 완전히 잊으셨네요. ……저에게 상을 준다는 이야기였는데……."

험악한 목소리와 차가운 눈으로 시아가 가까이서 마주 보는 하지메와 유에를 노려보았다. 그제야 주변 상황을 깨달은 두 사람은 서둘러 거리를 벌렸다. 유에는 아직 부끄러운지 한 손으로 그 아름다운 머리카락을 만지작거리며 마음을 진정시켰다.

갑작스러운 고백으로 알게 된 하지메의 본심에 제법 심란한 듯했다. 무표정했던 얼굴에서 자연스레 입가가 올라가고 말았다. 독점하고 싶다는 말도, 독점당하고 싶다는 말도 사람에 따라선 부담스럽다고 생각할지도 모르지만 유에에겐 더할 나위 없이 기쁜 일이었다. 마음이 떨리고 자신도 모르게 하지메

이외의 모든 것을 잊을 정도였다.

"……그렇군요. 어쩐지 세 분의 관계를 알겠어요. ……시아 님은 고생이 많으시군요."

"음……. 유에와의 인연이 깊구나. 이건 끼어들기가 어렵겠다만…… 뭐, 난 혼만 난다면 그걸로……."

월이 하지메와 유에와 시아의 관계를 깨달으며 달짝지근한 표정을 했다. 뒤에서 무슨 상상을 했는지 하악거리기 시작한 변태의 존재 따윈 모른다.

"……하지메, 미안. 하지만 시아도 소중해……. 보답해줬으면 좋겠어. 그러니까 마을에서 하루 정도 어울려주는 것은…… 안 될까?"

"유에 씨~."

계속해서 하지메에게 시아를 부탁하는 유에. 시아는 머리를 쓰다듬어주며 고민해준 유에에게 어리광 부리듯 얼굴을 가져갔다. 하지메는 그 모습을 보고 미소 지으며 대답했다.

"그 정도는 부탁하지 않아도 들어줘야지. 그보다 유에의 부탁이란 명목이면 시아도 좀 그렇잖아? 시아가 부탁하면 그 정도는 함께해줄게."

"하지메 씨……. 아니, 이것저것 따질 여유가 없으니 기정사실이 이뤄진다면 뭐든지 좋지만요!"

"……정말이지 넌……."

"뭐, 아직 그건 무리일 것 같으니 우선 호감도를 올리는 데이트로 참을게요. 휴렌에 도착하면 관광 지구에 데려가 주세요."

"그래, 알았다."

특별한 건 유에뿐이라고 은근슬쩍 다시 알릴 셈이었지만, 알면서도 전혀 굴하지 않는 시아에게 복잡한 표정을 하고 원하는 대로 해주자며 데이트 신청을 받아들인 하지메였다.

시아가 소중한 존재라는 것은 변함없기 때문에 유에에게 부탁받아 어쩔 수 없이 받아들인 게 아니라 이번 일의 노력에 보답해주자고 진심으로 승낙했다. 곁에 있던 유에가 자상한 표정으로 「와~!」 하고 기뻐하는 시아의 토끼 귀를 쓰다듬었다.

"뭘까요, 이 소외감은. 단란한 가족 사이에 끼어든 남 같은 기분이에요."

"으, 음. 이건 방치 플레이치고는 전혀 느낌이 오지 않는구나…… 쓸쓸할 뿐이야…… 그보다 슬슬 누군가 내게 반응해줘도 되지 않느냐? 받아들여 줘도 괜찮지 않느냐?"

시시덕거리는 앞자리 뒤쪽에서 어색한 표정을 한 윌. 그리고 아무도 부르지 않았지만 어느 틈엔가 짐칸에 올라타 차 안과 연결된 창문으로 얼굴만 차 안에 넣고는 아까부터 이따금 대화에 참가한 티오.

싸움 전에 하지메를 따라가고 싶다고 부탁했음에도 결국 방치되다 못해 존재 자체가 잊혀져 서둘러 브리제의 짐칸에 올라탔지만, 잔인한 대우에 흥분해 거친 숨을 몰아쉬며 차 안을 들여다보고 있었다. 그녀의 모습에 차에 탄 모두가 질려버려 없는 사람 취급을 해 왔던 것이다.

물론 처음엔 떨어뜨리려고 거친 속도를 자랑하는 모 영화처럼 엉망으로 운전했지만 마법을 최대한 활용해 억지로 달라붙어 따라왔다. 게다가 점점 흥분했는지 황홀한 표정을 해서 하지메도 엮이지 않기로 한 것이다. 변태는 반응하면 할수록 기뻐하는 법이다.

그렇게 아무도 반응해주지 않은 상황에서 방치 플레이라며 흥분하던 티오는 하지메 일행의 행동을 보고 쓸쓸해졌는지 드디어 직접 신경 써달라고 호소했다.

하지만 아무도 반응하지 않자 짐칸과 연결된 창문을 통해 차 안으로 질질 기어들어 왔다. 검고 긴 머리를 아래로 늘어뜨리고 천천히 기어 침입해 오는 모습은 마치 예전 동그란 영화의 사다○ 씨#9를 방불케 했다.

역시 기분 나빠졌는지 윌이 무시하지 못하고 「우앗!」 하고 소리치며 창가로 물러났다. 그 목소리에 반응한 하지메 일행도 뒷좌석을 보았다.

"음? 음~, 끼, 끼었구나. 가슴이 걸려서…… 안 들어가는구나. 윌, 미안하지만 당겨주겠느냐?"

말캉말캉 변형하는 시아 이상의 거대한 가슴이 창틀에 끼어 버둥대던 티오가 윌을 향해 당겨달라며 손을 뻗었다. 마치 저주할 상대에게 다가오는 사다○ 씨다. 그것을 본 하지메는 말없이 왼쪽 홀스터에서 슈라크를 뽑아, 팔꿈치를 돌려 어깨 너머로 주저하지 않고 쏘았다.

"으앗?!"

#9 동그란 영화의 사다○ 씨 일본 호러 영화 「링」에 등장하는 유령 「사다코」

총성과 함께 날아간 탄환이 티오의 이마에 직격했고 그 충격으로 짐칸으로 되돌아갔다. 짐칸에서 우당탕 구르는 소리가 들렸다.

"무, 무슨 짓이냐. 갑자기 그런 짓을 하면…… 흥분하잖나."

뺨을 물들이고 살짝 기쁜 듯 이마를 만지작거리며 투덜…… 거리는 게 아니라 변태 발언을 한 용인족 티아. 그녀는 이번엔 다리부터 들어오려는 건지 창문에 발을 넣고는 뒤를 돌아 차 안으로 들어왔다.

하지만 이번엔 그 탱탱한 엉덩이가 창틀에 끼어 매혹적인 엉덩이를 흔들며 어떻게든 안으로 들어오기 위해 애썼다.

하지메는 말없이 슈라크를 연사해 티오의 엉덩이를 차 밖으로 날려버리려 했지만 상당히 꽉 낀 데다 탱탱한 엉덩이가 충격을 완화했는지 뒤로 날릴 수 없었다.

오히려 탄환이 엉덩이에 맞을 때마다 「아아앙!」이라든가 「격렬하구나!」라든가 「주인님~」이라고 미성년자 관람 불가 판정을 받을 것 같은 교성을 질렀기 때문에, 표정이 굳어진 하지메는 어쩔 수 없이 사격을 단념했다. 역시 변태는 상대해선 안 된다.

용인족에게 동경을 품었던 유에는 이미 자신이 갖고 있던 이미지가 환상처럼 사라졌음에도 다시 충격을 받고서 한쪽 손으로 눈가를 가리고 말았다.

티오는 총격이 멈춘 것을 깨닫고 어떻게든 엉덩이와 가슴을 비틀어 「후우~」 하고 한숨을 내쉬며 드디어 차 안으로 침입했다.

"하아, 하아. 정말이지…… 장소를 가리지 않다니 못 말리는 주인님이구나. 하지만 안심해라. 난 어떤 사랑이라도 받아들이겠다. 그러니…… 더 해도 괜찮다. 더 격렬하게 해도 괜찮다."

"시끄러워, 변태. 몸을 내밀지 마, 이쪽으로 오지 마. 그냥 저 문을 열고 당장 뛰어내려."

"윽?! 하아, 하아……. 정말이지 주인님은 날 잘 아는구나. ……하지만 거절한다. 난 주인님을 따라가기로 정했으니 말이다. 헤어질 이유가 전혀 없구나. 주인님이 무슨 말을 하더라도 따라갈 거다. 절대 떨어지지 않을 거다."

차 안에 들어오자마자 변태 발언을 연발한 티오에게 하지메가 차갑게 쏘아붙이자 티오는 더욱 황홀한 표정을 보이면서 단호하게 주장했다. 표정이 단호한 분위기를 망쳤지만…….

"웃기지 마. 책임 같은 소리 하네. 그건 그냥 죽자 살자 싸운 거잖아. 죽이지 않은 것만으로도 고맙게 생각해. 그리고 용인족의 역할이라면 용사가 있잖아. 그 녀석이 소환의 중심이니까 녀석한테 가버려."

"싫다. 죽어도 싫다. 용사라는 녀석이 어떤 녀석인지는 몰라도 주인님보다 무자비하고 가차 없는 벌을 줄 것 같지는 않구나! 그리고 얕보지 마라! 이미 난 『주인님』이라 부를 상대를 정해 두었다. 기분에 따라 주인을 바꿀 정도로 가벼운 여자가 아니란 말이다!"

눈을 부릅뜨고 주먹을 쥐며 역설한 티오. 멋진 말을 한 것 같지만 결국 하지메의 가차 없는 대우가 기뻐 포기할 수 없다는 변태 선언일 뿐이다.

"도망쳐도 따라갈 거다. 이런저런 마을에서 내 처음을 빼앗은 끝에 이런저런 일을 당해 주인님 없인 살 수 없는 몸이 됐다고 떠들며 주인님의 인상을 전하고 다닐 거다."

"……너 말이다."

힘줄이 불거진 하지메는 진짜로 성가신 녀석이라고 생각해 눈에 힘이 들어갔다. 차라리 죽여 버릴까 생각했지만 적도 아니니 유에가 말릴 것이다. 그렇다면 기억이 날아갈 때까지 계속 때려볼까도 생각했으나 튼튼함이 장점인 이상 기억이 날아가지 않으면 돌이킬 수 없을 정도로 기뻐할 것 같아 내키지 않았다.

그 결과, 정말 싫다는 얼굴로 노려볼 수밖에 없었다. 하지만 그런 시선에도 흥분했는지 몸을 떤 티오. 이미 돌이킬 수 없는 상태인지도 모른다.

"주인님, 그렇게 싫은 표정 하지 말아다오. 난 도움이 될 거다. 주인님 일행만큼이나 말도 안 되는 수준은 아니지만 그 싸움으로 증명됐지? 무슨 목표가 있는지는 몰라도 나도 함께 가게 해다오. 주인님, 부탁이다."

"본능적으로 안 돼."

"크?! 하아, 하아……. 음! 음!"

이야기를 전혀 받아주지 않는 하지메의 말에 티오는 두 팔로 무언가를 참듯 자신의 몸을 안고서 허리를 꼬물꼬물 틀었다. 그런 티오의 행동에 하지메뿐만 아니라 차 안의 모두가 싫다는 얼굴을 했지만, 얼마 후 하지메가 깊은 한숨을 쉬며 어딘가 피곤한 표정으로 입을 열었다.

"……그렇게 말하고 싶지만 무슨 소릴 해도 안 들을 거지? 우리를 방해하지 않을 거라면 마음대로 해. 난 이제 네게 이러쿵저러쿵할 기력조차 없으니까……."

"오? 오오~, 그러냐, 그러냐! 음, 그럼 앞으로 잘 부탁한다, 주인님, 유에, 시아. 나는 티오라고 부르면 된다! 후후후, 즐거운 여행이 될 것 같구나……."

"……음."

"자, 잘 부탁해요……."

기뻐하는 티오를 흘겨본 하지메는 다시 한 번 한숨을 쉬었고, 유에는 불만스러운 듯 신음을 흘렸으며, 시아는 머뭇거리면서 인사했다.

새로운 동료, 변태 용인족 티오가 더해진 일행은 【중립 상업 도시 휴렌】으로 향했다.

거기서 기다리는 새로운 만남을 하지메 일행은 모른다. 그리고 【휴렌】보다 더 먼 곳에서 기적적인 재회가 기다리고 있다는 것도…….

하지메 일행이 떠나고 3일이 흐른 【우르 마을】.

황폐해진 대지의 조정과 엄청난 수의 마물 시체 처리 등으로 골치 아픈 문제는 많지만 마을과 사람이 무사한 상황은

말 그대로 기적이라고밖에 할 수 없는 결과였다.

그 좋은 소식은 곧바로 피난했던 주민들과 주변 마을, 왕도에 전해졌다. 돌아온 주민들은 재회한 가족과 연인, 친구들과 얼싸안으며 서로의 무사를 기뻐했고 【우르 마을】에서는 마치 축제 같은 소동이 벌어졌다.

마을 주변에는 하지메가 설치한 방벽이 그대로 남아 있었고, 전투를 시종일관 지켜본 사람들은 방벽에서 황폐해진 대지를 가리키며 얼마나 상식 밖의 싸움이었는지를 손짓 몸짓을 섞어 가며 신화의 이야기꾼처럼 들려주었다.

피난했던 사람들, 특히 아이들은 그런 그들의 이야기에 눈을 반짝였다. 셈이 빠른 상인들은 이미 하지메의 방벽을 【우르 마을】의 새로운 명물로 삼아 돈벌이로 삼을 생각이었다.

그리고 마을 사람들은 하지메와 아이코 사이에 있었던 일을 모르기 때문에, 아직까지 하지메 일행을 『풍작의 여신』이 보낸 사자라고 믿고 있어 하지메가 설치한 방벽을 『여신의 방패』라고 이름 붙여 숭배했다.

또한 백발 안대의 소년 하지메를 『여신의 검』, 혹은 『여신의 기사』라 부르며 방벽과 마찬가지로 숭배했다. 그것을 들은 데이비드를 포함한 진짜 호위 기사들이 하지메와 아이코의 입맞춤을 떠올리며 「역시 그 녀석은 마음에 안 들어!」라고 날뛰었던 것은 또 다른 이야기. 나중에 자신의 별명을 들은 하지메가 몸부림쳤던 것도 다른 이야기다.

자신에게 부끄러운 별명이 붙었다는 약간의 오산은 있었지만 하지메의 예상대로 아이코의 명성과 인망이 크게 올랐다.

마을을 돌아다니면 모든 사람의 시선이 모이는 게 아닐까 싶을 정도로 집중포화를 받았고, 개중에는 「고맙습니다~」라고 기도하는 사람까지 있었다. 이 마을에서 확실하게 눈에 보이는 형태로 사람들을 구한 아이코는 말 그대로 『여신』이었다. 그 소문은 이미 주변으로 퍼지기 시작했다. 적어도 【우르 마을】에선 이미 성교 교회의 사제보다 아이코의 말이 무게를 갖는 건 확실할 것이다.

정작 아이코는…… 마을 부흥 지원과 중진들에 대한 대응 등을 무난히 해냈지만, 친한 사람은 확실히 알 수 있을 정도로 확연하게 마음이 딴 데 있는 모습이었다.

원인은 말할 것도 없으리라. 싸움 전에 하지메에게서 들은 충격적인 수많은 사실 탓도 있지만 무엇보다 하지메가 시미즈를 죽였다는 사실이, 그 순간의 광경이 아이코의 뇌리에서 떠나지 않고 마음을 잠식했다.

그날도 하루의 일과가 끝난 저녁 식사 시간, 『물 요정 여관』에서 평소처럼 학생들이나 호위대 기사들과 식사를 하고 있었을 때였다. 아이코는 기계적으로 음식을 먹으면서 어딘가 멍한 모습을 하고 마음이 없는 대답을 할 뿐이었다.

"아이 선생님……. 역시 아이 선생님의 마법은 굉장하네요! 그렇게 거칠어진 대지가 점점 정화되다니……. 앞으로 일주일 정도만 있으면 예전처럼 돌아오겠어요!"

"……그러게요. ……다행이에요."

유카가 아이코의 넋이 나간 모습에 안쓰러운 표정을 하며 일부러 밝은 태도로 말을 걸었다. 아이코가 이상해진 원인을 알고 있기 때문에 어떻게든 위로해주고 싶었다. 하지만 유카의 밝은 말에도 아이코는 교과서를 읽는 것처럼 마음에 없는 답변만 했다.

유카는 자신의 은인이 같은 반 아이를 사살하는 충격적인 광경에 아직도 마음속으로 적잖은 동요가 남았고, 그래서인지 아이코를 위로하는 태도에도 무리하는 분위기가 담겨 있었다. 그런 상황이다 보니 유카는 진심으로 분위기를 밝게 만들 수 없었고 아이코에 대한 배려도 그다지 효과를 보지 못했다. 그건 당연히 다른 아이들도 마찬가지였다.

"아이코……. 오늘도 촌장이나 사교님에게서 무슨 말 들었어? 정말 힘들면 내게 말해줘. 설령 사교님이라 해도 아이코를 힘들게 하는 건 내가 허락하지 않아. **내가** 아이코의 기사니까. 언제든 **나만큼은** 아이코 편이야."

"……그러게요. ……다행이에요."

데이비드가 격려하고 싶은 건지 구애하고 싶은 건지 모르겠는 말을 아이코에게 보냈다.

신전 기사면서 사교에게 대든다는 발언은 상당히 위험하지만 이미 사랑의 전사가 된 데이비드에겐 상관없었다.

유난히 『나』라는 부분만 강조한 것은 누구에게 대항하려는 건지…… 주변 기사들도 그것을 알고 데이비드에게 동의하면서 은근슬쩍 치고 나가려는 자신들의 대장에게 날카로운 견제의 시선을 보냈다.

하지만 그런 데이비드의 티 안 나는 어필은 점심시간대 장수 프로그램의 맞장구처럼 똑같은 말로 가볍게 넘어갔다. 들었는지조차 의심스럽다. 아츠시 일행은 어깨를 늘어뜨린 데이비드를 보고 꼴좋다는 표정을 했다. 일부 기사들도 같은 표정이었다.

그런 학생들과 기사들의 행동을 깨닫지 못한 아이코는 딱히 아무런 반응도 없이 덤덤하게 식사를 계속했다.

'……내가 좀 더 제대로 시미즈와 이야기했더라면…… 그 아이의 마음을 좀 더 빨리 깨달았더라면…… 그랬다면 이렇게 되지 않았을 거예요……. 그리고 그에게, 같은 학생인 그에게 그런 일을 부탁하지 않았더라면…… 그때 인질이 되지 않았더라면…… 내가…… 죽었더라면…… 그도 시미즈를 죽일 필요는…….'

아이코의 뇌리에 몇 번째인지 알 수 없는 총성과 섬광, 그리고 총에 맞은 시미즈의 시체의 광경이 흘렀다. 스푼을 든 손에 자연스레 힘이 들어갔다.

'왜 죽인 거죠? ……같은 반 친구면서…… 적이라서? 그것만으로 그렇게 간단히? ……사람을 죽인다는 게 그렇게 간단한 일인가요? 그렇게 간단히 할 수 있는 일인가요? ……이상해. ……사람은 마물이 아닌데…… 그렇게 망설임 없이……. 그는…… 간단히 사람을 죽일 수 있는 사람? ……내버려 두면 다른 아이도…… 그는 위험? ……그가 없었더라면 시미즈도 죽지 않았을까? ……그가 없었더라면 다른 아이들은 안전했을까? ……그만 없었더라면…… 아?! 내가 지금 무슨 생각을! ……안 돼, 이 이상 생각하면 안 돼요!'

지금 아이코의 마음속엔 후회와 자책이 계속해서 되풀이되는 상태였다. 그리고 자칫 하지메에 대한 공포와 원망이 싹틀 것 같아 다급히 그것을 없애고 다시 처음 생각으로 돌아가기를 반복했다.

생각할 일도, 생각하고 싶지 않은 일도 너무 많은 아이코의 마음은 마치 책장이 넘어진 도서관처럼 정리되지 않은 정보가 엉망으로 어질러진 상태였다.

그때 마음을 울리는 온화하고 따뜻한 음색이 아이코에게 닿았다.

"아이코 님. 오늘 음식은 입에 맞지 않으십니까?"

"어?"

『물 요정 여관』의 주인 포스 세르오다. 그의 목소리는 결코 크지 않았다. 오히려 작은 정도였다. 하지만 이 여관에 있는 사람 중에 포스의 말을 놓치는 사람은 없다. 그의 깊이 있고 차분한 음색은 반드시 상대에게 닿았다. 지금도 생각의 소용돌이에 사로잡혔던 아이코의 의식을 간단히 현실로 되돌렸다.

이상한 목소리가 나온 것을 깨달은 아이코는 살짝 뺨을 물들이며 자상하게 미소 짓는 포스를 바라보았다.

"저, 저기, 왜 그러세요? 죄송해요, 살짝 멍하니 있어서."

"아닙니다, 신경 쓰지 마시지요. 아무래도 표정이 안 좋으셔서 음식이 입에 맞지 않으신 건가 싶었습니다. 괜찮으시다면 다른 걸 가져오겠습니다만……."

"아, 아니요! 음식은 무척 맛있어요. 잠깐 생각할 일이 있어서요……."

아이코는 무척 맛있다고 말하면서도 먹은 음식의 맛이 떠오르지 않았다. 주변을 둘러보니 학생들과 기사들도 걱정스러운 눈빛으로 자신을 바라보고 있었다.

자신이 생각의 소용돌이에 빠져 있었다는 것을 깨달은 아이코는 이래선 안 된다고 마음을 다잡고는 다시 식사를 시작했지만, 조금 급하게 먹다가 사레들려 기침을 연거푸 했다.

눈물이 맺힌 눈으로 기침한 아이코에게 주변 사람들이 당황했다. 그런 모습을 확인한 포스는 조용히 냅킨과 물을 준비했다.

"죄, 죄송해요. 폐를 끼쳤네요……."

"폐라니요. 당치도 않습니다."

아이코는 자신의 실수를 보고서도 온화한 미소를 잃지 않은 포스에게 안도감을 품으면서 미안한 마음이 들었다. 포스는 그런 아이코에게 눈을 가늘게 뜨고 잠시 생각하는 모습을 보이더니 조용하고 차분한 목소리로 말했다.

"흠. 아이코 님. 외람되지만 한 가지 괜찮겠습니까?"

"네? 아, 네. 무슨 일이세요?"

"아이코 님이 믿고 싶은 것을 믿어보는 건 어떨까요?"

"네?"

포스의 맥락 없는 말에 아이코는 영문을 모르겠다는 표정으로 고개를 갸웃했다. 그리고 「말이 부족했군요」라고 쓴웃음을 지은 포스가 말을 이었다.

　"아무래도 지금 아이코 님의 마음은 크게 혼란스러운 듯 보입니다. 생각해야 할 것이나 생각하고 싶지 않은 것이 너무 많아 무엇을 어떻게 해야 좋을지 알 수 없고. 무엇이 최선인지, 자신이 어떻게 하고 싶은지도 알 수 없고. 모르는 것뿐이라 어떻게든 해야 한다고 초조함만 늘어 더욱 혼란에 박차를 가하는 악순환 아닌가요?"

　"어, 어떻게 그걸……."

　지금 자신의 마음속을 정확히 알아맞히자 아이코는 자신도 모르게 말문이 막혔다. 그런 아이코를 본 포스는 「많은 손님을 봐 왔거든요」라며 온화한 미소를 띠고서 말을 이었다.

　"그럴 땐 우선 『믿고 싶은 것을 믿어본다』는 것도 방법이라고 생각합니다. 흔히들 사람은 믿고 싶은 것만 믿어 진실을 놓친다고 경고하곤 합니다. 분명 그 말도 맞겠지요. 하지만 전 사람의 행동은 믿는 것부터 시작한다고 생각합니다. 그렇다면 『움직일 수 없을』 땐 반대로 『믿고 싶은 것을 믿는다』는 것도 나쁘지 않은 방법이라고 생각합니다."

　"……믿고 싶은 것을 믿는다."

　아이코는 포스의 말을 되풀이했다.

　지금 아이코의 마음은 후회와 죄책감, 싹틀 것 같은 하지메에 대한 의심과 원망으로 뒤죽박죽이다. 하지메는 분명 아이코의 소중한 학생이지만 마찬가지로 소중한 학생인 시미즈를 죽였다. 경우에 따라 다른 학생의 목숨도 빼앗아 갈 수 있는 존재라는 것을 이해한 순간, 하지메를 자신의 소중한 것을 빼앗으려 하는 위협이라고 인식하게 됐다.

그렇다 하더라도 하지메 또한 학생인 이상 완전히 버릴 수 없다. 대량 학살을 저지르려 한 시미즈를 포기하지 않았던 것처럼. 그래서 어떻게 해야 좋을지 몰라 혼란에 빠졌다. 아이코 자신이 봐도 성가신 성격이라고 생각하지만 이것만큼은 어쩔 수 없었다. 그것이 하타야마 아이코『선생님』이기 때문에…….

포스는 아이코에게 무슨 일이 있었는지 모른다. 그녀가 어떤 의미론 믿고 싶은 것을 지나치게 믿었기 때문에 지금 상태가 됐다는 것을 모른다. 하지만 그렇기에 믿었던 것이 모조리 무너져 움직일 수 없는 자신에게 객관적인 판단을 내려줄 수 있는 건지도 모른다.

그렇게 생각한 아이코는 식사를 멈추고 생각에 몰두하기 시작했다.

'믿고 싶은 것을 믿는다. 내가 믿고 싶은 것…… 뭘까요? 하나는 학생들과 다 함께 예전 세계로 돌아가는 것. 하지만 그건 이제 이룰 수 없어요. 지금은 이 이상 빠지는 사람 없이 다 함께 돌아갈 수 있기를 바라요……. 그의 이야기. 반 아이 중 누군가에게 살해당할 뻔했다는 이야기. 그건 믿고 싶지 않아요……. 그가 자신을 방해하면 우리도 죽이겠다고 한 것, 사람을 주저하지 않고 죽일 수 있는 인간에게, 학생들을 위협하는 적에게…… 이것도 믿고 싶지 않아요. 하지만 실제로 그는 그 아이를…… 시미즈를 주저하지 않고 죽였어요. 그렇다면 이제 그는…… 아니, 믿고 싶은 걸 믿어야 해요.'

다시 어두운 감정이 떠오르자 눈을 감고 억누른 아이코. 다른 아이들과 기사들은 미동도 없이 생각에 잠긴 아이코를 걱정스럽게 지켜봤다.

'그는 말했어요. 『적이니까』라고. 그리고 『여유가 없다』고. 시미즈를 살려 뒀다가 자신이나 주변의 소중한 사람이 공격받는 것을 걱정해서 죽였어요. 그건 누군가를 생각해서 한 일이죠. 실제로 그저 냉혹할 뿐인 인간이라면 유에 씨나 시아 씨가 그렇게 신뢰할 리 없어요. 그는 그 아이들을 위해서라도 우려가 되는 미래를 끊고 싶었을 거예요. ……그래서 살려 두지 않은 건가? 그래서 내가 시미즈를 어떻게 할 수 있을 거라 생각하지 않았던 거예요. ……시미즈를 살리고 싶었더라면 그가 마음을 바꿨다고 믿을 수 있을 정도로 내가 무언가를 보여야만 했어요. ……결국 내가 무력해서…… 시미즈는…… 그렇다 하더라도 그런 식으로 죽이다니…… 그렇지 않아도 시미즈는 약해져서…… 윽!'

시미즈를 죽인 하지메에게도 그렇게 할 만한 명확한 이유가 있었다. 그러니 살인을 아무렇지도 않게 생각하는 망가진 인간이 된 것이 아닌, 이해할 수 없는 괴물이 된 것도 아닌, 무턱대고 학생들을 해치는 적도 아닌, 아직까지 자신의 말이 닿는 『학생』이라고 믿으려 했다.

그리고 그 과정에서 학생이 학생을 사살하는 충격적인 광경 탓에 날아가 버렸던 **전제**를 떠올렸다.

'맞아요. 왜 지금까지 잊고 있었을까요? 애초에 그는 **죽어 가던** 시미즈를 구해달라는 내 부탁으로 거기에 왔어요. 아무것도 하지 않았으면 시미즈는 **죽었을 거예요.** 일부러 총을 쏠 필요는 전혀 없었어요! 그럼 왜? 어째서 그런 일을? 확실히 숨통을 끊기 위해? 아니, 그럴 필요는 없었어요. 그 아이는 몇 분밖에 못 버텼을 테니까. 그래서 손쓸 방법이 없어 그에게 부탁한 거예요. 내겐 어쩔 방법이 없었으니까……. 나 때문에 공격을 받은 시미즈…… 아?!'

아이코는 눈을 휘둥그레 뜨고 간신히 깨달은 사실에 경악했다.

'……그래요. 시미즈는 **나를** 노린 공격으로 그 상처를 입었어요. 아무것도 하지 않았더라면 나하고 같이 죽었을 거예요. 나 때문에 죽었을 거예요! 하지만 모두가, 나조차 시미즈가 **그에게** 살해당했다고 믿고 있어요! 그렇게 믿게 만든 거라고요!'

자신 탓에, 자신이 학생을 죽인 거라고, 하지메가 우려하던 대로 생각하게 된 아이코는 순식간에 창백해졌다.

학생이라는 존재는 아이코를 지지하는 근간이다. 그렇기 때문에 자신이 그 소중한 학생의 죽음의 원인이라는 사실은 아이코의 마음을 산산조각 냈다. 너무나도 큰 충격에 마음이 본능적으로 방위 기제를 일으켜 아이코의 의식을 빼앗으려 했다. 시야가 어둡게 닫혀 갔다.

하지만 아이코가 그대로 어둠에 몸을 맡기려던 순간, 뇌리에 하지메가 떠날 때 했던 말이 떠올랐다.

—될 수 있으면 좌절하지 마.

그때는 충격의 연속이라 마음이 따라가지 못해 제대로 생각하지 않았다. 성가신 일이 많아질 테니 힘내라는 의미일 거라고 간단히 흘려 넘겼던 말이다.

'만약, 만약 그 말이 지금의 나를 예상하고 한 말이라면…… 그는 걱정했던 걸까요? ……시미즈가 죽은 원인이 나 자신이라는 걸 깨닫고 『좌절하게 될』 것을. 그래서…… 그럴 필요가 없었는데도 쏜 거예요. ……죽인 건 자신이라고 믿게 하도록……. 내가 죄책감에 좌절하지 않도록…… 선생님으로 있을 수 있도록…….'

아이코는 하지메의 가치관은 이해하고 있었다. 그래서 모든 것이 자신을 위해 한 일이라고는 생각하지 않는다.

그렇다 하더라도 하지메가 아이코를 생각해 행동한 것이라는 생각은 부정할 수 없었다.

아이코의 닫혔던 마음의 문이 완전히 닫히기 직전에 움직임이 멈췄다. 그리고 다시 천천히 열리기 시작했다. 좁았던 시야가 다시 넓어지기 시작했다. 마음은 다시 극한의 추위를 느끼고 있었으나 동시에 작지만 확실한 불이 지펴진 것을 느꼈다.

'그가 날 지켜줬던 거예요. ……아니, 그뿐만 아니라 다른 사람들에게도 보호받고 있죠. 지금도 내 곁에서 이 아이들이 날 지켜주고 있어요. 지키는 것만 생각하다 보호받고 있다는

사실을 깨닫지 못하다니…… 미숙하네요. 그렇다면 멋대로 결론을 내릴 때가 아니에요…….'

아이코가 결연한 표정을 했다.

분명 시미즈를 말려들게 해 죽게 만들었다는 생각은 평생 지워지지 않을 것이다. 그렇다 하더라도 자신을 선생님이라고 따르며 기대는 학생이 있는 한 멋대로 멈출 수는 없고, 멈추고 싶다고도 생각하지 않는다.

아이코는 설령 세계가 달라진다 해도 『선생님』으로서 할 수 있는 일을 하자고 다시 맹세했다. 다만 이번엔 자신의 이상에 놀아나지 말자고 명심하면서…….

더는 하지메에 대한 의심과 공포, 원망은 없었다.

'그도 참 서툰 사람이네요……. 내가 원망할지도 모른다는 걸, 적대하게 될지도 모른다는 걸 알면서도……. 그러고 보니 내 말을 듣고서 진지하게 생각해준 셈이군요……. 어쩌면 보답의 의미도 있었던 걸까요? 생각해보면 그에겐 도움만 받았네요. 진실을 알려준 것도 그렇고, 결국 마을도 구해준 데다 그런 싸움 속에서 약속을 지켜 시미즈를 데리고 와주었어요. 돌이켜보면 난 엉망이었죠. 이런저런 이상만 좇다가…… 그걸 그에게 떠밀고 말았어요……. 정말 미숙하네요. 그래도 그가 구해준 건…… 확실히 성격은 냉엄해졌지만…… 예전의 좋은 면도 남아 있어요. 아니, 조금씩 되찾고 있는 건가? 역시 그 여자아이들 덕분에?'

새삼스레 하지메에게 신세만 졌다고 생각해 내심 쓴웃음 지은 아이코. 선생님으로서 한심할 뿐이라며 자신의 미숙함을 부끄러워하면서도, 스테이터스가 늘지 않아 고민하던 하지메가 엄청나게 듬직한 남자로 돌아온 것에 자신도 모르게 미소가 지어졌다.

그리고 완전히 달라졌다고 생각한 하지메에게 예전의 마음이 조금씩 보였다는 것이 기쁘기도 했다.

하지만 그 원인이 하지메의 곁에 있던 유에와 시아라고 추측한 순간, 어째서인지 아이코의 가슴이 따끔거렸다. 아이코는 그 사실에 고개를 갸웃했지만 곧바로 기분 탓이라고 여기고 마음을 다잡았다.

'그러고 보니 시아 씨가 구해줬는데도 제대로 된 인사도 못했네요. 그녀는 생명의 은인인데. ……나중에 만나게 되면 제대로 인사해야겠어요. ……그리고 생명의 은인이라고 하면 그도……'

독극물의 영향과 그 후의 노도 같은 전개 탓에 시아에게 제대로 된 인사를 하지 못했다고 반성하면서, 마찬가지로 생명의 은인인 하지메를 떠올렸다. 그리고 지금까지 기억 한구석에 봉인해 뒀던 **구조 방법**을 떠올리고는 얼굴에서 불이 날 정도로 새빨개졌다.

'그, 그건 인공호흡! 응급 처치! 그 이외에 아무것도 아니에요! 따, 딱히 그렇게 격렬한 건 처음이라든지, 하물며 기분 좋았다고 생각한 적 없어요! 그럼요, 결코 그런 적 없고말고요!'

돌연 얼굴이 붉어지는가 싶더니 갑자기 테이블을 탁탁 치기 시작한 아이코. 누구에게 하는 건지는 몰라도 변명을 반복했다.

참고로 아이코도 어른이니 연애 경험이 없는 것은 아니다. 하지만 귀여운 외모와 말투와는 다르게 진심을 다한 연애와는 인연이 없었던 것이 실정이다.

그 이유로 예전 세계에서 외모는 10대 전반 소녀인 아이코에게 진심을 다할 수 있는 사람은 대부분 『자칭 신사』뿐이기 때문이었다. 아이코의 속내를 알고서 좋아해 주는 남자는 많아도 다들 불명예스러운 『로』로 시작하는 꼬리표가 붙고 싶지 않았기 때문에 대부분 좋은 친구로 끝난다.

이쪽 세계에선 10대 전반에 결혼하는 일이 드물지 않아서 아이코가 동안에 낮은 신장으로 소녀처럼 보이는 것을 신경 쓰는 사람은 없다. 그래서 데이비드 일행은 진심이었지만…… 연애 경험이 적고 자신 같은 땅딸보에게 흥미를 갖는 남자는 없을 거라고 단정한 아이코는 이세계 남자들의 러브콜을 전혀 깨닫지 못했다.

그래서 하지메가 한 응급 처치라는 이름의 입맞춤은 아이코에게 상당히 충격적이었다. 마음이 진정되고 다시 떠올리기만 해도 뇌리에 달라붙어 떨어지지 않을 정도로…….

'애초에 그에겐 유에 씨와 시아 씨라는 연인이……. 두 사람이나 있으니 한 사람 정도 더 늘어도…… 내가 지금 무슨 생각을! 난 교사야! 그는 학생이고! 아니, 애초에 그런 문제가 아니야! 난 딱히 아무렇지도 않아요! 그리고 왠지 평범하게 받아들여지고 있었지만 그건 양다리였어요. 불순 이성 교제는 금지예요. 성실하지 않다고요! 연애는 한결같아야 해요! ……두 사람을 한꺼번에…… 큭, 파렴치해! 그런 난잡한 관계는 허락할 수 없어요! 네, 허락할 수 없고말고요!'

테이블을 치는 소리가 탁탁에서 텅텅으로 바뀌었다.

'……하지만 유에 씨는 그에게 상당히 특별한 느낌이었어요. 나하고 체형이나 스타일도 별반 다르지 않은데……. 혹시 그는 모, 몸집이 작은 여성을 좋아하는 걸까요? 예, 예를 들어 나, 나 같은? 아니, 아니, 나도 참 무슨 소릴! 그의 이상형을 알아서 어쩌려고?! 애초에 그는 여덟 살이나 연하고…… 그러고 보니 유에 씨는 흡혈 귀족으로 상당히 오래 살았다고 했던가? 그래서 그는 몸집이 작은 연상 여성을 좋아하는 건가? 아, 자꾸 그런 생각을 해서 어쩌려는 거야! 정신 차리자, 하타야마 아이코! 넌 교사야! 그는 학생! 살짝 키스한 정도로 당황하다니 교사 실격이야!'

테이블을 때리는가 싶더니 두 손으로 얼굴을 가리며 도리도리 몸을 꼬기 시작하고, 다시 테이블을 치다가 다시 몸을 꼬고는 마지막에 「난 교사야!」라고 외치며 테이블에 이마를 찧기 시작했다.

아이코를 너무 좋아하는 집단인 학생들과 호위대 사람들도 그녀의 기행에 질린 것 같았다. 아이코가 혼자 표정을 바꾸며 기행을 시작한 계기가 된 포스는 「음? 기운이 나신 모양이군요」라고 변함없이 자상하게 미소 지었다. 대인배다.

아이코는 그 뒤로 하지메에 대해 느낀 점들을 정서가 불안

정해 일시적으로 착각했다고 결론지었다. 그리고 하지메도 학생인 이상, 하지메의 정보가 전해진 왕국과 성교 교회의 상층부로부터 만에 하나의 경우를 대비해 그를 지켜줘야만 하니 왕국으로 돌아가기로 마음먹었다.

아이코는 깨닫지 못했다.

하지메에 대해 결론을 내린 것이 아니라 보류였을 뿐이라는 것을······.

마음속으로 학생들을 부를 때 『그 아이』라고 지시어를 사용한 것에 반해, 하지메는 『그』라고 불렀다는 것을. 그리고 싹트기 시작한 마음을······.

아이코가 그 사실을 깨닫는 건 조금 더 나중 일이다.

설마 그때가 고도 8천 미터 상공에서 사투를 벌일 때라고는, 이때의 아이코는 상상조차 하지 못했다.

에필로그 1

어두운 통로의 그림자가 갑자기 흔들렸다. 그 흔들림으로 비밀스럽게 스며 나오듯 모습을 드러낸 것은 붉은 머리에 거무스름한 피부, 뾰족한 귀를 가진 젊은 여성이었다. 그 곁에는 아직 흔들리는 공간이 있었다. 하지만 자세히 보면 희미하게 기괴한 생물의 모습이 보였다. 마치 다양한 생물을 합친 키메라처럼 무시무시한 모습이었다.

여자의 시선은 통로 안쪽에 쏟아지고 있었다. 그 앞에는 이미 모습은 보이지 않지만 탐색하던 코우키 일행이 있었다. 모습을 감추고 계속 상태를 지켜보던 여자의 존재를 깨닫지 못한 채 그 앞을 지나친 것이다.

"흠, 저게 용사라고. 어리광쟁이 꼬맹이로만 보이는데 정말로 필요한 걸까? 하긴 그분의 명령이니 거부할 수는 없지만. 그럼 대강의 전력은 파악했으니 용사 일은 빨리 처리하고 **진짜 대미궁** 공략에 나서야겠네."

여자가 곁에 있는 생물을 건드렸다. 갑자기 흔들리던 공간이 여자를 감싸더니 그 모습을 흐리게 했다. 잠시 후 그곳엔 누군가가 있던 흔적도 없이 정적만이 남았다.

코우키 일행은 모른다. 모습 없는 **무수히 많은** 적이 바로 옆까지 숨어들었다는 사실을……

"엄마……."

차가운 돌바닥과 쇠창살로 둘러싸인 열악한 곳에서 웅크린 채 몸을 떠는 소녀의 모습이 있었다. 나이는 네다섯 살 정도일까. 무척이나 약해진 목소리는 몇 번이고 어머니를 불렀지만 대답하는 목소리는 없었다.

바로 그때 여자아이의 귀에 발소리가 들렸다. 소리를 들은 여자아이의 몸이 움찔 떨렸다. 방구석에서 무릎을 안고 더욱더 몸을 움츠렸다. 그렇게 잔뜩 겁먹은 여자아이 앞을 무섭게 생긴 남자가 지나갔다. 그리고 근처 감옥에 들어가 있던 남자아이를 데리고 나왔다.

여자아이는 그 모습을 소리로 이해했지만, 결코 얼굴을 들려 하지 않았다. 그저 무서웠다. 여기서 데리고 나간 아이가 그 남자아이로 다섯 명째였기 때문이다. 그리고 앞서 네 명은 돌아오지 않았다. 분명 그 남자아이도 돌아오지 않을 것이다.

어려도 그것이 이 무서운 곳에서 해방되는 것이 아니라는 것 정도는 알 수 있었다. 이따금 오는 남자들이 자신처럼 감옥에 있던 아이들을 보고서 값을 매기는 의미를 완전히 이해하지는 못해도, 끌려 나가는 일이 절망적인 일이라는 건 알고 있었다.

"엄마……."

소녀의 목소리는 누구에게도 닿지 않았다. 이곳은 대도시의 어둠 속. 그래서 지금은 아직 닿지 않았다.

나락의 괴물은 나아갔다.

요염하고 사랑스러운 흡혈 공주와 천진난만한 유감 토끼, 그리고 새롭게 더해진 엄청난 변태 드래곤을 데리고서…….

작은 만남과 기적 같은 재회가 기다리는 운명의 교차로로…….

세계가 붉게 물들었다.

도시를 집어삼킨 타오르는 업화와 사라져 간 생명의 물보라, 천공에 떠오른 이상하리만치 커다란 마법진, 그리고 이 광기로 가득한 비극의 무대를 수놓은 저녁노을의 색이다.

"이런, 이런 일이……."

아직 앳된 소녀의 쥐어 짜낸 듯한 목소리가 울렸다.

아름다운 검은 머리와 황금색 눈동자, 열 살 정도의 소녀였다. 아름다운 전통 의상을 입고 열기가 담긴 바람에 머리를 나부끼며 전망대 꼭대기에서 무너져 가는 고향을 그 눈으로 확인했다.

나무로 된 난간을 쥔 작은 손에 그 감정을 드러내듯 힘이 담긴 것을 알 수 있었다. 놀랍게도 튼튼해 보이는 난간은 소녀의 손에 의해 뿌득뿌득 비명을 지르며 당장에라도 부서질 것 같았다.

소녀답지 않은 완력. 그야 당연하다. 그녀의 정체는 용인족. 그것도 왕족의 혈통을 이어받은 자이기 때문이다.

그리고 지금 세계에서 가장 아름답다고 소문난 나무와 물의 왕국인, 소녀의 고향은 압도적인 전력으로 침략되어 재로 변하고 있었다. 얼마 전까지 모든 종족이 차별 없이 평화롭게 살고 있었는데 어째서 이런 일이 일어나고 만 것일까.

소녀의 인식은 현실을 따라잡지 못해 그저 멍하니 타오르는 고향을 바라보았다.

"공주님……. 이곳은 위험합니다. 피난을……."

소녀의 뒤에서 대기하던 시종 여성이 소녀에게 피난을 재촉했다. 하지만 소녀는 돌아보지도 않고 그저 고개를 살짝 저을 뿐이었다.

"공주님……."

"벤리. 난 클라루스의 공주다. 아버님이, 동포들이 지금도 싸우고 있는데 어디로 도망가라는 것이냐? 간다면…… 저기 겠지."

그렇게 말하며 똑바로 전장을 가리킨 소녀. 그것을 본 시종 여성, 벤리가 다급히 소녀의 곁으로 다가갔다.

"안 됩니다, 공주님!"

"……알고 있다. 내가 가 봤자 방해만 될 뿐이야. 지금만큼 자신의 미숙함이 안타까웠던 적이 없구나."

소녀의 귀여운 입술에서 피가 흘렀다. 입술을 세게 깨문 것이다. 그렇게라도 하지 않으면 자신의 이성을 날려버리고 충동적으로 뛰쳐나갈 것만 같았다.

나라를 태우고 동포들이 죽어 가며 가족들조차 위험에 처한 상황에서 아무것도 할 수 없는 무력한 자신이 밉고 원망스러워 참을 수 없었다. 적에 대한 분노보다도 격렬한 분노를 자신에게 품었다.

그때 소녀가 진심으로 안부를 걱정하고, 동시에 진심으로 신뢰하는 사람의 목소리가 들렸다.

"티오, 결계 안에 있으라고 말했잖느냐!"

"아바마마!"

소녀, 티오가 있는 전망대에 용의 날개를 펄럭이는 검은 머리의 대장부가 내려왔다. 티오의 아버지이자 용인족의 왕 하르가 클라루스.

하르가의 몰골은 심각했다. 마물의 소재로 만든 전통 전투 의상은 어지간한 금속 갑옷보다 튼튼했지만 지금은 여기저기 그을리고 찢어지고 뜯겨 무참한 모습이었다. 그 아래로 보이는 육체도 크고 작은 많은 상처가 있었고 특히 복부의 상처에선 지금 이 순간에도 피가 흘러 지혈도 제대로 되지 않은 상태였다.

하르가는 용인족 중에서도 최고의 방어력을 자랑하는 흑룡이다. 숙련되지 않으면 행사할 수 없는, 인간 모습으로 『부분 용화』도 쓸 수 있는 실력자인 데다 설령 전투 의상의 방어력이 없어도 육체에 용의 비늘을 둘러 모든 공격을 튕겨 낸다.

그 육체를 방패 삼아 악의와 적의를 받아들이며 적진으로 돌진해 물리치는 모습 때문에 『전투 요새』라는 별명이 붙었을 정도다.

그래서 아버지의 강인함을 아는 티오는 그 처참한 모습에 말문이 막혔다. 티오의 표정을 보고 속마음을 깨달은 하르가는 쓴웃음을 지으며 한쪽 무릎을 굽혀 티오와 시선을 맞췄다.

"티오. 아무래도 우린 여기까지인 것 같구나. 다양한 방법을 시도해봤지만, 역시 만들어진 세계의 흐름을 바꿀 수는 없었다. 네게 고향 땅을 남겨주지 못해 미안하구나."

"그, 그런, 그런 말씀은. 무슨 말씀이신가요, 아바마마! 용인이 이 정도로 끝날 리가…… 그럴 리가 없습니다! 그렇지 않습니까?!"

"지금 우리는 세계의 적……. 티오, 언제 어느 때든 현실에서 눈을 돌려선 안 된다. 그렇게 가르치지 않았느냐."

"아바마마!"

비통한 음색과 표정으로 아름다운 의상이 더러워지는 것도 상관하지 않고 하르가에게 안긴 티오는 아버지의 말을 필사적으로 부정했다.

그럴 리 없다. 용인족은 세계의 수호자. 모든 나라와 모든 종족을 받아들이고 손을 내밀어 맞잡고 평화를 가져왔다. 모든 나라와 모든 종족은 많든 적든 용인족에게 은혜와 경의를 품어 왔다.

그것이 고작 몇 년. 계절이 몇 번 흘렀을 뿐인데 모든 것이 바뀌었다.

용인족은 마물이다. 용인족은 다종족을 지배한다. 용인족은 언제 폭주할지 모른다. 용인족은 신에게 반기를 들었다. 용인족은…….

—신의 적이다.

티오는 영문을 알 수 없었다.

완전 용화, 지상의 어떤 종족도 가질 수 없는 고유 마법은 분명 사람들에게 커다란 공포를 심어주었을 것이다. 그렇기 때문에 용인족은 누구보다, 어떤 존재보다 고귀하려 했다. 『공포』를 『경외』로, 그리고 『존경』으로 승화시키기 위해.

우직하다 해도 과언이 아닐 정도로 용인족은 자신을 엄격히 대했고, 남을 배려하며 용기를 드러내 그 몸을 검과 방패로 삼아 모든 사람들과 공존해 왔다.

그 결과 수백 년의 세월을 거쳐 과거와 지금을 사는 용인족들은 세상의 낙원이라 불리는 왕국을 구축했으며, 모두가 손을 맞잡을 수 있는 세계 동맹의 맹주가 되어 세상을 지켰다.

—세계의 수호자.

—평화의 연결 고리.

—진정한 왕족.

사람들이 용인족을 일컫는 말이다.

그렇게 소리 높여 칭송하던 사람들의 입에서, 지금은 광기와 함께 매도와 욕설이 쏟아져 나왔다.

마치 악몽 같았다. 손바닥을 뒤집는 듯한 사람들의 악의, 공포, 적의……

티오는 세계 규모의 다종족 혼합 연합군의 침략을 받는 지금까지도 현실을 받아들일 수 없었다. 사실 아직 침실에서 잠들어 있고 꿈을 꾸고 있는 건 아닐까. 만약 그렇다면 부디 빨리 깨어나기를……

붉게 물들어 광기로 가득해진 곳에서 동포들이 죽어 가는 그런 꿈으로부터 푸르른 나무와 햇살을 반사해 반짝이는 냇가, 종족에 상관없이 웃으며 모여든 사람들에 의해 시끌벅적한 세계로 돌아가고 싶다고…….

"티오! 정신 차려라! 넌 가장 젊고 다음 세대를 짊어질 클라루스의 딸이다!"

"……아바마마."

강하게 자신을 질타하는 아버지의 목소리에 환상에 사로잡혔던 티오는 정신을 되찾았다. 그리고 계속 꼴사나운 모습을 보일 수 없다고 생각해, 지나친 부조리함에 흐를 것 같았던 눈물을 쓱 닦고는 노려보듯 강한 눈빛을 하르가에게 보냈다.

그런 티오가 진정 사랑스러운 듯 미소 지은 하르가는 곧바로 강하게 티오를 안아주었다. 그건 마치 앞으로 두 번 다시 느낄 수 없을, 사랑스럽고 소중한 온기를 안타까워하는 것 같았다.

너무 강하게 안겨 티오는 「흐읍」 하고 괴로운 목소리를 내며 아버지에게 작게 항의하려 했다.

하지만 열린 입은 그대로 다물어졌다. 아버지의 어깨 너머로 벤리의 표정이 보였기 때문이다. 그리고 아버지의 포옹에서 느껴지는 이상한 느낌을 깨달았다. 이쯤 되니 자연스럽게 의문이 떠올랐다. 어째서 아버지는 전장을 빠져나와 자신에게 돌아왔을까.

―아무래도 우린 여기까지인 것 같구나.

떠오른 아버지의 말. 어려서부터 어른 못지않게 총명하다는 찬사를 받았던 티오는 그 정보들을 조합하고서…… 소름이

돋았다. 아버지의 의도를 깨닫고 경악한 표정으로 자신을 안아준 아버지의 얼굴을 바라보았다.

"아바마마…… 거짓말이죠? 거짓말이라고 말해주세요."

"……이거 참. 넌 정말이지 총명하구나. 얼굴도 그렇고 말도 그렇고. 나날이 오르나를— 어머니를 닮아 가."

쓴웃음이 섞인 아버지의 표정을 본 티오는 확신했다.

지금 이때가 이번 생애에서 아버지와 작별할 순간이라는 것을…….

티오는 말로 표현할 수 없는 마음을 어떻게든 말하려 입을 열려 했다. 하지만 그 직전에 도시의 중심에서 엄청난 굉음과 충격이 전해졌다. 전망대를 넘어뜨릴 정도의 폭풍에 티오는 자신도 모르게 얼굴을 감싸고 몸을 움츠렸다.

정적이 돌아오고 얼마 후. 티오와 하르가는 굳어진 표정으로 고개를 돌렸다.

"무, 무슨 짓을."

"……"

티오가 비명 같은 목소리를 냈다.

폭심지는 마치 처음부터 아무것도 없었던 것처럼 빈터가 됐다. 하지만 티오가 비통한 목소리를 낸 이유는 다른 데 있었다. 지금 이 순간에도 하나, 또 하나 세워지는 나무 기둥에 묶인…… 동포들의 모습이었다.

그리고 깨달았다. 설령 거리가 떨어져 있어도 모를 리 없다. 어머니다. 흰색에 가까운 녹색 긴 머리카락에 자신이 물려 받은 황금색 눈동자를 가진 아름다운 여성. 평소엔 온화하고 자상하게 미소 짓지만, 한번 전장에 나가면 매서운 바람과 누구보다 빠른 비상으로 선두를 달리며 용맹하게 적을 쓸어버리는 티오가 진심으로 경애하는 사람.

그 어머니 오르나가 무참한 모습으로 매달려 있었다. 상처뿐인 모습을 보면 용맹하게 마지막 순간까지 얼마나 사력을 다했는지는 일목요연했다. 그런 어머니가 구경거리가 된 것이다.

티오의 눈동자에 검은 불꽃이 타올랐다. 평소엔 선명하다고 해도 좋을 검은 마력이 어두운 감정이라는 소재를 받아들인 것처럼 깊고 어두운 색으로 변해 갔다. 자신의 제어 따위 가볍게 날려버릴 것 같은 분노와 증오가 어린 용인족 공주를 진정한 화신으로 바꾸려 했다.

"티오!"

"아바, 마마."

온몸을 감싼 마력의 분류 속에서 거대한 분노가 티오의 언어 능력조차 이상하게 만들었다. 하르가는 당장에라도 충동을 따라 적에게 달려들 것 같은 딸을 한쪽 무릎을 세워 강하게 안아주었다.

티오는 그런 아버지에게 분노와 증오로 빛나는 황금색 눈동자를 보였다. 그 눈은 말보다도 강력하게 어째서 원수를 갚으러 가지 않는지, 어째서 극악무도한 녀석들을 없애러 가지 않는지, 어째서 어머니를 죽게 하고서 그렇게 침착할 수 있는지…… 그런 의문을 이야기하고 있었다.

하르가는 그런 티오를 껴안은 채 작지만 투명한 음색으로 말했다.

"—우리들은, 자신이 존재하는 의미를 모른다."

하르가가 말없이 티오에게 뒷이야기를 촉구했다. 티오는 후우, 후우 분노로 호흡이 흐트러졌으면서도 철들기 전부터 듣고 가르침을 받았던 오랜 글귀를 말했다.

"이 몸은 짐승인가 혹은 인간인가. 세계의 모든 것에 의미가 있다면 그 대답은 어디에……."

대답해준 딸을 한층 더 강하게 안은 하르가가 말을 이었다.

"대답이 없기를 몇몇 해. 그렇기에 인간인지 짐승인지, 우리는 결의를 바탕으로 영혼을 내건다."

그것은 용인족에게 전해지는 맹약과 결의의 말이었다.

"'용의 눈은 한 줄기 진실을 알아보고 기만과 시기를 없앨지니.'"

티오와 하르가의 말이 겹쳐졌다. 티오의 몸에서 힘이 빠져 점점 침착함을 되찾았다.

"'용의 발톱은 강철의 성벽을 찢고 둥지 튼 악의를 부술지니.'"

하르가가 몸을 떼 사랑하는 딸의 눈동자를 똑바로 바라보았다. 소중한 것을 말하듯. 마지막 가르침을 알려주듯. 언어를 이용해 용인족에게 걸맞는 마음을 되찾게 했다.

"'용의 이빨은 자신의 나약함을 깨부수고 증오와 분노를 흘려보낼지니.'"

티오의 입술에서 다시 피가 흘렀다. 이성을 날려버릴 듯한 자신에게 이를 세워서 아까 그랬던 것처럼 마음을 진정시켰다.

""자애를 잃었을 때 우리는 그저 짐승에 불과하리. 허나 이성의 검을 휘두르는 한…….""

티오의 입술에 하르가의 손가락이 살짝 닿았다. 사랑하는 딸이 흘린 피는 마음이 흘린 피와 마찬가지. 그것을 닦아주고 그거면 된다고 미소 지었다.

티오의 눈동자에 물방울이 고였다. 하지만 절대 흘리진 않았다. 분노와 증오가 마음을 잠식해 적을 죽이라고 소리쳤고, 그것에 몸을 맡기고 싶다고 생각하는 『나약함』을 어린 마음은 빛나는 물방울로 바꿨다. 하지만 그것을 흘리는 건 용인의 긍지에 어긋나는 일이다.

강하고 자상하고 고결하여라.

옛말에 담긴 용인족 본연의 자세. 그것을 아버지의 앞에서, 끝까지 백성과 동족을 위해 싸운 어머니의 유해 앞에서 꺾을 수는 없다.

티오는 숨을 들이마시고 그걸로 됐다며 자상한 눈빛으로 자신을 바라보는 아버지에게 고개를 끄덕이고서 마지막 구절이자 아버지와 어머니, 그리고 가족에게 전해지는 긍지를 입에 담았다.

"우리는 용인일지어다!"

작은 몸을 한껏 펼치고 큰 목소리로 외친 티오. 하르가는 이번에야말로 마지막이라는 것처럼, 자신의 긍지를 그대로 드러낸 사랑하는 딸을 더는 걱정할 필요 없겠다는 복잡한 심정을 담아 다시 한 번 안아주었다.

"티오, 잘 듣거라."

"……네, 아바마마."

아버지와 말을 나눌 마지막 기회다. 흐를 것 같은 눈물을 필사적으로 억누른 티오는 소녀답지 않게 결연한 목소리로 대답했다.

"우리의, 아니, 세계의 진정한 적은 지금 이 나라를 침략한 사람들이 아니다."

"……세계를 비튼 존재…… 교회가 숭배하는 『신』."

"그렇다. 모든 수단을 동원해 그 존재를 없애려 했지만…… 늦어버렸구나. 그래서 용인족은 여기서 끝난다. 끝내야만 한다. 이유를 알겠지?"

"네. 우리가 사라지지 않으면 온 세상 사람들이 뒤틀린 채로 돌아오지 않아요. 그래서 우리가 끝남으로써 이 전쟁을 끝내야만 해요."

하르가는 무거운 감정을 꾹 참으며 총명함을 보인 티오에게 고개를 끄덕였다.

"진정한 적인 『신』은 강대하고 교활하다. 하지만 결코 만능은 아니지. 그리고 어느 시대든 사악함이 계속해서 성행하지는 못한다. 그래서 언젠가, 어느 날 그 존재를 없앨 수 있는 자가 반드시 나타날 것이다. 티오."

"네, 아바마마."

예언자처럼 말한 하르가는 티오에게 아버지로서의 마지막 바람과 용인족의 왕으로서 명령을 담아 말했다.

"살아남거라."

"으, 아바마마. 하지만 우리는……."

티오는 지금 막 용인족이 멸망하지 않으면 세계는 전쟁의 불길에 휩싸일 거라 말했던 아버지를 당황한 얼굴로 보았다. 하르가는 그런 티오에게 그다지 보여주지 않았던 대담한 미소를 지었다.

"우린 적의 힘을 알면서 가만히 있을 정도로 어설프지 않아. 용인족은 오늘 확실히 멸망하겠지만…… 그건 역사적으로 다. 이미 대륙 바깥에 몸을 숨길 수 있는 마을을 준비했다. 신에게 들키지 않고 그리로 가는 길도 마련했지. 나의 아버지와, 그리고 선택받은 동포들과 함께 거기서 때가 올 때까지 살아남아라."

"하, 할바마마요?! 아바마마, 할바마마는 돌아가시지…… 아니, 그런 거였군요."

세계의 흐름이 바뀌기 시작한 무렵. 눈에 보이지 않는 적에 대항해서 하르가와 선대 왕이자 하르가의 아버지, 아둘 클라루스는 다양한 방법을 써 왔다. 그것들은 얼핏 우연으로 보였지만— 신의 손에 의해 대부분 실패했고, 그러는 도중 선대 왕이자 최강의 비룡(緋龍)으로 이름을 알린 티오의 할아버지 아둘도 누군가와의 싸움 끝에 시체도 남지 않고 전사했다고 알려졌다.

하지만 그것은 적을 속이고 지금처럼 멸망의 때를 맞이해도 용인족을 역사의 그늘에 숨길 수 있도록 하르가와 아들이 준비한 것임을 티오는 깨달았다. 동시에 자신의 죽음을 위장할 방법도 마련했을 거라는 것도······.

그렇게 좋아했던 할아버지가 살아 있다는 사실에 기뻐하면서도, 그와 동시에 티오의 마음에는 슬픔이 찾아왔다.

"······아바마마는 가지 않으실 건가요?"

"음. 난 지금의 왕. 내 목이 없으면 전쟁은 끝나지 않는다. 그리고······."

"그리고?"

"오르나를 전장에 남겨 둘 수야 없지."

농담처럼 그런 말을 한 아버지에게 티오는 살짝 웃었다. 하르가는 티오의 머리카락을 천천히 쓰다듬으며 마지막 말을 보냈다.

"티오. 내 검은 비늘과 오르나의 바람, 아버지 아들의 불꽃을 이어받은 클라루스의 긍지여. 오늘 네 안에 태어난 검은 불꽃과, 타고난 클라루스의 거친 불꽃을 가슴에 품고 건강하게 살아라."

"네. 알겠습니다, 아바마마."

분명 어머니 오르나도 할 법한 말과 마음을 모두 전한 하르가는 벤리에게 티오를 맡기고 다시 종언의 전장으로 날아갔다. 그리고 처음부터 알고 있었던 듯한 벤리와 함께 대륙 밖으로 이어진 비밀 장소로 향한 티오는 마지막 순간에 목격했다.

용맹하고 거대한 흑룡이 하늘을 향해 세계조차 가를 듯한
섬광을 발사하는 순간을.

_{브레스} 이 전투에서 용인들은 침략자인 혼성군의 대부분을 무력화
했을 뿐 죽이지는 않았다. 마지막까지 용인족을 믿으며 나라
에 남은 사람들은 자신을 방패 삼아 다른 이들을 도망치게
했다.

신의 사심에 따라 인간끼리 죽이게 하지 않는다. 설령 자신
들의 몸이 사라진다 한들 백성을 다치게 하지 않는다. 절망에
빠지지 않으며 분노와 증오에 몸을 맡기지도 않는다.

브레스와 함께 울린 용의 포효는 마치 아득히 높은 곳에서
세계를 비웃는 신에게, 용인의 긍지를 더럽힐 수 있다면 해보
라는 하르가와 죽은 용인들의 도전장 같았다.

"으, 으음~."

일본 가옥과 비슷한 목조 집의 방에서 신음하는 소리가 울
렸다. 괴로운 듯한, 불쾌한 듯한 음색이긴 하지만 그 소리를
낸 장본인의 모습을 보면 요염하다는 표현이 더 어울릴 것 같
은 이유는 잠든 모습과 미모 때문이리라.

아름답고 매끄러운 검은 머리카락을 늘어뜨리고 크게 벌어
진 전통 의상 사이로 엿보이는 흐를 듯이 풍만한 두 언덕. 그
리고 마찬가지로 풀어진 자락 사이로 보이는 아름다운 두 다
리는 둔부의 육감과 함께 남자의 이성을 날려버릴 정도로 흉
악했다.

그리고 악몽을 꾸는 건지 식은땀을 흘려 목덜미와 뺨에 달라붙은 검은 머리카락과, 가슴이나 탱탱한 허벅지를 타고 흐르는 물방울이 그녀를 더욱 요염하게 만들어줬다.

"……후우. 오랜만에 봤구나. 그 뒤로 대략 5백 년……. 아직까지 꿈을 꾸다니 정신이 해이해진 건지도 모르겠다."

그녀, 성장한 티오 클라루스는 흐트러진 옷매무새를 정돈하며 깊은 한숨을 쉬었다. 그리고 우울한 마음을 털어 내려는 듯 자리에서 일어나 문을 활짝 열었다. 갑자기 흘러드는 아침 특유의 맑은 공기. 그것을 잔뜩 들이쉬자 침울해진 마음과 나쁜 것들이 씻겨 나간 듯 산뜻해졌다.

시야에 들어온 것은 이 5백 년 동안 무엇과도 바꿀 수 없게 된 제2의 고향이다. 대륙 밖 바다 너머의 자연이 풍부한 섬. 그날 살아남은 용인과 용인들 이외에도 비룡이나 많은 야생 동물이 서식하는 곳으로, 작물을 재배하기 좋은 토지였다.

당연히 예전 나라와는 비교할 바가 못 되지만 그렇다 하더라도 수백 명의 용인이 살기엔 충분한 넓이와 훌륭한 목조 가옥이 늘어서 있었다. 툇마루에 서서 그런 마을의 모습을 바라보던 티오에게 누군가가 말을 걸었다.

"공주님, 안녕히 주무셨습니까. 꿈자리가 좋지 않았던 듯합니다만……."

"음, 좋은 아침이구나. 잠깐 옛날 일을 보았다. 뭘, 지난번에 봤던 게 10년 정도 전이었던가? 그렇게 생각하면 아바마마나 어마마마가 저세상에서 가끔은 떠올려달라고 하시는 건지도 모르겠구나."

티오의 꿈 내용을 깨달은 초로의 여성 벤리가 배려하듯 말을 걸었지만 티오는 장난스럽게 윙크하며 농담했다.

벤리는 마음을 쓸 생각이었지만 반대로 배려를 받은 사실에 쓴웃음을 지었다.

예전엔 호위의 의미도 겸해 곁에 있었지만 지금은 이렇게 자연스럽게 배려를 받고 실력마저 큰 차이가 나게 됐다. 실력도 기개도 정신도 이미 마을의 우두머리인 아둘을 제외하면 연상과 연하를 막론하고 티오를 당해 낼 사람이 없었다.

만약 왕국이 멸망하지 않았더라면 역사에 이름을 남길 대단한 여왕이 됐을 텐데……. 벤리는 그렇게 생각하면 항상 분한 마음이 들었다. 벤리는 그런 기분을 마음속에 집어넣고서 화제를 바꿨다.

"아침 식사는 어떻게 하시겠습니까? 바로 드시겠습니까?"

"음~, 글쎄…… 음? 할바마마는 어디 계시지? 집 안에서 기척이 느껴지지 않는데……."

"아, 카르투스 님이 부르신 모양이라……. 오늘 아침 일찍 집을 나가 아직 돌아오시지 않았습니다."

"뭐라고? 카르 할아범이 불렀다고? 그것도 이렇게 이른 시간에?"

티오가 카르 할아범이라 부른 건 할아버지인 아둘 정도로 오래 산 용인으로, 『감시자』 천직을 가진 마력 감지가 뛰어난 인물이다. 멀리 떨어진 대륙이다 보니 어지간한 일이 아니면 몇 개월에 한 번, 모든 준비와 마력 고갈을 각오하고 대륙에 이변이 일어나지 않았는지 확인하고 있지만……

'정기 조사는 1개월 전이었어. 그렇다는 건 카르 할아범이 임의로 한 조사가 아니라 대륙에서 여기까지 닿을 정도의 무언가를 **감지하고 말았다**는 뜻인가?'

불길한…… 아니, 무언가가 바뀔 것 같은 예감이 든 티오는 벤리에게 허락을 받고 카르투스에게 가기로 했다.

카르투스의 집에는 할아버지 아둘 이외에도 몇 명의 고참 용인들이 있었다. 그 위엄 있는 분위기에 티오는 두근거림이 더욱 커졌다.

"티오, 왔느냐."

"음, 할바마마. 이상한 예감이 들어서. 이 분위기…… 역시 평범한 잡담이 아니라 대륙에 무슨 일이 있었던 모양이군?"

여전한 손녀의 총명함에, 붉은색 머리카락과 도저히 『할바마마』라고 불릴 나이로 보이지 않는 단단한 육체를 가진 아둘은 쓴웃음을 지으면서 고개를 끄덕였다.

"아무래도 교회…… 신이 무언가 이질적인 존재를 불러들인 듯하다. 그것도 여럿을. 그중에서 가장 큰 힘을 가진 존재는 카르투스의 『천목(天目)』에 의하면 『용사』라고 하더구나."

"용사……."

카르투스의 『천목』이란 천직에 속한 기능 중 하나로, 상대의 천직을 확인할 수 있었다. 천목으로 확인한 결과 이번에 나온 천직이 『용사』라는 사실에 티오의 눈이 가늘어졌다. 지금껏 들어본 적 없는 직업이기 때문이다.

"간과할 수 없는 사태다. 지난번 조사와 마찬가지로 이번 조사도 아로이스에게……."

"내가 가겠다."

은밀 행동과 시내에 숨어드는 게 뛰어난 용인의 이름을 꺼내려던 아들의 말을 가로막듯 티오가 조사 임무를 자청했다.

티오는 좋든 나쁘든 눈에 띈다. 그 미모는 물론, 감도는 분위기는 몇백 년이 흘러도 왕족의 것이었다. 행동과 말투도 도저히 잠입에 어울리지 않았다. 그래서 지금까지 대륙 조사는 적합한 능력을 가진 용인들이 담당해 왔다. 티오는 항상 그 보고를 받는 쪽이었다.

게다가 『때가 올 때까지 용인족은 바깥세상에 나가지 않는다』는, 용인족 최대의 규율도 있다. 만에 하나 대륙의 인간에게 용인족의 존재가 들킨다면 이번에야말로 신의 적을 없애기 위해 용인 사냥이 시작될 것은 자명한 사실이다. 티오가 대륙으로 간다는 건 더더욱 있을 수 없는 이야기였다.

나라를 잃은 뒤에도 마을 사람들은 티오를 『공주님』이나 『티오 님』이라고 불렀다. 티오는 자신의 입장을 이해하고 있었다. 그래서 살아남은 동포와 세계를 위해 목숨을 잃은 아버지와 어머니, 동포들을 위해서라도 결코 규율을 가벼이 여기는 일이 없었다. 설령 마을에서의 생활이 갑갑하게 느껴진다 해도…….

그럼에도 불구하고 이번엔 입후보했다. 아들을 시작으로 카르투스를 포함한 고참 용인들은 모두가 일제히 티오를 응시했다.

"……티오. 자신이 무슨 말을 했는지 알고 있는 게냐?"

"알고 있지, 할바마마. 난 전부 알고서 『굳이』 말한 거다. 이번 조사는 내가 가겠다."

"왜 그렇게 강하게 주장하지? 지금까진 다른 사람에게 맡겼으면서."

"예감이 드는구나. 할바마마. 분명 이번 이변으로 세계가 크게 움직일 거다. 내 안의 무언가가 그렇게 이야기하는구나. 설령 말린다 해도 난 가겠다. 이번만큼은 절대로 양보할 수 없다."

"……."

평소와는 다른 강한 주장. 이번은 다른 의미로 아둘 이외의 사람들이 깜짝 놀랐다. 강한 의지를 깃들인 황금색 눈동자가 마치 불이라도 지핀 것처럼 활활 타오르는 광경을 목격하고 말았다.

아둘은 한동안 손녀딸의 눈동자를 가만히 들여다보았다. 그리고 어깨에서 힘을 빼 자애로운 눈빛으로 고개를 끄덕였다.

"좋다. 가거라, 티오. 그 눈으로 마음껏 세계를 보고 오너라. 다만 신의 눈에 들키지 않도록 보내는 건 규율대로 한 사람뿐. 즉, 너뿐이다. 알고 있겠지?"

"잘 알고 있다. ……할바마마, 고맙다."

카르투스를 시작으로 고참들이 맹렬히 반대했지만 결국 아둘의 설득으로 이번의 조사는 티오가 가게 됐다.

다음 날 아침. 아직 해가 떠오르기 전, 섬의 구석에 있는 곶 위에 티오의 모습이 있었다.

어제 이번 조사에 티오가 입후보했다는 정보는 순식간에 온 마을에 퍼졌고, 벤리를 시작으로 많은 사람들이 크게 반대하며 설득하기 시작했다. 하지만 결국 티오의 뜻을 꺾을 수 없었고 그녀는 여행 준비를 마쳤다.

섬에서 대륙까진 거리가 상당하다. 하늘을 나는 용인이라 해도 대륙에 도착할 무렵에는 대부분의 마력을 사용할 것이다. 마력이 많은 티오라 해도 험난한 여정이 될 것은 분명했다. 시간도 하루 종일 걸리므로 다음날 아침에 출발하는 것으로 정했다.

그리고 출발 장소인 곶에는 티오 이외의, 아니, 온 마을의 용인이 나와 있었다.

"고, 공주님. 역시 생각을 고치지 않으시겠습니까? 옥체에 무슨 일이 생기면 저희는……."

"그렇습니다! 적어도 호위를 몇 명 동행해주십시오!"

"그렇다면 제가! 공주님은 제가 목숨을 바쳐서라도 지키겠습니다!"

벤리가 당황하며 티오를 말리려 설득했다. 베테랑 조사원 아로이스가 규율을 이해하고 있으면서도 동행할 것을 부탁하니, 곁에 있던 젊은이가 새빨개진 얼굴로 입후보했다. 그들 이외에도 많은 용인이 말리거나 동행을 부탁했다.

모두가 티오를 진심으로 소중히 여기고 있었다. 진심으로 사랑하고 있었다.

"그대들의 마음은 고맙구나. 그리고 걱정 끼치게 된 점은 미안하게 생각한다. 하지만 이번만큼은 날 보내다오."

티오가 난처하다는 표정을 하면서도 그 표정과는 다르게 결연한 말을 하자, 벤리와 다른 용인들은 자신도 모르게 입을 다물었다. 티오는 자신을 걱정스럽게 바라보는 동포들을 천천히 둘러보았다. 그 눈빛에는 넘칠 듯한 자애와 무언가에 도전하는 힘이 담겨 있었다.

"벤리. 네가 날 얼마나 걱정하는지 잘 알고 있다. 그 종언의 날부터 할바마마 이상으로 내 곁을 지켜준 건 너다. 지금은 또 다른 어머니라고 생각하고 있지. 부디 딸의 의지를 지켜봐 다오."

"고, 공주님……."

벤리의 눈물샘이 붕괴했다. 너무나도 기쁜 말에 더 이상 아무 말도 하지 못했다.

"아로이스. 내가 없는 사이에 할바마마의 보좌를 부탁한다. 후후, 내 약혼 후보 1위가 아니더냐. 안심하고 맡겨도 되겠지?"

"큭, 아직 당신의 비늘에 상처 하나 입히지 못하는 미숙한 몸에게 무슨 말씀이십니까. 하지만 그렇게 믿어주신다면 당신을 사모하는 남자로서 거절할 수 없군요. ……너무하십니다."

티오에게 요염한 미소와 신뢰를 받고서 졌다는 듯 하늘을 올려다본 아로이스. 티오는 5백 년을 산 용인이지만 아직 그 몸을 허락한 남자가 없다. 원래라면 진즉에 반려를 얻었어도 이상하지 않겠지만 티오가 내건 조건이 너무 엄격했던 것이다. 그 조건이란—.

"저, 전 언젠가 반드시 공주님에게 이기겠습니다! 그리고 공주님과……. 하지만 공주님의 몸에 무슨 일이 생기면 그럴 수도 없잖습니까!"

그렇다. 티오와 맺어지는 조건이란 그녀보다도 강할 것. 그뿐이지만 무척이나 어려운 문제였다. 무엇보다 티오는 최강의 용인인 아둘과 호각 이상의 실력자. 그 비극의 날 이후 자신을 단련하는 데 여념이 없었던 티오는 깨닫고 보니 용인 최강의 자리에 앉게 됐다.

그런 티오에게 뜨거운 마음을 부딪치는 젊은 용인, 티오의 동생뻘이기도 한 리스타스에게 질 수 없다며 다른 남자들도 저마다 티오를 말렸다.

강하고 자상하고 고결하며 둘도 없는 미모와 총명함. 요 몇백 년 동안 「나야말로!」라고 티오의 반려가 될 것을 자청하며 결투를 신청한 남자가 끊이지 않았다. 하지만 비늘을 부수기는커녕 아픔조차 주지 못한 것이 현실이다. 티오 자신이 아프다는 감각이 어떤 것이었는지 잊어버릴 정도로…….

"정말이지 난감한 녀석들이구나. 따라주는 건 솔직히 기쁘지만…… 말뿐이라면 난 기다려주지 않는다. 마음만으론 부족하다. 힘만으론 허무하다. 양쪽 모두가 아니라면 아무것도 이룰 수 없다. 그래서 난 갈 생각이다. 말리고 싶다면 내가 말

을 들을 정도의 힘을 보여다오. 그대들이라면…… 후후, 언젠
가 내게 닿을지도 모르지."

쿡쿡 웃으며 놀리듯 남자들에게 말한 티오. 자신들이 사모
하는 사람에게서 『부족하다』는 말을, 그리고 『언젠가 따라잡
아보라』는 말을 들으면 남자로서 괜한 말을 할 순 없었다.

"그대들은 내 사랑스런 동포들이다. 나를 보아라."

용인들이 일제히 티오에게 주목했다. 티오는 무수히 많은
시선에 움츠러들지 않고 위풍당당한, 그야말로 왕에 어울리
는 패기와 함께 말을 이었다.

"이 앞길에 무엇이 기다리고 있을지는 모르겠구나. 무엇이
일어날지도 모르지. 하지만 이례적인 무언가가 일어나려 한다
는 건 알 수 있다. 범상치 않은 사태에 직면할 거란 예감이 드
는구나. 하지만 문제 될 리 없다. 믿어다오. 그대들이 『공주』
라고 부르고 사랑해준 이……."

—용인 최강의 흑룡 티오 클라루스를.

티오의 말을 듣고 말리던 사람들과, 그렇지 않은 사람들도
이번에야말로 명확하게 티오의 의지를 느끼고 그 자리에서
한 발자국 물러나 일제히 고개를 숙였다. 경애하는 티오에게
그런 말을 들었으니 이제는 믿을 수밖에 없다.

동포들이 자신의 의지를 받아들여 준 것에 고마움과 사랑
스러움이 담긴 표정으로 고개를 한 번 끄덕인 티오는, 아둘에
게 출발 인사를 한 뒤 흑룡으로 변했고 단번에 바다를 향해
날아갔다.

흐르는 구름과 햇빛을 받아 반짝이는 해수면 사이에서 온몸으로 바람을 받은 티오는 아직 보지 못한 대륙이 있는 곳을 응시했다.

대단한 변화는 없었던 요 5백 년. 그 비극의 날부터 아버지 하르가의 말대로 살아남았다. 하지만 이제 그저 살기만 하는 건 끝이다. 과거 아버지와 어머니가 그랬던 것처럼 무언가를 위해 신명을 다한다. 그것이야말로 용인으로서의 티오 클라루스가 바란 『삶』이다.

가슴속에서 끊기지 않고 솟구치는 예감. 생각해보면 오랜만에 본 과거의 꿈도 이 징조였을까.

티오는 똑바로 앞을 바라보며 확신에 찬 말을 했다.

『분명 모든 것이 달라지겠지. ……느껴지는구나.』

"느껴지는구나아아~ 주인니임~!"

"일일이 기분 나쁜 비명 좀 지르지 마, 이 변태가."

아이언 클로를 당해 뿌드득 관자놀이에 파고든 강철 손가락을 느끼며 공중에 뜬 티오는 황홀한 표정으로 절규했다. 마을 음식점에서 저녁을 먹고 있을 때여서 주변 손님들은 갑자기 시작된 위험한 남녀의 행동에 눈을 깜박였고, 곁에 있던 유에와 시아는 이미 다른 테이블로 옮겨 모르는 사람 시늉을 했다.

티오는 움찔움찔 떨면서 필사적으로 자신의 머리를 거머쥔 하지메의 의수에 탭 아웃을 했지만, 그 손에 쥐어진 물건을

본 하지메는 뿌드득 힘줄이 불거졌다. 그리고 더욱 강하게 의수에 힘을 주었다.

"앙 돼~! 죽겠구나! 어쩐지 굉장한 게 와서 죽겠구나아아아!"

"그럼 그 손에 든 걸 빨리 놔."

"으으. 오해다. 정말로 오해다. 믿어다오."

부들부들 떨면서 그 손에 쥔 물건(식사 중 입가를 닦기 위해 손수건 대신 품 안에서 꺼낸 하지메의 속옷)을 내민 티오. 하지메는 절대 영도의 눈빛으로 자신의 속옷을 건네받고 티오를 놓아주었다.

철퍼덕 바닥에 주저앉은 티오는 「괴, 굉장하구나…… 하아, 하아」 하고 기분 나쁜 웃음을 지었다.

"그래서, 이런 걸 품 안에 숨긴 끝에 식사 중 꺼내는 멍청한 짓을 벌인 글러 먹은 용 씨는 뭐라고 변명하시려나? 앙?"

"그, 글러 먹은…… 긍지 높은 클라루스의 후예인 나를 글러 먹었다니, 하아, 하아. 게다가 그런 엄청난 눈빛을…… 이놈, 주인님. 속옷을 갈아입으러 가도 되겠느냐?"

철컹 소리와 함께 하지메가 자랑하는 아티팩트가 티오를 향했다. 「3, 2……」라고 카운트를 세면서. 티오는 다급히 하지메의 속옷을 품에 넣었던 이유를 말했다.

"우연이다! 어쩌다 여관방에 주인님의 속옷이 떨어져 있어 돌려주려 했다. 하지만……."

"흠? 하지만 뭔데?"

공공연한 곳에서 자신의 속옷을 손수건 대신 삼은 점은 벌을 줘도 되겠지만, 갖고 있던 이유는 예상 밖으로 정상이었기 때문에 하지메는 분노를 삭였다.

"쓰기에 따라선 벌을 받을 거라고 생각해서⋯⋯."

붉게 물들인 뺨으로 두 손을 가져가 「부끄러운 소리를 하게 하지 말아다오」라며 몸을 꼬는 티오를 본 하지메는 이성의 끈이 끊겼다.

"음? 뭐냐, 주인님. 그렇게 자상한 표정으로⋯⋯."

하지메는 티오의 말대로 자상한 표정과 손짓을 하고 주저앉은 티오를 앞으로 당겨 엎드린 자세로 만들고는, 뒤로 돌아가 어리둥절한 티오의 크고 매력적인 엉덩이 앞에 다가갔다.

"결국 그냥 변태라는 거잖아."

연속으로 굉음과 함께 총탄이 발사됐다.

"아히이이익! 엉덩이가, 내 엉덩이가아! 고맙습니다!"

이유는 몰라도 메아리치는 감사의 말. 역시나 최강의 흑룡. 대미지 제로였다.

그 후 가게 사람들로부터 「당신들 가게 잘못 찾았어요! 여긴 평범한 식당이라고요!」라는 말을 듣고 쫓겨났다. 그리고 어째서인지 하지메는 유에와 시아에게서 어이없다는 시선을 받았다. 은근히 침울해진 하지메와, 다리에 힘이 풀려 하지메에게 목덜미 뒤쪽을 붙들린 채 질질 끌려가는 티오.

하아, 하아, 거친 숨을 몰아쉬는 티오는 평소처럼 주변을 당황하게 하는 미소를 띠면서도, 아주 잠시 무언가를 감춘 듯한 눈빛을 어깨 너머의 하지메에게 보내더니…… 나지막이 중얼거렸다.

"할바마마, 다들. 난 이제 돌아갈 수 없을지도 모르겠구나……. 하아, 하아."

그건 과연『마을로』돌아갈 수 없다는 의미일까, 그게 아니면『모두가 알던 공주님으로』돌아갈 수 없다는 의미일까.

어쩌면 또 다른 의미가…….

■작가 후기

　안녕하세요. 중2병을 좋아할 뿐인, 흔해빠진 작가 시라코메 료입니다.

　이번에 하지메가 마침내 같은 반 아이들과 다시 만나게 됐습니다. 하지만 그 전개를 가볍게 만들어버릴 변태 드래곤이라는 새로운 히로인의 등장……. 솔직히 번외편을 적으며 비포 애프터가 너무 다르잖아! 하고 스스로에게 딴죽을 걸고야 말았습니다. 이건 좀 심한데(웃음) 하는 느낌으로 즐기셨다면 기쁘겠습니다.

　여담입니다만 「소설가가 되자」에 비해 등장 비율이 높아진 아이 호위대에서 실은 여자 멤버 중에 모티브로 잡았던 인물이 있습니다. 바로 케이온!입니다. 유카는 히메O#10죠. 다른 두 사람은 누구인지 눈치채셨나요? 괜찮으시다면 상상해주세요.

　그럼 이번에도 훌륭한 일러스트를 완성해주신 타카야Ki 선생님, 교정자님, 담당 편집자님, 그 외 관계자 여러분, 정말로 고맙습니다. 이 작품을 구입해주신 여러분, 정말로 정말로 고맙습니다.

#10 히메〇 애니메이션 「케이온」 2기 2화에서 등장해 주목을 끌었던 단역 타치바나 히메코. 외모와는 다르게 착한 아이라는 추측이 돌면서 인터넷상에서 인기를 얻었다.

그럼 다음 권에서 만나기를 진심으로 기도하겠습니다.

시라코메 료

　안녕하세요. 역자 김덕진입니다. 매번 아슬아슬하게 외줄 타는 기분으로 작업하면서도 이렇게 3권으로 인사드릴 수 있게 되어 기쁩니다.

　새로운 만남과 재회가 있었던 3권이었네요. 특히 주인공이 같은 반 아이들을 만나는 부분은 두근거리면서 지켜봤습니다. 나중에는 용사 일행과도 만나면서 더 풍부한 이야기를 그려주길 기대해봐야겠네요.

　이번 3권을 작업하면서 가장 어려웠던 인물은 아이코와 티오입니다. 아이코는 이번에 대사가 많아 인물을 어떻게 확립시킬지 고민이었네요. 선생님이라는 위치와 인물이 가진 특유의 귀여움성을 어떻게 양립할 것인지가 어렵더군요. 그리고 이번에 새롭게 등장한 티오는 말투가 워낙 독특해서 작업 초기부터 많은 고민을 했습니다. 어떻게든 마쳤지만 독자님들의 마음에 드실지 모르겠네요.

　두 인물 말고도 신경을 쓴 인물은 유카입니다. 본편 작업을 마치고서야 작가 후기에서 모티브로 삼았던 캐릭터가 있다는 글을 보고서 전체 대사를 검토하게 됐습니다. 비중이 크지 않

아도 나름대로 입체감이 있어 매력적인 인물이라 그냥 넘어갈
수 없겠더군요.

　어쨌든 이렇게 3권 작업도 마무리하게 됐습니다. 앞으로 주
인공들의 활약이 기대되는군요.
　다만 안타깝게도 4권부터는 개인적인 사정으로 다른 역자
님께 배턴을 넘겨드려야 할 것 같습니다. 독자님들께는 좋은
작품을 끝까지 책임지지 못해 죄송할 따름입니다.

　그럼 다음에 또 다른 작품으로 찾아뵙겠습니다. 항상 건강
하시고 행복하시길 바랍니다.
　감사합니다.

　　　　　　　　　　　　　　　　　　　　　　　　김덕진

흔해빠진 직업으로 세계최강 3

1판 1쇄 발행 2017년 2월 10일
1판 11쇄 발행 2022년 3월 4일

지은이_ Ryo Shirakome
일러스트_ Takaya-ki
옮긴이_ 김덕진

발행인_ 신현호
편집장_ 김승신
편집진행_ 권세라 · 최혁수 · 김경민 · 최정민
편집디자인_ 양우연
관리 · 영업_ 김민원

펴낸곳_ (주)디앤씨미디어
등록_ 2002년 4월 25일 제20-260호
주소_ 서울시 구로구 디지털로 26길 111 JnK디지털타워 503호
전화_ 02-333-2513(대표)
팩시밀리_ 02-333-2514
이메일_ lnovellove@naver.com
L노벨 공식 카페_ http://cafe.naver.com/lnovel11

ARIFURETA SHOKUGYOU DE SEKAISAIKYOU 3
ⓒ 2016 by Ryo Shirakome
First published in Japan in 2016 by OVERLAP, Inc.
Korean translation rights reserved by D&C MEDIA Co., Ltd.
Under the license from OVERLAP, Inc., Tokyo JAPAN

ISBN 979-11-278-4031-0 04830
ISBN 979-11-278-1840-1 (세트)

값 7,200원

이 멋진 세계에 축복을! 1~9권

아카츠키 나츠메 지음 | 미시마 쿠로네 일러스트 | 이승원 옮김

게임을 사랑하는 은둔형 외톨이 소년, 사토 카즈마의 인생은
너무도 허무하게 그 막을 내린…… 줄 알았는데,
정신을 차려보니 눈앞에 여신을 자처하는 미소녀가 있었다.
"이세계에 가지 않을래? 원하는 걸 딱 하나만 가지고 가게 해줄게.",
"그럼 널 가지고 가겠어."
이리하여, 이세계로 넘어간 카즈마의 대모험이 시작……되나 싶었는데,
결국 시작된 것은 의식주 확보를 위한 노동이었다!
카즈마는 그저 평온하게 살고 싶지만,
문제를 연달아 일으키는 여신 때문에 결국 마왕군에게 찍히고 마는데?!

TV애니메이션 2기 방영중!

신화 전설이 된 영웅의 이세계담 1권

타테마츠리 지음 │ 미유키 루리아 일러스트 │ 송재희 옮김

오구로 히로는 일찍이 알레테이아라는 이세계로 소환되어
《군신》으로서 동료와 함께 나라를 구하고,
주변 나라들을 정복하여 거대한 제국을 건설했다.
그 후, 히로는 모든 것을 버리기로 각오하고
기억을 잃는 대가로 원래 세계로 귀환한다.
그 후, 매일 행복한 날을 보내던 히로는
무슨 운명인지 또다시 이세계로 소환되고 만다.
그곳은 바로― 1000년 후의 알레테이아?!

자신이 이룩한 영광이 『신화』가 된 세계에서
『쌍흑의 영웅왕』이라 불렸던 소년의 새로운 『신화전설』이 막을 올린다!

라이트노벨의 새로운 빛! L노벨의 신간은 매월 10일에 발매됩니다. http://cafe.naver.com/lnovel11